ALEX BERG

MACHT LOS

THRILLER

KNAUR TASCHENBUCH VERLAG

Jede ver… …ren
des Bu… …n
Ware rein zufällig und nicht beabsichtigt.

**Besuchen Sie uns im Internet:
www.knaur.de**

Originalausgabe Juli 2010
Copyright © 2010 by Knaur Taschenbuch.
Ein Unternehmen der Droemerschen Verlagsanstalt
Th. Knaur Nachf. GmbH & Co. KG, München
Dieses Werk wurde vermittelt durch
die Michael Meller Literary Agency GmbH.
Alle Rechte vorbehalten. Das Werk darf – auch teilweise –
nur mit Genehmigung des Verlags wiedergegeben werden.
Umschlaggestaltung: ZERO Werbeagentur, München
Umschlagabbildung: gettyimages / Image Source
Satz: Adobe InDesign im Verlag
Druck und Bindung: CPI – Clausen & Bosse, Leck
Printed in Germany
ISBN 978-3-426-50649-3

2   4   5   3   1

Knaur.

Knaur.

Über den Autor:

Alex Berg wurde 1963 geboren und war viele Jahre journalistisch tätig. Alex Berg wohnt mit Familie und zwei Hunden in der Nähe von Hamburg und schreibt heute Spannungsliteratur.

Wer die Freiheit aufgibt, um Sicherheit zu gewinnen,
wird am Ende beides verlieren.
BENJAMIN FRANKLIN

Am 10. Dezember, dem Gedenktag zur Allgemeinen Erklärung der Menschenrechte, wird weltweit jährlich für die strikte Einhaltung der Charta plädiert, die zwar Fortschritte gebracht hat, aber immer noch in vielen Ländern nicht hinreichend beachtet wird – selbst bei uns. In den westlichen Industriestaaten versuchen Politiker, die Freiheit zu schützen, indem sie sie abschaffen. Was einst mit der Französischen Revolution seinen blutigen Anfang nahm, stellen die Anti-Terror-Gesetze heute, zweihundertdreißig Jahre später, wieder in Frage.

So dürfen Personen, die auf einer Terrorliste der Europäischen Union landen, nicht mehr ins Ausland reisen, und ihre Konten können gesperrt werden. Was ihnen vorgeworfen wird, erfahren sie nicht. Sie gelten als Unterstützer terroristischer Organisationen, ohne dass sie sich je gegen diesen Verdacht verteidigen können oder ein Gericht ihre Schuld festgestellt hätte.

Es kann jeden von uns treffen. Jeden Tag. Überall. Ein unglücklicher Zufall genügt. Eine Verwechslung. Und unser Leben ist nicht mehr das, was es einmal war.

TEIL I

Artikel 11, Paragraph 1
der Charta der Menschenrechte
der Vereinten Nationen

*Jeder, der einer strafbaren Handlung
beschuldigt wird, hat das Recht, als unschuldig
zu gelten, solange seine Schuld nicht in einem
öffentlichen Verfahren, in dem er alle für seine
Verteidigung notwendigen Garantien gehabt hat,
gemäß dem Gesetz nachgewiesen ist.*

Leonie und Sophie stritten auf der Rückbank des Autos auf dem Weg in die Schule. Hätte Valerie geahnt, was sie erwartete, hätte sie vielleicht ihren Stimmen anders gelauscht, hätte versucht, den Streit zu schlichten, und über das schmale Rechteck des Rückspiegels den Blick in die Gesichter ihrer Töchter gesucht. Ihnen ein Lächeln geschenkt. Stattdessen starrte sie nur auf die Straße vor sich, auf den dichten Verkehr, der sich um diese Uhrzeit durch die Straßen zwängte, und war in Gedanken längst in London bei ihrer Besprechung, zu der sie am späten Vormittag erwartet wurde. Ihr Flug ging in einer knappen Stunde. Sie hatte nur Handgepäck: ihre Unterlagen und ihren Laptop für die Präsentation.

»Warum fährst du uns heute zur Schule, Mami? Das machst du doch sonst nie«, riss Leonie sie aus ihren Gedanken.

»Ich muss zum Flughafen. Die Schule liegt auf dem Weg«, erwiderte Valerie kurz angebunden. »Aber Janine holt euch heute Nachmittag wie immer ab und geht dann gleich mit euch zum Zahnarzt.« Sie ließ den Wagen vor dem Schulgelände ausrollen, wandte sich zu ihren Töchtern um und sah sie streng an. »Lasst sie bitte nicht wieder warten.«

Sie starrte den blonden Schöpfen ihrer Mädchen nach, bis sie im Gewühl verschwunden waren, und fragte sich, ob sie ihnen genug Geld mitgegeben hatte. Hinter Valerie hupte es. Sie gab den Parkplatz frei, schlug den Weg zum Flughafen ein und ging noch einmal im Kopf die Liste der Dinge durch, die sie heute brauchen würde: Geldbeutel, Papiere, Handy, die Unterlagen waren vollständig, das Netzkabel für den Laptop in der Tasche. Alles, was sie sonst eventuell brauchte, konnte sie unterwegs kaufen. Sie stoppte den Wagen vor einer roten Ampel und schloss für einen Moment die Augen. In vierzehn Stunden würde sie zurück sein. Marc würde auf sie warten. Sie hatte den Rotwein schon rausgestellt, den sie gemeinsam trinken wollten. Sie lächelte unwillkürlich bei dem Gedanken daran und stellte sich vor, wie Marcs dunkle Augen auf ihr ruhten und die Wärme seines Atems über ihre Haut strich, wenn er sich zu ihr beugte und sie küsste. Die Ampel schaltete auf Grün. Ihr Fuß verharrte einen Augenblick unschlüssig über dem Gaspedal, dann drückte sie es entschlossen herunter.

Am Flughafen tauchte sie ein in die morgendliche Hektik eines ganz normalen Werktages. Geschäftsreisende hasteten an Pauschaltouristen vorbei, die große Koffertrolleys mühsam hinter sich herzogen und mit suchendem Blick aus der Drehtür in das Terminal traten. In der Mitte der großen Halle erinnerte sie der riesige Weihnachtsbaum, dass am Wochenende schon der zweite Advent sein würde. Vor den Check-in-Schaltern von British Airways warteten lange Schlangen. Valerie war froh, am Vorabend bereits per Internet eingecheckt zu haben.

Auf dem Weg zu ihrem Gate machte sie noch einen Stopp an einem Geldautomaten. Sie schob ihre EC-Karte in den Schlitz, gab ihre Pin-Nummer ein und den Betrag, den sie sich auszahlen lassen wollte, doch der Automat brach die

Transaktion ab. »Auszahlung zurzeit nicht möglich« erschien auf dem Display. Irritiert starrte sie darauf, bevor sie ihre Karte wieder entgegennahm. Ein weiterer Automat war nicht in Sichtweite. Valerie warf einen Blick auf die Uhr an der Stirnseite des Terminals. Noch vierzig Minuten bis zum Abflug. In London würde sie mit ihrer Kreditkarte zahlen müssen. Sie zog den Ausdruck ihrer Bordkarte aus der Tasche, und die Dame am Schalter winkte sie durch. An der Sicherheitskontrolle musste sie warten. Der Mann vor ihr musste nicht nur sein Jackett, sondern auch Schuhe und Gürtel ausziehen. Valerie trommelte ungeduldig mit den Fingern auf ihre Tasche. Sie selbst konnte die Kontrolle unbehelligt passieren.

Ihre hochhackigen Schuhe klapperten auf dem glatten Boden, als sie an den hell erleuchteten Duty-free-Shops vorbeieilte. Große goldene Pakete lagen in den Schaufenstern, verziert mit leuchtend roten Schleifen. Vor einem Laden stand ein riesiger strombetriebener Weihnachtsmann neben einem ausgestopften Rentier und winkte allen Passanten zu. In einem der Fenster konnte sie einen Blick auf ihre eigene schmale Silhouette werfen. Das lange Haar, das ihr in weichen Wellen über die Schultern fiel. Der dunkelgraue Hosenanzug war eine gute Wahl gewesen. »Zu sachlich«, hatte Marc kommentiert. Also genau das Richtige für den Anlass.

Von weitem schon konnte sie die Menschentraube vor ihrem Gate erkennen. Bei dem Anblick unterdrückte sie ein Seufzen. Sämtliche Fluggäste für Großbritannien und die USA mussten auf den europäischen Flughäfen nach wie vor einen weiteren Sicherheitscheck über sich ergehen lassen. Sie bemühte sich um ein neutrales Gesicht, als sie dem uniformierten Beamten ihren Ausweis reichte. Er gab die Daten in den Computer ein. In diesem Moment begann das Boarding. Eine Mutter mit zwei kleinen Kindern und einem Buggy ging an den Wartenden vorbei. Valerie ertappte sich dabei, dass sie hoffte, nicht in ihrer Nähe sitzen zu müssen, und biss sich bei dem Gedanken unwillkürlich auf die Lippe. So weit war es also schon.

Sie wandte sich wieder dem Beamten am Schalter zu. Er telefonierte und hielt ihren Ausweis noch immer in der Hand. Sie sah ihn an und streckte ihre Hand nach der Plastikkarte aus, die ihre Identität verifizierte.

»Einen Augenblick, bitte«, sagte er höflich. »Es geht gleich weiter.«

Hinter ihr kam Bewegung in die Schlange der Wartenden. Sie sah sich um und erblickte zwei Beamte der Bundespolizei. Was war nun wieder? Hatte jemand unvorsichtigerweise das Wort »Bombe« fallen lassen?

Vor nicht allzu langer Zeit war ein guter Freund von Marc in Amsterdam auf dem Flughafen verhaftet worden, weil er einen der Beamten darauf hingewiesen hatte, dass das Gerät, das jener argwöhnisch untersuchte, ein teurer Beamer und keine Bombe sei. Im nächsten Augenblick hatte er in die Mündung einer Maschinenpistole geblickt und schließlich mehr als eine Stunde in Gewahrsam der Polizei verbracht, bis ein eilig hinzugerufener Staatsanwalt nach eingehender Befragung das Missverständnis geklärt und ihn mitsamt des Beamers in die nächste Maschine nach Deutschland gesetzt hatte. Es war eine immer wieder gern erzählte Geschichte im Freundeskreis, die für Lacher sorgte.

»Frau Valerie Weymann?«

Irritiert sah sie auf, als sie ihren Namen hörte, und blickte in das Gesicht eines der Beamten der Bundespolizei.

»Ja?«

»Würden Sie bitte mit uns kommen?«

Die Menschen um sie herum wichen zurück.

»Ich ... mein Flug geht gleich.« Wie zur Bestätigung wandte sie sich an den Beamten hinter dem Schalter. Doch der reagierte nicht, sondern reichte stattdessen ihren Ausweis an den Bundespolizisten, der sie angesprochen hatte. Dieser sah auf ihr Foto, dann auf sie.

»Wir müssen Sie bitten, mit uns zu kommen«, wiederholte er seine Aufforderung mit neutraler Stimme.

»Ist etwas passiert?«, fragte sie und zwang sich, ruhig zu bleiben. Die neugierige Stille, die sich ausbreitete, war ihr unangenehm. Die Aufmerksamkeit, die sie erregte. »Ist etwas mit den Kindern? Oder meinem Mann?« Sie tastete unwillkürlich nach dem Handy in ihrer Tasche und bemerkte, wie die Hand des zweiten Polizisten bei dieser Bewegung zu der Waffe an seinem Gürtel glitt. Die Wartenden um sie herum wichen noch ein Stück weiter zurück, sie starrten unsicher und fasziniert. Die Frau mit den beiden Kindern betrat soeben den Schlauch, der zum Flugzeug führte. Der kleine Junge an ihrer Hand sah sich zu Valerie um und stolperte, während er den Blick nicht von ihr ließ.

»Kommen Sie.« Eine Hand griff nach ihrem Arm.

In ihrem Hinterkopf schrillte eine Alarmglocke. Laut und hässlich.

Der Raum, in den sie sie gebracht wurde, war fensterlos und leer bis auf einen Tisch in der Mitte und vier Metallstühle. Sie starrte die beiden Männer an.

»Was soll das?«, brach es aus ihr heraus. »Könnte ich bitte meinen Ausweis wiederbekommen?«

Die beiden Beamten erwiderten ihren Blick schweigend

und mit ausdruckslosen Mienen. Sie hätte keinen von ihnen auf der Straße wiedererkannt.

»Bitte setzen Sie sich«, bat der Beamte, der sie am Arm in diesen Raum geführt hatte.

Valerie wollte sich nicht setzen. Sie wollte wissen, was hier passierte. Sie wollte ihren Flug nicht verpassen. »Hören Sie, ich habe einen wichtigen Geschäftstermin in London ...«

Der andere Polizist platzierte sich vor der Tür. Die Männer sahen über sie hinweg, als wäre sie nicht da. Valerie biss ihre Zähne so hart aufeinander, dass sie knirschten. Von draußen drang die Geräuschkulisse des Flughafens zu ihnen herein. Stimmengewirr. Durchsagen. Der letzte Aufruf für ihren Flug nach London. Valerie machte einen weiteren Versuch.

»Sie können mich hier nicht einfach festhalten. Ich bin Anwältin. Ich kenne meine Rechte.« Sie hätte genauso gut gegen eine Wand sprechen können. Frustriert wandte sie den Männern den Rücken zu.

Was war passiert?

Die Mädchen. Marc.

Valerie ballte die Fäuste und atmete gegen die Panik an, die in ihr aufstieg. In ihrer Tasche vibrierte ihr Handy. Sie zog es heraus und erkannte Marcs Nummer auf dem Display. Hastig drückte sie die Taste, um das Gespräch anzunehmen, doch einer der Beamten war bereits bei ihr und griff nach dem Telefon.

Valerie war schneller. »Marc!«, rief sie und wich zurück, das Handy fest am Ohr. »Die Polizei hält mich am Flughafen fest! Ist etwas zu Hause passiert?« Doch bevor sie Marcs Stimme hörte, prallte sie gegen den anderen Polizisten, der ihr das Telefon aus den Fingern riss.

Valerie wirbelte herum. Hände umschlossen ihre Arme. Der Beamte unterbrach die Verbindung und ließ das Handy in seiner Tasche verschwinden.

»Ich will jetzt sofort von Ihnen wissen, warum Sie mich hier festhalten«, stieß sie hervor. Sie wand sich in seinem Griff. »Sie haben kein Recht, mich so zu behandeln. Nach Paragraph 239 StGB liegt hier der Straftatbestand der Freiheitsberaubung vor. Das wird Konsequenzen für Sie haben. Ich werde es nicht hinnehmen, dass ich aufgrund Ihrer Handlungen meinen Flug und damit meinen Geschäftstermin in London verpasse.«

Über ihren Kopf hinweg tauschten die beiden Männer einen Blick. Sie erkannte es an der Mimik des Polizisten, der ihr gegenüberstand. Aber sie sagten nichts.

Valerie ballte wütend die Fäuste und senkte den Kopf. Der Beamte ließ sie los, und sie rieb sich ihre Arme.

»Bitte … setzen Sie sich«, sagte einer der beiden. Sie machte sich nicht die Mühe aufzusehen, um herauszufinden, welcher es war. »Es wird einen Augenblick dauern, bis die Kollegen da sind.«

Die Kollegen.

Valerie presste die Lippen zusammen. Noch nie in ihrem Leben hatte sie sich in einer solchen Situation befunden, ihrer Rechte beraubt, ausgeliefert. Ihre Stimmung schwankte in der folgenden halben Stunde zwischen kalter Wut und Fassungslosigkeit.

Das Klopfen an der Tür kam so unverhofft, dass sie beinahe von ihrem Platz an dem Tisch hochfuhr. Der Beamte an der Tür öffnete und ließ zwei Männer in Zivil herein.

Sie trugen gut sitzende Anzüge aus teuren Stoffen, wie Valerie auf den ersten Blick erkannte, doch die Art, wie sie sich bewegten und leise mit den uniformierten Beamten der Bundespolizei sprachen, verriet, dass auch sie Polizisten sein mussten. Sie beobachtete sie schweigend. Schließlich wandte sich ihr der Jüngere der beiden zu.

»Frau Weymann, wir müssen Sie bitten, mit uns zu kommen.«

Sie lehnte sich auf ihrem Stuhl zurück und verschränkte die Arme über der Brust. »Ich werde nirgendwo hingehen.« Ihre Wut hatte gesiegt.

Der Mund des Mannes verzog sich nachdenklich. Er war nicht unattraktiv. Groß, kantig, breitschultrig. Er strich sich mit der Hand über das glatt rasierte Kinn.

»Ich würde vorschlagen, Sie erklären mir erst einmal, was hier vorgeht und warum Sie mich seit bald einer Stunde ohne Begründung festhalten«, sagte sie mit fester Stimme. »Und dann wüsste ich gern, wer Sie sind.«

Er zog eine Karte aus der Brusttasche seines Anzugs und legte sie vor sie auf den blanken Tisch. Eric Mayer, las sie. Die Farben der deutschen Flagge sprangen ihr entgegen, der Bundesadler und eine Adresse in Berlin. Sie fasste die Karte nicht an.

»Wir haben nur ein paar Fragen an Sie«, sagte er. »Wenn Sie jetzt bitte …«

»Ich bin Anwältin, Herr Mayer«, fiel Valerie ihm mit einem letzten Blick auf die Karte ins Wort. »Ich kenne meine Rechte. Ich sollte seit einer halben Stunde auf dem Weg nach London sein. Ich …«

Der Blick des zweiten Beamten in Zivil ließ sie verstummen. Es lag so viel offensichtliche Ablehnung in seinen kalten blaugrauen Augen, dass sie unvermittelt schluckte.

»Wir können unsere Befragung hier nicht durchführen«, unterbrach Eric Mayer ihr plötzliches Schweigen. »Bitte kommen Sie jetzt. Desto schneller können Sie wieder Ihrer Wege gehen.«

Später war es genau dieser Moment, der ihr immer wieder ins Gedächtnis kam. Warum hatte sie ihre Blockadehaltung aufgegeben? Hatte sie Mayer vertraut? Der Adler und die Farben der deutschen Flagge auf seiner Visitenkarte hatten ihr eine trügerische Sicherheit vermittelt, doch sie ließ sich von der unverfänglichen Adresse nicht täuschen. Mayer war kein einfacher Staatsbeamter. Er war vom Bundesnachrichtendienst.

Was wäre passiert, wenn sie sich weiter geweigert hätte? Sie erinnerte sich, wie sie, flankiert von den beiden Beamten in ihren tadellosen Anzügen, das Flughafengebäude durchquert hatte, wie sich nach nur kurzem Aufblitzen ihrer Ausweise Türen wie von Zauberhand öffneten, Menschen ihnen den Weg frei machten. Der Gedanke an Flucht hatte sie auf diesem Weg ständig begleitet. Was wäre passiert, wenn sie sich geweigert hätte?

Sie stieg in den dunklen Audi Geländewagen, der vor dem Terminal im Halteverbot wartete. Mayer setzte sich neben sie, sein Kollege nahm neben dem Fahrer Platz. Kein Wort wurde gewechselt während der Fahrt durch die Stadt, die hinter getönten Scheiben an ihr vorbeiflog. Ihr Meeting in London würde in einer Stunde ohne sie beginnen. Sie dachte an all die Arbeit, die sie in das Projekt investiert hatte. An all die Hoffnung, die darauf ruhte. Bislang gab es nicht einmal eine Erklärung dafür, warum sie nicht dort war. Ihre Gedanken rasten noch immer, als der Wagen keine zehn Minuten später in die Tiefgarage des Polizeipräsidiums in der City Nord einbog. Sie musste Meisenberg anrufen. Ihn zuerst. Er musste sich mit London in Verbindung setzen. Sie hier rausholen. Wenn jemand herausfinden konnte, was sie in diese Situation gebracht hatte, dann er.

Der Fahrstuhl brachte sie in den zweiten Stock des sternförmigen Gebäudes. »Erkennungsdienst« las sie auf einem Schild. Sie wandte sich an Mayer.

»Was soll das?«, fragte sie und spielte in Gedanken die Möglichkeiten einer Dienstaufsichtsbeschwerde durch.

»Reine Routine«, erwiderte Mayer ruhig.

Als sie stehen blieb, nahm er ihren Arm.

Sie musste ihre Fingerabdrücke abgeben und wurde fotografiert.

»Wollen Sie keine Speichelprobe?«, fragte sie mit vor Wut geröteten Wangen.

»Später.«

Wieder ging es in den Fahrstuhl. Als sie ausstiegen, wehte ihnen der schwache Geruch von Kaffee entgegen. Mayer führte sie in einen leeren Raum.

»Ich möchte etwas zu trinken haben«, sagte sie.

Sie ließen sie allein, und sie hörte, wie sich ein Schlüssel im Schloss drehte. Valerie trat ans Fenster und starrte hinaus auf den runden, von Glasfassaden umschlossenen Innenhof, der wie die Nabe eines Rades im Zentrum des Gebäudekomplexes lag. Das leuchtende Rot des Morgens war einem grau verhangenen Himmel gewichen, leichter Nieselregen hatte eingesetzt. Sie wünschte sich, Marcs Stimme zu hören. Bei ihm zu sein.

Es dauerte nicht lange, bis Mayer zurückkam. Er reichte ihr einen Plastikbecher mit Wasser, und sie trank durstig. Hinter ihm schloss sein Kollege die Tür. Er hielt einen Ordner in der Hand.

»Setzen Sie sich«, bat Mayer und ließ sich ihr gegenüber an dem kleinen Tisch nieder, der vor dem Fenster stand. Erst jetzt bemerkte sie das Aufzeichnungsgerät, das er dort abgestellt hatte.

»Wir werden Ihre Aussagen aufnehmen«, sagte er lediglich, als er ihren Blick bemerkte.

Sie zog den Stuhl zurück und betrachtete Mayers Kollegen erstmals genauer. Seinem Äußeren nach zu urteilen, war er vermutlich schon in seinen Fünfzigern, das hagere Gesicht von Falten durchzogen. Sein stahlgraues Haar war millimeterkurz geschnitten und verlieh ihm eine unangenehme militärische Strenge. Er hatte in ihrer Gegenwart noch nicht einmal den Mund aufgemacht. Jetzt setzte er sich neben Mayer und reichte ihm den Ordner. Mayer klappte ihn wortlos auf und entnahm eine Fotografie im DIN-A4-Format. Schob sie ihr über den Tisch hinweg zu.

»Kennen Sie diese Frau?«

Valerie starrte auf eine Halbprofilaufnahme mit orientalischem Äußeren. Das Gesicht wurde von schwarzem Haar umrahmt, das in einem lockeren Knoten im Nacken zusammengefasst war. Die hohen Wangenknochen der Beduinen prägten die Züge. Valerie verschränkte ihre Hände fest ineinander, um ihr plötzliches Zittern zu unterdrücken, während ihr Blick beinahe liebkosend die feine Falte zwischen den Brauen suchte und die geschwungene Linie der Lippen Noor al-Almawis nachzog. Ihr Gehirn arbeitete fieberhaft. Was hatte ihre beste Freundin in den Fokus des BND gebracht?

Sie blickte in Mayers abwartendes Gesicht.

»Sie ist meine Freundin«, antwortete sie ruhig. »Wir arbeiten eng zusammen im Rahmen eines ehrenamtlichen Projekts, das die Zusammenführung von Flüchtlingsfamilien unterstützt. Aber das wissen Sie vermutlich bereits, sonst wäre ich ja nicht hier, oder?« Ihr entging nicht das kurze Aufglimmen in den kalten Augen von Mayers schweigsamem Kollegen bei diesen Worten.

»Erzählen Sie uns von al-Almawis Familie«, forderte Mayer sie auf.

Valerie blickte auf das Aufnahmegerät. Die Spulen rauschten leise.

»Ich möchte mit einem Anwalt sprechen«, sagte sie.

Mayer drückte die Stopptaste. »Sie werden hier lediglich als Zeugin befragt. Dafür benötigen Sie keinen Anwalt.«

Valerie lehnte sich vor und sah Mayer fest in die Augen. »Als Zeugin hätten Sie mich zu einem Vernehmungstermin vorladen können. Stattdessen nehmen Sie mich fest und behandeln mich erkennungsdienstlich wie eine potentielle Verdächtige. Kein weiteres Wort ohne meinen Anwalt.«

Mayers grauhaariger Kollege schob Noors Bild zurück in den Ordner und schloss denselben mit Nachdruck. »Wie Sie wollen«, erwiderte er, und seine Stimme war so kalt wie der Blick seiner Augen. »Wir kommen morgen wieder, dann haben Sie es sich vielleicht überlegt.« Sein kaum merkbarer amerikanischer Akzent ließ sie aufhorchen. Wer war dieser Mann? Er trat selbstbewusst neben Mayer auf, sie arbeiteten Hand in Hand. Das ließ nur einen Schluss zu. Einen Schluss, der einen ungewollten Schauer über Valeries Rücken jagte.

Sie wurde in eine Zelle im Keller des Gebäudes gebracht. Durch ein vergittertes Fenster fiel trübes Licht. Valerie blieb in der Tür stehen und starrte fassungslos auf die schmale Pritsche, die nackte Toilettenschüssel und die hellgelben Wände.

»Das ist nicht Ihr Ernst«, wandte sie sich zu dem Beamten um, der sie nach unten begleitet hatte.

»Bitte machen Sie keine Schwierigkeiten.«

»Schwierigkeiten? Ich …?«

Die Tür fiel ins Schloss. Schritte entfernten sich, und eine Stille umfing sie, in der ihr das Geräusch ihres eigenen Atems unnatürlich laut erschien. Der Adrenalinpegel in ihrem Blut sackte ab. Ein Zittern durchlief ihren Körper, und ein dicker Kloß in ihrer Kehle machte das Schlucken schwer. Tränen rollten über ihre Wangen. Valerie konnte plötzlich keinen klaren Gedanken mehr fassen. Alles wirbelte durcheinander. Bilder von Noor, Marc, den Geschehnissen der letzten Stunden.

Eine Polizistin brachte ihr etwas zu essen und zu trinken. Danach sah und hörte sie niemanden mehr. Valerie starrte auf das Tablett auf dem Boden neben der Pritsche, auf eine Plastikflasche mit Mineralwasser und zwei eingepackte Sandwiches, ohne sie wirklich zu sehen. Vor ihrem inneren Auge tauchte die Fotografie von Noor auf, die Mayer ihr gezeigt hatte. Jede Einzelheit des Bildes hatte sich ihr eingebrannt, scharf und unauslöschlich. Valerie spürte erneut das Herzklopfen, das der Anblick in ihr ausgelöst hatte. Die plötzliche Angst. Sie hatte ihren Gefühlen keinen Raum gegeben in der Gegenwart der beiden Männer. Doch jetzt, wo sie allein und unbeobachtet war, konnte sie sich ihnen nicht mehr entziehen, und die Sorge um ihre Freundin ließ sie alles andere vergessen.

Seit zwei Wochen war Noor al-Almawi spurlos verschwunden. Niemand hatte etwas von ihr gehört. Niemand hatte sie gesehen. Noor war wie vom Erdboden verschluckt. Und dann legten sie ihr *hier* eine Fotografie von ihr vor. Valeries Gehirn arbeitete fieberhaft.

Mayer war vom BND. Wen repräsentierte der Amerikaner? Die CIA? Es konnte nur eine Erklärung geben, warum sie festgehalten wurde. Warum Geheimdienstler sie nach Noor fragten. Nur eine einzige, verdammte Erklärung. Valerie wurde übel. Sie hatten Noor auf einer ihrer Terrorlisten und bereits in Gewahrsam. Irgendwo. Der Schweiß brach ihr aus. Valerie stand auf, machte drei Schritte und lehnte die Stirn gegen den kalten Stein der Wand, um wieder zu sich zu kommen. Aber es half nichts. Die Beklemmung wollte nicht weichen, umfing sie, hielt sie, nahm ihr den Atem. Durch das Gitter kroch die Dunkelheit herein, in ihrem Gefolge Schatten, die sich drohend in den Ecken auftürmten. Valerie ließ sich auf die Pritsche sinken, wickelte sich gegen die plötzliche Kälte, die sie empfand, in die Decke und weinte sich in einen kurzen Schlaf der Erschöpfung. Als sie wieder aufwachte, wusste sie zuerst nicht, wo sie war, dann traf sie die Erkenntnis wie eine Ohrfeige. Sie konnte nicht wieder einschlafen.

Valerie lag noch immer auf der Pritsche und starrte in die Dunkelheit, als sich ein Schlüssel im Schloss ihrer Zellentür drehte. Sie hatte keine Ahnung, wie spät es war, und das Licht, das durch den Türspalt hereinfiel, blendete sie. Dennoch erkannte sie Mayer, der in die Zelle trat und sie am Arm berührte. »Stehen Sie auf.«

Ihr Rücken schmerzte von der durchgelegenen Matratze.

Ihr Mund war trocken, und ihre Augen brannten. Valerie reckte sich und schwang die Füße auf den Boden. Unsicher tastete sie nach ihren Schuhen.

Durch leere Flure und an verlassenen Büros vorbei brachte Mayer sie zurück in das Verhörzimmer, wo sie alles wieder genauso vorfand, wie sie es verlassen hatten. Der Amerikaner wartete bereits am Tisch. Den Ordner vor sich.

In den vergangenen Stunden hatte Valerie unzählige Varianten ihrer nächsten Begegnung durchgespielt. Als sie sich ihm jetzt gegenübersah, lösten sich alle rationalen Überlegungen auf. Zurück blieb nur kalte Wut. »Ich sehe keinen Anwalt«, bemerkte sie kühl.

Ihr Gegenüber zog eine Augenbraue nach oben. Gleichzeitig spürte sie, wie sich Mayers Finger fester um ihren Arm schlossen. Augenblicke später war sie wieder in ihrer Zelle. Allein mit ihrer Angst.

* * *

Robert F. Burroughs war kein Mann, der mit sich spielen ließ. Nicht mehr seit dem 11. September 2001, als seine Familie mit dem Flugzeug in Washington ins Pentagon gestürzt war. Mit dem Blick auf die verkohlten Leichen seiner Frau und seiner beiden Kinder war sein Leben zu Ende gewesen. Sein Glaube an Gott hatte sich in einem dunklen Abgrund aufgelöst. Er hatte nichts mehr zu verlieren und von dem Zeitpunkt an sein ganzes Sein dem Kampf gegen den Terror verschrieben. Als Mitarbeiter der CIA verfolgte er dieses Ziel mit einer Hartnäckigkeit und Skrupellosigkeit, die selbst einige seiner Kollegen erschreckten.

Er hegte keinen persönlichen Groll gegen Valerie Weymann. Er hätte sogar darüber hinwegsehen können, dass sie Deutsche war. Sie war eine durchaus attraktive Frau von einem Selbstbewusstsein, das ihm in jeder anderen Situation imponiert hätte. In diesem Fall war ihr Selbstbewusstsein jedoch mehr als lästig. Es blockierte die Ermittlungen und kostete Zeit. Und Zeit war etwas, das sie nicht hatten.

»Diese Frau enthält uns Informationen vor, die Tausende von Menschenleben retten könnten«, sagte er zu Mayer. »Wir können es uns nicht leisten, auf ihre Spielchen einzugehen. Sie braucht mehr Druck.«

»Die Beweislage ist zu dünn«, gab Mayer kühl zurück. »Wir können sie nicht länger festhalten. Valerie Weymann ist Anwältin. Sie kennt ihre Rechte, und sie wird nicht reden.«

»Eric, Sie wissen, was auf dem Spiel steht. Die Stimmung ist nach dem Anschlag in Kopenhagen mehr als angespannt«, konterte Burroughs. Er wies mit der Hand zum Fenster und beschrieb einen weiten Bogen über die Dächer Hamburgs. »Da draußen ist Krieg. Sie wollen nicht verantworten, dass diese Stadt Anfang des nächsten Jahres brennt, nur weil …«

»Mir ist die Brisanz unserer Situation durchaus bewusst«, fiel ihm Mayer ins Wort. »Es gibt allen Grund zur Besorgnis, aber das kann und darf nicht dazu führen, dass wir jede Form der Rechtsstaatlichkeit außer Acht lassen.« Es lag eine Bestimmtheit in der Stimme des Deutschen, die Burroughs reizte.

In einem Monat war in der Stadt ein internationaler Klimagipfel geplant. Hinter den Kulissen wurde mit einem riesigen Personalaufwand an der Sicherheit der Veranstaltung gearbeitet. Es gab ernst zu nehmende Terrorwarnungen, und Valerie Weymann war nicht die Erste, die in diesem Zusammenhang verhaftet worden war.

Burroughs räusperte sich. »Valerie Weymann ist kein unbeschriebenes Blatt. Das wissen Sie.«

Mayer ließ die Unterlagen, die er vom Tisch aufgenommen hatte, langsam zurücksinken. »Überschreiten Sie nicht Ihre Kompetenzen, Bob«, warnte er mit leiser Stimme.

* * *

Marc Weymann starrte fassungslos auf sein Telefon.

»Ihre Frau befindet sich im Gewahrsam der Polizei. Mehr können wir Ihnen aus ermittlungstechnischen Gründen zum derzeitigen Zeitpunkt nicht mitteilen.«

»Was ist passiert? Geht es ihr gut? Hat sie einen Anwalt? Kann ich zu ihr? Kann ich irgendetwas für sie tun?« Marcs Stimme überschlug sich beinahe.

»Ich bin nicht befugt, Ihnen darüber Auskunft zu geben.«

»Dann verbinden Sie mich mit jemandem, der die Befugnis hat!«

»Rufen Sie bitte zu einem späteren Zeitpunkt noch einmal an.«

Die Verbindung war unterbrochen. Marcs Herz klopfte, und seine Gedanken rasten. Namen schossen ihm durch den Kopf. Wen konnte er anrufen? Wer konnte helfen? Was, zum Teufel, war hier los?

Seit er am Vortag Valeries Hilferuf auf dem Handy gehört hatte, versuchte er mit allen Mitteln, Kontakt mit ihr aufzunehmen. Bisher ohne Erfolg. Und erst jetzt, mehr als vierundzwanzig Stunden später, erhielt er die Auskunft, dass sie sich tatsächlich in Gewahrsam der Polizei befand.

»Warum ist Mama noch nicht wieder da?«, hatten die Mädchen am Morgen gefragt, als er sie geweckt hatte.

Die halbe Nacht hatte er wach gelegen und darüber nachgedacht, was er antworten würde, wenn sie ihn das fragen würden. Die andere Hälfte der Nacht hatte der Schlaf ihn aus Sorge um Valerie geflohen.

»Sie ist in London aufgehalten worden. Ihr Flugzeug konnte wegen Nebel nicht starten.« Mit dieser Lüge hatte er seine Kinder vorläufig beruhigt. »Sie hat gestern Abend, als ihr schon im Bett wart, noch angerufen. Ich soll euch von ihr küssen. Wenn ihr aus der Schule kommt, ist sie bestimmt zurück.« Was würde er ihnen erzählen, wenn sie am Nachmittag nach Hause kamen? Er müsste längst in der Reederei sein, aber seine Sekretärin wusste, wie sie ihn im Zweifelsfall erreichen konnte, und hatte auf seine Bitte hin die Vorstandssitzung auf den kommenden Tag verschoben.

Das Klingeln der Türglocke schreckte ihn aus seinen Gedanken. Ihre alte Stadtvilla lag am Leinpfad in Hamburg-Winterhude direkt an der Alster. Marcs Großeltern hatten das Haus um die Jahrhundertwende bauen lassen, und er war mit Valerie vor einigen Jahren hier eingezogen, seit seine Mutter nach dem Tod seines Vaters ihren Lebensabend in der Schweiz verbrachte.

Marc drückte den Knopf der Gegensprechanlage. »Ja, bitte?«

»Eric Mayer, Auswärtiges Amt. Machen Sie bitte die Tür auf.«

Marc stockte das Herz. Überrascht drückte er den Türöffner. Hoffnung keimte in ihm auf.

Mayer kam nicht allein. Als er den kurzen Weg heraufkam, der von der Straße zur Tür führte, erblickte Marc einen großen kantigen Mann, etwa Ende dreißig, gefolgt von zwei weiteren Männern in Zivil und zwei uniformierten Beamten der Hamburger Polizei, die zusammengeklappte Umzugskartons trugen.

»Herr Marc Weymann?«, fragte Mayer.

Marc nickte. »Haben Sie meine Frau am Flughafen festgenommen?«

Statt einer Antwort zog Mayer ein Schreiben aus der Innentasche seines Mantels und reichte es Marc. »Wir haben einen Durchsuchungsbefehl für Ihr Haus.«

Marc warf nur einen flüchtigen Blick darauf. »Sie haben meine Frau in Gewahrsam, und jetzt wollen Sie auch noch unser Haus durchsuchen? Sagen Sie mir erst, worum es hier geht.«

Auf der Straße blieb ein Passant neugierig stehen. Mayer warf Marc einen vielsagenden Blick zu. »Ist es nicht vielleicht besser, wenn wir reingehen?«

Widerstrebend ließ er die Polizisten herein und schloss die Haustür hinter ihnen. Mayer betrachtete anerkennend das Interieur. »Wir möchten als Erstes das Arbeitszimmer Ihrer Frau sehen«, sagte er dann.

Marc rührte sich nicht von der Stelle. »Warum haben Sie Valerie festgenommen?«

»Ihre Frau wird verdächtigt, eine terroristische Organisation zu unterstützen.«

»Wie bitte?«, fragte Marc fassungslos.

»Kennen Sie eine Frau namens Noor al-Almawi?«

Marc versuchte, das plötzliche Zittern seiner Hände zu unterdrücken.

Mayer fragte nicht weiter. »Das Arbeitszimmer?«, wiederholte er nur.

Marc führte die Männer wie paralysiert durch den Flur zu einem der zum Garten gelegenen Räume und stand schweigend im Türrahmen, während sie Schränke ausräumten und Schubladen durchsuchten. Es fiel ihm schwer, einen klaren Gedanken zu fassen. Valerie. Noor. Er sah die beiden Frauen wieder vor sich, wie sie in den vergangenen Monaten zusammengesteckt und getuschelt hatten. Plötzlich verstummten, wenn er den Raum betrat.

Nein, das konnte nicht sein. Valerie lehnte Gewalt ab. Sie verurteilte jede Form des Terrorismus, auch wenn sie verstand, dass seine Ursache in der weltweit ungleichen Verteilung des Reichtums und den Tücken der Globalisierung lag, und willens war, diese im Rahmen ihrer Möglichkeiten zu bekämpfen.

»Wie lange werden Sie meine Frau noch festhalten?«, fragte er. »Sie hat ein Recht darauf, ihren Anwalt zu sehen. Außerdem will ich mit ihr sprechen.«

Mayer sah von seinen Unterlagen auf, die er flüchtig durchblätterte. »Ich darf Ihnen über den Stand der Ermittlungen keine Auskunft geben, Herr Weymann.«

»Ich bestehe darauf, dass Sie mir sagen, wer Valerie anwaltlich vertritt oder ob ich mich …« Mayers Blick ließ ihn verstummen. Marc würde nichts erfahren. Nicht von ihm und auch von sonst niemandem. Er musste mit Noors Familie Kontakt aufnehmen.

Mayer wandte sich wortlos wieder seiner Arbeit zu, und Marc verließ den Raum. Er rieb sich die Schläfen und ging wie in Trance in die Küche. Er zog die Tür hinter sich zu, sank auf einen der Stühle am Esstisch und ließ den Kopf in die Hände fallen.

Terrorverdächtig.

Bilder rasten durch seinen Kopf. Schlagzeilen über Menschen, die in Gefängnissen verschwanden und nie wieder auftauchten. Wie Murat Kurnaz. Wie viele Jahre hatte der

Bremer in Guantanamo verbracht, bis sich die deutsche Regierung für ihn eingesetzt hatte? Er musste etwas tun. Sofort. Er griff zu dem schnurlosen Telefon, das auf der Fensterbank stand. Wählte die Nummer von Valeries Kanzlei und verlangte ihren Seniorpartner zu sprechen. Als er diesem mit knappen Worten berichtete, was geschehen war, begegnete ihm tiefes Schweigen vom anderen Ende der Leitung.

»Tut mir leid«, sagte der Senior schließlich. »Ich kann Ihnen in diesem Fall nicht helfen.« Ohne ein weiteres Wort beendete er das Gespräch. Was ging hier vor? Valerie arbeitete seit zehn Jahren mit diesem Mann zusammen, wie konnte er sie einfach so fallen lassen? Marc betrachtete den Apparat in seiner Hand misstrauisch. Vielleicht wollte er am Telefon nicht mit ihm darüber sprechen. Wurde es abgehört? Vermutlich. Nachdenklich stellte er das Gerät wieder in seine Ladeschale zurück und trat in den Flur, wo ihm Mayer bereits entgegenkam, gefolgt von den beiden Beamten in Zivil und den Uniformierten, von denen der eine einen mit Ordnern und Papieren gefüllten Umzugskarton trug und der andere Valeries Computer.

»Ich denke, wir haben alles«, bemerkte Mayer. »Die Auswertung erfolgt im Polizeipräsidium.«

»Ich verlange eine Quittung über die von Ihnen konfiszierten Gegenstände!« Marc war plötzlich wütend. Ob auf Valerie oder auf Mayer und seine Handlanger wusste er in diesem Moment nicht genau.

»Selbstverständlich.« Mayer reichte ihm einen Zettel mit einer akribischen Auflistung der beschlagnahmten Gegenstände. Unterschrieben und abgestempelt.

Sobald er sicher sein konnte, dass die Beamten fort waren, zog Marc sich seine Jacke über und stürmte aus dem Haus.

Am Winterhuder Marktplatz war ein türkischer Gemüsehändler, bei dem er regelmäßig einkaufte. Der Geruch von
eingelegten Oliven und Kräutern strömte ihm entgegen,
als er die Ladentür aufstieß. Ahmed Khattab begrüßte ihn
lächelnd. »Das Übliche?«, fragte er und griff nach einem
Bündel Bananen. »Frisch vom Großmarkt.«
»Nein, ich …« Marc kam sich plötzlich lächerlich vor.
»Dürfte ich kurz Ihr Telefon benutzen? Es ist wirklich
dringend.«

Khattab sah ihn überrascht an, zog dann aber sein Handy
aus der Brusttasche und öffnete die Tür zu einem kleinen
Hinterzimmer, wo ein schmuckloser, mit Papieren völlig
überladener Schreibtisch stand.
Marc setzte sich und zog den Zettel mit Noor al-Almawis
Telefonnummer heraus, die er sich zu Hause hastig notiert
hatte. Es war die Nummer ihrer Praxis in St. Georg, in der
sie als Kinderärztin hauptsächlich Kinder aus muslimischen Familien betreute. Er erreichte jedoch nur einen
Anrufbeantworter, der ihm mitteilte, dass die Praxis bis
auf Weiteres geschlossen sei. Er legte auf, während die
Stimme der Sprechstundenhilfe noch Adressen und Tele-
fonnummern der Vertretungsärzte ansagte, und wählte die
zweite Nummer auf seinem Zettel. Er musste es oft klingeln lassen, bis sich schließlich eine ältere Frauenstimme
meldete.
»Noor ist nicht hier«, antwortete sie einsilbig. Ihr Akzent
war so stark, dass Marc Mühe hatte, sie zu verstehen.
»Ich muss dringend mit ihr sprechen. Wie kann ich sie
erreichen?«
»Noor ist nicht hier«, wiederholte die Frau und legte auf.
Marc wählte die Nummer noch einmal. Diesmal ging nie-

mand mehr ans Telefon. Als er aus dem Hinterzimmer zurück in den Laden kam, sah Ahmed Khattab ihn besorgt an. »Ist etwas passiert?«

»Nein, alles in Ordnung.« Marc zwang sich zu einem Lächeln und kaufte dem Gemüsehändler als Dankeschön noch ein paar Mandarinen ab. Draußen auf der Straße warf er einen Blick auf seine Armbanduhr. Es war erst halb elf. Im Büro der Reederei wurde er erst gegen dreizehn Uhr erwartet. Noors Familie besaß eine der alten Villen in der Hochallee in Hamburg-Harvestehude − es war nicht einmal ein Umweg auf der Fahrt in die Stadt.

Marc parkte seinen Wagen auf der anderen Straßenseite und betrachtete das weiße Haus im klassizistischen Stil. Noor war hier aufgewachsen. Ihr Vater war bereits in den frühen Siebzigerjahren als Kaufmann aus Damaskus nach Hamburg gekommen und hatte mit seiner Im- und Exportfirma ein kleines Vermögen erwirtschaftet. Noors Wohnung lag im dritten Stock im Dachgeschoss des Hauses. Er klingelte Sturm, doch es rührte sich nichts. Schließlich versuchte er es bei ihren Eltern. Diesmal musste er nicht lange warten. Eine ältere Frau öffnete die Tür einen Spalt und lugte hinter der Türkette zu ihm herauf. Vermutlich eine von Noors Tanten oder Großtanten. Im Haus der al-Almawis waren ständig Verwandte zu Besuch.

»Ich suche Noor al-Almawi«, sagte er. »Wissen Sie, wo ich sie erreichen kann?«

»Noor ist nicht da«, sagte die Frau, und er erkannte die Stimme vom Telefon. Sie wollte die Tür wieder ins Schloss schieben.

Kurz entschlossen stellte er seinen Fuß in den Spalt. »Bitte, warten Sie. Wir haben miteinander telefoniert«, sagte er. »Ich hatte bei Noor angerufen. Ich brauche Ihre Hilfe. Ich bin Marc Weymann, Valeries Mann.«

Aus dem Hintergrund hörte er eine männliche Stimme. Die Frau trat zurück, und Marc blickte in das Gesicht von Noors Vater, einem schlanken älteren Mann von distinguiertem Äußeren. »Hallo, Marc, was wollen Sie von Noor?«

Marc beugte sich vor und flüsterte: »Valerie ist gestern unter Terrorverdacht verhaftet worden.«

Er sah, wie der Mann unter dem Olivbraun seiner Haut blass wurde. Langsam hakte er die Kette aus und bat Marc herein.

* * *

Eric Mayer betrachtete nachdenklich die trotzig aufgeworfenen Lippen der Frau ihm gegenüber. Ihre Angst schien förmlich greifbar, er spürte das Zittern ihres Körpers mehr, als dass er es sah. Dennoch wich sie seinem Blick nicht aus. Starrte ihn aus grauen Augen feindselig an. Er fragte sich, wie viel Kraft es die Anwältin kostete und wie lange sie diesen Widerstand aufrechterhalten konnte. Die Amerikaner drängten, auch wenn sie unter ihrem neuen Präsidenten zurückhaltender geworden waren. Es war bezeichnend, dass ausgerechnet Burroughs die Koordination der amerikanischen Sicherheitsmaßnahmen übernommen hatte. Auch die deutschen Ermittlungsbehörden arbeiteten auf Hochtouren. Der Anschlag von Kopenhagen war ein Rückschlag gewesen für die politischen Ziele, die die Staatengemeinschaft verfolgte, und zeigte zugleich, wie wichtig die neue Ausrichtung war. Er war einem Einsatz der Dänen in Afghanistan gefolgt, bei dem eine Gruppe Schulkinder getötet worden war. Das Bekennerschreiben hatte keine Fragen offengelassen. »Tötet ihr unsere Kinder, töten wir eure.«

Was würde in Hamburg passieren? Sie saßen auf einem Pulverfass, und die Lunte glühte bereits. Es war nur eine Frage der Zeit.

Zeit.

Er konzentrierte sich wieder auf Valerie Weymann. »Warum machen Sie es uns allen unnötig schwer?«, fragte er.

Sie gab nicht nach. »Ich war immer der Meinung, dass wir in Deutschland in einem Rechtsstaat leben. Sie halten mich seit zwei Tagen hier fest, ohne mir zu sagen, warum, geschweige denn …« Es lag ein Zittern in ihrer Stimme, kaum merkbar. Sie atmete tief durch, als hätte sie es selbst bemerkt. »… geschweige denn, mir Kontakt zu meinem Anwalt zu ermöglichen.«

»Sagen Sie uns, was wir wissen wollen, und Sie können gehen.«

Sie zog eine Braue hoch, und er fragte sich, wie es sein musste, ihr im Gerichtssaal gegenüberzustehen. Er hatte sich über sie informiert. Sie war bekannt für ihre spitze Zunge und die glasklare Logik, mit der sie ihre Beweise führte. Sie war erfolgreich mit dem, was sie tat. Sie war attraktiv. Sie hatte Geld. Aus welchem Grund unterstützte sie Noor al-Almawi? Aus Freundschaft? Nein, nicht Valerie Weymann. Wenn sie tatsächlich beteiligt war, war sie gefährlich. Sie war kein Mitläufer. Sie handelte aus Überzeugung.

»Wenn ich kooperiere, kann ich gehen?« In einer spöttischen Geste breitete sie die Arme aus. »Dann darf ich das hier also als Beugehaft verstehen?«

Mayer klappte seinen Ordner auf und zog die Fotos heraus. Er ließ sich Zeit, als er sie auf dem Tisch ausbreitete, und beobachtete dabei unter den Lidern hervor ihr Gesicht. Alle Fotos zeigten Noor al-Almawi. Aber sie war nicht allein auf den Bildern. Sie lachte mit einem Mann über einen Straßenclown, sie teilte mit diesem Mann eine Tüte gebrannter Mandeln, sie küsste ihn. Eine feine Falte bildete sich zwischen Valerie Weymanns Brauen.

»Diese Fotos sind drei Tage vor dem Anschlag in Kopenhagen aufgenommen worden«, sagte Mayer.

Valerie schwieg. Aber es war ein anderes Schweigen als zuvor. Nachdenklichkeit hatte die Wut abgelöst. Lange war es still in dem Raum.

»Ich nehme an, Sie wissen, dass es sich bei diesem Mann um Mahir Barakat handelt, aber Sie wussten nichts von dem Treffen der beiden in Kopenhagen.«

Er deutete ihr beharrliches Schweigen als Zustimmung.

Mayer zog ein weiteres Foto aus dem Ordner. Es zeigte Mahir Barakat und zwei Männer von arabischem Äußeren in einem Restaurant. Mayer tippte auf einen von ihnen. »Dieser Mann ist einer der drei Attentäter von Kopenhagen.«

Alle Farbe wich aus Valerie Weymanns Gesicht. Sie schluckte. »Wo ist Noor?«, fragte sie dann so unerwartet, dass Mayer überrascht aufsah.

»Wie bitte?«

»Wo ist Noor al-Almawi?«, wiederholte Valerie ihre Frage. »Wohin haben Ihre Leute sie gebracht?«

Mayer beugte sich vor und fixierte Valerie. »Sie kennen diese Männer«, sagte er, ohne auf ihre Frage einzugehen.

»Nein«, erwiderte sie ruhig. »Ich kenne sie nicht.«

Mayer stand auf und trat ans Fenster, wohlwissend, dass er so nicht weiterkam. Sie saßen bereits seit mehr als drei Stunden zusammen. Die Luft im Raum war stickig, und es verlangte ihn danach, rauszugehen und den Wind zu spüren, der immer durch die Straßen dieser Stadt blies. Der Innenhof lag bereits im Grau der ersten Dämmerung. Lichter brannten in den Fenstern rundherum. Bei ihrem Anblick dachte er unwillkürlich an sein nichtssagendes Hotelzimmer, dessen einziger Lichtblick die Aussicht über die Weite der Alster war. Mit einem Ruck wandte er sich ab und maß Valerie kühl. »Sie spielen mit dem Feuer, Frau Weymann. Ich kann Sie nicht schützen, wenn es außer Kontrolle gerät.«

Sie richtete sich auf ihrem Stuhl auf. »Drohen Sie mir etwa?«

»Nein, ich warne Sie.«

»Wovor?«

»Ich denke, das wissen Sie.«

Valerie senkte den Blick. Sie hatte Angst vor dem Amerikaner. Ahnte etwas. Was wusste sie wirklich?

Jetzt war sie es, die aufstand und langsam im Raum auf und ab ging. Ihr dunkelgrauer Hosenanzug war zerknittert, ihr Haar hatte sie im Nacken zu einem Zopf zusammengefasst, dessen Ende sie zwischen ihren Fingern drehte. Schließlich blieb sie stehen und sah ihn an. »Ich kenne diese Männer nicht. Ich habe mit alldem nichts zu tun. Bitte, lassen Sie mich gehen. Ich möchte nach Hause zu meiner Familie.«

Er wünschte, er könnte ihr glauben. Ob ihre Töchter dieselben auffällig grauen Augen hatten wie sie? Er hatte auch von ihnen Fotos gesehen und in unbeschwerte lachende Kindergesichter geblickt. Aber die Auflösung war nicht scharf genug gewesen, um ihre Augenfarbe zu erkennen.

Ich kenne diese Männer nicht.

Er wusste, dass sie nicht die Wahrheit sagte. Erneut öffnete er den Ordner und zog seinen letzten Trumpf. Legte ihn wortlos auf den Tisch. Die Fotografie zeigte Valerie Weymann zusammen mit Noor al-Almawi, Mahir Barakat und dem Attentäter von Kopenhagen in Hamburg an der Alster. Im Hintergrund waren die Kaufmannshäuser am Jungfernstieg und der Turm des Rathauses zu erkennen. Valeries Lippen wurden schmal, und in ihren Augen lag ein wütendes Funkeln, als sie zu ihm aufsah. »Das ist eine Frechheit.« Sie packte das Foto und machte einen Schritt auf ihn zu, hielt es ihm unter die Nase. »Was soll das, was wollen Sie mir anhängen? Ich bin nie mit diesen Männern und Noor al-Almawi an der Alster gewesen.« Sie knüllte das Bild zusammen und warf es ihm vor die Füße. »Das ist eine Fotomontage.«

Mayer bückte sich nicht danach. Starrte nur darauf und vermied den Blick auf die Digitalkamera, die auf dem Fensterbrett stand. Das kleine grüne Licht über dem Objektiv zeigte, dass sie arbeitete.

War Valerie Weymanns Empörung echt, oder war sie gespielt? Er wusste nicht, wie oft er sich die Sequenz auf dem Film bereits angesehen hatte. Jede Regung, jedes Zucken ihres Gesichts war ihm inzwischen bekannt und vertraut. Jede Nuance ihrer Stimme. Wieder und wieder hatte er die Aufnahme abgespielt und war doch zu keinem befriedigenden Ergebnis gekommen. Er hatte einen Fototechniker an die Auswertung der Fotografie gesetzt. »Wenn es eine Montage ist, dann ist sie zu professionell gemacht, um es zu erkennen«, hatte dieser ihm nach Abschluss seiner Arbeit mitgeteilt. Mayer fragte nicht, ob das möglich war. Es war möglich, das wusste er.

Er konfrontierte schließlich Burroughs mit den Aufnahmen. Der Amerikaner nahm die Sache ernster, als er erwartet hatte. Stirnrunzelnd betrachtete er ebenso wie Mayer mehrfach die Filmsequenz, in der Valerie Weymann wütend die Fotografie auf den Boden warf. »Sie ist verdammt authentisch«, murmelte er kopfschüttelnd. Dann sah er auf zu Mayer. »Sollten wir tatsächlich einen Fehler gemacht haben mit ihrer Verhaftung?«, fragte er und zog sein Handy aus der Brusttasche seines Jacketts. »Wenn Sie nichts dagegen haben, werde ich die Bilddaten an unser Labor nach Langley schicken, damit sie dort noch einmal überprüft werden.«

Mayer widersprach nicht. Die Amerikaner waren nach wie vor besser ausgerüstet. »Die ganze Beweislage ist so dürftig, dass es schwer ist, die Situation angemessen zu beurteilen«, sagte er, als Burroughs sein Gespräch in seinem schnellen, von einem Südstaatenakzent geprägten Amerikanisch beendet hatte, und dachte dabei an Valerie Weymanns Aussage.

»Zweifeln Sie an unseren bisherigen Ermittlungsergebnissen?«, fragte Burroughs und ließ sein Handy wieder in seiner Brusttasche verschwinden. »Unterschätzen Sie al-Almawi nicht. Sie ist eine Hardlinerin. Eine Feministin. Für den Iran hat sie längst ein Einreiseverbot, und sowohl in Jordanien als auch im Irak war sie wegen ihrer Aktivitäten bereits kurzfristig inhaftiert. Sie haben doch Akteneinsicht gehabt.«

»Sie ist und bleibt eine Frau in einer Gesellschaft, in der Frauen als Menschen zweiter Klasse angesehen werden«, widersprach Mayer. »Diese Frauen kämpfen nicht an der Seite ihrer Männer.«

»Al-Almawi ist im Westen aufgewachsen und gehört einer Generation an, die zwischen den Kulturen und über solchen Konventionen steht«, sagte Burroughs. »Sie ist intelligent und ehrgeizig. Und sie hat eine *message*. Die Erfahrung hat uns gezeigt, dass diese Muslime die radikalsten sind.« Burroughs schaltete das Abspielgerät aus, das noch immer im Hintergrund lief. »Zudem hat sich Hamburg schon in der Vergangenheit als erfolgreiche Brutstätte für Terroristen erwiesen.« Bei seinen letzten Worten wurde seine Stimme unangenehm scharf. Drei der vier Piloten, die die Todesmaschinen am 11. September 2001 geflogen hatten, hatten in Hamburg gelebt. Sie waren Studenten der Technischen Universität in Harburg gewesen, jenem Stadtteil, der zum Teil fest in muslimischer Hand war.

Mayer wusste, dass es reine Zeitverschwendung war, mit Burroughs zu streiten, wenn er so von sich und seiner Meinung eingenommen war. »Wir sollten die Ergebnisse aus Langley abwarten, bevor wir uns weiter in das Thema vertiefen«, sagte er ruhig und warf einen Blick auf seine Armbanduhr. »Wann rechnen Sie damit?«

»Heute Nacht«, erwiderte Burroughs. »Die Kollegen sind schnell.« Er lächelte plötzlich. »Sie glauben mir nicht in Bezug auf al-Almawi.«

»Nein.«

»Sie hat heute Morgen gestanden.«

»Heute Morgen?« Mayer war nicht wirklich überrascht. Er verspürte Unbehagen, und wenn er Noor al-Almawis Aufenthaltsort richtig vermutete, war es bemerkenswert, dass sie erst jetzt, zwei Wochen später, eingebrochen war. Es ärgerte ihn, dass Burroughs ihm die Information vorenthalten hatte. Ihr Geständnis verschärfte die Situation. »Warum haben Sie es nicht heute Morgen in der Runde mitgeteilt?«, fragte er den Amerikaner.

»Ich wollte das Geständnis erst in Ruhe überprüfen, bevor ich es weiterleite.«

Mayer spürte die Spannung, die sich in ihm aufbaute.

»Wir müssen darauf bestehen, dass Noor al-Almawi nach Deutschland zurückgebracht wird«, hatte ihm sein Vorgesetzter erst am Vorabend mitgeteilt. »Wir können nicht stillschweigend dulden, dass die CIA Menschen in Deutschland kidnappt.« Ein Räuspern war diesen Worten durch die Leitung gefolgt. »Und schon gar nicht in diesem Fall.«

Eine Order von ganz oben. So klang es zumindest. Und Mayer als der Verantwortliche vor Ort musste sehen, wie er die Kastanien aus dem Feuer holte, ohne damit die Politik, die ganz oben gemacht wurde, zu belasten.

»Dafür sind wir nun mal da«, hatte ihm ein älterer Kollege bei einem gemeinsamen Auslandseinsatz einmal gesagt. »Informationen beschaffen und den Dreck wegräumen, den die anderen machen.«

Kurz darauf war dieser Kollege von einer Autobombe getötet worden. Die Öffentlichkeit hatte nie erfahren, dass es sich um einen BND-Agenten gehandelt hatte, der bis zur Unkenntlichkeit verbrannt war. Nicht einmal seine Familie durfte informiert werden. Sie lebte heute noch in dem Glauben, dass er sich irgendwo in Südamerika abgesetzt hatte. Es war diese Geschichte, die Mayer letztlich dazu bewogen hatte, keine familiären Bande zu knüpfen. Er wollte nicht eines Tages eine um die Wahrheit betrogene Ehefrau und vom Vater enttäuschte Kinder zurücklassen.

Burroughs warf einen Blick auf seine Armbanduhr und griff nach seiner Aktentasche. »Kommen Sie noch mit zum Weihnachtsmarkt auf dem Rathausmarkt? Ich bin dort mit den Kollegen vom Konsulat verabredet.«

»Nein, ich habe noch zu tun. Wann können wir damit

rechnen, dass Sie Noor al-Almawi nach Deutschland überstellen?«

Burroughs sah ihn überrascht an. »Wie kommen Sie darauf, dass eine solche Überstellung zur Diskussion steht?«

»Sie besitzt die deutsche Staatsangehörigkeit.«

Burroughs zog eine Augenbraue hoch. »Das hat Ihre Behörde vor drei Wochen auch nicht weiter gestört.«

Weil es da noch niemand gewusst hatte. Noor al-Almawi hatte vor einigen Wochen den Einbürgerungstest absolviert. Die Dokumente waren erst kurz vor ihrem Verschwinden fertiggestellt worden, und es war nicht mehr möglich gewesen, die Einbürgerung zurückzunehmen.

»Vor drei Wochen waren die Vorzeichen anders«, sagte Mayer und griff ebenfalls nach seinen Sachen. »Ich bin angewiesen …«

»Diese Frau steckt voller Informationen«, fiel Burroughs ihm ins Wort und hielt ihm die Tür auf. »Jetzt, wo wir sie zum Reden gebracht haben, können wir sie nicht einfach hierher zurückbringen.«

»Sie hat ein Anrecht darauf.«

Sie erreichten den Fahrstuhl, der just in diesem Augenblick seine Türen öffnete. »Sie hat all ihre Rechte verwirkt, indem sie sich diesen Terroristen angeschlossen hat«, erwiderte Burroughs knapp, während er den Fahrstuhl betrat. »Glauben Sie mir, Eric, wir wollen die Sache ebenso schnell zum Abschluss bringen wie Sie.« Sein Finger verharrte auf dem Knopf für die Tiefgarage, und Mayer spürte plötzlich die unterschwellige Nervosität des Amerikaners.

»Irgendwo in dieser Stadt wartet ein Schläfer auf seinen Weckruf«, fuhr Burroughs fort, kurz bevor sich die Türen mit einem leisen Zischen schlossen. »Wir können uns keine falschen Sentimentalitäten leisten.« Das Letzte, was Mayer sah, waren Burroughs' Fußspitzen, die in einem unbekannten Takt auf und ab wippten. Was fürchtete der Mann von der CIA? Ihn trieb mehr als nur die Angst vor dem nächsten Anschlag.

*   *   *

Es gab nichts außer ihren eigenen Gedanken und dem Zwang, ihnen zuzuhören beim Kreisen und Wandern, beim Suchen nach Lösungen und der verzweifelten Auflehnung. Es gab nichts, womit sie sich hätte ablenken können. Nichts, was sie zum Schweigen brachte. Und das war fast das Schlimmste in diesen beiden ersten Tagen.

Valerie lebte wie auf einer Insel, herausgelöst aus dem Strom der Zeit und des Lebens, das dort draußen weiter seinen Lauf nahm. Ohne sie. Bislang war sie mit der Hoffnung aufgestanden, dass es der letzte Tag sein würde in dieser erbärmlichen gelb gestrichenen Zelle. Dass alles, was geschehen war, sich als Missverständnis entpuppte und sie wieder hinausgehen konnte in ihre Welt. Ihr Leben wiederaufnehmen, als wäre nichts gewesen. Aber dann hatte Mayer ihr die Fotos gezeigt. Das eine Foto.

Valeries Finger krampften sich um den rauhen Stoff der Decke, die sie über ihre Schultern gezogen hatte. Es steckte mehr hinter allem, so viel mehr, als sie bislang geglaubt hatte. Das war ihr in jenem Augenblick klar geworden. Es gab kein Zurück, und es gab keine Hoffnung mehr. Stattdessen wurde die Vergangenheit plötzlich wieder lebendig. Valerie schloss die Augen. Sie würden mehr herausfinden. Alles. Und sie würden es gegen sie verwenden.

Und nicht zum ersten Mal fragte sie sich, wo Noor jetzt war. Was sie mit ihr machten.

Es war einer der ersten zaghaften Frühlingstage in Hamburg gewesen, an dem sie Noor das erste Mal begegnet war. Der Himmel war von strahlendem Blau gewesen, die Luft noch kalt, aber schon voller Gerüche und Ahnungen, die das Herz schneller schlagen ließen. Valerie wohnte damals als Referendarin bei der Staatsanwaltschaft vor dem Landgericht einem Prozess bei, bei dem Noor als medizinische Gutachterin geladen war. Es ging um die Misshandlung einer jungen Frau in einer Asylbewerberunterkunft. Noor hatte den Fall zur Anzeige gebracht, nachdem sie die junge Frau, fast noch ein Mädchen, ärztlich behandelt hatte. Es war ein spektakulärer Fall geworden, der großes Interesse bei den Medien verursacht und eine politische Diskussion ausgelöst hatte über die Zustände in den Unterkünften der Hansestadt. Und es war Noors Aussage gewesen, die letztlich zur Verurteilung der Täter geführt hatte. Ihre nüchterne Sachlichkeit hatte die erschütternden Fakten umso deutlicher gemacht. Valerie hatte Noor für diese kühle Distanz bewundert, die sie selbst den Medien gegenüber wahrte. Auch in späteren Jahren hatte sich Noor nie hinreißen lassen, über die gegebenen Fakten hinaus zu spekulieren oder emotional Stellung zu beziehen, und sich damit eine Reputation und ein Ansehen geschaffen, das Menschen aufhorchen ließ, wenn sie sich zu Wort meldete.

Wer konnte daran interessiert sein, diese Seriosität in Frage zu stellen, indem er ihren Namen mit terroristischen Gruppierungen in Verbindung brachte? Valerie schälte sich aus der Decke, stand auf und ging in der Zelle auf und ab. Sie hatte schon immer besser denken können, wenn sie in Bewegung war. Doch heute wollte es ihr nicht gelingen, ihre Gedanken unter Kontrolle zu bringen. Immer wieder schweiften sie zu jenem Tag zurück, an dem sie und Noor sich das erste Mal begegnet waren.

Niemand außer Valerie hatte je erfahren, dass sich Noor nach jener Verhandlung an einem der Hinterausgänge des Landgerichts zitternd eine Zigarette angesteckt hatte, während ihr die Tränen über das Gesicht strömten. Fassungslos und überrascht hatte sich Valerie plötzlich einer Frau gegenübergesehen, die mit der zuvor erlebten Persönlichkeit aus dem Gerichtssaal auf den ersten Blick nur das Äußere gemein hatte. Die kühle Überlegenheit war einem Schmerz gewichen, der Valerie körperlich berührte. Wortlos hatte sie Noor ein Papiertaschentuch gereicht, und als diese die Hand danach ausstreckte, hatten sie sich angesehen. Einen flüchtigen Moment, mehr nicht, der alles verändert hatte. Noors Augen waren plötzlich groß geworden, und sie hatte trotz der Tränen gelächelt. Auf ihre so wunderbare Art. Es gab niemanden, der so lächeln konnte wie Noor.

Das Geräusch eines sich drehenden Schlüssels in ihrer Zellentür ließ Valerie in ihrer rastlosen Wanderung innehalten. Die Tür öffnete sich mit einem metallischen Scharren, das sie bereits hasste. Eine junge Polizistin, die sie noch nicht zu Gesicht bekommen hatte, kam herein, in der Hand eine Reisetasche, die Valerie sofort erkannte.

»Ich soll Ihnen einen Gruß von Ihrem Mann ausrichten«, sagte die Beamtin, reichte ihr die Tasche und wollte die Zelle wieder verlassen, als Valerie nach ihrem Arm griff. »War er hier? Hat er etwas gesagt? Bitte …«

Die Frau verharrte. »Ich habe ihn nicht gesehen«, antwortete sie nicht unfreundlich. »Es tut mir leid.« Ihr Bedauern klang ehrlich.

Valerie stellte die Tasche auf ihr Bett und hörte, wie sich die Zellentür wieder schloss. Mit zitternden Fingern zog sie den Reißverschluss auf, nahm den Pullover heraus, der obenauf lag, und drückte ihr Gesicht in die weiche Wolle. Der vertraute Geruch, der ihr entströmte, löste eine so übermächtige Sehnsucht nach Marc und den Kindern aus, dass sie sich hinlegen musste. Ihr ganzer Körper schmerzte plötzlich. Es war, als tobte in ihr ein Tier, das ihr Herz in Tausende kleine Stücke riss. Marc war hier gewesen, ganz in ihrer Nähe ...

Sie wusste nicht, wie lange sie inmitten der verstreuten Kleidung gelegen hatte, überwältigt von Verzweiflung und Einsamkeit. Als sie wieder zu sich kam, schmerzte ihr Kopf und ihre Augen brannten. Sie schob Jeans, Pullover und Unterwäsche beiseite und nahm den Kulturbeutel, den sie unten in der Tasche gefunden hatte. Mit einem plötzlichen Gefühl des Ekels streifte sie den Hosenanzug ab, die Bluse, deren Ärmel längst grau waren. Sie ließ ihre Unterwäsche auf den unansehnlichen Kleiderhaufen am Boden fallen und stand schließlich nackt und zitternd vor dem kleinen Waschbecken gleich neben der Toilettenschüssel in der Ecke der Zelle. Langsam, wie einem Ritual folgend, begann sie sich zu waschen. Es war, als könne sie damit den Geruch der Angst der vergangenen Tage von ihrer Haut und aus ihrem Geist spülen, die Erinnerung an Burroughs' kalten Blick, die Sorge um Noor.

Sie vermied den Blick in den Spiegel. Der Anblick ihres Gesichts vor der Kulisse der kahlen gelben Wände drohte den schmerzenden Klumpen Einsamkeit erneut aufbrechen zu lassen. Sie schloss die Augen und meinte Noors kühle Finger auf ihren Wangen zu spüren. »Du bist zu hitzig, Valerie«, hörte sie ihre flüsternde Stimme. »Du musst nicht immer mit dem Kopf durch die Wand. Es gibt auch andere Wege.«

Zwischen ihren Zehen spürte sie das Wasser, das auf den Boden gespritzt war. Das grelle Licht spiegelte sich in den kleinen Pfützen, die es dort bildete. Sie machte sich nicht die Mühe, es aufzuwischen, machte lediglich einen Schritt fort vom Waschbecken, vom Spiegel, von Noor.

Auf dem Bett fand sie alles an Wäsche und Kleidung, was sie brauchte. Dicke Socken gegen die Fußkälte und ein langärmeliges Shirt, das sie unter den Wollpullover zog. Es befand sich nichts Persönliches in der Tasche außer ihrer Kleidung. Keine Nachricht von Marc, kein Bild von den Mädchen. Dennoch war es ein Stück Zuhause, das hier vor ihr lag. Vertraute Details aus ihrem Leben. Sie schlief besser in dieser Nacht.

* * *

Burroughs stieg in den dunklen Geländewagen, den seine Botschaft ihm zur Verfügung gestellt hatte. Wie viel Schwierigkeiten würde ihm Mayer bereiten? Er hatte inzwischen erfahren, dass der Mann vom BND eigens für die Vorbereitungen des Gipfels nach Hamburg beordert worden war. Vorher war er im Ausland gewesen. Naher Osten, Pakistan – dort, wo es am meisten brodelte. Er kannte sich aus und war allein deshalb schon gefährlich. Burroughs steckte den Schlüssel ins Zündschloss, beobachtete das Aufflackern der Instrumente am Armaturenbrett und ließ seine Finger über das lederbezogene Lenkrad gleiten. Die Deutschen konnten Autos bauen. Sie hatten Sinn für Stil und Form. Mehr als die Italiener.

Und auch ihre Agenten waren gefährlicher als manch andere. Zumindest dieser eine. Burroughs seufzte, ließ den Motor an und lenkte den Wagen aus der Tiefgarage. Er erinnerte sich, was einer seiner Kollegen über Eric Mayer gesagt hatte, was er daraufhin selbst über den Deutschen in Erfahrung gebracht hatte. Es war nicht viel, mehr Gerüchte als Fakten ... Er starrte auf die Straße vor sich, auf die Autos, die vorbeirauschten, wartete auf eine Lücke und gab Gas. Mayer war gefährlich, aber Burroughs würde nicht den Schwanz vor ihm einziehen, egal, was sie über ihn sagten. Er konnte allerdings nicht auf eine schnelle Lösung hoffen, sondern würde sich vorerst mit ihm arrangieren müssen.

Der Verkehr war dicht um diese Tageszeit, Bänder von Licht, die sich langsam durch die zunehmende Dämmerung schoben. Er fuhr gegen den Strom der Menschen, die nach Arbeitsschluss nach Hause strebten, dennoch brauchte er fast zwanzig Minuten in die Innenstadt. Der Sturm der letzten Tage hatte sich gelegt, es war kälter geworden, und eine feine Schneeschicht bedeckte die freien Flächen am Ufer der großen Wasserfläche der Alster, die dem Zentrum Hamburgs etwas Weitläufiges und Freies verlieh. Nicht so großartig wie Chicago. Nichts in Deutschland kam an die Einmaligkeit seines eigenen Landes heran. Aber die gediegene Architektur der alten Kaufmannshäuser zeugte von Wohlstand und Tradition und strahlte eine Noblesse aus, die ihn gegen seinen Willen beeindruckte.

Auf dem Rathausmarkt war eine Stadt aus zahllosen rustikalen Holzhäusern entstanden, unter deren Lichterketten und geschmückten Tannenbäumen die Menschen dichtgedrängt am Punsch nippten. Der Geruch des heißen, ge-

würzten Weins lag schwer in der kalten Luft. Kathy hätte diese Mischung aus Zimt, Orangen und Nelken geliebt, und Linda wäre Europa, ganz besonders aber Deutschland, wie Disneyland vorgekommen. Als er sich jetzt zwischen den Menschen hindurchschob, meinte er, in der Menge die Gesichter seiner Frau und seiner Tochter aufblitzen zu sehen, ihre Stimmen zu hören, wie sie sich über die Krippenfiguren und glitzernden Engel unterhielten, die es überall zu kaufen gab. Und dann spürte er Timothys kleine Hand in der seinen, suchende, klammernde Finger angesichts der vielen Menschen um ihn herum. Er sah unwillkürlich neben sich, doch da waren nur fremde Kinder, mit fremden Augen und einem Lachen, dessen Klang alles Vertraute fehlte. Er realisierte, dass Timothy – wäre er heute hier – sich längst nicht mehr an seine Hand klammern würde. Zwölfjährige Jungen taten das nicht. Aber Timothy war nie zwölf Jahre geworden. Der Schmerz kam wie immer unvermittelt, unvorbereitet und traf dadurch umso tiefer. Die Stimmen verklangen angesichts dieses Schmerzes, die Gesichter der Menschen verschwammen um ihn herum. Fremde, die nicht einmal seine Sprache sprachen. Sie entfernten sich von ihm, wurden vage –
Eine Hand griff nach seinem Arm. »Hi, Bob, how are you? You look tired. Come, have some Glühwein.«
Die Kollegen aus dem Konsulat waren schon bei der zweiten oder dritten Runde. Es tat gut, sie zu sehen. Sie zu hören. Er lächelte und nahm einen Becher entgegen. Orangen, Nelken und Zimt. Kathy. Er nahm einen großen Schluck. Wärme durchströmte ihn, baute die Spannung ab und ließ ihn wieder freier atmen.

* * *

Marc träumte von Noors Mutter. Von arthritischen Fingern, die ungehalten auf eine Tischplatte klopften, einem verkniffenen Mund, dessen harter Zug auch die letzten Spuren morgenländischer Schönheit in ihrem Gesicht verwischte. Sie saß ihm gegenüber, und es war, als empfände sie seine alleinige Gegenwart schon als Affront. Er musste mit ihr über Valerie reden, aber als er versuchte zu sprechen, versagte seine Stimme. Nicht einmal ein heiseres Krächzen kam über seine Lippen. Dabei war das, was er zu sagen hatte, so wichtig …

Die sonore Stimme des Radiosprechers riss ihn aus seinen Träumen. Atemlos lag er im Bett. Marc spürte noch immer den kalten Blick von Noors Mutter auf sich und seine Unfähigkeit, sich zu äußern. Intuitiv befeuchtete er seine Lippen und räusperte sich. Aus dem Radio kamen jetzt die ersten Klänge von George Michaels *Careless Whisper*. Die Beklemmung seines Traumes verblasste angesichts der Erinnerung, die diese Musik in sich trug. Den Geruch von Oleander, das leise Rauschen des Meeres und Valeries warmer Körper an seinem. Die müde Zufriedenheit, die sie beide erfüllt hatte, und ebendiese Musik, die nachklang von einer langen durchtanzten Nacht … *I'm never gonna dance again, the way I danced with you …* Marc lag in der Dunkelheit und lauschte reglos, hin- und hergerissen zwischen der Süße der Erinnerung und dem Bewusstsein der Gegenwart, bis der Kloß in seinem Hals das Schlucken schwer machte. In der Dunkelheit tastete er nach dem Radio und schaltete es aus. Die einsetzende Stille war erdrückend.

Es musste irgendwann so kommen, hörte er die dunkle Stimme von Noors Mutter. Und insbesondere das, was sie nicht sagte, hallte von den Wänden wider und erfüllte den Raum. Klassische Klischees über Ehe, Kinder und ein geregeltes Leben, die ihre Tochter vor so viel Unglück bewahrt hätten.

Ihre Augen und ihre arthritischen Finger mit dem ungeduldigen Stakkato auf der Tischplatte sprachen davon und verfolgten Marc bis in seine Träume. Doch er hatte sehr schnell erkannt, dass all die unausgesprochene Wut nur ein Schutz vor dem Schmerz war, den sie auf diese Weise zu kompensieren versuchte, und der Angst, ihre Tochter nie wiederzusehen.

Er hatte in den Gesichtern von Sabirah und Omar al-Almawi nach Noor gesucht. Hatte sie in den dunklen, wehmütigen Augen ihres Vaters gefunden, und in der herben Schönheit ihrer Mutter, in den hohen Wangenknochen und dem fein gezeichneten Kinn. Und er hatte erfahren, dass Noor seit zwei Wochen verschwunden war. Fort, wie vom Erdboden verschluckt. Und seine Angst um Valerie war gewachsen.

Es musste irgendwann so kommen.

Warum? Was hatte Noor getan, mit wem hatte sie sich eingelassen?

Sie kannte Leute in Damaskus, hatte ihr Vater erklärt.

Was für Leute?

Ärzte vom Roten Halbmond, aber auch Geschäftsleute aus der Region. Besonders einen Mann, Syrer wie wir, aufgewachsen in den USA. Er hatte nicht weitergesprochen, hatte den Blick plötzlich gesenkt, als wäre es ihm peinlich, mit einem Fremden wie Marc über die persönlichen Angelegenheiten seiner Tochter zu sprechen. Aber das war es nicht, wie Marc dann erfuhr, denn als der alte Mann wieder aufsah, lag Verbitterung in seinen Zügen. Sie haben sie geködert, benutzt für ihre eigenen Zwecke, und dann … Er hatte eine Handbewegung gemacht, die jede weitere Erklärung erübrigte.

Marc wusste, dass sich Noor in ihrer alten Heimat stark für die Gleichstellung der Frauen in der islamischen Gesellschaft engagiert hatte. Jede freie Minute, jeden Urlaub hatte sie dort verbracht und auf Vortragsreisen sowohl zu Frauen als auch zu Männern gesprochen. Bevor sie ihre eigene Praxis im vergangenen Jahr in Hamburg eröffnet hatte, hatte sie fast drei Jahre in den Flüchtlingslagern der Palästinenser im Auftrag des Roten Halbmondes gearbeitet. Valerie war mehr als einmal in den Nahen Osten geflogen, um sie dort zu besuchen, einmal sogar, um sie zusammen mit einer syrischen Anwältin aus einem Gefängnis in Jordanien zu holen. Dann, vor etwas mehr als einem Jahr, war Noor plötzlich nach Deutschland zurückgekehrt. Sie schien all ihre Kontakte in die Regionen des östlichen Mittelmeers abgebrochen zu haben.

Sie gehen davon aus, dass Noor verhaftet worden ist?, hatte er Omar al-Almawi gefragt.

Statt einer Antwort war der alte Mann aufgestanden und in den Nebenraum gegangen. Als er wiedergekommen war, hatte er einen Zeitungsausschnitt in der Hand gehalten und ihn vor Marc auf den Tisch gelegt. Er zeigte die Abbildung dreier Männer semitischer Herkunft, westlich gekleidet in Anzügen und Krawatten. Omar al-Almawi hatte auf den Mann in der Mitte getippt. »Mahir Barakat ist vor zwei Wochen bei einem Zwischenstopp in Athen verhaftet worden. Angeblich hat er Kontakte zu al-Qaida.« Er war schwerfällig auf seinen Stuhl gesunken. Er soll auch in den Anschlag von Kopenhagen verwickelt sein, hatte er hinzugefügt. Das werden Sie nirgendwo in den Zeitungen finden, aber …

Al-Qaida. Marcs Herz hatte plötzlich schneller geschlagen. Ich nehme an, das ist der Mann aus Noors Bekanntenkreis, von dem Sie bereits gesprochen haben, hatte er festgestellt und das Bild genauer betrachtet. Mahir Barakat war ein hochgewachsener, gutaussehender Mann, der selbstbewusst in die Kamera blickte. Marcs gängiges Bild islamischer Terroristen sah anders aus. Nicht so clean und nicht so – amerikanisch.

Was für eine Beziehung hatte Noor zu ihm, hatte er fragen wollen, aber ein Blick in die Gesichter von Noors Eltern hatte ihn eines Besseren belehrt.

Noor und Mahir sind nicht die Einzigen, die verhaftet wurden, hatte Noors Vater gesagt. »In Ägypten …«

»Noor ist keine Terroristin«, war Sabirah al-Almawi ihrem Mann ins Wort gefallen. »Aber jemand nutzt diese Gelegenheit, um sie loszuwerden.«

Marc hatte überrascht aufgesehen. Noors Mutter hatte sich bis jetzt nicht an ihrem Gespräch beteiligt. Wer könnte ein Interesse daran haben, Noor zu beseitigen, hatte er sie gefragt.

Mit kaltem Blick hatte Sabirah al-Almawi erwidert: Glauben Sie, dass wir als Frauen in der arabischen Welt ungestraft mehr Rechte für uns fordern und gegen Kinderehen und Ehrenmorde kämpfen können? In den Augen der Fundamentalisten ist Noor eine westliche Hure, die sie am liebsten lebendig begraben und steinigen würden.

Aber was hat Valerie mit alldem zu tun?, hatte er sie gefragt. Warum sie? Sie kennt diese Menschen nicht einmal.

Omar al-Almawi hatte eine seiner buschigen Brauen hochgezogen und geantwortet. Ihre Frau war dort. Zusammen mit Noor.

In der Dunkelheit seines Schlafzimmers biss sich Marc bei der Erinnerung an diese Worte auf die Lippe. Es stimmte. Valerie war noch im vergangenen Jahr selbst vor Ort gewesen, im Libanon. Und es war nur einer von vielen Besuchen in der Region. Die Stempel in ihrem Reisepass lasen sich wie das Zeugnis einer Wallfahrt durch die arabische Welt. Wenn seine Frau jemals in Israel einreisen wollte, würde sie einen Ersatzpass beantragen müssen. Und wer wusste schon, mit wem sie im Nahen Osten zusammengetroffen war. Was sie tatsächlich dorthin getrieben hatte. Wirklich nur ihre Freundschaft zu Noor? Er kämpfte gegen die Panik an. Die engste Freundin seiner Frau war mit einem angeblichen Terroristen liiert gewesen. Mahir Barakat. Er hatte versucht, etwas über den Mann herauszufinden. Sicherheitshalber in einem Internet-Café. Auf zahlreichen englischsprachigen Seiten fand er Einträge, unter anderem auch das Foto, das ihm Omar al-Almawi in der Zeitung gezeigt hatte. Barakats Familie gehörte zur führenden Elite in Syrien. Ihr Geld hatten sie, wenn man einem drei Jahre alten Bericht aus der *Financial Times* glauben durfte, größtenteils in weltweiten Unternehmensbeteiligungen und einer Fluglinie angelegt. Mahir Barakat hatte in den USA Betriebswirtschaft studiert und nach dem Studium fast fünfzehn Jahre dort gelebt, bevor er vor sechs Jahren in sein Heimatland zurückgekehrt war. Er war der zweitälteste von sechs Geschwistern – vier Söhnen und zwei Töchtern. Er war finanziell unabhängig, erfolgreich und gebildet. Ein Jetsetter. Warum sollte er Waffen für islamische Gotteskrieger schmuggeln? Das ergab keinen Sinn. Andererseits stammte auch Osama bin Laden aus einer angesehenen saudischen Familie, die mit den Amerikanern Geschäfte machte.

Im Internet hatte Marc ein Bild Barakats gefunden, das ihn zusammen mit Noor al-Almawi auf einer Wohltätigkeitsveranstaltung zeigte. Lange hatte er über der Fotografie gebrütet und auf Noors vertrautes Gesicht gestarrt. Wie half ihm das weiter in Bezug auf Valerie? Er wusste es nicht. Noch nicht. Auf jeden Fall war es besser, selbst aktiv zu sein, als lediglich dazusitzen und darauf zu warten, dass etwas geschah.

Am Vortag hatte er auf einen Anruf Mayers hin eine Tasche mit Wäsche, Kleidung und Kosmetik ins Polizeipräsidium gebracht. Er hatte gehofft, Valerie sehen zu können, sich zu überzeugen, dass es ihr gut ging, sie wenigstens einmal in die Arme zu schließen. Ihre Stimme zu hören. Aber er wurde nicht einmal in das Gebäude hineingelassen. Der Pförtner war informiert gewesen, hatte die Tasche entgegengenommen und ihm einen irritierten Blick zugeworfen, als er unschlüssig vor seinem Glaskasten stehen geblieben war. »Es ist niemand mehr hier«, hatte er ungeduldig gesagt, obwohl Marc nicht einmal gefragt hatte. »Wenn Sie noch Fragen haben, müssen Sie morgen anrufen.« Vor dem Mann lag ein angefangenes Rätsel auf dem Tisch, der Kugelschreiber wippte bereits wieder zwischen seinen Fingern. Die ungeduldige Art des Mannes machte Marc wütend. Er war nicht irgendein dahergelaufener Niemand, den man auf diese Weise abfertigen konnte. Über das Büro der Staatsanwaltschaft hatte er einen ehemaligen Studienkollegen erreicht, der den Kontakt zu einem leitenden Angestellten der Polizeibehörde herstellte – leider ohne nennenswerten Erfolg. In der zunehmenden Dämmerung hatte er daraufhin auf die Fassade aus Glas und Beton gestarrt und sich gefragt, wo sich Valerie in dem Gebäude befinden mochte. Ob sie sich über den

Pullover freute, den er ausgesucht hatte, und ob sie, wie es ihre Art war, die Nase in der weichen Wolle vergrub, bevor sie ihn überstreifte. Ihm war, als müsse er nur eine Hand ausstrecken, um sie zu berühren. Sie war so nah und doch unerreichbar. Schließlich war er wieder ins Auto gestiegen und nach Hause gefahren.

Wenn sich nicht bald etwas tat, würde er seine Lüge, dass sich Valerie noch immer in London aufhielt und den ganzen Tag so eingespannt war, dass sie nicht einmal anrufen konnte, nicht aufrechterhalten können. Aber was würde er den Mädchen dann erzählen? Ihnen und allen anderen. Er konnte nicht einfach sagen: »Meine Frau, nein, die ist zurzeit nicht da. Sie ist unter Terrorverdacht verhaftet worden.« Er stellte sich die Irritation in den Gesichtern der Menschen vor, das nervöse Lachen über seinen vermeintlichen Scherz, gefolgt von blankem Entsetzen und plötzlichem Zurückweichen, wenn sie begriffen, dass er es ernst meinte.

In zehn Tagen war Weihnachten. Sie mussten Valerie gehen lassen. Es war unvorstellbar, das Fest ohne sie zu feiern.

* * *

Burroughs' Anruf erreichte Eric Mayer auf dem Weg in das amerikanische Generalkonsulat, wo sich an diesem Morgen die Führungsriege der eigens für die Sicherheit des Gipfels gegründeten internationalen Sondereinheit traf. Auch Burroughs würde da sein, in weniger als einer Viertelstunde würden sie einander gegenüberstehen, weshalb es Mayer überraschte, dass er ihn vorher noch telefonisch kontaktierte.

Burroughs' Stimme klang belegt und rauh. Vermutlich hatte der Besuch des Weihnachtsmarktes länger gedauert. »Ich hab heute Nacht den Anruf aus Langley bekommen wegen des Fotos.«

Mayer blieb unwillkürlich stehen. »Und?«, fragte er und hoffte, dass die knapp geäußerte Silbe nicht zu viel seiner Spannung verriet.

»Es ist definitiv echt. Keine Fälschung. Ich bekomme die Analyse heute noch per Mail und leite sie dann an Sie weiter.«

Mayers Blick wanderte über das Wasser.

Irgendwo in dieser Stadt wartet ein Schläfer auf seinen Weckruf.

Das gegenüberliegende Ufer der Alster war im Schneetreiben verschwunden, und es schien, als blicke er in ein graues Nichts, gerahmt von den Silhouetten der Bäume am Ufer, in deren kahlen Ästen sich die großen weißen Flocken verfingen und liegen blieben, als müssten sie Atem holen, nur um dann erneut in einer Bö aufzufliegen, fort, hinaus auf die weite Fläche des Sees. Es lag eine Leere in diesem Anblick, eine einsame Kälte, die er plötzlich auch in seinem Inneren verspürte. Die Fotografie, die Valerie Weymann in Hamburg mit Noor al-Almawi, Mahir Barakat und dem Attentäter von Kopenhagen zeigte, war also echt. Es fiel ihm schwer, das zu akzeptieren, nachdem er ihre Reaktion auf dieses Foto erlebt hatte. Die Art, wie sie das Papier in ihrer Faust zusammengeknüllt und schließlich zu Boden geschleudert hatte, während in ihren Augen Wut und Entsetzen um die Oberhand rangen. Mayer schlug den Kragen seines Mantels hoch und wandte sich vom Wasser ab, versuchte, die Kälte zurückzulassen. Er hatte sich die Szene immer wieder angesehen und war sich schließlich sicher gewesen, dass sie ihm nichts vorgespielt hatte. Vielleicht hatte er auch nur an ihre Unschuld glauben wollen.

Das amerikanische Generalkonsulat tauchte aus dem Schneetreiben vor ihm auf. Es wurde oft als »das Weiße Haus an der Alster« bezeichnet. Tatsächlich wiesen die beiden im klassizistischen Stil des 19. Jahrhunderts gebauten und nach dem Zweiten Weltkrieg durch einen imposanten Säulengang miteinander verbundenen Häuser eine gewisse Ähnlichkeit mit dem Regierungssitz der Amerikaner in Washington auf. Mayer zückte seinen Ausweis, als er an die Absperrgitter trat, die seit dem 11. September 2001 alle diplomatischen Vertretungen der USA in Deutschland umgaben. Die Hamburger waren damals aufgebracht gewesen, weil sie aus diesem Grund eine ihrer schönsten Straßen nicht mehr befahren und das Alsterufer vor dem Konsulat nicht mehr betreten durften. Mittlerweile hatte sich die Aufregung gelegt. Die Hamburger hatten sich an die Maßnahme gewöhnt. Es war ein interessantes Phänomen, wie die Menschen mit der Beschränkung ihrer Freiheit umgingen. Mayer hatte das in den vergangenen Jahren immer wieder feststellen können. Erst gab es Proteste, je nach Region friedlich oder gewalttätig, aber nach einer Weile etablierte sich die Einschränkung und wurde schleichend zu einem Teil des Alltags, an dem sich niemand mehr wirklich störte.

Mayer war einer der Letzten, der im Besprechungsraum eintraf. Burroughs war, wie erwartet, bereits da. Der hochgewachsene Amerikaner stand etwas abseits, ein Glas Orangensaft in der Hand, an dem er nur nippte.

Mayer spürte die Spannung im Raum. Sie war beinahe greifbar, ein tanzender Derwisch, der hier eine Geste und dort einen Tonfall veränderte, der gezwungenes Gelächter hervorbrachte und das Adrenalin in ihrem Blut zirkulieren ließ. Jeder von ihnen war derzeit ein potentieller Kandidat für einen Herzinfarkt. Die Belastung war enorm. Die Bedrohung angesichts eines Feindes, den sie nicht greifen konnten. Der irgendwo in dieser Stadt darauf wartete, zuzuschlagen. Versteckt und unauffällig.

»Es gehört schon einiges dazu, in diesen Tagen nicht paranoid zu werden, nicht wahr?«, hörte er eine Stimme neben sich. Marion Archer, die einzige Frau unter ihnen, reichte ihm eine Kaffeetasse und begrüßte ihn mit einem Lächeln. Mayer fragte sich, wie viel weibliche Intuition in dieser Frage lag oder ob sie tatsächlich Gedanken lesen konnte, wie manche seiner Kollegen behaupteten.

»Gehört es nicht zu unserem Job, paranoid zu sein?«, erwiderte er.

In ihren Augen sah er, dass sie ihm diese vordergründige Leichtigkeit nicht abnahm, und lächelte ebenfalls. Er mochte die blonde, schlanke Kanadierin, die sich trotz der Strenge, die sie gern zur Schau trug, eine gewisse Natürlichkeit bewahrt hatte, eine Geradheit, die er bei so manchem seiner männlichen Kollegen vermisste.

»Paranoia impliziert Angst, und die wiederum ist in unserem Beruf eher hinderlich. Sie trübt das Urteilsvermögen«, bemerkte sie. »Ebenso wie Wut.« Archer vermied es, in die Runde zu schauen, aber Mayer wusste auch so, auf wen sie anspielte. Schließlich hatte auch er sich schon des Öfteren gefragt, ob Burroughs der richtige Mann war auf dem Posten, den er bekleidete. Vor Gericht hätte man ihn vermutlich als befangen abgelehnt.

»Er ist einer der besten Terror-Experten der Agency«, sagte er dennoch.

Archers feine Brauen zuckten kurz nach oben. »Das mag ja sein, aber hätte es nicht gereicht, ihn als Spezialisten hinzuzuziehen, statt ihn gleich zum *Chief of Station* zu machen und ihm damit die Verantwortung für die amerikanischen Aktivitäten vor Ort zu übertragen?«

»Es mangelt ihm an der nötigen Diplomatie für diese Aufgabe«, gab Mayer zu. Burroughs' burschikose und bisweilen auch selbstherrliche Art, Probleme anzugehen, war nicht unbedingt förderlich, selbst wenn ihm der Erfolg in dem ein oder anderen Fall recht gab. »Vielleicht hat er den Posten lediglich erhalten, um seine diplomatische Immunität zu gewährleisten.« Er sagte es im Scherz, doch Archer stand nicht der Sinn danach.

»So wie er sich verhält, könnte man es fast glauben«, bemerkte sie kühl. »Ich fürchte jedoch, es braucht ein bisschen mehr als einen Terror-Experten, um die Interessen der einzelnen Staaten über die Grenzen hinweg effektiv zu bündeln.« Ihre Finger schlossen sich bei ihren Worten fester um die Fensterbank, an der sie lehnte. Er war sich sicher, dass sie an Kopenhagen dachte. Sie hätten den Anschlag verhindern können, wenn sie enger zusammengearbeitet hätten. Es hatte Hinweise gegeben. Aber erst hinterher hatten sie die Verflechtungen erkannt. Als es zu spät war. Er war mit Archer vor Ort gewesen, war mit ihr durch die Turnhalle gegangen, in der sie die Opfer aufgebahrt hatten. Fünfzig unschuldige Menschen, darunter fünfzehn Kindergartenkinder, die auf dem Weg in Kopenhagens berühmten Vergnügungspark, den Tivoli, waren, als die Bomben explodierten. Verstümmelte und zerfetzte Körper. Verbrannte Gesichter. In einer Ecke, etwas abseits von den Toten, hatten abgedeckt einzelne Körperteile gelegen, die noch nicht hatten zugeordnet werden können. Ein kleiner Fuß hatte daraus hervorgeragt. Archer war davor stehen geblieben, schweigend und mit unbewegter Miene, als ob sie einen Schwur leistete. Jetzt hatte ihr Gesicht den gleichen Ausdruck angenommen.

»Wir werden kein zweites Kopenhagen erleben«, sagte er.

»Ich wünschte, ich könnte Ihre Zuversicht teilen, Eric. Wenn wir nicht bald etwas in der Hand haben, wird uns Kopenhagen gegenüber dem, was in Hamburg passieren wird, als ein harmloses kleines Feuerwerk in Erinnerung bleiben.« Sie straffte ihre Schultern, als wappne sie sich gegen einen Angriff. »Es macht mir große Sorge, dass wir zwar konkrete Hinweise auf einen geplanten Terroranschlag haben, aber unsere Ermittlungen bislang im Sand verlaufen.«

Unter all der Terror-Spam, wie die Kollegen des Bundeskriminalamtes und des Verfassungsschutzes die Flut von E-Mails, Faxen und Anrufen bezeichneten, die täglich in den Büros einging, waren tatsächlich einige wenige ernstzunehmende Drohungen. Ihr Tonfall entsprach jenen, die vor dem Anschlag in Kopenhagen eingegangen waren, die nur niemand ernst genommen hatte. Am allerwenigsten die Dänen, die bitter dafür bezahlt hatten.

Mayer sah auf und begegnete Burroughs' Blick am anderen Ende des Raumes. In einschlägigen europäischen Fachkreisen begegnete man den Mitarbeitern der CIA inzwischen mit einem gesunden Misstrauen. Nach einigen peinlichen Pannen und Fehleinschätzungen hatten die Amerikaner deutlich an Glaubwürdigkeit eingebüßt.

Archer folgte seinem Blick. »Er ist ein Unruhestifter. Es

würde uns allen besser gehen ohne ihn«, bemerkte sie, während sie Burroughs lächelnd zuwinkte.

Mayer schwieg.

»Kommen Sie, ich weiß, dass Sie auch Ihre Probleme mit ihm haben«, konstatierte Archer.

»Probleme wäre übertrieben«, erwiderte Mayer zurückhaltend. »Wir sind uns nicht immer einig in der Einschätzung brisanter Situationen.«

»Zum Beispiel?«

Mayer schüttelte den Kopf. »Sie lassen nicht locker, was?«

»Das ist mein Job«, erwiderte sie mit einem flüchtigen Lächeln.

Mayer stellte seine Kaffeetasse ab und warf einen Blick aus dem hohen Fenster. Es schneite noch immer. »Die Amerikaner suchen bei jeder terroristischen Aktivität auf der Welt die Verbindung zu al-Qaida«, sagte er schließlich, »und Burroughs folgt diesem Denkmuster.«

»Sie spielen auf Kopenhagen an.«

»Es ist für mich nur das jüngste Beispiel.«

»Sie sehen also keine Verbindung zu den üblichen Verdächtigen.«

»Nein. Unsere Ermittlungen in den vergangenen Jahren haben gezeigt, dass in Europa eine neue Generation von Terroristen herangewachsen ist. Junge, wütende Männer, die Vergeltung suchen. Sie agieren dezentral und autonom, völlig unabhängig von der alten Führung.«

Archer wiegte nachdenklich den Kopf. »Aber unsere aktuellen Ermittlungsergebnisse weisen in Richtung des großen internationalen Terrorismus. Und es macht Sinn. Die Dänen galten als Hardliner in Europa, und die Berufung ihres Ministerpräsidenten zum Generalsekretär der NATO trägt nicht gerade zur Entspannung der Situation bei. Denken Sie an das Bekennerschreiben.«

In diesem Punkt musste Mayer Archer recht geben. Von Beginn an waren die Dänen Seite an Seite mit den Amerikanern im Irak präsent gewesen und hatten, gemessen an der Größe ihres Landes, auch in Afghanistan unverhältnismäßig viele Truppen stationiert. Zudem geisterte der Skandal um die Mohammed-Karikaturen Jahre nach ihrem Erscheinen noch immer in den Köpfen der arabischen Welt herum, wie nicht zuletzt der Anschlag auf ihren Verfasser vor einigen Monaten bewies. Dennoch gab es für ihn unvereinbare Widersprüche.

»Die Männer, die den Anschlag ausgeführt haben, sind junge arbeitslose Nordafrikaner. Immigranten, die über Frankreich nach Dänemark gekommen sind. Sie besitzen weder die nötige Bildung noch die nötigen Kontakte in die Szene. Das geht eindeutig aus den Akten hervor«, sagte er.

»Sie waren Kanonenfutter«, warf Archer ein. »Safwan Abidi wird sie rekrutiert haben.« Sie spielte damit auf den dritten Attentäter an, der bislang flüchtig war. Ein Palästinenser. Der einzige, der über die nötigen Verbindungen verfügen könnte.

»Abidi war Arzt in der Notfallchirurgie des größten Krankenhauses der Stadt. Ich habe seine Dienstpläne studiert. Er war erst seit ein paar Wochen in Kopenhagen und hat rund um die Uhr gearbeitet.«

»Außer, wenn er sich mit Mahir Barakat traf, um den Anschlag vorzubereiten.«

»Glauben Sie wirklich, dass ein Mann wie Barakat drei Tage vor einem Anschlag, in dessen Vorbereitung er verwickelt ist, vor Ort auftaucht?«

»Abidi ist seit dem Anschlag untergetaucht«, beharrte Archer auf ihrer Meinung. »Sie waren dabei, als wir seine Wohnung durchsucht haben. Sie wissen, was wir dort gefunden haben.«

Mayer ließ sich nicht so leicht aus dem Konzept bringen. »Marion, auch Sie wissen, dass diese Entwicklung zur Dezentralisierung des Terrorismus keine Erfindung ist. Sie zeichnet sich nicht erst seit gestern ab.«

»Ich weiß, worauf Sie hinauswollen«, sagte sie seufzend. »Die Amerikaner haben schon vor dreißig Jahren davor gewarnt.«

»Richtig«, bestätigte Mayer, »bevor sie angefangen haben, den Nahen Osten durch die Brille des Mossad zu betrachten.«

»Die Amerikaner waren damals eben klüger als heute.«

»Nein«, widersprach Mayer, »sie waren besser informiert. Und von daher wage ich es auch, in Bezug auf Kopenhagen diese Verbindung zu Abidi und Barakat in Frage zu stellen.«

Sie sah ihn prüfend an. »Sie machen sich Sorgen wegen Noor al-Almawi, die hier in Hamburg verhaftet worden ist. Ist es das?«

»Ich kann mich lediglich des Gefühls nicht erwehren, dass mir jemand falsche Teile in mein Puzzle mischt.«

»Es gibt aber inzwischen Aussagen, oder? Hat Burroughs nicht ein Geständnis von ihr?«

»Welchen Wert hat eine Aussage, die unter Folter erzwungen wurde?«

Archer runzelte die Stirn. »Können Sie das beweisen?«

»Nein.«

»Schade.«

An diesem Vormittag sollte sich keine Gelegenheit mehr bieten, mit Marion Archer zu sprechen. Als Burroughs die Ermittlungen der CIA in Syrien skizzierte und was sich aus der Sicht der Agency durch die Verhaftung Mahir Barakats für die aktuelle Situation in Hamburg ergeben hatte, begegnete er über den Konferenztisch hinweg ihrem forschenden Blick, als der Name Valerie Weymann fiel. Er fragte sich, ob Burroughs mit Archer auch über sie gesprochen hatte.

Ich weiß, dass auch Sie Ihre Probleme mit ihm haben.

Warum hatte Archer das über Burroughs gesagt? Sie äußerte sich sonst nicht über Kollegen, schon gar nicht so konkret. Und welches Problem hatte *sie* mit dem Amerikaner? Mayer nahm sich vor, seine kanadische Kollegin später noch einmal anzurufen.

Als er das Generalkonsulat verließ, gesellte sich Burroughs zu ihm.

»Was hatten Sie mit Archer zu besprechen? Ich wusste nicht, dass Sie sich so gut mit ihr verstehen. Kennen Sie sie schon länger?«

»Wir waren zusammen in Kopenhagen. Warum fragen Sie?«

Burroughs kickte mit dem Fuß einen Stein weg, der auf dem Bürgersteig lag. »Neugier, Eric, reine Neugier. Eine der Grundvoraussetzungen in unserem Beruf. Meinen Sie nicht auch?«

Burroughs' Erklärung kam ein wenig zu leicht, zu oberflächlich daher, aber Mayer ließ sie auf sich beruhen.

»Wir müssen noch einmal mit Valerie Weymann reden«, fuhr Burroughs fort. »Jetzt, wo wir wissen, dass sie uns nicht die Wahrheit sagt.«

»Ich werde das übernehmen«, sagte Mayer. »Ich informiere Sie dann.«

Burroughs runzelte die Stirn. »Warum habe ich nur immer wieder das Gefühl, dass Sie mir nicht vertrauen, Eric?«

»Das hat mit Vertrauen wenig zu tun. Es geht um die Befragung einer deutschen Staatsangehörigen auf deutschem Boden – es ist eine Frage der Zuständigkeit.«

Burroughs blieb unvermittelt stehen. »Was hat Archer Ihnen erzählt?«

Mayer verbarg seine Überraschung. »Warum fragen Sie sie nicht selbst?«, erwiderte er kühl und bemerkte, wie Burroughs' Lippen bei seinen Worten schmal wurden. Es brodelte gewaltig zwischen Archer und dem Amerikaner.

Aber Burroughs hatte sich schnell wieder gefangen. »Wissen Sie ... ich will Sie nicht in etwas reinziehen, das Sie nicht betrifft«, fuhr er in jovialem Ton fort, »aber Archer versucht, mich seit einiger Zeit bei den Kollegen in Misskredit zu bringen. Selbst in der Agency hat sie schon ihr Gift versprüht.« Er lachte kurz auf, es klang, als wäre er peinlich berührt. »Wenn ich es nicht besser wüsste, würde ich sagen, sie will sich für eine schnelle Nummer rächen, von der sie sich mehr erhofft hat.«

»Vielleicht sollten Sie einfach das Gespräch mit ihr suchen«, schlug Mayer vor, ohne auf Burroughs' Bemerkung einzugehen.

Burroughs seufzte. »Keine Chance. Sie spricht nicht mit mir über Dinge, die jenseits des Dienstlichen liegen. Nur über mich. Eine Frau eben ...«

Mayer schwieg. Burroughs hegte und pflegte seine Vorurteile, das war allgemein bekannt.

Sie hatten das Interconti erreicht. Mayer warf einen Blick auf seine Uhr. »Ich habe gleich eine Besprechung im

Polizeipräsidium. Kann ich Sie irgendwohin mitnehmen?«

»Nein, vielen Dank«, erwiderte Burroughs und winkte durch die große Glasfassade hindurch einem dunkelhaarigen Mann in der Lobby zu, der sich bei ihrer Ankunft aus einem der Sessel erhoben hatte. »Ich habe hier noch eine Verabredung.« Er berührte flüchtig Mayers Schulter, bevor er sich abwandte. »Wir sehen uns später.«

Mayer sah dem Amerikaner nach, der mit langen Schritten die wenigen Stufen zum Eingang des Hotels hinaufstieg.

Er ist ein Unruhestifter.

Aus welchem Grund sollte Archer Burroughs diffamieren?

Mayer kam nicht mehr dazu, darüber nachzudenken. In dem Moment, in dem er hinunter zur Tiefgarage gehen wollte, um seinen Wagen zu holen, klingelte sein Handy. Die Nachricht, die er erhielt, ließ ihn alles andere vergessen. Er sah Burroughs aus dem Hotel stürzen, auf sich zu, das Telefon noch am Ohr, bleich vor Entsetzen.

* * *

Ihr Schweigen machte keinen Sinn. Es verschlimmerte alles nur. Aber würden sie ihr glauben, wenn sie ihren Widerstand jetzt aufgab? In Gedanken sah sie das Aufzeichnungsgerät vor sich. Die Kamera. Jedes Wort, jede Nuance in ihrer Stimme würden sie festhalten. Jede Geste und jede Regung ihres Gesichts. Und im Zweifelsfalle gegen sie verwenden. Wie konnte sie ihnen vertrauen?

Valerie kletterte auf den Stuhl, den sie unter das vergitterte Fenster ihrer Zelle geschoben hatte, und versuchte, einen Blick nach draußen zu werfen. Das Einzige, was sie sah, war grauer Himmel. Der Blick in ein Nichts. Es entsprach ihrem Empfinden. Sie schwebte irgendwo in diesem grauen Nichts, gefangen in einem Alptraum.

Sprich mit ihnen. Erzähl ihnen, was sie hören wollen. Dann lassen sie dich gehen. Dann kannst du wieder atmen. Frei sein. Valerie schloss die Augen und fühlte den kalten Stahl des Fenstergitters unter ihren Fingern. Was war, wenn sie sie nicht gehen ließen? Wenn sie immer nur weiter fragten, mehr und mehr Informationen einforderten, die sie ihnen nicht geben konnte?

Auf dem kleinen Tisch an der Wand gegenüber lagen die Fotos und die Berichte von Kopenhagen, die Mayer ihr kommentarlos hatte bringen lassen. Der Bombenanschlag in Dänemarks Hauptstadt vor drei Wochen hatte tagelang alle Medien beherrscht. Sie hatte im Fernsehen die Bilder der weinenden und unter Schock stehenden Angehörigen gesehen, der Verletzten, die abtransportiert wurden, und des zerstörten Areals in dem Vergnügungspark. In ihrer Tageszeitung hatte sie die Artikel gelesen, die Berichte der Augenzeugen. Mayer hatte ihr mehr gebracht als nur das. Fotos der verstümmelten Kinderleichen, die in einer Turnhalle aufgebahrt wurden. Er hatte ihr Obduktionsberichte und Aussagen von Zeugen dazugelegt und gewusst, dass sie sich das Material über kurz oder lang ansehen würde. Sie war nicht vorbereitet gewesen auf das neuerliche Entsetzen, das der Anblick der Dokumente in ihr auslöste. Dabei ging es nicht allein um die Tat, sondern das Ziel, das die Attentäter anvisiert hatten. Kaltblütig und berechnend hatten sie unschuldige Kinder getötet und damit das Herz der Gesellschaft getroffen. Und sie saß in dieser Zelle, weil man sie mit diesen Anschlägen in Verbindung brachte. Mit den Tätern. Langsam stieg Valerie von dem Stuhl herunter und schob ihn zurück an den Tisch.

Es war eine so ungeheuerliche Anschuldigung, dass ihr der bloße Gedanke daran schon Übelkeit bereitete. Valerie wusste, was sie auch zu ihrer Verteidigung vorbringen würde, die Fakten sprachen gegen sie und gegen Noor. Wenn sie nur mit ihrer Freundin sprechen könnte. Warum war Noor in Kopenhagen gewesen? Warum hatte sie Mahir getroffen? Und warum hatte sie nichts von alldem erzählt?

* * *

Als Burroughs den Dammtorbahnhof erreichte, war dieser schon weiträumig abgesperrt, aber wie überall auf der Welt blieben die Menschen stehen und sammelten sich hinter dem rot-weißen Plastikband. Der alte historische Bahnhof gegenüber dem Universitätsgelände war ein kleines Zentrum für sich mit zahlreichen Geschäften, über denen auf vier Gleisen die Züge in einer Halle aus Stahlbögen und Glas ein- und ausfuhren. Die Polizei evakuierte immer noch Personen aus dem Gebäude. Burroughs beobachtete eine Frau, die beim Verlassen des Haupteingangs hastig einen Anorak über ihren Arbeitskittel zog, Hilfe suchend in die Menge jenseits des Absperrbandes blickte und sich dann gestikulierend an einen der uniformierten Beamten wandte. Mit einer beruhigenden Geste legte der Mann ihr eine Hand auf die Schulter und sprach kurz mit ihr, bevor er sie unter dem Band hindurchgehen ließ. Von den Umstehenden wurde sie sofort mit Fragen überhäuft, aber sie war genauso ahnungslos wie die Menschen auf der Straße. Abwehrend zog sie ihren Anorak enger um die Schultern und starrte auf das Bahnhofsgebäude.

Nach kürzester Zeit war das gesamte Areal rund um das Dammtor geräumt. Burroughs zog im Stillen den Hut vor der Effizienz der Ordnungskräfte, die trotz der akuten Gefahr die Aktion unaufgeregt und sicher durchgeführt hatten. Die Deutschen konnten so etwas.

Er mochte sich allerdings nicht vorstellen, wie es auf den Straßen der Stadt aussah. Der Verkehr staute sich bereits rund um den Bahnhof. Wie alle Großstädte war auch Hamburg ständig kurz vor dem Infarkt. Eine weiträumige Sperrung der Straßen in der Innenstadt würde in einem Radius von mehreren Kilometern alles zum Erliegen bringen. Mit der Isolierung des Dammtorbahnhofs war zudem eine zentrale Gleisverbindung in den Westteil der Stadt abgeschnitten.

Burroughs hob das Absperrband an. Sofort stellte sich ihm ein Polizeibeamter in den Weg. »Sie können hier nicht durch.«

»Ich denke doch«, bemerkte Burroughs und zückte seinen Ausweis. Der Beamte trat wortlos einen Schritt zurück und ließ ihn mit einer Geste der Entschuldigung passieren. Allein das flüchtige Zucken in dem Gesicht des Mannes verriet die Spannung, unter der er stand.

Anspannung lag auch in Mayers Bewegungen. Er stieg aus einem Einsatzwagen, der nur wenige Schritte von Burroughs entfernt in dem abgesperrten Bereich angehalten hatte, und warf einen kritischen Blick über die Menge der Schaulustigen auf der anderen Straßenseite, als überlegte er, ob sie im Falle einer Detonation dort sicher waren.

Burroughs ging auf seinen deutschen Kollegen zu. »Wie sieht es aus?«, fragte er.

»Das Team vom Bombenentschärfungsdienst müsste jeden Moment hier sein«, erwiderte Mayer und schlug den Kragen seines Mantels hoch. »Die Kollegen vom LKA haben eine mobile Einsatzzentrale am rückwärtigen Ausgang des Gebäudes aufgebaut. Dort laufen alle Informationen zusammen.«

»Ist es sicher, dass es sich um eine Bombe handelt und nicht um einen üblen Scherz?«

»Das werden wir erst wissen, wenn die Kollegen ihre Arbeit gemacht haben«, sagte Mayer. »Wenn uns der Laden hier nicht schon vorher um die Ohren fliegt.«

»Wo ist die Bombe platziert?«

»Im Erdgeschoss in einem der Müllbehälter gleich neben der Rolltreppe.«

Burroughs folgte Mayer zum Wagen. Das Bahnhofsgebäude ragte hell erleuchtet und unnatürlich still neben ihnen auf. Der Schneefall war dichter geworden, der Wind hatte sich gelegt. Eine einsame Krähe hockte auf einem der Steinbögen und blickte missmutig zu ihnen herüber. Ihr heiseres Krächzen hallte unheilvoll durch die kalte Luft. Es war der Moment, in dem die Welt den Atem anhält, bevor das Unheil losbricht. Burroughs war plötzlich froh, dass er in den Wagen einsteigen und der Atmosphäre entfliehen konnte.

»Wie sind die Sicherheitskräfte auf die Bombe aufmerksam geworden?«, wandte er sich wieder an Mayer.

»Ich habe noch keine näheren Informationen.«

Sie erreichten die rückwärtige Seite des Gebäudes. Die Zufahrt zu dem angrenzenden Kongresszentrum und den Tiefgaragen war komplett abgeriegelt. Mannschaftsbusse der Polizei und Löschfahrzeuge der Feuerwehr parkten auf der Straße. In sicherer Entfernung zum Bahnhof stand ein größeres Fahrzeug mit Antennen und Satellitenschüsseln auf dem Dach. Die mobile Einsatzzentrale. Ein uniformierter Polizist nickte Mayer flüchtig zu und öffnete ihnen, als sie näher kamen, die Tür.

Die meisten der Anwesenden waren Burroughs bekannt. Führende Mitarbeiter des LKA und zwei leitende Vertreter des BKA, die zur Koordination der Sicherheitsmaßnahmen vor dem Gipfeltreffen von ihrer Behörde nach Hamburg abgestellt waren. Auch die Mitarbeiter vom Verfassungsschutz waren bereits da. Sie begrüßten die Neuankömmlinge mit ernsten Gesichtern und informierten sie kurz über die aktuelle Lage.

»Haben Sie die Aufzeichnungen der Überwachungskameras bekommen?«, fragte Mayer. Alle Augen wandten sich ihm zu. Die Reaktion zeigte Burroughs deutlich, wie die Zuständigkeiten verteilt waren.

»Wir sind schon bei der Auswertung«, antwortete einer der Männer, ein untersetzter Beamter, der ungeachtet der Außentemperaturen nur im Hemd am Tisch saß. »Aber der Bereich ist nicht vollständig einzusehen.«

»Das lässt darauf schließen, dass der Täter sich im Vorfeld sehr gut informiert hat«, konstatierte Mayer. »Wir brauchen die Aufzeichnungen der letzten Wochen.« Er sah in die Runde. »Hat es eine Bombendrohung gegeben?«

»Nein …«

Es klopfte an die Tür. Das Team des Bombenentschärfungsdienstes war da. Der Leiter des Teams brachte einen Schwall kalter Luft mit, als er in den Wagen trat. »Wir haben uns bereits auf dem Weg mit allen Einzelheiten vertraut gemacht«, sagte er. »Meine Männer schicken jetzt den Roboter rein. Sie können alles auf ihrem Monitor verfolgen.« Er wandte sich an den Einsatzleiter der Schutzpolizei. »Die Fahrzeuge hier hinten sind noch im Gefah-

renbereich. Haben Sie eine Möglichkeit, sie in der Dammtorstraße zu parken?« Der Einsatzleiter gab die Anweisung
per Funk sofort weiter. Burroughs sah gleich darauf Männer zu den Fahrzeugen laufen. Motoren wurden gestartet,
Blaulicht blinkte, und die gesamte Flotte verschwand im
Schneegestöber. Dann setzte sich auch ihr eigener Wagen
in Bewegung.

Der Leiter des Entschärfungsdienstes blickte durch die getönten Scheiben des Fahrzeugs zurück zum Bahnhof, an
den alten Steinen empor bis zu dem Kuppeldach aus
Stahl, und seinem Gesicht war anzusehen, dass er sich
fragte, wie es sein würde, wenn ihnen die gesamte Kon-
struktion um die Ohren flog.

Im vorderen Teil des Wagens saßen die Techniker vor
Schaltwänden und Laptops. Ein Flachbildschirm an der
Stirnseite zeigte, wie der Roboter des Bombenentschärfungsdienstes durch die geöffneten Türen in den Bahnhof
rollte. Niemand sprach. Es war totenstill, als der Monitor
schwarz wurde, um gleich darauf die Umgebung aus der
Sicht des Roboters wiederzugeben, der sich jetzt durch
die verlassene Bahnhofshalle bewegte, den Blick starr ge-
radeaus auf die Rolltreppen am anderen Ende gerichtet.
Es war eine gespenstische, lautlose Fahrt, die sie verfolgten. Der Papierkorb tauchte auf. Durch das Gitter erkannte
Burroughs das Paket, das die Bombe beinhalten sollte. Es
war nicht groß, vielleicht zwanzig mal dreißig Zentimeter,
flach und eingeschlagen in braunes Packpapier. Wenn er
es nicht besser wüsste, hätte er gesagt, jemand hatte sich
dort illegal seines Netbooks entledigt. Die Kamera des Roboters zoomte das Paket heran. In der Einsatzzentrale hielten alle den Atem an. Es stand etwas auf dem Packpapier

geschrieben, Burroughs bemerkte, wie sich Mayer neben ihm aufrichtete, anspannte, als er versuchte, die Zeichen zu entziffern.

»Oh, mein Gott!«, entfuhr es seinem deutschen Kollegen gleichzeitig mit einem Mitarbeiter des BKA. »Stoppen Sie den Roboter!« Aber es war zu spät. Der Roboter fuhr bereits seinen Greifer aus. Ein heller Lichtblitz ließ den Monitor aufleuchten, dann wurde er schlagartig dunkel. Gleichzeitig erschütterte eine heftige Explosion das gesamte Gebiet. Burroughs griff haltsuchend nach dem Tisch. Durch die Fenster konnte er sehen, wie das Dach des Bahnhofs an seiner Nordseite aufbrach, Rauch und Feuer in den Himmel schossen. Wie Funken herabregneten und Gesteinsbrocken durch die Luft flogen, und für einen flüchtigen Moment dachte er an die Krähe auf dem Sims.

Alle anderen im Wagen starrten entsetzt auf Mayer und den Mitarbeiter des BKA. »Die Schrift«, stieß Mayer hervor. »Es war dieselbe, die wir auf dem Blindgänger in Kopenhagen gefunden haben!«

Entsetzen breitete sich in den Gesichtern der Männer aus, als sie begriffen, was Mayer gerade gesagt hatte.

Kopenhagen. Dieselbe Schrift wie auf dem Blindgänger in Kopenhagen. Es gab mehr als nur den einen Sprengsatz in der Bahnhofshalle.

»Scheiße«, entfuhr es dem Leiter des Entschärfungsdienstes, der zur Tür eilte. Mayer folgte ihm. Sie rissen die Tür auf, als eine weitere Explosion den Wagen erschütterte, so nah, dass die Druckwelle sie beinahe zu Boden warf. Eine immense Staubwolke rollte auf sie zu, wo eben noch das flache Gebäude eines Restaurants gestanden hatte. Aus dem Staub lösten sich zwei, drei, nein, vier Gestalten und kamen taumelnd auf sie zugelaufen. Eine von ihnen brach zusammen. Burroughs wurde von den Männern hinter ihm aus dem Wagen geschoben und sah gerade noch, wie Mayer in der Staubwolke verschwand, gefolgt von einer Handvoll Feuerwehrleute. Dann stürzte er. Es krachte erneut, und aus den Überresten des Gebäudes schoss mit einem gewaltigen Zischen eine Feuersäule empor. Sirenen schrillten plötzlich überall. Irgendwo schrie jemand.

Burroughs hielt sich die Ohren zu, atmete Staub und Dreck ein, während er unter den Wagen robbte, um sich vor den Gesteinsbrocken zu schützen, die auf ihn herabregneten.

* * *

Marc Weymann verfolgte zusammen mit seinen Mitarbeitern ungläubig vor dem Fernseher die Bilder der Explosionen am Dammtorbahnhof. Die Fernsehteams sendeten live. Sie waren seit Bekanntwerden der Absperrung vor Ort. Das Büro der Reederei lag nur wenige hundert Meter vom Dammtorbahnhof in Richtung Gänsemarkt. Die Detonation hatte die Scheiben klirren lassen, die Wolke aus Rauch und Staub war über die Dächer hinweg bis zu ihnen zu sehen.

»Ein terroristischer Hintergrund kann nicht ausgeschlossen werden«, rief eine aufgelöste Reporterin, *»möglicherweise gibt es Verbindungen zu dem Anschlag in Kopenhagen.«*

Marc atmete tief durch.

Kopenhagen.

Er dachte an Valerie. An Noor …

»Diese verdammten Schweine«, sagte einer seiner Mitarbeiter und zündete sich ungeachtet des Rauchverbots in ihrem Büro eine Zigarette an. Marc wies ihn nicht zurecht.

»Die sollte man …«, begann ein anderer.

Marc wandte sich ab und verließ den Raum. Es waren nur wenige Schritte in sein Büro. Er ließ die Tür ins Schloss fallen und lehnte sich gegen die kühle Wand. Schloss die Augen. Sprachfetzen erreichten ihn. *»… rechtzeitig evakuiert … vermutlich dennoch drei Tote …«* Ein unkontrolliertes Zittern durchlief seinen Körper.

* * *

Eric Mayer trat hustend zur Seite, um dem Rettungsteam Platz zu machen, das unter den Trümmern des Restaurants nach Vermissten suchte. Mit bloßen Händen gruben die Feuerwehrleute in den Schutthaufen, unter denen sie auch einen ihrer Kameraden vermuteten. Verstärkung rückte an. Gemeinsam hoben sie Steine an und schaufelten Geröll weg, Reste von Weihnachtsdekoration. Mayer wischte sich mit einem Taschentuch Staub und Ruß von Gesicht und Hals. Drei Tote hatte die Explosion des Restaurants neben dem Bahnhof bislang gefordert. Zwei Männer der Feuerwehr und einen Obdachlosen, der sich zusammen mit seinem Hund in der Abstellkammer des Gebäudes gegen die Kälte verkrochen hatte und bei der Evakuierung nicht entdeckt worden war. Zwei weitere Personen wurden noch vermisst. Jemand griff nach seinem Arm.

Mayer wandte sich um und erblickte einen Sanitäter. »Alles in Ordnung«, wiegelte er ab. »Kümmern Sie sich um die anderen.« Der Sanitäter wies wortlos auf das Taschentuch, das Mayer noch in der Hand hielt. Es war voller Blut. »Ihre Ohren«, sagte der Sanitäter.

Mayer folgte ihm hinaus. Blaulicht blinkte vor dem Gebäude auf, als ein Krankenwagen wendete und losfuhr. Der Sanitäter führte ihn zu einem weiteren Fahrzeug, in dem eine junge Ärztin einem Feuerwehrmann die Hand verband.

»Setzen Sie sich«, sagte sie, und allmählich spürte Mayer den Druck, der sich in seinem Kopf aufbaute. »Ich bin hier gleich fertig.«

Widerwillig ließ er sich auf einer Stufe nieder und wartete. Der Feuerwehrmann musterte ihn neugierig. Schließlich war sie so weit und wandte sich ihm zu.

Sie arbeitete sicher und zügig. Ihre Handgriffe waren dennoch behutsam, und Mayer spürte, wie er sich entspannte.

»Sie haben ein Explosionstrauma«, sagte sie, als sie die Untersuchung seiner Ohren abgeschlossen hatte. »Sie brauchen dringend eine Infusion, damit wir eine dauernde Schädigung des Gehörgangs vermeiden. Ihr Trommelfell ist unverletzt, aber ...«

»Ich kann hier nicht weg«, erwiderte er kurz angebunden.

»Sie sind verletzt.«

Er zog seinen Dienstausweis aus seiner Innentasche. Sie starrte darauf, dann sah sie ihn an, als wäre er ein Fabeltier. »Wir machen es hier vor Ort. Ich habe alles da«, sagte sie schließlich.

Sie führte eine Kanüle in seinen Handrücken ein und fixierte sie mit Pflaster. Dann zog sie einen Beutel mit Infusionslösung aus einem der Schränke. Mayer fragte nicht, was er enthielt. Sie befestigte den Beutel an seiner Schulter. »Das ist ein ziemlich beschissenes Provisorium, aber besser als nichts«, bemerkte sie. »Ziehen Sie die Kanüle vorsichtig heraus, sobald der Beutel leer ist.« Sie reichte ihm ein eingeschweißtes Päckchen. »Hier ist noch etwas zur Desinfektion und ein Pflaster.«

»Wo haben Sie das gelernt?«, fragte er, nicht im Mindesten irritiert durch ihre Ausdrucksweise.

»Ich habe eine Weile für ›Ärzte ohne Grenzen‹ gearbeitet«, erwiderte sie. »Da lernen Sie zu improvisieren.«

»Danke.«

»Keine Ursache.« Als er aufstehen wollte, hielt sie ihn zurück. »Es könnte sein, dass Ihnen schwindelig oder schlecht wird. Ihr Gleichgewichtssinn wird über Knöchelchen im Ohr gesteuert. Wenn das passieren sollte …«

»… komme ich wieder«, versprach Mayer.

»Auf jeden Fall sollten Sie morgen noch einmal im Krankenhaus oder bei einem Arzt vorstellig werden.« Sie griff in die Brusttasche ihrer Jacke und reichte ihm eine Karte. »Nur für alle Fälle.«

Mayer nickte, steckte die Karte ein und ging zurück zu dem, was von dem Restaurant noch übrig war. Im Hintergrund loderten die Flammen aus dem zerstörten Bahnhof. Überall rannten Helfer und Feuerwehrleute durcheinander, lagen armdicke Schläuche auf dem Boden, aus deren Mündungen sich Fontänen von Wasser auf die Brandherde ergossen.

Während er sich medizinisch hatte versorgen lassen, war einer der Vermissten lebend geborgen worden, dort, wo die beiden Feuerwehrleute begonnen hatten zu graben. Der Mann lag auf dem Boden, das Gesicht aschfahl, die linke Seite seines Körpers blutgetränkt. Ein Team von Notärzten bemühte sich um ihn. Als Mayer genauer hinsah, bemerkte er, dass dem Mann der linke Arm abgerissen war. Mayer hoffte nur, dass er es schaffte. Drei Tote waren mehr als genug. Als Mayer weiter über das Gelände eilte, auf den Bahnhof zu, boten sich ihm immer wieder dieselben Bilder der Zerstörung und des Entsetzens.

Dann entdeckte Mayer eine alte Frau, die in sich zusammengesunken und in eine Decke gehüllt in der geöffneten Tür eines der Rot-Kreuz-Fahrzeuge saß und ungläubig vor sich hin starrte. Sie war es, die er gesucht hatte. Er sah, dass ihre Hände zitterten.

»Frau Altmann?«

Sie sah auf. Musterte ihn aus wässrigen blauen Augen.

»Frau Altmann, mein Name ist Eric Mayer. Ich ermittle im Rahmen des Anschlags und hätte noch ein paar Fragen an Sie.«

»Die hab ich doch alle schon Ihren Kollegen beantwortet«, sagte sie mit dünner Stimme.

»Ich weiß, aber ich würde gern mit Ihnen persönlich sprechen.«

»Was wollen Sie wissen?«

»Erzählen Sie mir bitte noch einmal ganz von vorn, was Sie heute beobachtet haben.«

Edith Altmann war für das Sicherheitspersonal des Bahnhofs keine Unbekannte. Und als sie an diesem Tag einen der Männer angesprochen hatte wegen eines Pakets, das jemand in einem Mülleimer bei den Rolltreppen deponiert hatte, hatte man sie nicht ernst genommen, denn Edith Altmann beschwerte sich des Öfteren über dies oder das, insbesondere aber vermutete sie hinter jeder Ecke einen Bösewicht, der ihr Übles wollte. Deshalb hörte ihr auch niemand mehr richtig zu. Sie schenkten der alten

Frau einen Kaffee aus, wenn sie zu ihnen kam, weil sie inzwischen wussten, dass sie nur eine sehr geringe Rente bekam, die sie unter anderem damit aufbesserte, dass sie Pfandflaschen aus den Mülleimern sammelte. Sie war nicht aufdringlich, keine Alkoholikerin, auch nicht obdachlos, lediglich ein wenig versponnen und beinahe schon ein Teil des Bahnhofs, so viel Zeit brachte sie täglich in der großen Halle zu.

Jetzt sah sie zu Mayer auf, und ihre dünnen Finger, um die sich die blasse Haut wie trockenes Pergament spannte, schlossen sich fester um den Knauf ihres Stockes. »Ich hab den jungen Mann reinkommen sehen und gleich gewusst, dass er was im Schilde führt«, berichtete sie. »Ich hab einen Riecher für so was, glauben Sie mir. Damals, als …«

»Sie haben den Mann reinkommen sehen«, unterbrach Mayer sie. »Wie sah er denn aus?«

Sie betrachtete ihn nachdenklich. »Na, so ähnlich wie Sie. Groß und dunkelhaarig. Aber er hatte einen Anorak an, keinen Mantel.«

»Wo haben Sie gestanden?«

»An der Tür, bei dem Bäcker. Ich hab gerade mein Pfandgeld gezählt, da hat er mich angerempelt, weil er es so eilig hatte. Er hatte das Paket unter dem Arm wie eine Zeitung«, fuhr sie fort.

»Hat er sich bei Ihnen entschuldigt?«

Sie schüttelte den Kopf.

»Was haben Sie dann gemacht?«

Ich wollte eigentlich noch ein paar Mülleimer absuchen, aber dann hab ich gesehen, wie er sein Paket in den Eimer bei der Rolltreppe fallen ließ.«

»Was hat Sie daran gestört?«

»Na, die Art, wie er es fallen ließ. Er hat sich im Vorbeigehen leicht über den Mülleimer gelehnt und einfach nur den Arm vom Körper abgespreizt, und dann ist das Paket in den Mülleimer gerutscht.« Sie stand auf und führte ihm die Bewegung umständlich vor. »Ich hab mich gefragt, warum er das macht. Es sah so merkwürdig aus. So schmeißt man doch nichts weg, außer man will es nicht anfassen.«

Mayer nickte langsam. »Haben Sie daraufhin den Mann vom Sicherheitspersonal angesprochen?«

»Ja, aber der hat mir wie immer nicht geglaubt. Der hat mich nur gefragt, ob ich schon wieder Gespenster sehe. Wissen Sie, manchmal passiert mir das, das weiß ich ja selbst, aber in diesem Fall ...«

»Wie haben Sie ihn denn überzeugt?«

»Ich hab ihm vorgeschlagen, dass er hingeht und nachsieht.«

Plötzlich füllten Tränen ihre blassblauen Augen, und sie sackte wieder in sich zusammen. »Und jetzt ist der Bahnhof kaputt. Jetzt kann mich der Hermann hier nicht mehr finden ...«

»Wer ist Hermann?«

Sie zog ein Taschentuch aus ihrer Tasche, dem der intensive Geruch von Kölnisch Wasser entstieg, und schnäuzte sich die Nase. »Der Hermann ist mein Mann. Wir wollten uns hier treffen, deshalb komme ich jeden Tag und warte auf ihn ...«

Wie Mayer später erfuhr, war Hermann Altmann in den letzten Tagen des Zweiten Weltkriegs gefallen. Ihre fortschreitende Demenz ließ Edith Altmann die Gegenwart zugunsten der Vergangenheit immer häufiger vergessen. Aber ihr Misstrauen und ihr Verfolgungswahn hatten Hunderte von Menschenleben gerettet.

»Frau Altmann, Sie haben uns sehr geholfen«, sagte er und drückte ihre Hand. Ihr dankbares Lächeln rührte ihn seltsam an.

»Kann ich jetzt nach Hause?«, fragte sie.

»Wir werden Sie fahren.«

Sie schüttelte heftig den Kopf. »Das kann ich mir nicht leisten.«

»Keine Sorge, das kostet Sie nichts.«

Er fand ein Zivilfahrzeug der Polizei und einen Fahrer. »Sehen Sie zu, dass Sie kein Aufsehen erregen. Ich möchte nicht, dass die Frau den Medien in die Hände fällt«, schärfte er dem jungen Beamten ein, bevor er die Wagentür schloss. Er blickte dem Fahrzeug nach und tastete nach dem Infusionsbeutel an seiner Schulter, der schon an Volumen verloren hatte.

Als er sich umwandte, sah er Burroughs auf sich zukommen. »Nach den Angaben der alten Dame sind wir die Aufnahmen aus der Überwachungskamera noch einmal durchgegangen.«

»Und?«

»Was wir gefunden haben, sollten Sie sich mit eigenen Augen ansehen.«

Mayer folgte Burroughs zur mobilen Einsatzzentrale, erleichtert, der Kälte zu entkommen.

»Spielen Sie bitte noch einmal die Sequenz des Überwachungsbandes«, bat Burroughs einen der Techniker.

Der große Flachbildschirm flimmerte kurz, dann zeigte er in Schwarzweiß ein Standbild der Eingangshalle des Bahnhofs.

Burroughs griff nach einem Zeigestock, der auf dem Tisch lag, und tippte auf den Bildschirm. »Sehen Sie, hier ist Frau Altmann. Jetzt achten Sie darauf, was gleich passiert.«

Vor Mayer spulte sich die Szene ab, die Edith Altmann ihm wenige Minuten zuvor geschildert hatte. Sie stand inmitten der hastenden Menschen und zählte ihr Geld, als sie plötzlich von hinten von einem Mann angerempelt wurde. Edith Altmann hatte ihn korrekt beschrieben. Er war groß, dunkelhaarig und trug einen modisch teuren Outdoor-Anorak.

»Stopp«, rief Burroughs und tippte mit dem Zeigestock auf das Paket, das der Mann unter dem Arm hielt. Mayer nickte.

Das Band lief weiter. Der mutmaßliche Täter hielt den Kopf gesenkt. Dann war er aus dem Radius der Kamera verschwunden.

»Er weiß natürlich, wo die Kameras sind«, bemerkte Mayer resigniert.

»Warten Sie«, Burroughs wandte sich an den Techniker. »Jetzt das Band von oben.«

Die Einstellung zeigte eins der S-Bahn-Gleise. Das Überwachungsgerät war auf die Rolltreppe gerichtet. Die Zielperson erschien – ohne das Paket. Der Mann hielt den Kopf noch immer gesenkt. Er trat auf den Bahnhof und drehte der Kamera den Rücken zu.

»Jetzt«, flüsterte Burroughs aufgeregt.

Der Techniker zoomte sich an den Mann heran, bis dessen Kopf das Bild ausfüllte, und fror das Bild ein. Dann vergrößerte er einen Ausschnitt dicht neben dem Kopf des Mannes. Es war eine Reflexion auf dem Glas der Anzeigentafel. Mayer erkannte darin das Gesicht von Safwan Abidi.

»Die Fahndung ist bereits raus«, sagte Burroughs.

Mayer suchte unwillkürlich nach Zeichen des Triumphs in der Haltung seines Gegenübers, fand aber nur Müdigkeit. Eine Müdigkeit, wie er sie selbst verspürte, als er wenig später durch die Trümmer der Bahnhofshalle schritt. Überall lag Schutt, bei jedem Schritt knirschten Scherben und Splitter unter seinen Sohlen, und über ihm klaffte ein riesiges Loch in der Decke, durch das sich die abgerissenen Schienen auf groteske Art und Weise herunterbogen. Das Metall war durch die Wucht der Detonation geborsten. Durch die nackte Stahlkonstruktion fiel der Schnee in feinen weichen Flocken und bedeckte einen aus den Trümmern herausragenden schwarzen Krähenflügel mit seiner kalten weißen Schicht. Mayer schloss die Augen und lauschte auf die Geräusche in seiner Umgebung. Während seines Gesprächs mit Burroughs war der Druck in seinen Ohren endlich weniger geworden, und das Rauschen, das zeitweise alle anderen Geräusche zu übertönen drohte, ebbte ab. Mayer warf einen Blick auf den verlassenen Platz, wo der Krankenwagen geparkt hatte, in dem er versorgt worden war.

In der Einsatzzentrale war der Erste Bürgermeister Hamburgs eingetroffen, zusammen mit dem Senator für Inneres, dem die gesamte Polizei der Hansestadt unterstellt war.

»Die Presse verlangt eine Erklärung, und das zu Recht«, sagte der Bürgermeister gerade, als Mayer die Tür öffnete. »Wir müssen die Öffentlichkeit umfassend informieren, um Ängste abzubauen. Die Bürger dieser Stadt müssen das Gefühl haben, dass sie sicher sind, wenn sie auf die Straße gehen.« Er sagte es nicht, aber Mayer wusste, dass er an das Vorweihnachtsgeschäft dachte und an die Geschäftsleute, die seine Wähler waren.

Thomas Arendt, der Leiter des LKA, bekam seinen offiziell konsequenten Gesichtsausdruck, mit dem er sich gern der zivilen Welt gegenüber präsentierte, wenn es darum ging, unpopuläre Maßnahmen zu rechtfertigen. »Niemand in dieser Stadt ist sicher, solange wir nicht die Drahtzieher des Anschlags gefasst haben«, widersprach er dem Bürgermeister mit Nachdruck. »Je mehr Details bekannt werden, desto schwieriger gestalten sich für uns die Ermittlungen. Das Letzte, was wir in dieser Situation brauchen, sind Trittbrettfahrer.«

Ein uniformierter Polizist kam mit einem Tablett voller Kaffeebecher in die Einsatzzentrale. Der Bürgermeister trat einen Schritt zurück, als er als Erster etwas angeboten bekam. »Erst die Männer hier«, sagte er und wandte sich an seinen Innensenator. »Wir müssen die Sicherheitsmaßnahmen verstärken. Präsenz zeigen. Ich möchte an jeder Ecke in der Innenstadt mindestens zwei uniformierte Polizisten sehen.«

Der Innensenator räusperte sich und strich sich über seine beginnende Glatze. »Dafür haben wir nicht genug Personal.«

»Dann werden wir die Unterstützung, die uns die anderen Bundesländer für den Gipfel zugesagt haben, eben sofort anfordern.« Der Bürgermeister rückte seine Krawatte über dem blütenweißen Hemd zurecht und ließ sich von einem der beiden Sicherheitsbeamten, die ihn begleiteten, seinen Mantel geben. »Ich gehe jetzt raus und rede mit der Presse«, fügte er mit einem Seitenblick auf Arendt hinzu. »Bitte informieren Sie Ihre Leute darüber, dass niemand außer mir oder der Pressestelle des Rathauses befugt ist, sich gegenüber der Öffentlichkeit zu dem Anschlag zu äußern. Eine meiner Mitarbeiterinnen wird Ihnen ab sofort zur Seite gestellt, um Informationen zu sammeln und an mich weiterzuleiten.« Auf der Treppe wandte er sich noch einmal um. »In vier Wochen haben wir in dieser Stadt die politische Weltelite zu Gast. Bis dahin müssen wir mit dem Aufräumen fertig sein – in jeder Hinsicht.«

Über den großen Flachbildschirm verfolgten sie gleich darauf den Auftritt des Ersten Bürgermeisters vor der Kulisse des zerstörten Bahnhofs. Jenseits der Straße drängten sich trotz des Schneetreibens und der allmählich hereinbrechenden Dämmerung zahlreiche Schaulustige. In einem eigens abgesperrten Gebiet warteten Kamerateams und Reporter.

Die Sicherheitsbeamten sondierten die Menge. Mayer konnte ihre Nervosität verstehen. Keiner von ihnen wusste, wo sich der Attentäter aufhielt oder ob ein weiterer Anschlag geplant war. Er konnte dort inmitten der Menschenmasse lauern, konnte aber auch längst jenseits der Stadtgrenzen verschwunden sein.

Der Bürgermeister war beliebt in der Stadt, seit mehr als einem Jahrzehnt an der Regierung und bekannt für einen konservativen Führungsstil. Die Menschen raunten einander zu, als sie ihn sahen. Er winkte kurz in die Runde, bevor er sich das blonde Haar glatt strich und vor die Kameras trat. Es fielen Standardfloskeln wie »lückenlose Aufklärung« und »Sicherheit der Bevölkerung an erster Stelle«, es ging um »Solidarität mit den Opfern« und den »Kampf gegen den Terror« und natürlich um »den Wiederaufbau als Zeichen hanseatischen Stolzes«. Er sagte, was alle Politiker auf der Welt in solchen Situationen sagten. Er vermittelte Trost und das Gefühl, dass sie alles im Griff hatten, gab jedoch nichts preis. Ein, vielleicht auch zwei Tage würden sie mit dieser Taktik überleben. Dann würde die Öffentlichkeit Ergebnisse fordern oder sie zerreißen. Das wusste auch der Bürgermeister dort draußen, der zum Abschied noch einmal die Hand hob. Er würde ihnen im Nacken sitzen.

* * *

Das metallische Klicken des Schlüssels weckte Valerie aus einem unruhigen Schlaf.

»Frau Weymann …?«

Sie blinzelte in das Licht, das durch die geöffnete Zellentür fiel. Stand dort Mayer?

»Frau Weymann, bitte stehen Sie auf und ziehen Sie sich an.« Er war es. Warum wurde sie mitten in der Nacht von ihm aufgeweckt?

»Wie spät ist es?«, fragte sie schlaftrunken.

»Es ist kurz nach fünf.«

Er machte das Licht an.

Sie drehte ihm den Rücken zu und zog ihre Decke fester um ihre Schultern. »Kommen Sie morgen wieder.«

Schritte hallten dumpf auf dem nackten Steinboden. Im nächsten Augenblick spürte sie seine Hand auf ihrer Schulter. »Frau Weymann, kommen Sie bitte mit mir.«

Eine für ihn ungewöhnliche Spannung lag in seiner Stimme. Etwas war geschehen. Sonst wäre er nicht hier. Langsam drehte sie sich zu ihm um, richtete sich auf und erschrak bei seinem Anblick. Er sah grauenvoll aus. Er war entsetzlich blass, und unter seinen Augen lagen tiefe Schatten. Zudem bewegte er seinen Kopf so vorsichtig, als hätte er Schmerzen.

»Was ist mit Ihnen passiert?«, fragte sie erschüttert. »Hatten Sie einen Unfall?«

»Es hat einen Bombenanschlag in der Stadt gegeben.«

»Was?!« Ungläubig starrte sie ihn an, nicht sicher, ob sie ihm glauben konnte.

»Wir haben mittlerweile fünf Tote. Etwa zwanzig Verletzte, zwei davon schwer.«

Er meinte es ernst. Sein Tonfall ließ keinen Zweifel zu. Fünf Tote.

»Wo ...?«

»Am Dammtorbahnhof.«

Dammtorbahnhof. Ganz in der Nähe von Marcs Büro.

»Wann ... wann ist es passiert?«, fragte sie mit zitternder Stimme.

»Am frühen Nachmittag.« Ein Muskel in seinem kantigen Gesicht zuckte vor Anspannung.

Früher Nachmittag. Vergeblich versuchte sie, ihre Gedanken zu ordnen. Fünf Tote. Zwanzig Verletzte. Ein Bombenanschlag. Mitten in Hamburg. »Haben Sie die Täter?«

Mayer antwortete nicht sofort.

»Wir haben den Täter identifiziert«, sagte er schließlich. »Sie kennen ihn. Es ist Safwan Abidi.«

Sie schien keine Luft mehr zu bekommen. Der Abgrund, an dessen Rand sie stand, weitete sich in seiner ganzen dunklen Schrecklichkeit und zog sie hinab ...

»Oh, mein Gott«, entfuhr es ihr.

Sie schlug die Hände vors Gesicht, um ihre Tränen zu verbergen, aber Mayer war schneller, beugte sich über sie und packte ihr Kinn mit seinen Fingern. Zwang sie, ihn anzusehen. »Werden Sie jetzt mit uns reden?«, fragte er, und seine Stimme war plötzlich kalt. Kälter, als sie es je für möglich gehalten hätte. »Oder müssen noch mehr Menschen sterben?« Abrupt ließ er sie los und trat einen Schritt zurück.

Valerie schluckte.

Er war verletzt worden bei dem Anschlag. Staub und Schmutz bedeckten seinen Mantel. Und er hatte die Toten gesehen. Vielleicht noch schlimmer: Er hatte unschuldige Menschen sterben sehen.

Werden Sie jetzt mit uns reden?

Was konnte sie ihm erzählen? Nichts würde er ihr glauben, so wie er sie ansah. Nichts. Verzweifelt atmete sie gegen ihre Angst an. Tränen liefen über ihre Wangen. Hastig wischte sie sie fort.

Ein Anschlag mitten in Hamburg. Ausgeführt von einem Mann, dessen Weg sie in einem anderen Leben, in einer anderen Zeit gestreift hatte, flüchtig, unverhofft und ohne Option auf Wiederkehr. Und nun tauchte er wie aus dem Nichts auf, griff nach ihr und zog sie in das Verderben. Safwan, der Fels. Es war so entsetzlich und so absurd, dass sie gar nicht anders konnte, als zu reden. Sie sah zu Mayer und nickte.

Er erwiderte ihren Blick, als könne er nicht glauben, dass sie ihren Widerstand aufgab und die Waffen streckte.

»Ich warte draußen«, sagte er schließlich und verließ die Zelle.

Die Tür fiel ins Schloss, und Valerie starrte auf die Schatten, die im Schein der Lampe durch die Zelle tanzten. Licht und Schatten. Leben und Tod. In welche Richtung würde das Pendel ausschlagen? Völlig unerwartet drängten sich ihre Töchter in ihre Gedanken, schlafend, ihre Gesichter weich und entspannt. Sie waren immer zu zweit. Sophie und Leonie. Leonie und Sophie. Einsamkeit war ein Begriff, den sie nicht verstanden. Wenn sie die Augen schloss, konnte sie die Mädchen beinahe spüren, die zarte Haut ihrer Hände, das seidige blonde Haar, das sich im Schlaf zu feuchten Locken ringelte und einen ganz eigenen, feinen Duft verströmte. Etwas in ihr zog sich schmerzlich zusammen, als sie begriff, wie weit sie in diesem Augenblick von ihnen entfernt war.

Mayer öffnete sofort die Tür, als sie klopfte. Er sprach nicht mit ihr, während sie zum Fahrstuhl gingen. In seinem kalten Licht, zurückgeworfen von den spiegelnden Wänden, sah sie erneut die Erschöpfung in seinen kantigen Zügen und seinen dunklen Augen, aus denen er matt vor sich hin starrte, als habe er Valeries Gegenwart völlig vergessen. Der Fahrstuhl hielt und öffnete sich auf einen der nichtssagenden, uniformen Flure des Gebäudes. An geschlossenen Türen vorbei führte Mayer sie durch eine erdrückende Stille.

Endlich saßen sie einander gegenüber. Mayer hatte seinen Mantel abgelegt. Die Makellosigkeit seines teuren Anzugs stand in unerwartetem Gegensatz zu den Blessuren in seinem Gesicht. Er sah sie abwartend an. Das kleine grüne Licht der Kamera auf dem Fensterbrett blinkte erwartungsvoll.

»Fragen Sie«, sagte sie resigniert.

»Bevor wir zu dem kommen, weshalb ich hier bin, müssen wir noch ein paar Dinge klären.« Er schlug seinen Ordner auf. Zuoberst lag die Fotografie, die sie zusammen mit Noor, Mahir und Safwan zeigte. Mayer nahm sie heraus und legte sie auf den Tisch. »Sie haben behauptet, dass es sich bei dieser Aufnahme um eine Fotomontage handelt. Warum haben Sie mich belogen?«

»Ich habe Sie nicht belogen«, erwiderte sie.

Er runzelte die Stirn. »Sie haben gesagt ...« Er blätterte in dem Ordner. »Sie haben gesagt«, wiederholte er, als er die Stelle in dem Protokoll gefunden hatte, »»Das ist eine Frechheit. Was soll das, was wollen Sie mir anhängen? Ich bin nie mit diesen Männern und Noor al-Almawi dort an der Alster gewesen. Es ist eine Fotomontage.‹«

»Das ist es auch«, antwortete sie und sah ihm fest in die Augen. »Diese Aufnahme wurde in Damaskus gemacht.«

»Damaskus?« Mayer warf einen Blick auf die Fotografie, dann sah er sie irritiert an. »Warum haben Sie das nicht gesagt?«

»Warum hat sich jemand die Mühe gemacht, in dieser Aufnahme Damaskus gegen Hamburg auszutauschen?«, fragte sie stattdessen. »Haben Sie schon einmal darüber nachgedacht, die Zuverlässigkeit Ihrer Quellen zu überprüfen?« Es war wie ein Schlag in die Magengrube gewesen, als Mayer ihr die Fotografie das erste Mal vorgelegt hatte, gleich nachdem er ihr erzählt hatte, dass Safwan Abidi in das Attentat von Kopenhagen verwickelt war. Sie konnte es immer noch nicht glauben, ebenso wenig wie an seine Beteiligung an dem Anschlag in Hamburg.

Mayer ging nicht auf ihre Bemerkung ein und blätterte wieder in seinem Ordner. »Als ich Ihnen kurz vorher ein Foto von Barakat und Abidi vorgelegt habe, haben Sie behauptet, die Männer nicht zu kennen.«

»Das war gelogen«, gab sie unumwunden zu.

»Warum?«

Die Versuchung war groß, sich auf das Attentat von Kopenhagen herauszureden. Auf ihre Angst, in etwas von dieser Brisanz und diesem Ausmaß verstrickt zu werden, aber bei all der Akribie, die Mayer und sein Team an den Tag legten, zweifelte sie, dass sie lange an dieser Geschichte festhalten könnte. »Ich hatte mit Safwan Abidi vor drei Jahren eine flüchtige Affäre. Damals ist auch das Foto entstanden.« Noch während sie es sagte, fragte sie sich, wie viele Fotos es noch gab und inwieweit sie in die Öffentlichkeit gelangen und die Titelseiten der Zeitungen schmücken würden, wenn Abidis Beteiligung an den Anschlägen publik wurde.

Mayer zeigte keine Überraschung. Nickte nur, als habe er bereits von dieser Beziehung gewusst und sich seine Vermutung von ihr lediglich bestätigen lassen. Er machte sich eine kurze Notiz am Rand seines Protokolls, bevor er weitersprach. »Ich nehme an, Ihr Mann weiß nichts von dieser Affäre.«

»Es hatte nichts mit mir und Marc zu tun. Ich wollte ihn damit nicht belasten.«

Es folgten weitere Fragen. Nach Noor. Nach Mahir Barakat. Fragen, die ihm schon seit zwei Tagen auf dem Herzen lagen, weil doch jede Information, jedes Mosaiksteinchen ihn nur vor weitere Rätsel stellte. Und sie hörte sich selbst Sätze sagen wie: »Noor würde niemals etwas tun, womit sie Kinder gefährdet.« Und noch während sie diese sagte, spürte sie, wie ihre Zweifel wuchsen, die längst gesät waren. Die Unsicherheit. Noch vor drei Tagen hätte sie behauptet: »Noor würde niemals etwas tun, womit sie Menschenleben gefährdet.« Was war geschehen? Mayer war geschult genug, ihr Zögern zu bemerken.

Valerie begriff, dass es nicht Noor war, die sich veränderte, sondern sie selbst. Dass sie unter dem Druck der Geschehnisse nach Antworten suchte und dabei war, eine Schuld zuzuweisen, von der sie nicht einmal wusste, ob es sie überhaupt gab.

»Sie waren bislang eine wichtige Zeugin in einem Fall, der als streng geheim eingestuft ist. Aus diesem Grund, konnten wir Ihnen auch keinen Anwalt zugestehen«, sagte Mayer. »Ihre Affäre mit Abidi, so flüchtig sie auch ge-

wesen sein mag, gibt dem Ganzen ein anderes Gewicht.«
Er sah sie eindringlich an. »Bereits vor zwei Wochen ist
Mahir Barakat in Griechenland unter Terrorverdacht verhaftet worden. Unter anderem wird ihm vorgeworfen,
Drahtzieher des Anschlags in Kopenhagen zu sein.«
Wieder und immer wieder Kopenhagen. Valerie sah die
Bilder der beiden jungen Nordafrikaner vor sich, die nach
dem Anschlag als mutmaßliche Täter verhaftet worden
waren. Daneben platzierten sich vor ihrem geistigen Auge
Mahir und Safwan. Ein schwerreicher Geschäftsmann,
der den Koran bestenfalls als Briefbeschwerer nutzte, und
ein Chirurg, der nur für seine Arbeit lebte. Es war so entsetzlich absurd.
»Was ist mit Noor al-Almawi?«
»Ich weiß es nicht«, erwiderte Mayer. Er wich ihrem Blick
nicht aus, dennoch war sie sicher, dass er ihr nicht die
Wahrheit sagte.
»Wir haben Abidi einwandfrei als Täter identifiziert«,
fuhr er fort. »Er ist immer noch auf freiem Fuß und damit
eine ernsthafte Gefahr. Wir wissen, dass er sich in Ham-
burg versteckt hält.« Er richtete sich auf seinem Stuhl auf.
»Helfen Sie uns, ihn zu fassen.«
Ungläubig starrte sie Mayer an. »Ich habe Safwan Abidi
vor drei Jahren das letzte Mal gesehen. Ich …«
Sein Blick ließ sie verstummen.
»Sie sind unser Köder, Frau Weymann.«
»Wie bitte?«
»Ihre Freiheit gegen Abidi.«
»Wie stellen Sie sich das vor? Ich meine …«
»Wir haben alles vorbereitet. Sie müssen nur mitspielen.«
Sie schüttelte den Kopf. »Das ist unmöglich. Das kann ich
nicht.«

Mayer beugte sich über den Tisch. »Safwan Abidi ist verantwortlich für den Tod von mehr als fünfzig Menschen«, fuhr er sie an. »Und wenn wir ihm nicht das Handwerk legen, werden weitere Unschuldige sterben. In wenigen Wochen findet hier in der Stadt ein Gipfeltreffen statt, und wir haben konkrete Hinweise, dass aus der Gruppe, die hinter den Attentätern von Kopenhagen steht, weitere Anschläge geplant sind.«

Mayers Worte hallten in Valerie nach. *Verantwortlich für den Tod von mehr als fünfzig Menschen.* Es klang verkehrt, passte nicht zu ihrer Erinnerung, in der Safwan als ein verantwortungsbewusster, sanftmütiger Mann lebte, ein Poet – das war es, was sie an ihm fasziniert hatte, was sie all ihre Regeln vergessen ließ –, aber kein kaltblütiger Attentäter.

»Das … das kann ich nicht«, wiederholte sie.

Bevor Mayer etwas auf ihre Reaktion erwidern konnte, öffnete sich die Tür des Verhörzimmers, und eine große, schlanke Frau kam herein. Valerie schaute unwillkürlich zu der verspiegelten Scheibe an der gegenüberliegenden Wand und fragte sich, wer dort ihr Gespräch verfolgte.

»Vielleicht sollten wir Frau Weymann die Beweise zeigen, die wir gegen ihn haben«, sagte die Frau zu Mayer und streckte Valerie die Hand entgegen. »Marion Archer, Canadian Intelligence.« Sie hatte einen angenehm festen Händedruck und ein offenes Lächeln. »Ich kann Ihre Vorbehalte verstehen, Frau Weymann«, sprach sie Valerie auf Deutsch an. »Wir würden nicht auf Sie zukommen, wenn es einen anderen Weg für uns gäbe.« Der leichte Akzent der Kanadierin erinnerte Valerie an Burroughs, aber Archer war ihr auf Anhieb sympathischer als der hagere Amerikaner.

Mayer zog zwei Klarsichthüllen aus seinem Ordner und

reichte sie Archer, die sich zu ihnen an den Tisch setzte. Im Gegensatz zu Mayer wirkte sie frisch, trotz der frühen Stunde.

»Wir haben in Kopenhagen am Tatort DNA-Spuren an dem nicht gezündeten Sprengsatz gefunden, die wir zweifelsfrei Abidi zuordnen können. In Abidis Wohnung hat die Polizei Reste von gemahlenem Dünger, Aluminiumpulver und Brennstoff sichergestellt, die zum Bau der Bomben verwendet wurden.« Sie legte ein Protokoll der Durchsuchung und der DNA-Analyse vor Valerie auf den Tisch. Beides war in Englisch verfasst. Valerie überflog das Protokoll. Jedes Mal wenn Safwans Name schwarz auf weiß darin auftauchte, meinte sie, es müsse ein Druckfehler sein.

Als Valerie die Unterlagen sinken ließ, reichte Archer ihr eine Fotografie. Sie zeigte die Reflexion eines Gesichtes im Glas einer Anzeigentafel. Safwans Gesicht. »Diese Aufnahme wurde gemacht, kurz nachdem Abidi das Paket mit dem Sprengsatz am Dammtorbahnhof deponiert hat«, sagte Archer. »Es stammt von der Überwachungskamera auf dem S-Bahn-Gleis des Bahnhofs.«

Stille breitete sich im Raum aus.

»Wir können Sie nicht zwingen, uns zu helfen«, fuhr Archer nach einer Weile fort. »Die Operation ist nicht ungefährlich, und wir können nicht in jeder Phase für Ihre Sicherheit garantieren.«

Valerie sah erneut auf das Foto, das vor ihr auf dem Tisch lag. Etwas war anders in Safwans Gesicht. Ein Zug lag darin, der ihr fremd war, aber sie konnte die Veränderung nicht greifen.

Safwan war bereits als Kind palästinensischer Flüchtlinge im Libanon gelandet. Fleiß und Beharrlichkeit und einige grenzüberschreitende verwandtschaftliche Beziehungen hatten ihm den fast unmöglichen Weg aus dem Lager Nahr al-Bared an eine amerikanische Elite-Universität geöffnet, wo Valerie ihn während ihrer Studienjahre in den USA flüchtig kennengelernt hatte. Er war ein enger Freund Mahirs. Durch ihn hatten sie sich Jahre später zufällig wieder getroffen. Mahir hatte ihn eines Abends mitgebracht zu einem gemeinsamen Essen. Valerie runzelte die Stirn. Noor hatte nie darüber gesprochen, warum sie sich vor einem Jahr von Mahir getrennt hatte …

Über den Tisch hinweg begegnete Valerie Mayers Blick. Er sah sie so durchdringend an, als wüsste er, was in ihr vorging, als spürte er ihren inneren Kampf, ihren Zwiespalt. *Verantwortlich für den Tod von mehr als fünfzig Menschen.* Menschen veränderten sich. Drei Jahre waren eine lange Zeit in einem Land, das von Unsicherheit und Kriegen zerrüttet war.

* * *

Burroughs hatte genug gesehen und gehört. Mit einem kurzen Nicken in die Runde verließ er den Raum. Es ärgerte ihn, dass Archer ihn ausgebootet und damit Erfolg gehabt hatte. Aber letztlich zählte allein das Ergebnis. Hatten sie Weymann tatsächlich geknackt? Ganz mochte er noch nicht daran glauben. Sie war zäh, und sie wusste genau, was sie wollte. Dennoch lief im Grunde alles nach Plan. Wenn sie Abidi erst hatten, würde er reden, und alles würde sich fügen.

Allmählich spürte Burroughs, dass er seit vierundzwanzig Stunden auf den Beinen war. Seine Schläfen pochten, und bei dem bloßen Gedanken an Kaffee wurde ihm übel.

Noch vor ein paar Jahren hatte er solche Tage locker weggesteckt. Wunderbar lebendig hatte er sich gefühlt, wenn er nach Sonnenaufgang in ihre saubere kleine Straße eingebogen und vor der Haustür seiner Tochter begegnet war, die zum Schulbus eilte. Während Kathy mit Timothy frühstückte, hatte er im Wohnzimmer auf der Couch gelegen und einen Bourbon getrunken. Morgens um acht. Er hatte im Halbschlaf ihren Stimmen gelauscht und gewusst, wofür er arbeitete. Nach ihrem Tod hatte er das Haus sofort verkauft.

Seither lebte er aus dem Koffer in möblierten Wohnungen oder Hotelzimmern in Paris, Berlin und London. Eine Weile war er in Seoul gewesen, zu dem Zeitpunkt, als die Beziehungen zu Nordkorea wieder einmal den Tiefpunkt erreicht hatten. Es war eine gute Zeit gewesen. Er schätzte die Asiaten für ihre Zurückhaltung und Höflichkeit und ihren unbedingten Gehorsam. Es hatte dort auch eine Frau gegeben. Eine, die nicht geredet und keine Forderungen gestellt hatte. Die einfach nur das von der Schwüle des Klimas plötzlich wiedererweckte Bedürfnis seines Körpers nach Sex befriedigt und danach schweigend seine Tränen der Scham getrocknet hatte. Er hatte sich nicht einmal von ihr verabschiedet.

Die Agency hatte bislang nicht versucht, ihn wieder in Langley zu stationieren. Noch nicht. Vermutlich würde nach diesem Einsatz ein Angebot kommen. Seine Schonfrist war abgelaufen.

Er wusste noch nicht, wie er damit umgehen würde. Vielleicht würde er einfach den Dienst quittieren, sich in seine alte Hütte in den Rockys zurückziehen und den Rest seines Lebens mit Jagen und Fischen verbringen. Niemand würde ihn kennen. Niemand würde fragen. Und niemand würde unaufgefordert alleinstehende Frauen für ihn als Tischpartnerinnen einladen.

Er war inzwischen in der Tiefgarage angekommen. Neben seinem schwarzen Geländewagen stand Archers Audi. Eine große dunkle Limousine. Er hätte zu gern gewusst, ob sie was mit Mayer hatte, diesem verdammt korrekten Deutschen. Die beiden hielten zusammen wie Pech und Schwefel, und es konnten nicht ihre Interessen sein, die sie verbanden. Die Kanadier waren nichts anderes als der verlängerte Arm der CIA, auch wenn Archer das immer noch nicht zu begreifen schien.

Burroughs stieg in seinen Wagen und ließ den Motor an. Als er aus der Tiefgarage herausfuhr, klingelte sein Handy. Die Nummer des Anrufers war unterdrückt. Burroughs zögerte, dann nahm er das Gespräch an.

»Spreche ich mit Robert F. Burroughs?«, fragte eine männliche Stimme, die ihm durchaus bekannt war.

»Ja?«, erwiderte er vorsichtig.

»Ich bin in Hamburg. Ich beobachte aus nächster Nähe, was geschieht.«

Bevor Burroughs antworten konnte, war die Verbindung unterbrochen. Irritiert blickte er auf das Mobiltelefon in seiner Hand. Es gab nur wenige Personen, die diese Nummer kannten. Der Anrufer am anderen Ende gehörte nicht dazu. Burroughs wusste, dass er den Anruf zurückverfolgen lassen konnte. Alle Anschlüsse der Mitarbeiter der Agency waren so ausgelegt. Aber es gab einen guten Grund, es nicht zu tun. Ein Schatten streifte ihn, berührte ihn mit kalten Fingern. Es ist nur die Müdigkeit, beruhigte er sich. Alles, was du brauchst, sind ein paar Stunden Schlaf.

* * *

Marc Weymann erinnerte sich an Omar al-Almawis Warnung: »Pass auf, was du tust und was du sagst, beweg dich auf Zehenspitzen und vertraue niemandem.« Die Worte des Mannes waren ihm lächerlich erschienen, er hatte sie abgetan mit einer Handbewegung, fortgewischt mit der Bemerkung, er wäre Deutscher und lebe in einem Rechtsstaat. Und Omar hatte milde gelächelt. Doch in seinen Augen hatte eine Traurigkeit gelegen, die Marc nicht verstanden hatte und erst jetzt begriff, als er in die aufgelösten Gesichter seiner Töchter blickte.

»Er sagt, Mama ist nicht in London«, sagte Leonie mit zitternder Stimme. »Er sagt, die Polizei hat Mama mitgenommen«, fügte Sophie hinzu, und ihre Stimme schwankte wie die ihrer Schwester.

Die Augen der Mädchen waren voller Tränen, als sie ihn bittend ansahen, dass er, was ihnen erzählt wurde, widerlegen möge.

»Wie sah der Mann aus?«, wollte Marc wissen.

»Groß« und »nicht besonders« waren die einzigen Hinweise, die sie ihm geben konnten. Er spürte eine ohnmächtige Wut beim Anblick seiner aufgelösten Kinder.

»Papa …?«

Marc schluckte. »Der Mann hat gelogen. Er wollte euch Angst machen.«

Glaubten sie ihm?

»Können wir mit Mama telefonieren?«

»Ich werde versuchen, sie zu erreichen«, versprach er.

Als er wenig später den Laden seines türkischen Gemüsehändlers betrat, verstummten die Gespräche abrupt, und die Blicke, die die Anwesenden ihm zuwarfen, zeugten davon, dass der unbekannte Mann, der seine Töchter vor dem Haus abgefangen und nach ihrer Mutter befragt hatte, sein Gift nicht nur bei ihnen versprüht hatte. Lediglich Ahmed Khattab packte ihm die Bananen und die Orangen mit derselben Gleichmütigkeit ein, die er auch sonst an den Tag legte. Er schenkte ihm dasselbe Lächeln und vergaß auch nicht die getrockneten Aprikosen, die er immer für die Mädchen mitgab.

Auf der Straße sah Marc sich um, als könne er den Fremden irgendwo sehen, wartend in einem Hauseingang, lauernd auf sein nächstes Opfer. Und wieder dachte er an Omar al-Almawis Warnung.

Vertraue niemandem.

Aber er musste mit jemandem reden. Aus diesem Grund hatte er an diesem Morgen noch einmal den Kontakt zu Meisenberg gesucht, war aber nur bis zu dessen Sekretärin vorgedrungen. Meisenberg war angeblich nicht in der Stadt.

Was hatte Valerie getan?

Marc ging über die Brücke, die über den Kanal hinter seinem Haus führte, und stieß mit einem massigen, grauhaarigen Mann zusammen, der gerade aus seinem Auto stieg. Die Obsttüte fiel ihm aus der Hand, und die Orangen rollten über den vom Schneematsch feuchten Asphalt.

Dr. Kurt Meisenberg half ihm wortlos beim Aufsammeln der Früchte. »Wir müssen reden«, sagte er, als er die letzte Orange in die Tüte fallen ließ.

»Ich dachte, Sie wollten nichts mit all dem zu tun haben«, bemerkte Marc bissig. »Und … sind Sie nicht gerade in Berlin?«

»Ich wäre früher oder später auf Sie zugekommen«, erwiderte Meisenberg knapp. »Lassen Sie uns reingehen. Das sollten wir nicht auf offener Straße besprechen.«

Der füllige Anwalt strich Leonie und Sophie über das blonde Haar, als die Mädchen ihn euphorisch begrüßten. Hinter ihnen tauchte Janine auf.

»Janine, bitte machen Sie den Mädchen Abendbrot«, bat Marc die junge Frau. »Ich habe noch eine Besprechung. Falls es länger dauert …«

Janine lächelte. »Dann bringe ich die jungen Damen ins Bett. Machen Sie sich keine Sorgen.«

Marc atmete unmerklich auf. »Am besten gehen wir in Valeries Arbeitszimmer«, wandte er sich an Meisenberg. »Da sind wir ungestört. Wollen Sie etwas trinken?«

»Ein Wasser, bitte.«

Als Marc mit einer Flasche und zwei Gläsern in den Raum am Ende des Flurs kam, sah er, wie Meisenberg gerade mit gerunzelter Stirn den weißen Aktenschrank neben dem Fenster schloss. »Die Herren von der Behörde waren also auch schon hier«, bemerkte er. Er wies auf den leeren Platz auf dem Schreibtisch, wo normalerweise Valeries PC stand. »Haben Sie sich alles quittieren lassen?«

Marc nickte und reichte Meisenberg ein Glas, der sich schwer auf den Stuhl hinter dem Schreibtisch sinken ließ. »In der Kanzlei haben sie auch gewühlt«, seufzte er. »Das ist einfach unglaublich.« Er trank das Glas leer und stellte es auf dem Tisch ab. Dann schaute er zu Marc, der ihm noch immer gegenüberstand. »Dieser Mayer ist übrigens beim BND, wie ich mir schon gedacht habe. Seine angebliche Anstellung beim Auswärtigen Amt ist lediglich eine Tarnung. Mehr konnte ich allerdings nicht über ihn herausfinden.« Er seufzte. »Selbst meine verlässliche Quelle im Bundeskanzleramt …«

»Eric Mayer interessiert mich nicht«, stieß Marc ungeduldig hervor. »Ich will wissen, was mit Valerie ist. Ihre Verhaftung ist einfach lächerlich. Ich …«

»Ich habe bislang keinen blassen Schimmer, wie wir mit der Situation umgehen sollen«, fiel Meisenberg ihm ins Wort. »Jetzt setzen Sie sich erst einmal.«

Marcs Herz wurde schwer. Meisenbergs Anblick hatte ihm Hoffnungen gemacht. Er setzte sich dem Seniorpartner seiner Frau gegenüber an den Schreibtisch.

Vertraue niemandem.

Auch Meisenberg nicht? Sie kannten sich zu lange, um sich noch zu misstrauen. Er war Valeries Mentor gewesen, ihr väterlicher Freund, bei dem sie nicht nur Teile ihres Referendariats, sondern auch ihre ersten Schritte als junge Anwältin absolviert hatte. Er hatte sie aufgebaut, ihre Fähigkeiten erkannt und gefördert. Eines Tages würde sie die Kanzlei übernehmen.

Wenn sie heil aus dieser Geschichte herauskamen.

»Wir müssen Valerie so schnell wie möglich frei bekommen«, fuhr Meisenberg fort. »Die Stimmung ist hochexplosiv so kurz vor dem Gipfeltreffen und nach diesem unsäglichen Anschlag gestern am Dammtor.«

Marc musste ihm von Noor erzählen. Davon, was er von den al-Almawis erfahren hatte. Mahir Barakat. Kopenhagen …

Etwas in ihm ließ ihn zögern.

Meisenberg beobachtete ihn unter halb geschlossenen Lidern hervor. »Was wissen Sie, das ich auch wissen sollte?«

Er hatte eine sonore Stimme, die Marc immer gemocht hatte, die Vertrauen einzuflößen wusste, wenn es nötig war, die etwas Großväterliches bekam, wenn er mit den Zwillingen sprach, und die glasklar und kalt werden konnte in Situationen wie diesen. Und er besaß einen messerscharfen Verstand.

»Ein Mann war heute in unserer Straße. Er hat Leonie und Sophie angesprochen«, antwortete Marc ausweichend und erzählte von den Vorfällen im Gemüseladen.

Meisenberg zog die Brauen hoch.

»Das ist kurios«, bemerkte er.

»Kurios? Ich halte es für …«

»Eine meiner Mitarbeiterinnen hat heute einen sehr seltsamen Anruf erhalten«, fiel Meisenberg ihm ins Wort. »Nach dem, was Sie mir jetzt erzählt haben, kann ich ihn, glaube ich, einordnen. Es scheint, als ob jemand versucht, durch geschickt gestreute Gerüchte die Reputation Ihrer Familie in Frage zu stellen. Wir müssen herausfinden, wem das dient.«

Meisenbergs Worte lösten eine Mischung aus Panik und Wut in Marc aus. Was geschah, entzog sich völlig seiner Kontrolle, und er fragte sich nicht zum ersten Mal in den vergangenen Tagen, inwieweit seine Existenz und die seiner Kinder gefährdet war. Die der Reederei.

»Wenn Sie nicht reden, kann ich nicht handeln«, sagte der Anwalt trocken, der sehr genau zu wissen schien, was vor sich ging.

»Kann ich Ihnen wirklich vertrauen?« Es war das erste Mal in seinem Leben, dass Marc jemandem diese Frage stellte. Es würde nicht das letzte Mal sein.

Meisenberg lächelte. »Wem, mein lieber Marc, wenn nicht mir?« Und seine Stimme hatte genau jenen großväterlich besänftigenden Klang.

* * *

Valerie Weymanns Nervosität war greifbar. Mayer bemerkte ihre fest ineinander verschlungenen Hände, als sie neben ihm im Wagen saß und durch die getönten Scheiben auf die historischen Lagerhäuser der Hamburger Speicherstadt starrte.

»Entspannen Sie sich«, sagte er. »Er weiß, dass Sie kommen. Wenn er Sie nicht sehen wollte, hätte er das bereits am Telefon gesagt.«

Sie war blass trotz ihres dezenten Make-ups und zupfte nervös an ihrer Bluse unter dem Jackett. »Wenn er mich zur Begrüßung in den Arm nimmt, wird er merken, dass ich eine kugelsichere Weste trage.«

»Dann bleiben Sie auf Abstand«, schlug Mayer vor. »Sie betreten im Konsulat syrischen Boden. Abidi wird nichts tun, was Sie kompromittieren könnte.«

»Können wir den Ablauf noch einmal durchgehen?«, bat sie.

Mayer warf einen Blick auf seine Uhr. Es war neun Uhr zwanzig. Sie hatten noch zehn Minuten. Das Taxi, das Valerie zum Konsulat in die Hafencity bringen sollte, parkte hinter ihnen. Für die kurze Strecke benötigte es nicht einmal zwei Minuten. Sein Team war bereits in Position.

»Sie gehen, wie besprochen, in das Konsulat. Abidi wird Sie erwarten.« Er machte eine Pause, begegnete ihrem Blick. »Lassen Sie sich Zeit. Sie haben sich drei Jahre nicht gesehen, vergessen Sie das nicht.«

Sie nickte.

»Sie bitten darum, mit ihm allein sprechen zu dürfen. Sobald Sie ungestört sind, überreichen Sie ihm den Brief.«

»Warum können Sie mir nichts über den Inhalt sagen?«

»Es ist glaubwürdiger, wenn Sie nichts wissen. Sie sind nur der Überbringer.«

»Was mache ich, wenn er mir nicht vertraut?«

»Er wird Ihnen vertrauen.«

»Warum?«

»Weil Sie die richtigen Namen nennen.«

Sie schloss die Augen und fuhr sich mit der Hand über die Stirn.

»Wir sind die ganze Zeit über bei Ihnen«, redete Mayer beruhigend auf sie ein. Er berührte flüchtig ihre Schulter. »Sie können das.«

Sie tastete intuitiv nach der Brosche an ihrem Revers.

»Sobald Sie aus dem Gebäude kommen, übernehmen wir«, bemerkte er abschließend. »Sind Sie so weit?«

»Ja.«

Es kam zu dünn. Zu zaudernd. Plötzlich zweifelte auch Mayer an ihrem Plan. Jetzt war es zu spät, noch etwas zu ändern. Jemand klopfte an die Autoscheibe, und er ließ das Fenster herunter.

»Es geht los«, sagte Archer. Sie lächelte Valerie aufmunternd zu. »In einer Stunde ist alles vorbei, Frau Weymann.«

Valerie antwortete nicht.

Schweigend stiegen sie aus dem Wagen. Ein kalter Wind fegte über das Wasser, und Mayer schlug seinen Mantelkragen hoch. Valerie ging mit schnellen Schritten auf das Taxi zu. Mayer sah dem Wagen mit gemischten Gefühlen nach.

»Wird unser Plan aufgehen?« Archer war unbemerkt neben ihn getreten.

»Wir werden sehen«, erwiderte Mayer. »Die Hoffnung stirbt bekanntlich zuletzt.«

Archer zog fröstelnd die Schultern hoch und eilte zu dem unauffälligen grauen Van des LKA zurück. Mayer folgte ihr. In dem Wagen hatten die beiden Mitarbeiter des LKA inzwischen die Vordersitze umgedreht, einen Teil der Rücksitze umgeklappt und auf diese Weise das Fahrzeug in einen mobilen Besprechungsraum verwandelt. Über den Bildschirm des Laptops verfolgten sie Valerie Weymanns kurze Fahrt zum syrischen Konsulat. Mayer nahm eins der Headsets, das ihn über ein Mikrofon auch mit dem Einsatzleiter des Teams vor Ort verband.

»Alles läuft nach Plan«, sagte dieser. »Wir sehen jetzt das Taxi.«

Über den Bildschirm verfolgte Mayer, wie der Wagen zum Stehen kam, Valerie wie abgesprochen den Fahrer entlohnte und ausstieg. Sie sah sich nicht um, aber er bemerkte ihr leichtes Zögern, bevor sie die Tür des Wagens zufallen ließ und sich dem Konsulatsgebäude zuwandte.

* * *

Valerie schwitzte trotz der Kälte. Sie verspürte mehr als Angst. Sie war im Begriff, einen Mann, für den sie beinahe bereit gewesen wäre, ihre Familie zu verlassen, der Polizei auszuliefern. Schlimmer noch, den Geheimdiensten. Eine flüchtige Affäre, hatte sie Mayer erzählt. Nichts, was ihre Beziehung zu Marc gefährdet hätte. Der Wahrheit entsprach lediglich die Tatsache, dass Marc ahnungslos war, nie erfahren hatte, was auf jener Reise in den Libanon vor fünf Jahren geschehen war und in den anderthalb Jahren danach, bis sie und Safwan begriffen hatten, dass sie die Barrieren nicht würden überwinden können, dass sie mehr trennte als verband. Ihr Leben in so unterschiedlichen und weit voneinander entfernten Teilen der Welt hatte es leichter gemacht, den Entschluss umzusetzen. Die

Seelenqual hatte es nicht genommen. Jetzt seine Nähe zu spüren, ihn am Telefon zu hören, hatte eine zum Schweigen verdammte Stimme befreit, wiedererweckt. Hatte alle Zweifel wieder aufleben lassen.

Safwan – ein Terrorist?

Valerie atmete tief durch. Drei Jahre waren eine lange Zeit. Sie wusste nicht, was in dieser Zeit passiert war, welche Schicksalsschläge ihn getroffen hatten. Sie erinnerte sich an die Aufnahme aus dem Dammtorbahnhof, jenen Ausdruck in seinem Gesicht, der ihr so fremd erschienen war.

Das Botschaftsgebäude verwandelte sich plötzlich in eine Bastion, die sie stürmen musste. Sie allein. Sie unterdrückte den Wunsch, auf den umliegenden Parkplätzen nach den Zivilfahrzeugen der Polizei Ausschau zu halten. Sie waren da. Sie musste sich darauf verlassen. Ihr würde nichts passieren. Ihr nicht, nein. Aber darum ging es auch nicht. Sie drückte den Klingelknopf.

Von den folgenden Minuten blieb ihr nur eine verschwommene Erinnerung, geprägt von einem klopfenden Herzen und zitternden Knien. Ein freundlich lächelnder Botschaftsangestellter führte sie in einen Besucherraum, der sie inmitten des Hamburger Winters mit einem Hauch von *Tausendundeine Nacht* umgab. Ob sie Tee oder Kaffee wolle, wurde sie gefragt. Dann war sie allein. Sie zog ihren Mantel nicht aus. Die schusssichere Weste umschloss ihren Torso wie ein Panzer, und plötzlich wünschte sie sich, es gebe ein Korsett, das auch ihr Herz vor Verletzungen bewahrte.

Die Tür wurde geöffnet, aber es war nicht Safwan, der hereinkam, sondern der junge Botschaftsangestellte mit einem Tablett. »Bitte setzen Sie sich doch. Herr Abidi kommt sofort«, sagte er und reichte ihr eine Tasse.

»Danke, ich nehme mir gleich.« Ihre Hände zitterten zu sehr, um das feine Porzellan sicher zu fassen.

»Hallo, Valerie.«

Sie zuckte zusammen. Sie hatte ihn nicht hereinkommen hören.

Er sah müde aus. Das markante Gesicht war blass. Das Haar zu kurz für seine unbändigen Locken. Er trug einen dunklen Anzug und ein weißes Hemd ohne Krawatte. Der Anblick war so vertraut, dass es schmerzte, und drei Jahre lösten sich auf. Verloren sich. Was auch immer Fremdes auf dem Foto der Überwachungskamera in seinem Gesicht gelegen hatte, existierte nicht in der Realität.

»Hallo, Safwan«, erwiderte sie.

Wir sind die ganze Zeit über bei Ihnen.

Sie wollte nicht, dass irgendjemand diesen Moment miterlebte. Sie beging Verrat. Wie hatte sie sich nur darauf einlassen können? Stand sie wirklich einem Attentäter gegenüber, einem Terroristen? Schwarz auf weiß hatte sie die Beweise gesehen, die seine Schuld belegten. Die polizeilichen Ermittlungsberichte aus Kopenhagen, die Aufnahme der Überwachungskamera in Hamburg. Doch jetzt waren ihre Zweifel übermächtig. Weil die Taten nicht zu dem Menschen passten, den sie kannte. Beging sie gerade einen fatalen Fehler?

Sie spürte den dichten Teppich unter ihren Füßen. Den Geruch von Kaffee in der Luft. Safwans dunkle, fragende Augen. Alle Sinne kehrten gleichzeitig zu ihr zurück. Und in der Innentasche ihres Mantels drückte der Brief, den sie ihm übergeben sollte.

Niemand sprach je über die Familien und Freunde der Mohammed Attas dieser Welt. Als sie nun Safwan Abidi gegenüberstand, fragte Valerie sich, ob sie jemals zuvor an diese Menschen, die Hinterbliebenen der Attentäter, gedacht hatte. Daran, wie sie sich gefühlt haben mussten, als sie erfuhren, dass ihre Söhne, Männer oder Brüder – Menschen, die sie liebten – für den Tod Unschuldiger verantwortlich waren.

Was hatte neben dem ungläubigen Entsetzen noch Platz? War es Fassungslosigkeit oder Verantwortlichkeit, die sie empfanden? Oder vielleicht sogar Wut? Konnten sie trauern? Die Leichen der Männer, die für den Anschlag in Mumbai verantwortlich waren, lagen über Monate in einer Kühlkammer, bevor der indische Staat für eine Beerdigung gesorgt hatte. Die Angehörigen hatten es vorgezogen, ihre Verwandtschaft mit den Attentätern nicht preiszugeben.

Valerie erinnerte sich daran, dass Safwan nichts ahnen konnte von all diesen widerstreitenden Gefühlen, die in ihr tobten, kämpften – und sie lähmten.

»Es ist schön, dich zu sehen«, sagte er ruhig. Er kam einen Schritt auf sie zu.

Sie zwang sich zu einem Lächeln.

Lassen Sie sich Zeit.

»Ich war so überrascht von Ibrahims Anruf und der Bitte, dich hier aufzusuchen«, sagte sie und schlug einen leichten Plauderton an. »Ich wusste gar nicht, dass du in Hamburg bist.«

»Nur auf der Durchreise, sozusagen.« Er nahm ihre Hände in die seinen und drückte sie kurz. »Möchtest du einen Kaffee?«

Sie warf einen Blick auf ihre Uhr. »Gern«, sagte sie dann und setzte sich. »Aber ich habe nicht viel Zeit. Es ist ein wenig hektisch bei uns so kurz vor Jahresende.«

»Dann darf ich mich doppelt geehrt fühlen, dass du es auf

dich genommen hast, für mich den Briefträger zu spielen«, bemerkte er.

»Ich war Ibrahim noch einen Gefallen schuldig«, bekannte sie und spielte damit auf den angeblichen Absender des Schreibens an, einen gemeinsamen engen Freund von Noor und Safwan, der in Hamburg die Interessen einer syrischen Ölfirma vertrat. »Außerdem hielt ich es für eine gute Gelegenheit, dich in unverfänglicher Situation einmal wiederzusehen.«

Safwan lächelte, senkte kurz den Blick, nur um ihr dann tief in die Augen zu schauen. Sie erinnerte sich plötzlich daran, wie es sich anfühlte, wenn er sie küsste.

»Ist es verwerflich, wenn ich dir gestehe, dass ich dich die letzten drei Jahre vermisst habe?«, fragte er leise.

Tief in ihrem Inneren rührte sich etwas. Verhielt sich so ein Mann, der gestern einen Bahnhof in die Luft gesprengt hatte, der verantwortlich war für den Tod von mehr als fünfzig Menschen? Laut Mayer und Archer hatte sie es mit einem islamischen Glaubenskrieger zu tun. Wo war das fanatische Glitzern in seinen Augen?

Reiß dich zusammen, Valerie!

»Nein, es ist nicht verwerflich«, erwiderte sie leichthin, »aber es ist vermutlich gefährlich, wenn wir unser Gespräch auf dieser Ebene weiterführen.« Sie musste sich eingestehen, dass sie sich wider alle Vernunft freute, ihn zu sehen. Erneut rief sie sich zur Räson. Sie waren nicht allein. Alles, was geschah, fand unter den aufmerksamen Augen Mayers und Archers statt.

Sie trank ihren Kaffee aus. »Es ist ärgerlich, dass ich nicht mehr Zeit habe. Wenn ich gewusst hätte, dass du hier bist ...«

»Das nächste Mal rufe ich dich an.«

»Gern.« Sie zog das Schreiben aus der Innentasche ihres Mantels. Er nahm den Umschlag, warf einen flüchtigen Blick darauf und legte ihn auf den Tisch.

Sie stand auf. Ihr Herz schlug ihr bis zum Hals. Sie tastete die Taschen ihrer Jacke ab. »Ach, verdammt, ich hab noch etwas für dich«, sagte sie dann, »aber ich hab es im Taxi liegenlassen. Der Fahrer wartet auf mich.« Sie machte eine Pause, wusste genau, was sie sagen sollte, aber sie brachte es nicht heraus.

»Du hast mir noch etwas mitgebracht?«

Er war nicht einmal im Ansatz misstrauisch.

»Nur eine Kleinigkeit … eine kleine Erinnerung …«

»Ich komme mit«, sagte er. »Du hast es eilig, dann brauchst du nicht noch einmal reinzukommen.« Flüchtig berührten seine Finger ihre Wange, bevor er die Tür öffnete, und in diesem Augenblick fiel Valeries Entscheidung. Sie griff nach seiner Hand und hielt ihn zurück. »Nein«, sagte sie, und zum ersten Mal an diesem Tag war sie vollkommen ruhig.

*   *   *

Mayer warf das Headset auf den Tisch. Archer ließ ihren Kopf in die Hände sinken. Die beiden Beamten des LKA brüllten gleichzeitig in ihre Mikrofone: »Sie kommt nicht, bleibt auf Posten!« Stimmengewirr drang durch die Kopfhörer zurück, hektische Fragen.

»Das war es dann wohl«, bemerkte Burroughs trocken und blickte selbstgefällig in die Runde. Ich hab es euch gleich gesagt, dass der kleinen Schlampe nicht zu trauen ist, lag ihm auf der Zunge, aber er verbiss sich den Kommentar.

Er war gerade rechtzeitig gekommen, um Archers und Mayers Niederlage mitzuerleben. Trotz aller Widrigkeiten, die sie mit sich brachte, war sie ihm eine Genugtuung. »Jetzt können wir nur hoffen, dass wir unser Vögelchen da wieder rauskriegen«, fügte er hinzu. »Stellt euch vor, sie würde syrisches Asyl beantragen.«

Archer starrte ihn entgeistert an. »Das glaubst du selbst nicht«, entfuhr es ihr.

Burroughs zuckte die Schultern. »Hast du die *vibrations* zwischen den beiden nicht gespürt? Abidi war wohl doch mehr als nur eine ›flüchtige Affäre‹ für Frau Weymann.« Er lehnte sich zurück. »Vielleicht ist jetzt die Zeit gekommen, wo wir uns um ihre Familie kümmern sollten.«

»Das kommt überhaupt nicht in Frage«, erwiderte Mayer ruhig, aber in seiner Stimme schwang ein Unterton mit, der Burroughs zweifelsfrei zu verstehen gab, dass er zu weit gegangen war.

»Was hast du vor?«, fragte Archer, und Burroughs bildete sich ein, wenigstens bei ihr ein gewisses neugieriges Interesse zu hören. Das mochte er an ihr. Sie war eben auf der richtigen Seite des Ozeans geboren. Sie wusste, wie es lief. Laufen konnte, wenn alle an einem Strang zogen. Vielleicht sollte er sich doch einmal mit ihr allein unterhalten. Auf ihre Frage hin zuckte er die Schultern. »Ich hätte die ein oder andere Idee, aber unser lieber Eric signalisiert ja deutlich, dass eine solche Vorgehensweise nicht gewünscht ist.« Er lächelte Archer an, aus dem Augenwinkel beobachtete er jedoch Mayer. »Und wir beugen uns den Gepflogenheiten unseres Gastlandes, ist es nicht so?«

Mayer zuckte nicht einmal mit der Braue.

»Wenn es wirklich hart auf hart kommt«, fuhr Burroughs unbeirrt fort, »werde ich meinen Zauberkasten aufklappen und Valerie Weymann in ein kleines weißes Kaninchen verwandeln, das wir unauffällig aus dem Konsulat entführen können.«

Archer verzog gequält das Gesicht.

Mayer warf einen Blick auf seine Armbanduhr. »Wie viel Zeit bleibt uns noch?«

Bevor jemand antworten konnte, wurde der Bildschirm des Laptops schwarz, und der Ton verstummte. Die Verbindung zu Valerie Weymann war unterbrochen.

»Scheiße«, sagte einer der Mitarbeiter des LKA. Dann redeten alle hektisch durcheinander.

Burroughs lehnte sich auf seinem Sitz zurück und schloss die Augen. Alles lief wie erwartet. Eigentlich konnte er zufrieden sein, denn nun war er am Zug. Er hatte zu ihrem aberwitzigen Plan geschwiegen, hatte gute Miene zu bösem Spiel gemacht, und sie hatten ihre Chance wie erwartet vertan. Jetzt würden sie es auf seine Weise machen. Er hatte bereits alles vorbereitet. Schließlich hatten sie schon genug Zeit vergeudet.

* * *

Marc Weymann saß in seinem Büro, unterzeichnete die Handlungsvollmachten für Dr. Kurt Meisenberg und fragte sich, ob er gerade seine Seele verkaufte.

»In diesem Fall reicht es nicht, den Weg des Rechts zu gehen und auf die Gesetze zu pochen«, hatte Meisenberg erklärt. »In diesem Fall muss man Kontakte spielen lassen.«

Die hatte Marc auch, aber wie es schien, waren es nicht die richtigen. Er hatte nichts erreicht. Lag es daran, dass der BND involviert war? Dass es um internationale Politik auf einer höheren Ebene ging?

»Der BND ist nur eine Facette in diesem Kaleidoskop paranoider Sicherheitsfanatiker«, hatte Meisenberg mit der ihm eigenen Eloquenz Marcs Bedenken fortgewischt. »Wir dürfen uns nicht einschüchtern lassen.«

Das war leichter gesagt als getan. Vor noch nicht einmal fünf Minuten hatte Marc einen Anruf erhalten, dass sich Valerie im syrischen Konsulat befand. Was, zum Teufel, hatte sie dort zu suchen? Wie war sie dorthin gekommen? Zum hundertsten Mal fragte er sich, in was Valerie wirklich verwickelt war. War sie tatsächlich unschuldig in die Maschinerie des Staatsapparates geraten, oder war doch etwas dran an den Vorwürfen und den Beschuldigungen? Wenn er sie wenigstens einmal sehen, ihr einmal in die Augen schauen könnte ...

Er griff zum Telefonhörer und wählte Meisenbergs Nummer. Die Sekretärin stellte ihn sofort durch. »Valerie ist im syrischen Konsulat.«

Das Schweigen am anderen Ende der Leitung dauerte zu lange, als dass er es positiv hätte werten können.

»Das hätte sie nicht tun sollen«, sagte Meisenberg schließlich. »Das bringt uns nicht voran.«

»Warum?«

»Die Syrer sind nicht zimperlich, wenn es um Auslieferungen geht. Vor allem dann nicht, wenn sie gut dafür bezahlt werden.«

»Glauben Sie, dass die deutschen Behörden für Valerie zahlen?«

»Die Deutschen nicht, Marc. Aber die Amerikaner.«

»Aber Syrien und die USA ...«

»Es gibt eine offizielle und eine inoffizielle Ebene der Kommunikation, das sollten Sie wissen. Die CIA hat jahrelang Menschen nach Syrien gebracht, um sie dort verhören und foltern zu lassen, auch zu Zeiten, als dieses Land nach offiziellem Sprachgebrauch zur ›Achse des Bösen‹ gehörte.« Er räusperte sich. »Aber das ist es nicht, was uns im Moment interessieren sollte. Viel wichtiger ist jetzt zu erfahren, wie Valerie aus der Haft in das Konsulat gekommen ist.«

»Ich könnte im Konsulat vorstellig werden«, schlug Marc vor.

»Auf keinen Fall. Lassen Sie mich das machen.« Meisenbergs Tonfall duldete keinen Widerspruch. »Halten Sie sich bitte komplett raus und lassen Sie sich von niemandem einspannen.«

»Wie meinen Sie das?«

»Egal, wer sich bei Ihnen meldet und um Ihre Hilfe bittet, lehnen Sie ab. Verweisen Sie alle Anfragen an mich. Ich vertrete Sie, aber vor allem Valerie in diesem Fall.«

»Ich kann nicht einfach still sitzen und nichts tun.«

»Kümmern Sie sich um die Reederei und Ihre Töchter. Dort werden Sie gebraucht.«

Marc legte den Hörer auf, und sein Blick wanderte ziellos aus dem Fenster seines Büros auf die Gebäude auf der anderen Straßenseite. In den Glasfassaden spiegelten sich schnell ziehende Wolken vor einem blauen Himmel. Er seufzte unwillkürlich. Vermutlich hatte Meisenberg recht. Er durfte sich nicht einmischen und sollte die Arbeit Profis überlassen. Als emotional beteiligter Laie würde er die nötigen Prozesse und Maßnahmen vermutlich nur behindern. Ein Klopfen an seiner Tür riss ihn aus seinen Gedanken. »Herr Weymann?«

Es war Sandra, seine Sekretärin. »Ich habe einen Besucher für Sie. Ich habe versucht, Sie anzurufen, aber es war die ganze Zeit besetzt …«

»Wer ist es?«

»Ein Eric Mayer.«

Marc sah Sandra entgeistert an. Was wollte Mayer? Warum kam er hierher? Er wollte nicht mit ihm reden. »Sagen Sie ihm, ich bin in einer Besprechung.«

»Hab ich versucht, weil Sie heute Morgen schon gesagt haben, Sie wären für niemanden zu sprechen, aber er lässt sich nicht abwimmeln.«

Marc unterdrückte einen Fluch.

»Was soll ich jetzt machen?«, fragte Sandra.

»Schicken Sie ihn rein.«

Mayer war, wie auch schon bei ihrer ersten Begegnung, tadellos gekleidet, aber er war blass und wirkte, als habe er länger nicht geschlafen. Marc brannte darauf, etwas über Valerie zu erfahren, aber Meisenbergs Warnung klang ihm noch in den Ohren, und so sagte er nichts, sah Mayer nur schweigend an, als dieser sein Büro betrat.

»Guten Tag, Herr Weymann«, begrüßte Mayer ihn. »Ich werde Sie nicht lang stören.« Er zog die Tür hinter sich ins Schloss.

Widerstrebend bot Marc ihm einen Stuhl an. »Was kann ich für Sie tun?«, fragte er und blieb am Fenster stehen.

»Sagt Ihnen der Name Safwan Abidi etwas?«, fragte Mayer, während er sich setzte.

»Tut mir leid«, erwiderte Marc.

Mayer zog eine Fotografie aus der Innentasche seines Jacketts und legte sie auf den Schreibtisch. Marc rührte sich nicht, blickte Mayer nur fragend an.

»Ihre Frau hatte eine Affäre mit Abidi. Vor etwa drei Jahren haben sie sich das letzte Mal gesehen«, sagte dieser.

»Wie bitte?«, entfuhr es Marc. »Meine Frau hatte was?«

Mayer betrachtete ihn aufmerksam. »Sie hat gesagt, Sie würden nichts davon wissen«, bemerkte er.

Marc war plötzlich versucht, sich auf Mayer zu stürzen, ihm seine kantige Nase einzuschlagen und sein verdammtes glatt rasiertes Gesicht und ihn für alles bezahlen zu lassen, für all den Schmerz und die Verzweiflung der letzten Tage. Wie konnte er hier hereinkommen und behaupten, dass Valerie eine Affäre gehabt hatte, dass sie mit einem anderen Mann ...

Sie hat gesagt, Sie würden nichts davon wissen.

Gottverdammt, es war wahr.

Er drehte Mayer den Rücken zu und rang um Fassung, während er aus dem Fenster auf die Straße blickte. Langsam, sehr langsam klärte sich sein Verstand wieder. Was auch immer geschehen war, war vor drei Jahren beendet gewesen, und es konnte nicht mehr als ein One-Night-Stand gewesen sein, sonst hätte Valerie mit ihm darüber gesprochen.

»Warum kommen Sie hierher und erzählen mir von einer Geschichte, die längst verjährt ist?«, fragte er, noch immer mit dem Rücken zu Mayer. Seine Stimme klang erstaunlich ruhig. Viel ruhiger, als er sich fühlte.

»Weil sich Ihre Frau in diesem Moment mit Safwan Abidi im syrischen Konsulat befindet. Er ist der Mann, der für das Attentat am Dammtorbahnhof verantwortlich ist.«

Mayers Worte trafen Marc wie ein Schlag in die Magengrube. Er schnappte unwillkürlich nach Luft und hätte beinahe Halt suchend nach dem Fensterbrett gegriffen. Was passierte hier? Langsam wandte er sich zu Mayer um.

»Was wollen Sie von mir?«, fragte er kalt.

»Reden Sie mit Ihrer Frau.«

Nichts, was er lieber täte. Valerie sehen, ihre Stimme hören. Ihre Nähe spüren. Sie fragen, was wirklich vor sich ging, und ihr dabei in die Augen sehen. Aber Marc schüttelte den Kopf.

»Sie ist dabei, einen großen Fehler zu machen. Sie dürfen sie nicht gewähren lassen«, drängte Mayer.

Jäher Zorn flammte in Marc auf, und er hieb mit der Faust auf seinen Schreibtisch, während die Worte aus ihm herausbrachen. »Haben Sie sie nicht in all das hineingetrieben? Wie ist sie überhaupt in das Konsulat gekommen? Ist sie aus dem Präsidium ausgebrochen und geflohen? Da steckt doch mehr dahinter!« Er bremste sich, als ihm bewusst wurde, wo sie sich befanden. Die Wände seines Büros waren dünn. Zu dünn.

»Ich kann Ihnen dazu leider keine Informationen geben. Sie unterliegen einer strengen Geheimhaltung.«

»Und was ist mit diesem Abidi?«

Wieder schwieg Mayer. Es war hoffnungslos. Marc spürte, dass er gegen eine Mauer anrannte.

»Bitte, begleiten Sie mich«, wiederholte Mayer stattdessen. »Sprechen Sie mit Ihrer Frau.«

»Ich denke, es ist besser, wenn wir unser Gespräch beenden«, sagte Marc. »Gehen Sie und geben Sie mir meine Frau zurück.«

Mayer erwiderte nichts. Betrachtete ihn nur einen Augenblick lang nachdenklich, bevor er aufstand und zur Tür ging. Marc hatte plötzlich das Gefühl, dass ihm der Mann vom BND etwas Wichtiges, etwas Entscheidendes verschwieg. Tatsächlich drehte Mayer sich in der Tür noch einmal zu ihm um. »Kommen Sie mit.«

Marc schüttelte den Kopf, und Mayer verließ den Raum ohne ein weiteres Wort.

Marc sackte auf seinen Schreibtischstuhl. Dabei fiel sein Blick auf die Fotografie, die Mayer auf dem Tisch hatte liegenlassen. Vier Personen, die in eine Kamera lachten. Drei von ihnen kannte Marc. Noor und ihr syrischer Freund. Valerie. Das vierte Gesicht das eines Mannes: Safwan Abidi. Seine Finger schlossen sich um das Papier und knüllten es zu einem harten festen Ball, den er in seiner Faust zusammendrückte, bis seine Hand schmerzte.

* * *

Eric Mayer trat auf die Dammtorstraße hinaus und gab dem Fahrer, der auf ihn gewartet hatte, ein Zeichen. Er hatte geahnt, dass sein Besuch bei Marc Weymann vergeblich sein würde, und sich dennoch darauf eingelassen, auch wenn es fast unmöglich gewesen war, sich dafür loszueisen. Er wollte sich später nicht vorwerfen lassen, er hätte nicht alle legalen Möglichkeiten ausgeschöpft.
Valerie Weymann war seit mehr als zwei Stunden im Konsulat. Der Kontakt blieb unterbrochen. Was geschehen war, hatten sie nicht klären können. Die Techniker hatten verzweifelt nach einem Fehler in der Übertragung gesucht, aber nichts gefunden. So wie sich das Gespräch zwischen ihr und Abidi angelassen hatte, war es unwahrscheinlich, dass Valerie Weymann in Gefahr schwebte. Wahrscheinlicher war, dass sie sich dem Palästinenser offenbart hatte.
Burroughs war beachtlich schnell zu Höchstform aufgelaufen. Er hatte Valerie Weymann von Anfang an misstraut und in ihr nicht nur eine Zeugin, sondern auch eine Täterin gesehen. Eine Annahme, in der er sich jetzt bestätigt sah. »Sie hat ihre Chance genutzt, als sie gehört hat, dass Abidi im Konsulat ist«, hatte er behauptet, und seine

ganze Haltung hatte eine der Situation unangemessene Zufriedenheit ausgestrahlt. »Und ihr wart so naiv, ihr zu vertrauen.«

Jetzt durfte Burroughs Katastrophenhelfer spielen und den Karren aus dem Dreck ziehen. Mayer seufzte unwillkürlich. Burroughs hatte seine vielschichtigen und undurchsichtigen Beziehungen spielen lassen und letztlich erreicht, dass die syrischen Behörden den Konsul angewiesen hatten, sowohl Valerie als auch Abidi auszuliefern. Allerdings nicht an die deutschen Behörden, sondern an die Amerikaner. Und er hatte seine Lösungen mit einer Schnelligkeit präsentiert, die darauf schließen ließ, dass alles bereits im Detail vorbereitet gewesen war. Er hatte sie knallhart ausgebootet. Sogar ein Flugzeug hatte er startbereit machen lassen, das in Fuhlsbüttel auf ihn und seine Gefangenen wartete. Und das Ziel waren nicht die Vereinigten Staaten. Darauf verwettete Mayer sein letztes Hemd. Es gab andere Orte auf der Welt, dunkle, verschwiegene Orte. Orte ohne Hoffnung.

All das hatte er Marc Weymann nicht sagen können. Nicht sagen dürfen. Er war dennoch so kurz davor gewesen wie noch nie in seinem Leben. Er zog sein Telefon aus der Brusttasche seines Jacketts und wählte Archers Handynummer. »Gibt es etwas Neues?«

Ihre Stimme klang angespannt, als sie verneinte. »Haben Sie etwas bei dem Ehemann erreichen können?«

»Nein.«

»*Shit.*«

Er hatte sie noch nie fluchen hören.

»Können wir mit Valerie Weymann sprechen?«

Wieder verneinte Archer. »Ich weiß nicht, was für einen Deal Burroughs mit den Syrern geschlossen hat. Er war nicht bereit, über Einzelheiten zu sprechen, aber der Einzige, den sie zu ihr gelassen hätten, wäre ihr Ehemann gewesen.«

Mayer schloss die Augen, während sich der Wagen durch den dichten Verkehr zurück in die Hafencity arbeitete, und spürte, wie eine bleierne Müdigkeit ihn übermannte. Die Anstrengungen der vergangenen Tage forderten ihren Tribut. Seit der Explosion am Dammtorbahnhof schmerzten seine Ohren, auch wenn das dumpfe Dröhnen gewichen war. Er hatte nicht die Zeit gefunden, noch einmal einen Arzt aufzusuchen.

Bevor er in einen kurzen unruhigen Schlaf fiel, dachte er an Valerie Weymanns Gesichtsausdruck, als sie in das Konsulat aufgebrochen war, an ihre Nervosität. Hatte sie alle an der Nase herumgeführt? War sie mehr als eine Zeugin, wie Burroughs hartnäckig behauptete? Wenn ihm nicht innerhalb der nächsten Dreiviertelstunde eine Lösung einfiel, würde er ihr Schicksal nicht mehr beeinflussen können.

* * *

»Ich habe nichts mit diesen Anschlägen zu tun«, sagte Safwan ernst. »Genauso wenig wie Noor und Mahir. Weder in Kopenhagen noch hier in Hamburg.« Er räusperte sich. »Aber irgendjemand möchte das alle Welt glauben lassen.«

»Aber warum, Safwan?«, fragte Valerie. »Was steckt hinter alldem?«

»Das versuche ich seit drei Wochen herauszufinden. Seit Mahirs Verhaftung lebe ich im Untergrund. Das Einzige, was ich bislang in Erfahrung bringen konnte, ist, dass der

Anschlag in Kopenhagen definitiv auf das Konto dieser beiden jungen Nordafrikaner geht und dass sie einer Organisation namens ›Schwarzer Jihad‹ angehören, die ihre Mitglieder vor allem in den islamischen Staaten Nordafrikas und in den Ghettos Frankreichs rekrutiert.«

»Kann es nicht vielleicht doch sein, dass Mahir …«

»Valerie, ich würde meinen rechten Arm für Mahir geben. Seine Zugehörigkeit zum Islam besteht auf dem Papier, mehr nicht. Er engagiert sich seit Jahren für einen Dialog mit den westlichen Staaten.«

»So wie sich Noor für die Rechte der Frauen in eurer Gesellschaft engagiert.«

Auf wessen Abschussliste standen die beiden?

»Aber warum du, Safwan?«

»Ich weiß es nicht. Ich weiß nur, dass die halbe Welt hinter mir her ist und dass mein Gesicht morgen vermutlich auf den Titelseiten aller Tageszeitungen prangen wird.«

Wenn das passierte, war es nahezu gleichgültig, ob er die Anschläge begangen hatte oder nicht.

»Was ist mit Noor?«, fragte sie und hörte selbst, wie ihre Stimme zitterte. Als sie seinem Blick begegnete, wünschte sie, sie hätte nicht gefragt. Ihre schlimmsten Befürchtungen bestätigten sich.

»Noor und Mahir waren nach Kopenhagen gekommen, um mich zu fragen, ob ich bei ihrer Hochzeit Trauzeuge sein würde«, erzählte Safwan.

»Die beiden wollten heiraten? Aber Noor hatte seit mehr als einem Jahr keinen Kontakt mehr zu Mahir.«

»Eben deswegen«, sagte Safwan. »Er hat ihr schon vor einem Jahr einen Antrag gemacht, aber sie hat sich geweigert, nach islamischem Recht die Ehe mit ihm einzugehen.«

Valerie nickte langsam. »Was seine Familie vermutlich völlig gegen sie aufgebracht hat.« Jetzt verstand sie auch, warum Noor nicht darüber gesprochen hatte.

»Sie wollten ursprünglich uns beide als Trauzeugen haben«, fuhr Safwan fort, »aber sie hielten es wohl für zu gefährlich, uns wieder zusammenzubringen.«

Valerie lächelte, wurde aber schnell wieder ernst. »Das heißt, dass es sich um einen reinen Zufall handelt, dass ihr euch vor dem Anschlag in Kopenhagen getroffen habt.«

»Natürlich. Hunderte anderer Menschen haben zu dem Zeitpunkt die Stadt besucht. Ist einer von ihnen unter Terrorverdacht verhaftet worden?«

»Und du bist sicher, dass Noor auch verhaftet wurde?«

»Du kennst sie, Valerie. Sie war außer sich, als sie Mahir in Athen festnahmen. Sie ist nach Deutschland zurückgereist, aber nie in Hamburg angekommen.«

Valerie ließ den Kopf sinken. »Sie hat nicht einmal angerufen.«

»Sie wusste vermutlich, dass sie beobachtet wird. Sie wollte dich nicht auch noch mit reinziehen.«

Valerie rieb unsicher die Handflächen gegeneinander. »Was wirst du jetzt tun?«

Er hatte keine Gelegenheit, ihr zu antworten, denn in diesem Moment flog die Tür auf, und der junge Konsulatsangestellte stürzte herein. Er starrte Safwan mit weit aufgerissenen Augen an und stieß hastig einige Sätze auf Arabisch hervor.

»Wir müssen weg«, sagte Safwan darauf nur. »Sofort.«

Sein Tonfall war so bestimmt, dass sie gar nicht daran dachte zu widersprechen, die Hand ergriff, die er ihr reichte, und den Männern eilig über den Flur zu einer

Hintertreppe folgte. Die beiden redeten leise und schnell und umarmten sich, bevor der Konsulatsangestellte die Tür hinter ihnen schloss.

»Was, um Gottes willen, ist passiert?«, wollte Valerie wissen, während sie die Treppe hinunterrannten.

»Der Konsul hat soeben aus Damaskus den Auftrag erhalten, uns an die Vertreter der US-Regierung hier in Hamburg auszuliefern.«

»Aber ...«

»Später, Valerie. Wir müssen hier erst einmal raus.«

»Der junge Mann ...«

»Der Sohn eines Cousins meiner Mutter. Ihm wird nichts passieren.«

Über diese Verbindung war Safwan also ins Konsulat gekommen. Valerie hatte so etwas bereits vermutet. Die Verwandtschaften der Familien im Nahen Osten waren weitläufig.

Irgendwo über ihnen wurde eine Tür geöffnet. Stimmen hallten zu ihnen herunter. Safwan legte in einer eindeutigen Geste den Finger über die Lippen und zog sie in einen Türeingang. Atemlos verharrten sie, bis die Stimmen verklangen und Safwan ihr ein Zeichen gab, dass sie weiter mussten. Augenblicke später waren sie im Erdgeschoss angelangt. Safwan blickte durch ein schmales Fenster hinaus auf einen Hinterhof. Eine warnende Stimme meldete sich in Valerie.

»Wir sollten da nicht raus«, flüsterte sie.

»Ich weiß«, gab Safwan zurück und presste sich gegen die Wand, als draußen jemand vorbeiging. Valerie konnte nur einen Schemen erkennen.

»Siehst du dort drüben das Haus?« Ihr Blick folgte Safwans ausgestrecktem Zeigefinger. »Es hat einen Zugang zu dem dahinterliegenden Kanal. Ein Boot liegt dort. Im Hafen wartet ein syrischer Tanker. Er läuft in einer Stunde aus.«

Valerie bekam eine Ahnung davon, wie Safwans Leben in den vergangenen Wochen ausgesehen haben musste. Immer auf dem Sprung. Immer unter Strom.

»Es gibt eine Tiefgarage«, fuhr er leise fort. »Sie ist noch im Bau. Sie verbindet die Gebäude miteinander.«

Valeries Herz klopfte ihr bis zum Hals, als sie Safwan die Stufen ins Untergeschoss folgte. Er zog einen Schlüssel aus der Tasche und schloss die Stahltür auf. Der Geruch von frischem Beton schlug ihnen entgegen, zusammen mit eisiger Kälte. Eckige Säulen ragten im Halbdunkel empor, dazwischen lagen Kabelrollen und Baustahl. Das einzige Geräusch, das zu hören war, war das stete Tropfen von Wasser. Das Unbehagen, das Valerie schon immer auf Parkdecks verspürt hatte, erhielt eine neue Dimension.

»Ich kann das nicht«, flüsterte sie.

»Valerie, bitte …«

Sie schüttelte den Kopf. »Ich kann nicht mit dir weggehen, Safwan. Ich habe eine Familie. Ich …«

Er zog sie in seinen Arm und drückte sie an sich. »Haben wir das alles nicht schon vor drei Jahren hinter uns gelassen?«

»Du erwartest nichts von mir?«

»Nein, Valerie. Nichts, was du mir nicht freiwillig geben würdest.«

Welche Alternative hatte sie, wenn sie blieb? Die Auslieferung an die Vertreter der US-Regierung? Dahinter verbarg sich niemand anderes als Robert F. Burroughs, der für sie längst zu einem Synonym für Willkür und Gewalt geworden war. Ihre Chancen zu überleben standen vermutlich besser, wenn sie Safwan begleitete.

Sie blinzelte in das Licht, das sich in dem Kanal brach, und zitterte am ganzen Körper vor Kälte und Aufregung. Ein kleines offenes Boot schaukelte an einem Seil, das direkt an der Hauswand vertäut war. Mit sicheren Griffen löste Safwan den Knoten, sprang in das Boot und startete den Motor, dessen Geräusch im Lärm der nahen Großbaustelle unterging.

»Komm!«, drängte er. »Schnell!«, setzte er nach, als er bemerkte, dass Valerie erneut zögerte. Etwas in ihr sträubte sich, hielt sie zurück. Trotzdem kauerte sie sich ins Boot und wickelte sich fester in ihren kurzen Mantel. Sie wagte nicht, sich umzusehen, als sie durch den Sandtorhafen und an der Baustelle der Neuen Elbphilharmonie vorbei in die Norderelbe schoss. Jeden Augenblick erwartete Valerie, ein Fahrzeug der Wasserschutzpolizei zu sehen, das auf sie zuhielt und sie zum Beidrehen zwang. Aber niemand störte ihre Flucht. Es war bitterkalt auf dem Wasser, und das Tempo des Bootes, das viel schneller war, als sein Aussehen auf den ersten Blick hatte erahnen lassen, und der schneidende Wind trugen dazu bei, dass Valerie kaum einen klaren Gedanken fassen konnte. Mit halberfrorenen Händen klammerte sie sich an der Außenwand fest, während die Gischt neben ihnen aufspritzte und der Rumpf des Bootes immer wieder hart auf den kurzen Wellen aufschlug. Endlich tauchten links von ihnen aus dem Dunst die Terminals mit ihren haushohen Containerstapeln auf. Nur wenige hundert Meter weiter öffnete sich die Einfahrt zum Petroleumhafen. Safwan drosselte den Motor ein wenig, als er das Boot hineinlenkte und auf ein Schiff mit dunkelrot-grün lackiertem Rumpf zuhielt, an dem bereits die Schlepper festmachten, um es aus dem Hafen zu ziehen.

Sie wurden erwartet. Sobald sie nahe genug waren, öffnete sich einige Meter über ihnen eine Luke im Rumpf des Schiffes, und eine Schaukel aus Tau wurde heruntergelassen. Valeries Finger waren längst gefühllos und steif. Safwan zog sie auf seinen Schoß und schlang einen Arm um sie, während er sich mit der anderen Hand am Tau festklammerte. Ihr Boot trieb bereits ab, auf den Anleger auf der anderen Seite des Hafens zu. Valerie schloss die Augen, spürte Safwans klopfendes Herz an ihrer Brust und seinen Atem an ihrer Wange und gab sich der Illusion hin, alles würde gut werden. Die aufgeregten Stimmen der Männer in der Luke kamen näher, das schnelle Auf und Ab der arabischen Sprache. Safwan antwortete, dann spürte sie, wie sich sein Körper plötzlich anspannte, wie der Griff um ihre Taille fester wurde. Sie schlug die Augen auf und erstarrte. In der Schiffsöffnung stand die hochgewachsene Gestalt Robert F. Burroughs'. Ein selbstgefälliges Funkeln lag in seinen Augen, als ihre Blicke sich trafen.

Safwan stieß sich von der Bordwand ab, aber es war zu spät. Besatzungsmitglieder zogen die Schaukel durch die Luke. Rauhe Hände griffen nach ihnen, rissen sie auseinander. Safwan wurde auf die Knie gezwungen, die Hände hinter dem Kopf verschränkt. Valerie biss sich vor Schmerz auf die Lippe, als ihr einer der Männer die Arme auf den Rücken drehte und sie mit festem Griff hielt. Burroughs schob sich durch die Phalanx der Männer. Bei dem Lächeln, das beim Anblick seiner Gefangenen über sein Gesicht huschte, wurde Valerie übel. Er hielt sich nicht lang mit Reden auf, trat zu Safwan und versetzte ihm mit dem Fuß einen so heftigen Tritt ins Gesicht, dass Valerie meinte, die Knochen krachen zu hören. Safwan kippte zur Seite. Burroughs riss ihn wieder hoch, zog ihm den Kopf nach hinten und spuckte ihn an. »*Fuckin' bastard*«, stieß er hervor.

Blut lief aus Safwans Nase, tropfte auf das Schiffsdeck. Er schwankte. Sein Gesicht begann bereits anzuschwellen, dort, wo ihn Burroughs' Schuh getroffen hatte. Dann sah Safwan zu Valerie. Diesen Blick würde sie nie vergessen. So viel lag darin. Ein ganzes Leben. Eine verzweifelte Liebe. Die Bitte um Verzeihung. All das, was er ihr nicht hatte sagen können. Tränen sprangen ihr in die Augen.

Burroughs zog seinen Revolver und drückte die Mündung gegen Safwans Stirn.

»Nein!«, hörte sie sich selbst schreien.

Ein Schuss knallte. Safwans Kopf flog nach hinten, sein Körper folgte. »Safwan! Nein!«

Sie riss sich los und stürzte sich auf den leblosen Körper. Aus dem kleinen Loch in Safwans Stirn quoll Blut. Seine Augen waren starr. Leer. Er war fort.

Ihre Finger gruben sich in seine Kleidung, berührten sein Gesicht, als könne sie ihn auf diese Weise zurückholen, wieder zum Leben erwecken. »Safwan …« Für einen Moment fühlte sie erneut seinen Arm um sich, das Schlagen seines Herzens und seinen Atem an ihrer Wange. Tränen liefen über ihre Wangen und tropften auf ihn hinab, hinterließen dunkle Spuren auf dem Grau seines Anzugs.

Sie ließen ihr keine Zeit. Jemand zerrte sie hoch, und als sie sich wehrte und um sich schlug, traf sie eine Ohrfeige, die ihre Wange trotz der Kälte zum Brennen brachte.

Burroughs blickte auf den Toten herab. Ein Mann, wie er im Anzug, trat neben ihn. »So wird er nicht mehr viel erzählen können«, sagte der Unbekannte auf Englisch. »Unsere Vereinbarung war eine andere.«

Sie konnte nicht verstehen, was Burroughs antwortete, sah nur, wie er seinen Revolver unter seinem Jackett verschwinden ließ und sich an die Besatzung wandte. »Räumt ihn weg«, befahl er den Männern, die stumm auf den Toten zu ihren Füßen blickten. »Er wird später abgeholt.« Dann kam er auf Valerie zu. Ganz dicht trat er an sie heran. So dicht, dass sie trotz des Windes an Deck seinen Atem riechen konnte. »Das machen wir mit diesen arabischen Kameltreibern, wenn sie unsere Frauen anfassen«, sagte er leise. »Und als Nächstes wirst du erfahren, was wir mit unseren Frauen machen, wenn sie sich von diesen Kameltreibern anfassen lassen.«

Burroughs badete zu sehr in seinem Triumph, um die Veränderung in Valeries Augen zu bemerken, den Zug, der sich um ihren Mund legte. Die Angst der vergangenen Tage und das Entsetzen über Safwans Hinrichtung kanalisierten sich in einer plötzlichen kalten Wut. Sie zog das Knie an und trat mit aller Kraft, die ihr noch verblieben war, zu. Burroughs starrte ungläubig, wurde blass und sackte in sich zusammen. Die nächsten Sekunden schienen endlos. Burroughs rührte sich nicht. Niemand an Deck rührte sich, bis sich der Amerikaner langsam wieder aufrichtete. Das Grinsen war aus seinem Gesicht verschwunden. Er fackelte nicht lang. Er schlug einfach zu. Valeries Kopf schien zu explodieren. Sie keuchte und ging in die Knie. Gnädige Schwärze hüllte sie ein.

Als sie aufwachte, wusste sie nicht, wo sie war, was geschehen war. Sie fühlte sich seltsam distanziert. Von sich selbst und von ihrer Umgebung. Ihre Kehle war rauh und schmerzte beim Schlucken. Sie wandte den Kopf zur Seite.

Sie war nicht mehr in ihrer Zelle.

Durch ein vergittertes Fenster blickte sie auf einen großen kahlen Baum. Dahinter erstreckte sich ein weiteres Gebäude. Sie lag in einem Bett. Als sie versuchte, sich aufzurichten, musste sie feststellen, dass sie mit Gurten fixiert war und sich nicht bewegen konnte. Gleichgültig ließ sie ihren Kopf wieder auf das Kissen sinken und starrte an die weiße Decke.

Ochsenzoll.

Sie haben dich in die Psychiatrie nach Ochsenzoll gebracht. Da bringen sie alle Häftlinge hin, die durchdrehen. War sie durchgedreht? Sie konnte sich nicht erinnern. Erschöpft schloss sie die Augen und schlief wieder ein.

Es war Mayers Stimme, die sie weckte.

»Wie lange schläft sie schon?«

»Seit ihrer Ankunft gestern«, sagte eine Frauenstimme, dem Dialekt nach geborene Hamburgerin.

»Ich muss mit ihr sprechen.«

»Das muss der Arzt entscheiden.«

Valerie hörte, wie die Tür geschlossen wurde. Es dauerte jedoch nicht lang, bis sie wieder geöffnet wurde. Jemand schaltete das Licht ein, dann näherten sich Schritte ihrem Bett. Ein Anflug von Panik überkam sie. Sie war noch immer mit Gurten festgeschnallt und konnte sich kaum rühren.

»Frau Weymann?«

Sie atmete erleichtert auf, als sie Mayers Stimme erkannte.

»Warum haben Sie das getan?«, fragte er und trat zu ihr.

»Warum sind Sie mit Safwan Abidi geflohen, statt ihn uns auszuliefern?«

Was sagte er da? Was hatte sie getan?

Safwan …

Sie hatte Safwan Abidi seit drei Jahren nicht gesehen. Oder doch? Sie runzelte die Stirn. Etwas nagte am Rande ihres Bewusstseins. Und dann sprang die Tür auf. Plötzlich war alles wieder da. Das Treffen mit Safwan im Konsulat. Die Flucht mit dem Boot. Das Schiff. Burroughs. Tränen sprangen ihr in die Augen. Sie sah zu Mayer. »Warum bin ich hier? Was ist passiert?«

Er antwortete nicht sofort, sondern zog sich einen Stuhl heran und setzte sich, so dass sein Gesicht beinahe auf einer Höhe mit ihrem war. »Wir haben Ihnen Ihren verdammten eigensinnigen Hals gerettet«, sagte er sehr leise. »Wenn es nach unseren amerikanischen Kollegen gegangen wäre, säßen sie jetzt in einem Flugzeug auf dem Weg nach Nirgendwo.«

Sie schluckte.

»Und jetzt beantworten Sie meine Frage. Warum sind Sie mit Abidi geflohen, statt sich an unsere Vereinbarung zu halten?«

»Safwan Abidi ist nicht der Mann, den Sie suchen.« Sie konnte Safwan nicht wieder lebendig machen, aber sie konnte zumindest seinen Namen rehabilitieren. »Er hat weder etwas mit dem Anschlag in Kopenhagen noch mit dem am Dammtorbahnhof zu tun.«

Mayer starrte sie an, als wäre sie verrückt geworden. »Sie haben die Beweise gesehen. Das Foto.«

Valerie ließ sich nicht beirren. »Seiner Aussage nach sind auch Mahir Barakat und Noor al-Almawi unschuldig. Sie haben sich in Kopenhagen mit Safwan getroffen, weil sie ihn bitten wollten, ihr Trauzeuge zu sein. Es war reiner Zufall, dass dieses Treffen im Vorfeld des Anschlags stattfand.«

Mayer stand auf und begann im Raum auf und ab zu gehen. Schließlich trat er wieder an ihr Bett. »Das glauben Sie doch selbst nicht, was Sie mir da erzählen. Haben Sie Beweise dafür?«

Sie schnaubte wütend. »Wie denn? Der einzige Beweis, den ich hätte liefern können, ist tot. Umgebracht von Burroughs.«

Sie hätte nicht gedacht, dass es möglich war, Mayer zweimal hintereinander zu überraschen. »Burroughs hat ihn umgebracht?«, entfuhr es ihm, und sie sah, dass er sich über diesen Lapsus ärgerte.

»Es war eine Hinrichtung«, sagte sie. Die wenigen Worte reichten, um die Szene vor Valeries innerem Auge wieder lebendig werden zu lassen. Safwans Blick. Das kalte Metall des Decks. Und immer wieder Burroughs.

»Eine Hinrichtung.« Mayer versuchte, seinem Gesicht einen neutralen Ausdruck zu geben.

»Anscheinend hat er Ihnen unser Zusammentreffen an Deck dieses syrischen Tankers anders geschildert«, bemerkte sie.

Mayer antwortete nicht, aber das hatte sie auch nicht erwartet. Sie fragte sich, ob er ihr glaubte, gleichzeitig spürte sie, wie es ihr immer schwerer fiel, klar zu denken. Sie war plötzlich müde. Entsetzlich müde. Aber sie durfte jetzt nicht schlafen. Sie musste wissen, was passiert war, nachdem ...

Als sie wieder aufwachte, war sie allein. Noch immer ans Bett gefesselt. Wie lange sollte das noch weitergehen? Wie zur Antwort auf ihre unausgesprochene Frage öffnete sich die Tür. Ein Arzt kam herein, gefolgt von einer Krankenschwester.

»Guten Tag, Frau Weymann, wie geht es Ihnen?«

Sie antwortete nicht.

Er fühlte kurz ihren Puls, wartete, bis die Schwester ihren Blutdruck gemessen hatte, dann nahm er von dem Tablett, das sie dabeihatte, eine Spritze. »Frau Weymann, wir würden Sie gern aus diesem unwürdigen Zustand befreien, in dem Sie sich befinden«, sagte er ruhig. »Patienten an ihre Betten zu fesseln ist für uns der absolut letzte Ausweg.«

»Ich werde seit Tagen unter Missachtung meiner Rechte festgehalten. Ich habe nicht einmal die Möglichkeit, mit einem Anwalt zu sprechen«, stieß sie hervor. »Helfen Sie mir. Informieren Sie meinen Mann, sagen Sie ihm …«

»Ihr Mann war hier.«

Marc war da gewesen?

»Wann?«

»Vor nicht einmal einer Stunde.«

»Warum haben Sie ihn nicht zu mir gelassen?«

»Frau Weymann, Sie befinden sich hier in polizeilichem Gewahrsam. Draußen vor Ihrer Tür steht ein Beamter. Niemand darf zu Ihnen. Selbst das Personal ist angewiesen, nicht mit Ihnen zu reden.«

Sie schloss die Augen. »Was werden Sie mit mir machen?«, fragte sie.

»Ich bin angewiesen, Ihre Vernehmungsfähigkeit wiederherzustellen«, erwiderte er ruhig.

Die Schwester reichte ihm einen Tupfer, mit dem er ihre Armbeuge desinfizierte. »Und ich soll sicherstellen, dass Sie nicht noch einmal durchdrehen.«

»Ich bin nicht durchgedreht«, wollte sie sagen, aber dann erinnerte sie sich an Mayers Worte. *Wir haben Ihnen Ihren verdammten eigensinnigen Hals gerettet.*

Sie spürte kaum, wie die feine Kanüle ihre Haut durchstieß. Aber sie meinte zu spüren, wie der Inhalt der Spritze in sie floss und sich mit ihrem Blut vermischte. Es war diesmal kein Medikament, das sie ausknockte. Sie blieb wach. Sie konnte denken. Sich erinnern. Aber ihr Wille zu kämpfen verlor sich in dem Maße, wie ihr Herz die Substanz in ihrem Blut durch ihren Körper pumpte, jede Zelle damit umspülte, vor allem aber jene Teile ihres Großhirns paralysierte, die für die Ausbildung ihres Widerstandes zuständig waren.

Der Arzt zog die Nadel aus ihrem Arm und lächelte. »Sie werden sich gleich besser fühlen«, sagte er.

Die Schwester löste die Gurte an ihrem Bett. »Die brauchen wir jetzt nicht mehr.« Es waren die ersten Worte, die Valerie von ihr hörte.

Valerie rieb sich die Arme und richtete sich vorsichtig auf. Die Schwester half ihr. Auf bloßen Füßen machte Valerie ein paar Schritte, trat ans Fenster und blickte hinaus. Es war bereits dunkel, aber der Schnee reflektierte das Licht, das aus den Fenstern des Gebäudes fiel. Sie konnte den Baum darin erkennen, den sie schon vom Bett aus gesehen hatte. Ein dunkler Schatten, der ihr Angst einjagte. Sie wandte sich ab und sah gerade noch, wie der Arzt der Schwester unauffällig zunickte, dann verließ er das Zimmer. Valerie sah ihn nie wieder.

Die Schwester öffnete eine weitere Tür in der Ecke des Zimmers. »Wir haben hier ein kleines Bad. Sie sollten jetzt duschen, Frau Weymann.« Valerie nahm das Handtuch, das sie ihr hinhielt, und ging ins Badezimmer. Duschte, wusch ihre Haare. Als sie wieder rauskam, war die Schwester fort. Kleidung lag ordentlich zusammengelegt auf dem Bett. Ihre Kleidung. Ohne viel nachzudenken, schlüpfte Valerie hinein. Dann trat sie an den kleinen

Tisch unter dem Fenster, auf dem ein Tablett mit Essen stand. Ein Becher Tee. Sie zog die Vorhänge zu und setzte sich, griff nach dem Becher und trank langsam die heiße Flüssigkeit. Das Essen rührte sie nicht an.

Kaum dass sie fertig war, kam die Schwester zurück. »Sie müssen jetzt gehen«, sagte sie.

Valerie nickte. Die Schwester reichte ihr ihren Mantel. Ein uniformierter Polizist trat in den Raum. Gleich darauf schlossen sich Handschellen um ihre Handgelenke. Valerie wehrte sich nicht. Sie folgte ihm durch endlose hell erleuchtete Flure. Manchmal ging eine Tür rechts oder links auf, und Menschen blickten heraus. Die Leere in ihren Gesichtern spiegelte die Leere wider, die Valerie in ihrem Inneren empfand. Als sie das Gebäude verließen, schlug ihnen ein nasskalter Wind entgegen, sie zitterte am ganzen Körper. Der Polizist neben ihr blieb stehen und knöpfte ihren Mantel zu. Er war jünger als sie. Sie versuchte, ihm in die Augen zu sehen, doch er wich ihrem Blick aus.

Sie warteten. Valerie spürte, wie ihr Begleiter unruhig wurde, auf seine Uhr schaute und schließlich sein Handy aus der Brusttasche seiner Jacke zog. Doch in diesem Augenblick bog ein Polizeifahrzeug um die Ecke. Im Licht der Scheinwerfer tanzten die Schneeflocken. Der Wagen hielt vor ihnen. Gerade als Valerie einsteigen wollte, hörte sie jemanden ihren Namen rufen. Sie kannte die Stimme. Es war –

»Marc!« Ihre Betäubung war plötzlich wie fortgeblasen. Sie wand sich aus dem Griff des Polizisten und rannte auf ihren Mann zu. »Marc!« Es tat so gut, ihn zu sehen.

»Halt! Frau Weymann, bleiben Sie stehen, oder ich schieße!«

Sie hielt abrupt an. Etwas in ihr sagte ihr, dass er sie nicht erschießen würde, aber sie konnte einfach nicht anders.

Auch Marc verlangsamte seine Schritte. »Valerie, geht es dir gut?« Er war außer Atem.

Sie nickte nur. »Was ist mit euch?«

»Alles in Ordnung, mach dir keine Sorgen.« Er war jetzt bei ihr.

»Herr Weymann, gehen Sie zurück.«

Er streckte die Hand nach ihr aus. Berührte ihre Finger, das kalte Metall der Handschellen –

»Ich hab nichts mit alldem zu tun, Marc«, flüsterte sie. »Glaub mir, bitte, glaub mir ...«

Er nickte.

»Herr Weymann!«

Er ließ sie los. Trat zurück. Hob seine Hände.

Valerie spürte den Lauf einer Waffe in ihrem Rücken. Sie wehrte sich nicht, als die Beamten sie zurück zu dem Wagen führten, der mit laufendem Motor auf dem Weg stand. Sie sank auf die Rückbank und presste das Gesicht an die Scheibe, als das Fahrzeug an Marc vorbeifuhr, der erneut seine Hand ausstreckte, als könne er sie durch das Glas hindurch berühren. Als sie sich umdrehte, sah sie, wie er dem Wagen hinterherlief. Dann verschluckte ihn die Dunkelheit. Valerie sank in den Sitz zurück und verbiss sich ihre Tränen.

Der Wagen verließ das Krankenhausgelände. Als sie auf die Straße einbogen, stellte Valerie fest, dass sie tatsächlich in Ochsenzoll gewesen war, der psychiatrischen Abteilung des Allgemeinen Krankenhauses Nord. Der Fahrer bog Richtung Süden auf die Langenhorner Chaussee ein. Es ging zurück ins Polizeipräsidium. Valerie ließ sich in den Sitz sinken und schloss die Augen. Alles war vergebens gewesen. Nichts hatte sich geändert. Nur Safwan war tot. Und nicht zum ersten Mal fragte sie sich, wie viel Verantwortung sie dafür trug. Wäre er auch gestorben, wenn sie nicht interveniert hätte? Das Medikament, das der Arzt ihr gespritzt hatte, dämpfte auch ihre Trauer. Das Entsetzen über diesen brutalen, schnellen Tod.

Ich bin angewiesen, Ihre Vernehmungsfähigkeit wiederherzustellen.

Was würden sie diesmal fragen?

Der Wagen hielt an einer Kreuzung, und sie lauschte unbeteiligt dem leisen Klacken des Blinkers. Erst als sie merkte, dass das Fahrzeug rechts abbog, schlug sie die Augen auf und richtete sich auf ihrem Sitz auf. Das war nicht der Weg zum Polizeipräsidium. Das war …

Das weite Gelände des Hamburger Flughafens tauchte vor ihnen auf. Die Auffahrt zu den Terminals war hell erleuchtet. Der Schweiß brach ihr aus.

TEIL II

Artikel 5
der Charta der Menschenrechte
der Vereinten Nationen

*Niemand darf der Folter oder grausamer,
unmenschlicher oder erniedrigender Behandlung
oder Strafe unterworfen werden.*

Robert F. Burroughs bemerkte mit einer gewissen Genugtuung, wie Valerie Weymann zurückwich, als sie ihn erblickte. Wie sie hilfesuchend zu dem Polizeibeamten neben ihr sah, dem Inbegriff deutscher Sicherheit, deren Schutz sie sich auf so dumme Weise verspielt hatte. Im kalten Licht der Neonbeleuchtung war sie noch blasser, noch filigraner. Dort, wo seine Faust sie getroffen hatte, zeichnete sich unter der Haut ein dunkler Schatten ab, halb verborgen unter den Wellen ihres langen Haars und nur zu erkennen, wenn man wusste, worum es sich handelte. Burroughs hatte gelernt, seine Schläge so zu setzen, dass seine Opfer trotz ihrer Schmerzen unversehrt wirkten – es sei denn, ihr Tod war kalkuliert. So wie bei Abidi.

Es hatte einiges an Eloquenz erfordert zu erklären, warum er den Palästinenser erschossen hatte. Dass er ihnen tot mehr nutzte als lebend. Nicht nur den Deutschen gegenüber. Mayer hatte gekocht vor Wut. Und er hatte sich gerächt, indem er ihm Valerie Weymann vor der Nase weggeschnappt hatte. Diese verdammte kleine Schlampe. Sie würde für ihren unüberlegten Tritt bezahlen. Sie würde sich noch wünschen, mit Abidi zusammen auf dem Deck dieses Moslemschiffes gestorben zu sein. Sie würde sich noch wundern. So wie diese arabische Wildkatze.

Er erinnerte sich an Mayers Entsetzen, als er kurz nach Valerie Weymanns Verhaftung hier auf dem Flughafen gesagt hatte, er würde die Anwältin mitnehmen. »Sie ist eine Frau«, hatte Mayer mit mahnendem Unterton in der Stimme entgegnet, was ihm überhaupt nicht gefiel. Eine Frau. Das war kein Argument für ihn. In all den Jahren bei der Agency hatte Burroughs begriffen, dass gerade Frauen wie Valerie Weymann der besonderen Aufmerksamkeit bedurften. Sie waren intelligent und machtbesessen, skrupellos, wenn es darum ging, ihre Haut zu retten, und bereit, dafür ihre Seele zu verkaufen.

Er würdigte Valerie Weymann keines Blickes, als sie neben ihm stand. Sprach über ihren Kopf hinweg mit dem Beamten, bevor sie durch eine Tür traten, die sie abseits der Terminals durch die für die Öffentlichkeit abgesperrten Bereiche des Flughafens zum Rollfeld führte. Ihre Schritte hallten in den stillen, verlassenen Gängen wider. Lediglich die Lautsprecheransagen drangen zu ihnen hindurch.

Die Maschine war startklar, dafür hatte er gesorgt. Der Timeslot für den Start war bereits geöffnet. Er konnte sich keine weiteren Verzögerungen leisten.

Am Ausgang des Flughafengebäudes wartete der Wagen, der sie zu dem Learjet brachte. Als sie hinaustraten, schlug der Wind ihnen nasskalt entgegen, und er bemerkte, wie Valerie Weymann fröstelnd die Schultern hochzog. In direkter Nachbarschaft startete eine Maschine mit Getöse ihre Motoren. Burroughs hastete auf den Wagen zu, seinen Arm fest um Valerie Weymanns Taille geschlungen. Sie stolperte neben ihm her, das Medikament, das sie ihr gespritzt hatten, wirkte immer noch. Wer sie von Weitem beobachtete, würde die Situation sicher anders bewerten. Augenblicke später stiegen sie die Stufen zur Luke des Flugzeugs empor. Der Copilot begrüßte ihn mit Handschlag und schloss die Tür hinter ihnen. Sie waren schon des Öfteren zusammen geflogen. Burroughs dirigierte Valerie Weymann in die erste Reihe der sechs Sitze. Als er sich über sie beugte, um ihre Handfessel an der Lehne zu befestigen und den Sicherheitsgurt zuzuschnallen, wandte sie den Kopf ab. Er unterdrückte ein Lächeln. Es würde interessant werden zu sehen, wie diese Arroganz brach und ihr wahres, elendes kleines Ich sich wand, um am Leben zu bleiben.

Er wählte einen der Sitze in der letzten Reihe, ließ sich schwer in das graue Leder fallen und schloss den Gurt. Die Maschine rollte an. Die Wege in Hamburg zur Startbahn waren kurz. Die Motoren heulten auf, und gleich darauf waren sie in der Luft. Die Lichter der Stadt wurden kleiner und verschwanden, als sie in die dichte Wolkendecke eintauchten. Burroughs schloss zufrieden die Augen. Es lief alles nach Plan.

* * *

Das Polizeifahrzeug verschwand vor ihm in der Dunkelheit. Marc wurde langsamer, fiel in Schritttempo und blieb schließlich stehen. Sein Atem kam stoßweise und kondensierte in der kalten Luft zu feinen weißen Wolken, die sich im Nichts verloren. Das Krankenhausgelände war menschenleer zu dieser späten Stunde, und die Bäume reckten ihre kahlen Äste wie tote Finger in den schwarzen Himmel. Er war nicht der Mann für die großen Gefühlsausbrüche. Er wusste nicht, wann er das letzte Mal geweint hatte, und er gestattete es sich auch jetzt nicht, als er zu seinem Wagen zurückging, den Motor anließ und sich auf den Heimweg machte. Im Geist durchlebte er die kurze Begegnung mit Valerie wieder und immer wieder. Wie ein DVD-Player in einer Endlosschleife. Und jedes

Mal rückte ein anderes Detail in den Vordergrund. Der Klang ihrer Stimme, ihr Blick, die wenigen Worte, die sie gewechselt hatten. Sie zu sehen, zu berühren und dann gleich wieder zu verlieren war beinahe schlimmer gewesen, als überhaupt nicht an sie heranzukommen.

Im Leinpfad war der Parkplatz vor dem Grundstück frei. Er stellte den Wagen dort ab, anstatt ihn in die Garage zu fahren. Im Haus war es still. Die Mädchen schliefen schon, und Janine kam ihm aus der Küche entgegen. Sie nahm ihren Mantel und versprach, Leonie und Sophie am nächsten Tag von der Schule abzuholen. Seit die Mädchen auf der Straße angesprochen worden waren, ließ Marc sie nicht mehr allein vor die Tür. Janine fragte nie nach, auch wenn sie ahnen, spüren musste, dass etwas nicht in Ordnung sein konnte. Er rechnete ihr diese Zurückhaltung hoch an. Ebenso ihre Zuverlässigkeit. Als er die Tür hinter ihr schloss, hielt er einen Moment inne und lauschte ihren sich entfernenden Schritten. Dann warf er einen Blick in das Zimmer der Mädchen. Sie hatten ihre Betten zusammengeschoben und lagen dicht aneinandergekuschelt in einem Meer von Stofftieren. Manchmal beneidete er sie um ihre Zweisamkeit.

In der Küche lag die Tageszeitung auf dem Tisch. Auf der Titelseite prangte das Bild Safwan Abidis, der als der »Attentäter vom Dammtor« in die Hamburger Geschichte eingehen würde. Auf allen Radio- und Fernsehkanälen war die Berichterstattung über seine Festnahme und seinen Tod am Vortag das Thema des Tages gewesen, und heute gehörten ihm die Titelseiten sämtlicher Tageszeitungen. Die Boulevard-Presse überschlug sich mit anti-islamischen Parolen auf schwarzem Grund. Marc hatte fassungslos den Jubel und die Erleichterung seiner Mitmenschen verfolgt, der Kollegen im Büro, der Nachbarn. Es war eine kollektive Freude, die Hamburg erfüllte. Marc war vermutlich der Einzige der zwei Millionen Einwohner dieser Stadt, der diese Freude nicht teilen konnte. Der ungläubig den Berichten lauschte, als er begriff, was Mayers Besuch in seinem Büro bedeutet hatte. *Ihre Frau ist dabei, einen großen Fehler zu machen. Sie dürfen sie nicht gewähren lassen.*

Und wieder hatte er sich gefragt: Was hatte Valerie getan? Hatte sie versucht, einem Attentäter zur Flucht zu verhelfen? War sie womöglich auch tot, erschossen von einem übereifrigen Polizisten, so wie Abidi?

Meisenberg hatte ihn beruhigen können. »Sie lebt«, hatte er ihm am Telefon mitgeteilt, nach endlosen Stunden des Wartens. »Aber sie ist in ernsten Schwierigkeiten. Ich melde mich, sobald ich mehr weiß.«

Marc hatte jede Zeitung gekauft, jeden Bericht gelesen, immer in der Angst, auf ihren Namen oder ihr Gesicht zu stoßen. Aber ihr Name tauchte nicht auf. Nach der Lektüre wusste er nahezu alles über Safwan Abidi, zumindest gaben ihm die Medien dieses Gefühl. Er fragte sich, warum ein palästinensischer Chirurg, der in einem Kopenhagener Krankenhaus angestellt war und keine Verbindung zu fundamentalistischen islamischen Gruppierungen pflegte, zum Attentäter wurde. Und ob er der Einzige war, der darüber nachdachte. Und ob seine Gedanken lediglich daher rührten, dass seine Frau mit diesem Chirurgen vor drei Jahren eine Affäre und ihm jetzt womöglich zur Flucht verholfen hatte. Ob er nach Entschuldigungen suchte.

Auf allen Kanälen liefen Sondersendungen, die Hintergründe beleuchteten und vermeintliche Experten zu Wort kommen ließen. Irgendwann hatte Marc beschlossen, dass er genug gesehen und gehört hatte, und dann war endlich Meisenbergs ersehnter Anruf gekommen. »Valerie ist in Ochsenzoll.« Keine Erklärung. Nichts weiter. Nur eine Zimmernummer. Und Marc hatte alles stehen und liegen lassen und war rausgefahren. Warum Ochsenzoll? Psychiatrie? Was war passiert?

Er war genau bis zur Eingangstür des Gebäudes gekommen, in dem sie untergebracht war. Ein Polizeibeamter hatte ihm freundlich, aber bestimmt erklärt, dass er keinen Zutritt bekommen würde. Dank einem Zufall und einer unbedarften Krankenschwester, die für eine Rauchpause das Gebäude verließ, erfuhr er, dass Valerie gegen zwanzig Uhr dreißig abgeholt werden sollte. Er fuhr nach Hause, aufgeregt bis in die Fingerspitzen, unfähig, einen klaren Gedanken zu fassen. Und hätte sie um Haaresbreite verpasst.

Nun war sie wieder fort. Was blieb, war eine unerträgliche Einsamkeit. Er fragte sich, ob sie wieder im Präsidium war. Wie es ihr ging. Wenn er gewusst hätte, dass sie sich in dem Augenblick, als er sich in ihr gemeinsames Bett legte und ihr Kopfkissen zu sich zog, weil darin noch ein Hauch ihres Parfüms hing, irgendwo über dem Luftraum Tschechiens befand, hätte er vielleicht doch geweint.

* * *

»Sie haben Ihre Befugnisse weit überschritten, das ist Ihnen wohl klar?«, fuhr Eric Mayer den Mann am anderen Ende der Telefonleitung an und wusste gleichzeitig, dass dieser nicht der richtige Adressat für seinen Zorn war. Dass er unglücklicherweise nur zur falschen Zeit am falschen Ort gewesen war.

»Was sollte ich denn machen?«, fragte der Beamte hilflos. »Da kommt ein Anruf vom LKA, dazu eine Faxbestätigung, dem kann ich mich doch nicht widersetzen. Da schicke ich doch zwei Beamte raus …«

Burroughs hatte sie alle vorgeführt. Von vornherein hatte er nur ein Ziel verfolgt: Valerie Weymann in seine Gewalt zu bekommen. Und er hatte es nicht einmal geheim gehalten. Jetzt war er fort, und niemand wusste, wohin. Mayer war sich im Klaren darüber, dass er das Gespräch mit seinen amerikanischen Kollegen suchen musste.

Die Hamburger Polizei hatte für die Sonderermittler der internationalen Anti-Terror-Einheit eine ganze Etage zur Verfügung gestellt. Die Büros der Amerikaner lagen am Ende des Flurs. Auch Archer saß dort. Am liebsten hätte er sie dazugebeten, aber für eine erste Sondierung war ein Vier-Augen-Gespräch mit Burroughs' Stellvertreter vermutlich die bessere Lösung.

John Miller sah erstaunt auf, als Mayer nach kurzem Klopfen sein Büro betrat. *»Good morning, Eric, what's up?«*

»Wir müssen reden. Haben Sie einen Augenblick Zeit?«

Miller wies auf den freien Stuhl neben seinem Schreibtisch, aber Mayer zog es vor zu stehen. Miller klappte seinen Laptop zu.

»Sie sind wegen Bob hier, oder?« Millers Akzent war wesentlich stärker als Burroughs', manchmal sprach er auch mitten im Satz in seiner Muttersprache weiter.

»Wo ist er, John?«

»Sie meinen sicher, wo ist die Frau?«

»Ich vermute, sie sind beide am selben Ort.«

Miller war ein glatter, umgänglicher Typ mit beginnendem Bauchansatz und Halbglatze, über die er sich jetzt umständlich mit der Hand fuhr und dabei ein paar versprengte Haare glatt strich. Die Situation war ihm unangenehm, das war deutlich.

Offiziell hatten die Amerikaner alle *black sites* aufgelöst und den privaten Sicherheitsfirmen gekündigt, die die Gefängnisse geführt und bewacht hatten, in denen mehr als fragwürdige Methoden der Wahrheitsfindung angewandt worden waren. Es gab jedoch seit längerem Gerüchte, dass sich die CIA eine Hintertür offen gelassen hatte.

»Burroughs hat Valerie Weymann aus dem Krankenhaus, in dem sie unter deutschem Polizeischutz war, entführt«, sagte Mayer, obwohl Miller der Sachverhalt durchaus bekannt war. Das Verschwinden von Burroughs und Valerie Weymann war das beherrschende Thema in ihrer morgendlichen Besprechungsrunde gewesen. »Ich möchte von Ihnen wissen, ob es eine von der Agency gebilligte Aktion war oder ob Burroughs auf eigene Faust gehandelt hat.«

»Sie erwarten nicht allen Ernstes eine Antwort auf diese Frage.«

»Doch, genau deswegen bin ich hier.«

»Eric, im Interesse der nationalen Sicherheit meines Landes und der Sicherheit des Präsidenten auf dem Gipfeltreffen …«

Mayer hatte befürchtet, dass Miller die Standardausrede seiner Behörde anbringen würde. Die Amerikaner redeten sich immer gern auf ihre nationale Sicherheit heraus, wenn sie keine Antworten geben wollten oder konnten. Er beugte sich über den Schreibtisch und sah John Miller fest in die Augen. »Nur unter uns, John«, sagte er mit gesenkter Stimme. »Dieses Gespräch hat nie stattgefunden.«

Mayer wusste, dass sein Ruf von seiner Integrität lebte, die er schon mehrfach unter Beweis gestellt hatte. Er hoffte, dass sie ihm auch hier half.

Miller räusperte sich und sah ihn unglücklich an. »Ich kann Ihnen wirklich nichts sagen.« Kleine Schweißperlen standen plötzlich auf seiner Stirn, und sein Blick signalisierte deutlich, dass er sich jetzt wünschte, allein zu sein. Wovor hatte der CIA-Agent Angst? Miller war keiner von den harten Agenten. Er war eher bürokratisch veranlagt. Der Mann, der in der zweiten Reihe stand und dem Showman Burroughs das Drehbuch für seine Auftritte lieferte. Miller arbeitete im Verborgenen. Ans Licht gezerrt zu werden, Verantwortung zu übernehmen, war nicht seine Sache. Es würde keinen Sinn machen, ihn weiter zu bedrängen. Der Affront, den die Entführung von Valerie Weymann darstellte, wurde auf politischer Ebene behandelt und berührte die Mitarbeiter der Nachrichtendienste somit nicht mehr. Das Bundeskanzleramt war informiert und hatte die Angelegenheit an sich gezogen. Millers Verschwiegenheit sprach daher Bände.

Mayer trat einen Schritt zurück und lächelte kurz. »Vielen Dank, John. Sie haben mir schon sehr geholfen«, versicherte er dem Amerikaner. Miller erwiderte sein Lächeln gequält.

Er verließ das Büro und prallte auf dem Flur mit Archer zusammen, die seinen Besuch bei Burroughs' Stellvertreter mit neugierigem Erstaunen quittierte. »Sind Sie auf der Suche nach Informationen?«

Mayer war nicht zum Scherzen aufgelegt. »Ich bin auf der Suche nach der Wahrheit.«

Archer schürzte die Lippen. »Das ist ein großes Unterfangen heutzutage, wo Wahrheit doch als etwas sehr Subjektives gehandelt wird. Welche Wahrheit darf es denn sein?«

»Ich habe sehr unterschiedliche Aussagen zu Abidis Tod erhalten«, erwiderte er. »Jemand behauptet sogar, Burroughs habe ihn erschossen.«

Archer wirkte plötzlich nervös, ihr Blick huschte über den Flur, dann nahm sie Mayers Arm. »Vielleicht ist es besser, wenn wir das nicht hier draußen besprechen«, sagte sie mit einem Lächeln, das ihre Augen nicht erreichte.

»Haben Sie *das* John Miller erzählt?«, wollte sie wissen, nachdem sie ihre Bürotür hinter sich geschlossen hatte.

»Nein, wir hatten ein anderes Thema. Warum reagieren Sie so nervös?«

»Ich bin nicht nervös. Nur vorsichtig«, widersprach sie. »Ich habe das Gefühl, dass sich in den vergangenen Tagen zwei Lager gebildet haben. Jene, die sklavisch alles nachplappern, was die Kollegen von der CIA unter die Leute bringen, und auf der anderen Seite Leute wie Sie, die plötzlich den gesamten Stand unserer Ermittlungen anzweifeln. Und ich frage mich, ob uns das weiterbringt im Rahmen unserer Sicherheitsdebatte.« Sie wies auf eine Karte von Hamburg, die an der Wand ihres Büros hing. Die Stadtviertel, in denen die Hotels lagen, wo die Gipfelteilnehmer mit ihrer Entourage absteigen würden, waren rot eingekreist, die Wege der Politikerkonvois markiert. Archer war eine Strategin. Vermutlich hätte sie vor einhundert Jahren kleine Soldaten in einer Modelllandschaft detailgetreu aufgestellt und mit einem Schieber hin und her bewegt. »Wir haben eine große Aufgabe«, fuhr sie fort. »Der Gipfel hat historische Bedeutung. Abrüstung zugunsten des Klimas. Davon träumen Milliarden Menschen auf diesem Planeten. Wir dürfen uns die Chancen und die Hoffnung, die uns dieses Treffen bringt, nicht von ein paar religiösen Fanatikern zerstören lassen. Wir müssen zusammen, nicht gegeneinander arbeiten.«

»Was wollen Sie damit sagen, Marion?«

»Dass es völlig irrelevant ist, wer Abidi erschossen hat«, erwiderte sie heftiger, als er erwartet hätte. Eine feine Röte stieg in ihre Wangen. »Entscheidend ist doch nur, dass wir ihn ausgeschaltet haben. Dass die Gefahr, die er dargestellt hat, gebannt ist, und wir einen Schritt weitergekommen sind.« Sie hatte die Fäuste geballt bei ihren letzten Worten. Mayer unterdrückte ein Seufzen. Der Patriotismus seiner angloamerikanischen Kollegen war bisweilen ermüdend. Archer bebte förmlich vor Ergriffenheit.

»Es wäre besser, Abidi wäre noch am Leben«, sagte er ruhig. »Die Palästinenser stilisieren ihn bereits zum Märtyrer hoch.«

In den palästinensischen Autonomiegebieten hatte die Nachricht vom Tod Safwan Abidis zu Demonstrationen und öffentlichen Protesten geführt, bei denen erstmals auch deutsche Flaggen verbrannt worden waren.

»Die Hardliner in der Region sind immer schnell bei der Hand, wenn es ums Aufhetzen der Bevölkerung geht«, widersprach Archer. »In ein paar Tagen haben sie sich wieder beruhigt. Die haben genug mit dem nackten Überleben zu tun. Wir müssen uns mit den Gegebenheiten arrangieren, wie sie sind, und das Beste daraus machen.« Die leichte Überheblichkeit in ihrer Stimme irritierte Mayer. Entweder teilte sie seine Bedenken tatsächlich nicht oder sie wollte ihn das zumindest glauben machen.

»Ich habe hier etwas anderes, das ich gern mit Ihnen besprechen würde«, fuhr sie fort. »Etwas, das mir weitaus mehr Sorge macht als ein paar palästinensische Hitzköpfe, die zu weit fort sind, um uns gefährlich zu werden.« Sie trat an ihren Schreibtisch und schlug eine Mappe auf. »Wir haben in unserer Arbeitsgruppe die Vernehmungsprotokolle der Mitglieder der muslimischen Gemeinde in Hamburg ausgewertet, die al-Almawis Aktivitäten im Nahen Osten unterstützt hat, und sind dabei auf etwas gestoßen, das uns veranlasst hat, uns auch die Buchhaltung dieser Gemeinde einmal genauer anzusehen.« Sie nahm mehrere Kopien aus der Mappe und reichte sie Mayer. Es handelte sich um Kontoauszüge, die Überweisungen in vier- bis fünfstelliger Höhe dokumentierten. Empfänger war in den meisten Fällen die Organisation Roter Halbmond, zweckgebunden für medizinische Dienstleistungen in den palästinensischen Lagern im Libanon und Syrien. Zwei größere Geldtransfers gingen jedoch auf ein Nummernkonto in der Schweiz.

»Die Schweizer haben unserem Ersuchen stattgegeben und uns über die Kontobewegungen informiert«, fuhr Archer fort und reichte ihm weitere Kopien. Hinter dem Nummernkonto verbarg sich das Konto einer Stiftung, das jedoch nur als Schleuse fungierte. Die Gelder flossen weiter an einen Geschäftsmann in Pakistan, von dem in Insider-Kreisen bekannt war, dass er mit al-Qaida sympathisierte. Archer sah Mayer ernst an. »Und nun raten Sie mal, von wem diese Stiftung rechtlich vertreten wird.«

Mayer hatte plötzlich ein ganz schlechtes Gefühl. Er ahnte, dass Archer ihm gleich einen Namen nennen würde, den er in diesem Zusammenhang nicht hören wollte. Und so war es auch.

»Die Kanzlei Meisenberg & Weymann vertritt eine ganze Reihe von Stiftungen«, wollte er einwerfen, aber er ersparte sich und Archer die Peinlichkeit. »Seit wann ist Burroughs über diese Konstellation informiert?«, fragte er stattdessen.

»Es waren seine Mitarbeiter, die maßgeblich für die Aufdeckung der Zusammenhänge verantwortlich sind.«

»War John Miller dabei?«

Archer verneinte. »John ist völlig damit überfordert, den ganzen Haufen unter Kontrolle zu halten.«

Es gab noch einiges, was Mayer in diesem Zusammenhang gern gefragt hätte, aber sein nächster Termin mit den deutschen Kollegen vom BKA und dem Verfassungsschutz drängte bereits. »Sehen wir uns nachher zum Essen?«, fragte er, bevor er ging.

»Gern«, erwiderte sie lächelnd.

Die Besprechung fand eine Etage tiefer im Büro von Thomas Arendt, dem Leiter des LKA, statt. Auch Hamburgs Senator für Inneres war anwesend. Mayer schätzte es nicht, wenn sich Politiker in ihre Arbeit einmischten. Das führte in der Regel nur zu Irritationen. Es ging jedoch um ein reines Informationsgespräch. Wie stellte sich die Sicherheitslage nach dem Tod von Abidi in der Stadt derzeit dar? Welche Prognosen gab es für den Gipfel?

»All unsere Informationen weisen darauf hin, dass etwas Großes geplant ist, um den Gipfel zu stören«, sagte Jochen Schavan vom BKA, ein erfahrener Mann, der auch bei der Organisation der Sicherheitsmaßnahmen von Heiligendamm federführend dabei gewesen war. Schavan übernahm gern die Führung und war in der Lage, die Mitarbeiter der unterschiedlichen Behörden zu effektiver Zusammenarbeit zu bewegen. Mayer war froh, ihn im Team zu haben.

»Können Sie das konkretisieren?«, forderte der Senator. Er hatte einen Assistenten dabei, der eifrig Notizen machte.

»Es gibt verschiedene Möglichkeiten. Wir halten einen Anschlag während der Feierlichkeiten auf dem Rathausmarkt für am wahrscheinlichsten. Entsprechend planen wir unsere Sicherheitsmaßnahmen.«

»Gibt es Hinweise auf mögliche Täter?«

»Wir haben konkrete Hinweise, die das Umfeld, aus dem auch Abidi kommt, betreffen. Es hat mehrere Festnahmen gegeben, hier in Hamburg, in Athen und in Kairo.«

»Der Bürgermeister drängt, wie Sie sicher verstehen. Wir können uns kein zweites Dammtordesaster leisten. Es hat wegen des Anschlags aus mehreren Staaten Anfragen bei der Bundesregierung gegeben, ob wir die Sicherheit für ihre Regierungschefs auf dem Gipfel überhaupt gewährleisten können.« In der Stimme des Senators schwang bei diesen Worten ein Unterton mit, der Mayer amüsiert hätte, wäre die Situation nicht so ernst gewesen.

»Wir fürchten derzeit weniger um die Sicherheit der führenden Politiker als um die Sicherheit der Bevölkerung«, bemerkte Schavan ruhig.

»Wie darf ich das verstehen?«, wollte der Senator wissen.

»Die Politiker, insbesondere der amerikanische Präsident, werden so abgeschirmt sein, dass es einen sehr großen Aufwand bedeuten würde, sie zu treffen. Für ein solches Attentat wären Spezialisten und auch Material nötig, das innerhalb der Zirkel, aus denen wir eine Bedrohung erwarten, nicht vorhanden ist.«

Der Senator lehnte sich vor, »Wollen Sie mir damit sagen, dass Sie mit einem Anschlag auf die Hamburger Bevölkerung rechnen?«

»Wir nehmen an, dass die Terroristen die Besucher im Visier haben werden.«

»Selbstmordattentäter?«

»Das wäre zu einfach. Da wir flächendeckend eingehende Personenkontrollen vornehmen werden, rechnen wir mit ferngezündeten Sprengsätzen, die im Vorfeld deponiert wurden.« Schavan sprach so sachlich, dass es einen Moment dauerte, bis dem Senator die Bedeutung der soeben gemachten Aussage klar wurde. Er wurde blass.

»Wir werden natürlich vor jeder öffentlichen Veranstaltung alle notwendigen Vorkehrungen treffen, um einen solchen Anschlag auszuschließen«, fuhr Schavan fort, »aber ein Restrisiko bleibt, es sei denn, wir können die Täter in den nächsten Tagen fassen.«

»Das erscheint mir wie die Suche nach der Nadel im Heuhaufen«, bemerkte der Senator.

»Sagen wir so: Wir haben von dem großen Haufen bereits einen kleineren abtrennen können, von dem wir wissen, dass das, was wir suchen, genau dort zu finden sein wird, aber das ist auch schon alles.«

»Das Sicherste wäre vermutlich, sämtliche öffentlichen Veranstaltungen für die Zeit des Gipfels abzusagen«, sagte der Senator.

»Wir möchten Sie bitten, genau das nicht zu tun«, unterbrach ihn Schavan ernst. »Erwecken Sie stattdessen den Eindruck, als seien wir ausschließlich um die Sicherheit der Regierungschefs besorgt. Nur so können wir die Attentäter in Sicherheit wiegen und in eine Falle locken.«

Es war dem Senator anzusehen, dass er sich in diesem Augenblick wünschte, der Gipfel möge an einem Ort jenseits seiner Verantwortlichkeit stattfinden. Er blickte in die Runde. »Wir haben derzeit so viele Sicherheitsexperten wie nie zuvor in der Stadt. Alle Staaten haben angeblich die besten geschickt. Dennoch konnte in einem Bahnhof im Herzen unserer Stadt eine Bombe explodieren. Fünf Menschen sind gestorben. Und ...« Sein Blick wurde streng. »... die Bombe ist nur durch die Aufmerksamkeit einer alten, an Demenz leidenden Frau gefunden worden. Es ist reiner Zufall, dass wir so glimpflich davongekommen sind. Ich bitte Sie, das im Hinblick auf Ihre weitere Arbeit in Erinnerung zu behalten.«

* * *

Valerie schreckte aus einem unruhigen Schlaf, als der Jet zur Landung ansetzte. Sie hatte von Noor geträumt. Noor, die sie im Arm gehalten und getröstet, die ihre Tränen getrocknet hatte. In jenem flüchtigen Zustand zwischen Wachen und Schlafen, jener Welt voller Illusionen und Wünsche, meinte sie über das Dröhnen der Flugzeugmotoren hinweg noch immer die weiche Stimme ihrer Freundin zu hören, ihre Nähe zu spüren. Doch als sie die Augen aufschlug, war es nicht Noor, die sie berührte.

Robert F. Burroughs blickte auf sie herab.

Als Nächstes wirst du erfahren, was wir mit unseren Frauen machen, wenn sie sich von diesen Kameltreibern anfassen lassen.

Sie war in seiner Gewalt. Fern jeglicher Hilfe. Mit einem hastigen Seitenblick aus dem Flugzeugfenster nahm sie die Dunkelheit wahr. Dieselbe Dunkelheit, die sich auch in ihrem Inneren ausbreitete.

Das Flugzeug verlor schnell an Höhe. Sie versuchte, nicht daran zu denken, was passierte, wenn die Maschine gelandet war. Wohin Burroughs sie bringen würde. Der Boden unter ihren Füßen ruckte, als das Fahrwerk ausgeklappt wurde. Burroughs ließ sich neben ihr auf den Sitz fallen und schnallte sich an. Er sah schlaftrunken aus, grau im Gesicht, und sein Atem roch schlecht. Valerie presste sich so weit wie möglich von ihm entfernt in das kalte Leder. Durch das Fenster konnte sie die Lichter einer Landebahn sehen. Wo waren sie?

Die Maschine kam hart auf dem Boden auf. Die Düsen heulten im Umkehrschub. Valerie schloss die Augen, wie immer bei einer Landung. Das Flugzeug rollte noch aus, da hörte sie bereits das Klicken von Burroughs' Sicherheitsgurt. Gleich darauf spürte sie seine Finger, tastend auf der Suche nach dem Schloss ihrer Handfessel. Dann stand die Maschine. Die Motoren verstummten. Die Fessel klickte um ihr zweites Handgelenk. Burroughs stand auf, öffnete eins der Ablagefächer über ihnen und nahm etwas heraus, das auf den ersten Blick wie ein großes dunkles Stück derben Stoffs aussah. Valerie wich zurück, als er damit auf sie zukam. Es war ein Sack, den er ihr über den Kopf stülpte. Sie atmete den Geruch eines Imprägniermittels ein, und Bilder tauchten vor ihrem Auge auf. Bilder aus Zeitungen und Magazinen von amerikanischen Gefangenen auf dem Weg nach Guantanamo. Angekettet in Frachtmaschinen, bewacht von Sicherheitspersonal, das nicht den Eindruck machte, als würde es zögern, wenn es darauf ankam. Aber sie brachten keine Gefangenen mehr nach Kuba. Sie brachten sie nur noch nach Bagram in Afghanistan. Das Flugzeug war nicht zwischengelandet. Sie bezweifelte, dass ein Learjet ohne Zwischenstopp von Hamburg nach Afghanistan fliegen konnte. Wo waren sie also?

Burroughs' Finger schlossen sich um ihren Arm, zogen sie von ihrem Sitz hoch. Blind und unsicher stolperte sie hinter ihm durch den schmalen Gang. Ihre Finger gruben sich in den Stoff ihres Mantels, als könne sie dort Halt finden, Schutz vor dem, was jenseits der dünnen Hülle des Flugzeugs wartete. Nur einmal in ihrem Leben hatte sie solche Angst verspürt, hatte sie sich so verlassen gefühlt. Sie war noch ein Kind gewesen, nicht älter als vier oder fünf, als sie in der Stadt im Gedränge ihre Mutter verloren hatte. Sie war vor einem Schaufenster stehen geblieben, und als sie sich umgesehen hatte, war ihre Mutter fort gewesen.

Die Tür zum Cockpit öffnete sich, und das Geräusch riss Valerie aus ihrer Erinnerung an den Tag, an dem sie das erste Mal erfahren hatte, was es hieß, allein zu sein. Nur auf sich gestellt. Der Pilot schob sich an ihnen vorbei. Sie hörte, wie die Luke geöffnet wurde. Eisige Kälte strömte herein, und Burroughs' Griff um ihren Arm wurde fester. Damals hatte sie dagestanden und hatte gewartet. Hatte in die Gesichter all der fremden Menschen geblickt, in der Hoffnung, doch plötzlich in einem von ihnen ihre Mutter wiederzuerkennen. Und es hatte sie all ihre Kraft gekostet, nicht zu weinen, nicht zu zeigen, wie viel Angst sie hatte.

Unsicher mit den Füßen tastend, stieg sie die Treppe hinab. Unter dem Rand des Sacks konnte sie etwas Weißes schimmern sehen, gleich darauf knirschte es unter ihren Schuhen, und sie sank bis zu den Knöcheln in Schnee ein. Ein Motorengeräusch näherte sich, und ein Wagen hielt vor ihnen. Eine Tür wurde geöffnet, und jemand begrüßte Burroughs. Es war eine männliche Stimme. Es gab einen schnellen Austausch auf Amerikanisch, dem Valerie zwar folgen, dessen Informationen sie jedoch nicht zuordnen konnte. Von den Sohlen her drang Kälte durch das Leder ihrer Schuhe und kroch an ihren Beinen empor. Valerie bewegte intuitiv ihre Zehen. In diesem Moment stieß Burroughs sie nach vorn. Aus Angst, gegen das Fahrzeug zu fallen, wehrte sie sich.

»Don't fuss, goddammed bitch«, hörte sie ihn fluchen. Es war das erste Mal, dass er mit ihr sprach, seit er sie am Flughafen in Hamburg in Empfang genommen hatte, und Valerie schauderte angesichts der Kälte in seiner Stimme. Er drückte sie in den Wagen. Sie musste sich nicht bücken. Also war es ein Van. Die Sitze waren kalt und rutschig. Leder. Burroughs beugte sich über sie, öffnete ihre Handschellen und kettete sie an wie im Flugzeug. Der Sack blieb auf ihrem Kopf. Er setzte sich nicht zu ihr. Türen wurden geschlossen, dann hörte sie seine Stimme von vorn, vom Beifahrersitz. Wieder tauschten er und der Fahrer einige Worte, der Wagen fuhr an, und es ging in halsbrecherischer Fahrt durch die Dunkelheit. Valerie verlor jegliches Zeitgefühl, kämpfte verzweifelt gegen ihre Übelkeit an. Ihre Fesseln schnitten in ihre Handgelenke, wenn der Wagen um Kurven schlingerte oder der Fahrer jäh bremste. Endlich, nach einer Zeitspanne, die sich wie eine halbe Ewigkeit anfühlte, wurden sie langsamer. Valerie lehnte sich erleichtert zurück. Sie war kurz davor zu erbrechen. Durch den Sack hindurch nahm sie Lichtreflexe wahr. Sie bogen ab. Schließlich hielt der Wagen, fuhr gleich darauf wieder an. Augenblicke später hielt er erneut. Türen wurden geöffnet. Die Luft, die hereinströmte, war eisig und klar. Valerie atmete tief ein, um Übelkeit und Schwindel zu vertreiben. Aber Burroughs – es war doch Burroughs? – ließ ihr keine Zeit, zu sich zu kommen. Er löste die Kette und zog sie aus dem Van. Ihr Gleichgewichtssinn war noch immer gestört, und sie stolperte, rutschte – und fiel. Sie wollte schreien, doch etwas fing sie ab. Es war weich, kalt … Schnee. Er brach über ihr ein,

und Kälte umgab sie, eine weiche, sanfte Stille. Burroughs'
schimpfende Stimme war nur noch gedämpft zu hören,
und die weißen Kristalle waren überall. Sie schmeckte sie
auf ihren Lippen, sie flossen in ihren Nacken, über ihr Gesicht, trotz des Sacks. Sie rührte sich nicht und empfand
plötzlich einen seltsamen Frieden. Vielleicht konnte sie
sterben, hier, an dieser Stelle. Erfrieren war nicht der
schlimmste Tod. Doch eine Hand packte sie, riss sie hoch,
raus aus dem weißen Grab. Eisige Luft füllte ihre Lungen.
»Wir haben noch eine Verabredung«, hörte sie Burroughs'
Stimme dicht an ihrem Ohr.

Helles Licht. Treppenstufen. Eine Tür. Wärme und … Musik. Ein altes Stück von den Beach Boys. Es war das Letzte, was Valerie erwartet hatte. Dazu Stimmen und Gelächter.
Einen flüchtigen Moment keimte eine absurde Hoffnung
in ihr. Alles war nur Spaß. Gleich würde sie inmitten von
Menschen stehen, alle würden »Überraschung« rufen,
und es wäre ihr Geburtstag. Alles war nur ein böser Traum,
aus dem sie aufwachen würde, sobald sie den Sack von
ihrem Kopf streifte. Aber ihre Hände waren auf ihrem Rücken gefesselt …
Sie blieben stehen. Eine Tür wurde geöffnet, und die Stimmen und das Gelächter wurden für einen Moment lauter.
Schwere Schritte kamen auf sie zu. Valerie roch Zigaret-
tenrauch und den Dunst von Alkohol.
»Du kommst spät«, sagte eine Männerstimme auf Amerikanisch.
Burroughs' Antwort kam im schnellen Südstaatenslang.
Eine Bemerkung über die ländlichen Straßenverhältnisse,
gefolgt von der Frage, wie weit die Vorbereitungen seien.

»Es ist alles fertig«, erwiderte der andere. »Wir kümmern uns gleich um sie. Komm erst einmal rein.«

Wieder wurde eine Tür geöffnet. Muffige Kälte wie aus einer Abstellkammer erreichte Valerie. Burroughs schubste sie darauf zu. Sie fiel nach vorn, und die Tür schloss sich hinter ihr. Draußen entfernten sich die Schritte. Sie war allein.

Es ist alles fertig. Wir kümmern uns gleich um sie.

Was würden sie mit ihr tun?

Mayers Worte aus dem Krankenhaus klangen ihr plötzlich in den Ohren. *Wir haben Ihnen Ihren verdammten, eigensinnigen Kopf gerettet.* Er hatte gewusst, was passierte, wenn Burroughs sie in seine Gewalt bekam. Sie wehrte sich gegen die Bilder, die vor ihr auftauchten. Abu Ghraib. Ein Gefangener, zusammengekrümmt auf dem Boden, angekettet wie ein Hund an einer Leine, die eine Soldatin hielt wie eine Trophäe. Sie hatte einen Fuß auf seinen nackten Körper gestellt und lächelte in die Kamera. Männer mit an die Decke eines kahlen Raumes geketteten Händen. Auch sie nackt bis auf den Sack, den man ihnen über den Kopf gestülpt hatte. Der ihr Leiden anonym machte.

Was würden sie mit ihr anstellen?

Sie atmete gegen ihre Angst an. Aber es war bereits zu spät. Sie konnte ihre Angst nicht mehr beherrschen. Sie hatte das Kommando über ihren Körper und ihren Geist übernommen.

Lange Zeit geschah nichts. Eisige Kälte kroch in ihren Körper. Ihre Glieder wurden taub. Sie schreckte hoch, als sie laute Stimmen hörte. Gelächter. Es kam näher. Die Tür flog auf. Hände griffen nach ihr, zerrten sie vom Boden hoch. Wieder roch sie Zigarettenqualm und Alkohol. Raus aus dem Raum, aus dem Gebäude. Erneut stolperte sie durch Schnee. Ihre gefühllosen Füße fanden kaum Halt. Treppen. Es ging nach unten. Die Kälte blieb zurück, und die Angst zu fallen war jetzt größer als die Angst vor dem, was sie am Ende der Treppe erwarten würde. Rauher Boden unter ihren Füßen. Hände, die sie vorwärtsstießen.

Jemand riss ihr den Sack vom Kopf. Sie blinzelte, war geblendet von dem hellen Licht. Sie war in einem Raum, einer Zelle, nicht größer als drei mal drei Meter. Sie war nicht allein. Burroughs und zwei weitere Männer standen um sie herum. Einer von ihnen trat hinter sie und umfasste ihre Schultern. Der andere kam auf sie zu. Er trug nicht wie Burroughs einen Anzug, sondern eine Armeehose, Boots und ein enges schwarzes T-Shirt. Eine kunstvolle Tätowierung bedeckte seinen gesamten rechten Arm.

Präg sie dir ein!, ermahnte sich Valerie. Präg dir jedes Detail ein. Du kommst hier wieder raus, und dann bringst du sie alle vor Gericht.

Du kommst hier wieder raus. Sie klammerte sich an diesen Gedanken, als sie die Klinge in der Hand des Mannes aufblitzen sah. Als der kalte Stahl flüchtig ihre Haut berührte, bevor er damit ihre Kleidung durchtrennte.

* * *

Burroughs schlug die Decke zurück und stand auf. Er war sich sicher, dass es die Stille war, die ihn nicht schlafen ließ. Die Abwesenheit jeglichen Zivilisationslärms. Er trat ans Fenster und blickte hinaus in die Nacht. Im Osten kündete eine schmale helle Linie über den Bäumen vom herannahenden Morgen. Aus den Dielen kroch Kälte über seine Füße an seinen Beinen empor, und auf den Fensterscheiben wuchsen Eisblumen, seltsame Gebilde, keines wie das andere.

An jenem Morgen, als sie seinen Vater nach Hause gebracht hatten, hatten auch Eisblumen die Fenster ihres Hauses verziert. Er hatte darauf gestarrt und ihre verschlungenen Linien mit seinen Augen nachgezeichnet, um nicht auf den Mann in dem Rollstuhl blicken zu müssen, dessen Uniform weder seinen verkrüppelten Körper noch das entstellte Gesicht verbergen konnte. Sie hatten ihn gezwungen, diesen Fremden zu umarmen, ihn »Dad« zu nennen. Er hatte ihm nicht in die Augen sehen können, diesem Wesen, das nicht einmal der Schatten des Mannes war, den er geliebt und verehrt hatte. Mit dem er um die Wette gelaufen und Flöße auf dem Fluss gebaut hatte. Der ihm das Jagen beigebracht hatte. Jetzt konnte er nicht einmal mehr alleine pinkeln. Ungewollt war er Zeuge geworden, wie seine Mutter ihm die Windeln gewechselt hatte, und er hatte Ekel und Scham empfunden. Und ein ungeduldiges Mitleid mit seiner Mutter. Sie opferte sich auf in der Pflege für diesen Mann und dekorierte die Auszeichnungen, die ihm die Armee verliehen hatte, auf dem Kaminsims wie auf einem Altar. Sie machte keinen Hehl daraus, dass sie von ihrem Sohn erwartete, dass er in die Fußstapfen seines Vaters trat, und gab erst Ruhe, als er auf derselben Militärakademie aufgenommen wurde, die auch sein Vater besucht hatte. Robert F. Burroughs hatte sich gefügt. Nicht aus Überzeugung, sondern weil es die erstbeste Gelegenheit gewesen war, sein Elternhaus und somit das langsame Sterben seines Vaters hinter sich zu lassen.

Er war nie wieder zurückgekehrt. Hatte nie von seinen Eltern gesprochen, und nach einer Weile hatten auch sie aufgehört, nach ihm zu fragen. Selbst Kathy hatte geglaubt, dass sein Vater in Vietnam gefallen und seine Mutter aus Gram darüber gestorben sei.

Behutsam zog er mit dem Finger die Eisblumen nach und lauschte in die Stille. Der helle Streifen über den Bäumen wurde breiter, und der Schnee schimmerte blau. Seit seiner Kindheit liebte er den Schnee. Unberührter Schnee war für ihn Jungfräulichkeit und Reinheit in ihrer pursten Form. Keine Jahreszeit besaß so viel Klarheit wie der Winter. Mit Kathy und den Kindern war er jedes Jahr zu Weihnachten in die Berge gefahren. Sie hatten in der Einsamkeit seiner Hütte beisammengesessen, und Timothy und Linda hatten Schneemänner gebaut und waren Schlitten gefahren. Kathy hatte die Leere, die nach dem Verlust seines Vaters lange sein Leben bestimmt hatte, vertrieben. Ihretwegen hatte er die Armee verlassen und sich bei der Agency beworben. Ihretwegen und um der Kinder willen. Hinter den Bäumen leuchtete der Horizont. Reglos beobachtete er, wie die Sonne aufging. Es waren nur noch zehn Tage bis Weihnachten. Er hatte in diesem Jahr alle Einladungen für die Festtage ausschlagen müssen. »Ich werde in Europa sein«, hatte er erklärt. Und in den Augen seiner Freunde und Bekannten hatte er jene alte Sehnsucht entdeckt, die Amerikaner schnell befiel, wenn sie an das winterliche Europa dachten. Allerdings nicht an den Teil von Europa, in dem er sich jetzt befand und die Feiertage verbringen würde, zusammen mit einer Söldnertruppe und ihren Gefangenen.

Er fragte sich, wie Valerie Weymann die Nacht überstanden hatte. Ob Don Martinez' Begrüßung schon gereicht hatte, um ihren Widerstand zu brechen. Dass Martinez die

Frau übernommen hatte, war nicht ganz das, was Burroughs sich vorgestellt hatte. Martinez war gut. Kompromisslos. Aber dieser Mann arbeitete nicht gern im Team und duldete keine Einmischung. Burroughs würde sich ein paar Tage gedulden müssen. Er konnte es sich nicht leisten, dass im Fall Weymann irgendetwas schieflief. Er wandte sich vom Fenster ab und ging unter die Dusche. Rasierte sich und putzte sich die Zähne. Zog sich an. Hemd, Krawatte, Anzug. Es gab Mitarbeiter in der Agency, die im Ausland gern die Kleiderordnung außer Acht ließen. Burroughs gehörte nicht dazu.

Die Flure waren verlassen, und seine Schritte hallten von dem alten Holzboden wider. Die Agency hatte das Gelände vom rumänischen Militär übernommen, und sie nutzten die Gebäude für die Unterbringung der Mitarbeiter und des Wachpersonals. Burroughs verließ den Wohntrakt. Draußen war die Luft klar und so kalt, dass sein Atem gefror und der Schnee unter seinen Schuhen knirschte. Er blieb stehen und betrachtete die Spuren, die sich jenseits der Wege im Halbdunkel verloren. Stille Zeugnisse tierischen Lebens, das lautlos und unbemerkt um sie herum pulsierte.

Der neu gebaute Gefängnistrakt war das einzige beleuchtete Gebäude, das etwas abseits lag, gesichert durch einen weiteren Zaun. Burroughs passierte einen biometrischen Scanner und wurde eingelassen. Gleich hinter dem Eingang führte eine Treppe zu den unterirdisch angelegten Zellenblöcken. Es gab nur einen Gang, gesäumt von Stahltüren. Das Gefängnis war eine Festung, ein hochmoderner Bunker aus meterdicken Betonwänden und ausgerüstet mit neuester Technik. Und es existierte nicht.

Mit der Schließung der *black sites* war der CIA ein wichtiges Instrument zur Informationsbeschaffung verlorengegangen. Burroughs hatte nie verstanden, wie der Leiter der Agency dem Auflösungsplan hatte zustimmen können. Aber es war nun einmal das Los ihrer Behörde, mit jedem neuen Mann im Weißen Haus oft auch einen neuen Chef zu bekommen. Die Veränderungen, die diese Wechsel mit sich brachten, waren nicht immer zum Vorteil für die laufenden Operationen. Burroughs war nicht der Einzige, der im Laufe seiner Dienstjahre gelernt hatte, diese politischen Strudel zu umschiffen und eigene Wege zu gehen. Über die Anlage, die hier in den Wäldern Rumäniens mit Hilfe stillschweigender Seilschaften entstanden war, gab es keine Unterlagen, und sie fand sich in keinem Budget der CIA. Dennoch war sie besser ausgerüstet als so manche geheime Einrichtung in den Staaten. Hierher wurden nur politisch hochsensible Gefangene gebracht, bei denen die Geheimhaltung an erster Stelle stand. Burroughs hätte sich gewünscht, auch Mahir Barakat hier zu haben. Es hätte die Situation erheblich vereinfacht, aber die Syrer waren nicht zu einer Auslieferung bereit gewesen. Um die Aufmerksamkeit seiner eigenen Behörde nicht mehr als nötig auf sich zu ziehen, hatte Burroughs darauf verzichtet, Aufhebens um diese Weigerung zu machen. Im Nachhinein ein Glücksfall.

Er betrat die Überwachungszentrale. Monitore gaben Einblicke in jede Zelle, jeden Verhörraum. Nichts blieb dem Zufall überlassen. Vor dem Schaltpult wippte eine junge Frau auf einem Stuhl gelangweilt vor und zurück.

»Hi, Carrie, wie sieht es aus?«, fragte Burroughs.

Sie zuckte die Schultern. »Nur das Übliche.«

Burroughs trat näher an die Bildschirme. Er musste nicht lange suchen.

»Holen Sie mir das Bild auf den großen Schirm«, verlangte er und tippte auf einen der Monitore.

Carries Finger huschten über die Tastatur, und der große Bildschirm vor ihnen sprang an. Eine Frau kauerte auf dem Boden in einer Ecke der Zelle. Sie hatte die Knie angezogen und die Arme darum geschlungen. Ihr langes dunkles Haar war ungekämmt und hing ihr wirr ins Gesicht.

»Zoomen Sie sie ran«, sagte Burroughs.

Wieder huschten die Finger über die Tastatur. Die Kamera fuhr langsam näher heran. Burroughs sah, wie sich die Lippen der Frau bewegten.

»Haben wir Ton?«, fragte er.

Sekunden später erfüllte eine heisere Stimme den Raum.

»Sie spricht arabisch, betet irgendwelche Suren aus dem Koran herunter«, erklärte Carrie.

Burroughs unterdrückte seinen Ärger. Carrie traf sicher keine Schuld am Zustand der Frau. Sie hatte so gut wie keine Berührungspunkte mit den Gefangenen.

»Was habt ihr mit ihr gemacht?«, fragte er dennoch.

»Die üblichen erweiterten Methoden. Mehr nicht. Zumindest soweit ich weiß.«

Es musste etwas vorgefallen sein in den wenigen Tagen, die er nicht vor Ort gewesen war. Er hatte Kollegen, die bisweilen über das Ziel hinausschossen, jene, die schon zu lange hier draußen waren.

* * *

Valerie war nicht mehr in Hamburg. Es gab keine Hinweise auf ihren Aufenthaltsort. Sie war verschwunden, genauso wie Noor. »Vermutlich steckt der amerikanische Geheimdienst dahinter«, hatte Meisenberg gesagt.

Marc hatte den korpulenten Anwalt ungläubig angestarrt und wie ein Schlafwandler die Kanzlei verlassen. Etwas in Marc weigerte sich zu akzeptieren, was passierte. Vor wenigen Tagen noch hatten sie ein geschäftiges, aber doch normales Leben geführt. Solche Katastrophen standen in der Zeitung, in Büchern, passierten in Filmen. Die eigene Frau kannte keine Terroristen, die Bahnhöfe in die Luft sprengten. Die eigene Frau wurde nicht vom amerikanischen Geheimdienst verschleppt. Nicht hier. Mitten in Deutschland.

Er ließ den Wagen vor der Ampel ausrollen und betrachtete die Fußgänger, die vor ihm die Straße kreuzten. Zwei junge Mädchen, die sich lachend und gestikulierend unterhielten. Eine Frau, bepackt mit Einkaufstaschen, und ein Mann im Anzug, der einen nervösen Blick auf seine Armbanduhr warf. Eine Mutter mit einem Kinderwagen und ein Halbwüchsiger mit Kopfhörern, dessen federnder Schritt sich augenscheinlich dem Takt seiner Musik anpasste. Keiner von ihnen würde ihm glauben, wenn er seine Geschichte erzählte. Sie war einfach zu absurd.

Die Ampel schaltete auf Grün. Hinter der Kreuzung tauchte der Dammtorbahnhof auf. Einer plötzlichen Eingebung folgend, fuhr Marc rechts ran, hielt am Ende einer Bushaltestelle und schaltete den Warnblinker ein. Schneeflocken legten sich auf seinen Mantel, als er auf das Gebäude zuging, das sich vor ihm in den bedeckten Himmel erhob. Bei Tageslicht waren das geborstene Dach und die verkohlten Schaufenster schon von weitem zu sehen. Ein beißender Geruch hing selbst vier Tage nach der Explosion und dem Brand noch in der Luft. Das ganze Areal war mit Gittern abgesperrt. Dahinter waren die Aufräumarbeiten in vollem Gang. Lastwagen transportierten den Schutt ab und brachten neues Material. Oben in der Bahnhofshalle sah Marc das Leuchten und Blitzen der Schweißgeräte. Direkt vor ihm lagen die Trümmer des flachen Restaurantgebäudes. Im letzten Sommer hatten sie hier zusammen mit den Mädchen nach einem Besuch von Planten und Blomen Eis gegessen.

Ein Stück weiter entdeckte er eine Frau in einem dunklen Anorak. Sie war eben noch nicht dort gewesen. Bewegungslos starrte sie auf die Unglücksstelle. Dann bückte sie sich und legte etwas am Zaun ab. Marc war zu weit weg, um ihr Gesicht erkennen zu können, aber ihre Körperhaltung vermittelte ihm, dass sie weinte. Er wandte den Blick ab. Als er wieder hinsah, war sie fort. Langsam ging er hinüber. Am Fuß des Zauns stand ein Glas mit einer brennenden Kerze darin. Daneben lag eine einzelne rote Rose. Marc wünschte sich plötzlich, er hätte mit der Frau gesprochen und wäre nicht allein in seinem Kummer und seiner Trauer. Mit seiner Angst davor, wie es weitergehen würde.

Er sah zurück zum Bahnhof. Wie viel Verantwortung trug Valerie für das, was hier geschehen war? Für die Toten und Schwerverletzten? Die trauernden Hinterbliebenen?

Ich hab nichts mit alldem zu tun … Glaub mir, bitte, glaub mir …

In dem Moment, als er Valerie gegenübergestanden hatte, hatte er ihr geglaubt. Später waren die Zweifel zurückgekommen. Was er über sie und Abidi erfahren hatte, hatte ihn tiefer getroffen, als er zunächst hatte wahrhaben wollen. Er hatte sich in den vergangenen Tagen mehr als einmal gefragt, wer die Frau eigentlich war, mit der er seit zwölf Jahren verheiratet war. Wie gut kannte er sie wirklich? Sein Leben fühlte sich genauso zerbombt an wie das

Restaurant auf der anderen Seite des Zauns. Er wusste nicht mehr, was Wahrheit war, was Lüge. Und er vertraute niemandem, nicht einmal Meisenberg. Aber er durfte nicht aufgeben. Schon wegen Sophie und Leonie nicht. Selbst wenn er an seiner Frau zweifelte, so hatten sie doch ein Anrecht auf ihre Mutter. Was sollte er jetzt tun? Konnte er etwas tun?

Die Fußgänger an der Ampel kamen ihm wieder in den Sinn. Die lachenden Mädchen, der Mann im Anzug und die Frau mit den Einkaufstaschen. Wenn es ihm gelänge, ihnen seine Geschichte so zu erzählen, dass sie ihm glaubten ... Er spürte, wie die Starre, die ihn seit Tagen blockierte, Risse bekam, wie sich etwas regte unter der Oberfläche. Er musste herausfinden, wo Valerie war. Er musste Menschen finden, die ihn unterstützten. Er musste an die Öffentlichkeit gehen. Er durfte nicht länger schweigend abwarten. Valerie war nicht tot, sie lebte, atmete, und er durfte sie nicht ihrem Schicksal überlassen. Was auch immer sie getan hatte.

Er warf einen Blick auf seine Uhr. Dann zog er sein Handy aus der Jackentasche und rief Janine an. »Ich komme eine Stunde später.« Er würde auch mit ihr reden müssen. Und den Mädchen. Mit ihnen zuallererst.

»Du willst eine außerordentliche Sitzung des Vorstands *und* des Aufsichtsrates einberufen?« Torsten Mertz, in der Riege der Vorstandsmitglieder der Reederei Marcs engster Vertrauter, schob die Hände in die Taschen seiner Anzughose und wandte sich vom Fenster ab. »Was ist passiert?«

»Es geht nicht um die Firma. Aber ich muss euch offiziell etwas mitteilen, bevor ihr es über die Medien erfahrt. Es betrifft Valerie ...« Es fiel ihm schwer. Marc suchte nach Worten, und dabei hallten erneut Meisenbergs und auch Omar al-Almawis Warnungen in ihm wider. *Sprechen Sie mit niemandem über die Angelegenheit ...Vertraue niemandem.* Die Geheimniskrämerei hatte sie bislang nicht weitergebracht. Ganz im Gegenteil. Er räusperte sich. »Folgendes ist geschehen ...« Er bemühte sich, sachlich zu bleiben. Kühl. Distanziert. Auch das war verdammt schwer.

Danach sagte Torsten lange Zeit nichts. Er stand noch immer am Fenster. Aber er sah nicht hinaus, sondern auf den grau melierten Teppich zu seinen Füßen. Er war in Marcs Alter, ein großer schlanker Mann, verheiratet und Vater zweier Kinder. »Diese ganze Geschichte klingt unglaublich«, sagte er schließlich, schaute auf und schüttelte den Kopf. »Wenn ich dich nicht so gut kennen würde ... Ich weiß nicht, ob ich dir glauben könnte. Andererseits haben wir natürlich alle mitgekriegt, was in der letzten Zeit in der Stadt los ist. Die Kontrollen, die erhöhte Polizeipräsenz. Und der Anschlag auf das Dammtor sitzt auch mir noch in den Knochen. Das lässt einen die Terrorismusdebatte plötzlich wieder in einem völlig anderen Licht sehen.« Er seufzte. »Aber bist du sicher, dass du den richtigen Weg gehst?«

»Ich weiß es nicht, Torsten«, gab Marc zu, »ich war noch nie in einer vergleichbaren Situation. Ich weiß nur, dass ich nicht länger untätig zusehen kann und darf. Ich muss etwas tun, um Valerie zu helfen.«

Torsten nickte langsam. »Ich werde dir soweit möglich hier im Haus den Rücken freihalten.«

Marc bedankte sich, ohne große Worte zu verlieren.

Torsten drückte flüchtig seinen Arm. »Ich muss mich für dein Vertrauen bedanken. Ich hoffe, du tust das Richtige, und es wendet sich alles wieder zum Guten.«

Als Marc zu Hause ankam, erwarteten die Zwillinge ihn schon. »Warum kommst du so spät?«, wollte Leonie wissen. Sie war die Selbstbewusstere der beiden und erinnerte ihn oft an Valerie. Jetzt gab es ihm einen Stich. Sophie legte schweigend ihre Hand in die seine und blickte aus ihren großen grauen Augen zu ihm auf.

Auf dem Rückweg hatte er fortwährend überlegt, wie er mit ihnen reden und was er ihnen erzählen würde. Er wollte ihnen keine Angst machen, ihnen nicht die Hoffnung nehmen und dennoch so dicht wie möglich an der Wahrheit bleiben.

Er zog die beiden auf seinen Schoß, jede auf ein Knie, wie er es tat, seit sie klein waren, und legte die Arme um sie. »Wir müssen über Mama reden.« Er spürte, wie sich Sophies kleiner Körper anspannte, während Leonie ihn aus zusammengekniffenen Augen ansah. »Erinnert ihr euch, dass Leonie vor ein paar Wochen in der Schule Ärger hatte, weil sie angeblich einen Füller kaputt gemacht hatte?«

»Ich war es aber gar nicht«, fiel ihm Leonie ins Wort.

»Das stimmt, aber erst einmal haben es alle behauptet, und keiner hat dir geglaubt, und du hast mit Janine zusammen einen neuen Füller gekauft. Erst hinterher haben wir herausgefunden, dass du nichts dafürkonntest.« Er räusperte sich. »Solche Dinge passieren manchmal auch bei Erwachsenen. Jemand wird beschuldigt, etwas getan zu haben, obwohl er unschuldig ist, und er kann dann ins Gefängnis kommen.« Er sah die beiden Mädchen an. »Das ist auch Mama passiert.«

»Mama ist im Gefängnis?«, entfuhr es Sophie. Tränen sprangen in ihre Augen. »Aber sie hat nichts getan, oder?«

»Nein, Schatz, Mama hat nichts getan.«

»Dann lassen sie sie auch bald wieder gehen.«

»Darum muss ich mich kümmern. Ich muss Mama helfen, damit sie beweisen kann, dass sie unschuldig ist. So wie wir das bei Leonie gemacht haben.«

»Der Mann auf der Straße hat gesagt, dass Mama im Gefängnis ist.« Leonies Stimme zitterte, als sie das sagte und ihn dabei vorwurfsvoll ansah. »Warum hast du gesagt, dass er lügt?«

Marc schluckte. »Ich wollte euch keine Angst einjagen. Aber dann habe ich darüber nachgedacht. Ich glaube, ihr seid alt genug, dass wir über das alles reden können.«

»Ich will nicht, dass Mama im Gefängnis ist. Ich will, dass Mama bei uns ist.« Sophie weinte nun bitterlich.

Auch Leonie kämpfte mit den Tränen. Unwirsch wischte sie sich mit der Hand über die Augen. »Können wir Mama besuchen?«

»Nein, zurzeit geht das nicht.«

»Papa, bald ist doch aber Weihnachten …«, schluchzte Sophie.

Marc seufzte. »Ich weiß, Kleines. Vielleicht ist Mama dann wieder bei uns.«

»Ohne Mama will ich kein Weihnachten feiern«, stieß Leonie aufgebracht hervor. Sie stand plötzlich auf und lief hinaus. Gleich darauf knallte die Tür ihres Zimmers. Marc wusste, dass er ihr Zeit geben musste. Genau wie Valerie in solchen Situationen.

Marc bemerkte Janine in der Tür.

»Tut mir leid, ich … ich wollte nicht zuhören, aber …«, stammelte sie.

»Schon in Ordnung«, erwiderte er, und sie verstummte. »Wir hätten sowieso darüber reden müssen.«

* * *

»Marc Weymann will mit dem Verschwinden seiner Frau an die Öffentlichkeit gehen.«

Eric Mayer überflog das Telefonprotokoll, das einer seiner Mitarbeiter ihm reichte. »Ich glaube nicht, dass wir uns deswegen Sorgen machen müssen«, antwortete Mayer ruhig. »Er wird keine mediale Plattform für seine Geschichte finden. Nicht einmal die Boulevard-Presse wird es in der derzeitigen aufgeheizten Atmosphäre wagen, über einen Vorfall zu berichten, für den sie außer der Aussage eines Ehemanns keine weiteren Beweise finden wird.«

»Was ist mit Meisenberg?«

»Der wird sich hüten, etwas zu sagen. Archer hat herausgefunden, dass seine Kanzlei eine Schweizer Stiftung verwaltet, über die Gelder in den Nahen Osten und nach Pakistan verschoben werden. Wenn sich Meisenberg rührt, kriegen wir ihn, trotz all seiner Beziehungen. Er rät Weymann nicht umsonst zu Stillschweigen. Aber behalten Sie die Situation im Auge.« Mayer stand auf. »Wie weit sind Sie mit der Auswertung der Flüge vom Airport Hamburg?«

»Wetzel ist vor Ort bei der Flugsicherung.«

»Informieren Sie mich bitte sofort, wenn er sich meldet.«

Mayer ging in sein Büro und schloss die Tür hinter sich. Er ließ sich auf seinen Schreibtischstuhl fallen und blickte nachdenklich aus dem Fenster. Seit Abidis Tod traten sie auf der Stelle. Sie überwachten eine Wohnung in Harburg, jenem unscheinbaren Stadtteil im Süden Hamburgs, in dem auch Mohammed Atta gelebt hatte. Diesmal hatten sie eine Studentengruppe der Technischen Hochschule im Visier. Die vier jungen Männer kamen aus Ägypten, dem Libanon und dem Westjordanland, einer von ihnen war ein entfernter Verwandter von Abidi gewesen. Ein weiterer hatte Verbindungen zum Clan der al-Almawis, was Mayer nicht weiter verwunderte, denn die Familien, die es ihren Kindern ermöglichen konnten, im Ausland zu studieren, gehörten einer Schicht an, durch die sich ein Geflecht weitläufiger verwandtschaftlicher Beziehungen zog, das erst hier im Westen, fern der Heimat, wieder an Bedeutung gewann. Die Studenten trafen sich in einer Wohnung, die nur wenige Querstraßen von dem Haus entfernt lag, in dem Atta gewohnt hatte. Sie waren Hitzköpfe, die furiose Diskussionen führten, und der Tod Abidis hatte sie über die Maßen aufgebracht, aber sie waren weit davon entfernt, radikale Islamisten zu sein. Sie pflegten keine Kontakte zu Gruppen, die als gefährlich und gewaltbereit eingestuft wurden, und bislang gab es keine Hinweise, dass sie über ihre Reden hinaus etwas planten.

Mayers Team überwachte außerdem die islamische Gemeinde, die über die Schweizer Stiftung große Beträge nach Pakistan fließen ließ. Auch hier gab es deutliche antiwestliche Strömungen. Der Imam hatte bei seinem Freitagsgebet zwar zur Besonnenheit aufgerufen, gleichzeitig aber die Vorgehensweise bei der Festnahme Abidis scharf kritisiert. Offiziell hieß es, dass Abidi durch die Kugel eines Hamburger Polizisten getötet worden war, als er sich der Festnahme durch Flucht entziehen wollte. Da Abidi im entscheidenden Moment gestürzt war, hatte ihn die Kugel, die für sein Bein gedacht war, in den Kopf getroffen. Niemand glaubte wirklich, dass es so gewesen war. Der Polizist, der geschossen hatte, war vorläufig vom Dienst suspendiert. Nachdem Mayer mit Valerie Weymann gesprochen hatte, die behauptet hatte, es habe sich beim Tod des Palästinensers um eine Hinrichtung gehandelt, ausgeführt von Burroughs, hatte er noch einmal das Gespräch mit dem betroffenen Polizisten gesucht. Doch der hatte an seiner Version der Geschichte festgehalten. Entweder wurde er sehr gut dafür bezahlt, oder Valerie Weymann hatte die Unwahrheit gesagt. Nach wie vor wusste Mayer nicht, wie er die Anwältin einschätzen sollte. Wenn Burroughs tatsächlich Abidi erschossen hatte, warum sollte er einen Polizisten schmieren, damit der die Tat auf sich nahm? Burroughs besaß diplomatische Immunität, und zudem hatten sie Abidi als Attentäter überführt. Sein Tod hätte zwar Fragen aufgeworfen, aber letztlich kaum Konsequenzen für Burroughs nach sich gezogen. Dass Abidi den Anschlag auf den Dammtorbahnhof ausgeführt hatte, stellte Valerie Weymann trotz aller ihr vorgelegten Beweise weiterhin hartnäckig in Frage. Was versprach sie sich davon? Mayer spürte, wie ihn der Gedanke an sie immer wieder aufs Neue nervös machte. Burroughs war vom ersten Tag ihrer Verhaftung an versessen darauf gewesen, sie in seine Gewalt zu bekommen. Warum? Nüchtern betrachtet war sie in dem ganzen Puzzle nicht mehr als eine Randfigur. Ihre enge Freundschaft zu Noor al-Almawi, ihre gefährliche Beziehung zu Abidi und die Verwaltung der Stiftung durch Meisenbergs Kanzlei, von der sie vielleicht noch nicht einmal etwas wusste, das waren die Fakten, aus denen man ihr einen Strick drehen konnte – wenn man wollte. Um Burroughs' Besessenheit zu erklären, war das jedoch zu dünn. Was besaß sie, was wusste sie darüber hinaus? *Was fürchtete er?* Mayer richtete sich unwillkürlich auf bei diesem Gedanken. War es das? War Burroughs' Triebfeder die Furcht? Er versuchte, sich die Begegnungen zwischen Burroughs und Valerie Weymann ins Gedächtnis zurückzurufen. Der

Amerikaner war nur bei wenigen Vernehmungen anwesend gewesen. Als hätte er ihre Nähe in Gegenwart anderer gemieden. Mayer machte sich eine Notiz auf seiner Schreibtischunterlage. Er würde sich die Video-Aufzeichnungen noch einmal ansehen. Bislang hatte er bei den Auswertungen der Aufnahmen hauptsächlich auf Valerie Weymann geachtet und nicht auf den CIA-Agenten. Er hatte schlimmste Befürchtungen, wohin Burroughs sie gebracht haben mochte und was dort mit ihr geschah. Die CIA war nicht nur unter Insidern bekannt dafür, dass sie eine regelrechte Kunst im Brechen von Widerstand entwickelt hatte, ein Verhörsystem, für das es sogar ein Handbuch gab. Das Wort »Folter« kam darin nicht vor, aber die Praktiken, zu denen es anleitete, waren nichts anderes als genau das.

Es klopfte an seiner Tür.

Auf sein »Ja, bitte« tauchte Florian Wetzels wirrer Haarschopf auf. Mayer sah seinen jüngeren Mitarbeiter erwartungsvoll an.

»Ein Learjet«, sagte Wetzel und legte ihm ein Blatt Papier auf den Schreibtisch, das nicht nur die komplette Typenbezeichnung und Nummer des Flugzeugs enthielt, sondern auch seinen Bestimmungsort.

Bukarest, Rumänien.

Rumänien. Das war plausibel. Die CIA hatte über viele Jahre dort ein Gefängnis betrieben, eine ihrer *black sites*. Aber die Einrichtung war aufgelöst worden. Er wusste es von einem Agenten vor Ort. Gab es vielleicht eine zweite Anlage?

Er starrte auf den Zettel auf seinem Schreibtisch.

Rumänien, das konnte er nachvollziehen. Bukarest weniger. »Überprüfen Sie, ob dieser Jet in den vergangenen

Wochen mehrfach dieses Ziel oder ein anderes in der Region angeflogen hat.«

Ein Lächeln glitt über Wetzels breites Gesicht. »Hab ich schon gemacht.« Er legte Mayer ein weiteres Papier vor. »Laut Eurocontrol haben sie Bukarest in dem fraglichen Zeitraum angeblich dreimal angeflogen.«

Angeblich. Wetzel wusste, worauf er hinauswollte.

»Können Sie herausfinden, ob die Flugrouten manipuliert wurden?«

»Ich bin dran. Bei der Suche nach Alternativen bin ich auf einen kleinen, erst vor zwei Jahren fertiggestellten Provinzflughafen gestoßen, der in einer Gegend liegt, wo man sich ernsthaft fragen darf, warum gerade dort eine solche Anlage nötig ist.«

Mayer sah zu Wetzel auf und lächelte das erste Mal an diesem Tag. »Gut gemacht.«

Sobald er allein war, griff er zum Telefon und wählte eine Nummer, die er schon sehr lange nicht mehr angerufen hatte, aber immer noch auswendig wusste. »Hallo, hier ist Eric«, sagte er, als sich am anderen Ende eine dunkle Männerstimme meldete. »Ich brauche deine Hilfe.«

* * *

»Wir werden nicht zulassen, dass du stirbst«, hatte er ihr gesagt, bevor sie begannen, »aber wir werden dich an den Rand des Todes bringen und wieder zurückholen.« Er führte sein Versprechen mit klinischer Präzision aus, und Valerie lernte, nicht den Tod als Bedrohung zu empfinden, sondern das Warten darauf.

Er war ein Meister seines Faches. Seine Miene verriet kein Mitleid, seine sicheren Handgriffe kein Zögern. »Du bist hier, weil du nicht reden willst«, sagte er leidenschaftslos, während sich das Tattoo auf seinem Arm bei jeder Muskelbewegung wie ein lebendiges Wesen bewegte. »Wenn *ich* dich frage, wirst du reden.«

Sie hatten sie in der kahlen Zelle zurückgelassen, in die sie nach ihrer Ankunft gebracht worden war und wo sie ihm das erste Mal begegnet war. Wo sie ihr die Kleidung vom Leib geschnitten und Fotos gemacht hatten.

Sie hatte in der Dunkelheit gehockt und gefroren.

Jetzt saß er vor ihr an einem Tisch in einem anderen Raum. Neben ihm ein Stuhl, Kleidung, etwas zu trinken. Bei dem Anblick fuhr sie sich mit der Zunge über ihre trockenen Lippen. Seit sie Hamburg verlassen hatte, hatte sie nichts mehr bekommen. Sie hatte rasende Kopfschmerzen und zitterte vor Kälte am ganzen Körper.

»Ich will, dass du mir dein Leben erzählst.« Er sprach Englisch mit ihr. Mit einer harten, klaren Stimme. »Von dem Zeitpunkt an, wo du Noor al-Almawi kennengelernt hast.«

Sie schwieg.

Er schlug sie nicht. Fasste sie nicht an. Er hatte es seit ihrer Ankunft nicht getan. Nur ihre Kleidung mit jener blitzenden Klinge aufgeschnitten. Er ließ sie einfach nur in ihre Zelle zurückbringen. Zurück in Dunkelheit und Kälte, wo sie sich an die Wand kauerte, verstört und fassungslos über das, was passierte. Du kommst hier raus, und dann verklagst du sie alle. Alle. Alle. Das Wort schien von den Wänden widerzuhallen, sich zu vervielfältigen, es hämmerte und pochte in ihrem schmerzenden Kopf. Sie dachte an die Flasche Wasser, die vor ihm auf dem Tisch gestanden hatte, und fragte sich, warum sie nicht gesprochen hatte. Wie lange konnte ein Mensch ohne Flüssigkeitszufuhr überleben? Wir werden dich nicht sterben lassen, hatte er gesagt. Nein, aber wir werden dir das Leben zur Hölle machen, dachte sie voller Zynismus und ließ den Kopf auf ihre Arme sinken.

In diesem Moment flog die Zellentür auf.

Sie erfuhr nie, wie viele es waren. Es ging zu schnell. Kräftige Hände rissen sie zu Boden. Unebener Stein drückte sich schmerzhaft in ihren ungeschützten Rücken. Sie schrie, schlug um sich, wehrte sich verzweifelt, aber es waren zu viele. Sie hatte keine Chance. Kälte kroch aus dem Beton über ihre nackte Haut, dort, wo sie sie auf den Boden pressten. Sie konnte sie nicht sehen in der Dunkelheit, aber sie konnte sie riechen, spürte ihre Hände auf ihren Armen und Beinen, hörte ihren schnellen Atem. Das Öffnen eines Reißverschlusses. Panik durchfuhr Valerie, als sie begriff, was geschehen würde.

Sie lag lange reglos auf dem Boden, auch nachdem sie längst fort waren. Tränen liefen ihr über die Wangen. Sie waren warm auf ihrer Haut. So warm wie das Blut, das aus ihr heraus auf den kalten Beton tropfte und zwischen ihren Beinen einen kleinen roten See bildete, der an den Rändern bereits antrocknete. Sie starrte in die Dunkelheit. Sah nichts, hörte nichts. Ihr Unterleib war eine einzige große Wunde, und brennender Schmerz durchzuckte sie bei jeder noch so kleinen Bewegung. Sie konnte nicht denken. Nichts fühlen außer Schmerz. Und Leere.

Es formten sich Worte in dieser Leere.
So war das also.
So fühlte es sich an.
Sie erinnerte sich.

Sie hatte Frauen vor Gericht vertreten, die vergewaltigt worden waren. Die den Mut gehabt hatten, den Mann anzuzeigen, der ihnen das angetan hatte. Sie hatte versucht, ihre Scham nachzuvollziehen, ihre Wut, ihre Angst. Es war ihr nie richtig gelungen. Sie hatte von Massenvergewaltigungen gelesen. Von Frauen, die sich danach umgebracht hatten. Und sie fragte sich, ob es die Leere war, die sie irgendwann nicht mehr ertragen hatten. Eine Leere, die wucherte wie ein Geschwür.

Der Raum war unverändert. Er saß hinter dem Tisch, als sie hereingebracht wurde. War er dabei gewesen? War er einer von jenen gewesen, die ihr gezeigt hatten, dass es in diesem Gefängnis nichts gab, was sie schützte, dass sie nichts besaß, nicht einmal ihren eigenen Körper? Seine Miene ließ keine Rückschlüsse zu. Unbewegt sah er sie an. Sie konnte sich nicht erinnern, wie lange sie auf dem Boden der Zelle gelegen hatte, dankbar für die Kälte, die ihre Schmerzen betäubte. Sie hatte dort gelegen, bis sie gekommen waren, um sie zu ihm zu bringen. »Ich will, dass du mir dein Leben erzählst«, sagte er, als wäre nichts gewesen.

Sie hatte das Gefühl, dass sie aus jeder Pore stank, aber er ignorierte ihre Blöße und ihren verdreckten Körper. Wenn sie sich bewegte, roch sie die Männer, und ihr Geruch erinnerte sie immer wieder aufs Neue an das, was geschehen war. Sie hatte gehört, dass es Frauen gab, die sich nach einer Vergewaltigung die Haut vom Leib geschrubbt hatten.

Sie blickte auf den zweiten Stuhl, die Kleidung und die Flasche Wasser, von der das Etikett säuberlich entfernt worden war. Ihre Kehle brannte, ihr Unterleib schmerzte.

Sie wollte nicht über sich reden. Nicht an sich denken. Nicht daran, was passiert war.

Er fixierte sie aus dunklen Augen. Wenn du nicht sprichst, weißt du, was geschieht, sagte dieser Blick. Er sagte noch mehr. Viel mehr. Aber sie wollte es nicht hören. Ihre Stimme zitterte, als sie zu sprechen begann. Sie beantwortete alle seine Fragen. Nach einer Weile erlaubte er ihr, etwas zu trinken. Schließlich ließ er sie in ihre Zelle zurückbringen.

Sie träumte von ihm, seinen Augen. Seiner Stimme. Seinen Fragen. Er wurde zu einem Teil von ihr. Sie lebte und atmete auf sein Geheiß. Wenn er zufrieden war, bekam sie Wasser, manchmal auch etwas zu essen, sie durfte sich setzen, und er gab ihr Kleidung. Wenn sie ihn verärgerte, brachte er sie an jenen Rand des Todes, von dem er bei ihrer ersten Begegnung gesprochen hatte. Er drohte nicht, er handelte. Schnell, konsequent und mitleidslos.

Sie wusste nie, ob sie ihn zufriedengestellt hatte, und sie konnte nie sicher sein, ob sie kamen, um sie zu ihm zu bringen, oder ob sie sie holten, um sie zu strafen, wofür sie eine Vielzahl von Methoden hatten. Sie lernte eine neue Dimension der Angst kennen, und sie erfuhr Schmerz in einem Maß, wie sie es niemals für möglich gehalten hatte.

Sie sah Burroughs selten in dieser Zeit. Doch dann nahm er seinen Platz im Verhörraum ein, saß im Hintergrund und beobachtete, was mit ihr geschah.

Sie lernte, ihn dafür zu hassen. Im Gegensatz zu ihrem Peiniger, dessen schwarzes T-Shirt so eng an seinem Körper lag wie eine zweite Haut, schien Burroughs Genugtuung zu empfinden, wenn er sie betrachtete; wenn seine Blicke über ihren Körper glitten, und wenn er ihre Qual verfolgte, war sie sicher, dass es ihm Befriedigung verschaffte. Genau wie ihn Safwans Hinrichtung befriedigt hatte. Sie begann sich während der Verhöre auf Burroughs zu konzentrieren, verfolgte, wie sein Atem schneller wurde oder seine Zunge seine Lippen benetzte. Wie er den Stift in seiner Hand drehte. Sie hasste seinen Bürstenhaarschnitt, der sie an Soldaten in schlechten amerikanischen Filmen erinnerte, und seine eingefallenen Wangen, und noch mehr hasste sie seinen ausgeprägten Adamsapfel, der beim Sprechen auf und ab hüpfte, als hätte er eine Murmel verschluckt. Und sie stellte sich vor, wie es wäre, ihn zu töten. Sie stellte sich vor, das, was ihr widerfuhr, mit ihm zu tun. Es half, ihren Schmerz und ihre Verzweiflung in Wut zu verwandeln. Es ließ sie überleben, ohne den Verstand zu verlieren. Als der andere bemerkte, was geschah, schickte er Burroughs fort. Es gab eine lautstarke Diskussion vor der Tür des Verhörraums.

»Was glaubst du, wer du bist, Martinez!«, hörte Valerie Burroughs' wütende Stimme, und plötzlich besaß sie einen Namen zu dem Gesicht, dem Tattoo und den Schmerzen.

»Martinez«, wiederholte sie lautlos immer wieder. »Martinez.« Sie durfte ihn nicht vergessen.

Als er zurückkam, erlebte sie ihn das erste Mal wütend.

Dann kam der Tag, an dem sie aus ihrer Zelle in das Verhörzimmer gebracht wurde und Burroughs auf Martinez' Platz vorfand. Fotografien lagen vor ihm auf dem Tisch. »Sag mir, wer von den Männern auf diesen Fotos den Anschlag plant«, befahl er.

Valerie betrachtete die Bilder der jungen Männer. Sie sahen aus wie jüngere Brüder von Safwan und Mahir.

»Ich kenne diese Männer nicht«, antwortete sie.

Das war die falsche Antwort. Der Schlag traf sie so überraschend, dass sie nach vorn kippte. Schmerz explodierte in ihrem Kopf. Sie stöhnte auf, benommen bemerkte sie, dass Blut aus ihrer Nase tropfte.

Burroughs schob die Fotos über den Tisch auf sie zu. Sie blinzelte gegen den Schmerz und das Licht. Die plötzliche Übelkeit. Ihr Kopf dröhnte, und das Blut in ihrer Nase, das auf ihrem Shirt eine leuchtend rote Spur hinterließ, erschwerte das Atmen. »Welcher von diesen Männern plant den Anschlag?«, wiederholte Burroughs seine Frage.

»Ich weiß es nicht.« Ihre Stimme klang dumpf. »Welchen Anschlag überhaupt?«

Der nächste Schlag traf sie in die Nieren. Sie ging in die Knie. Er stand auf und kam um den Tisch herum. »Steh auf«, sagte er kalt. Er hatte die Fotos noch immer in der Hand.

Langsam kam sie wieder auf ihre Füße. Schwankte unsicher.

Burroughs hielt ihr die Fotos wie einen Spielkartenfächer vor das Gesicht. Er nannte vier arabische Namen. »Ich will von dir hören, welcher dieser Männer beteiligt ist.«

Sie hob den Kopf und sah ihn an. Ein Zug lag um seinen Mund, den sie schon einmal bei ihm gesehen hatte. Auf dem syrischen Tanker, kurz bevor er Safwan erschossen hatte.

Sie dachte an Leonie und Sophie, starrte auf die Fotos, hob ihre Hand und tippte wahllos auf zwei der Abzüge. »Dieser«, sagte sie, und das Blut, das ihr über das Gesicht lief, vermischte sich mit ihren Tränen. »Und dieser.«

Sie wusste, dass sie die beiden Männer damit zum Tode verurteilte, wenn nicht sogar zu Schlimmerem.

Burroughs lächelte, als er die Aufnahmen auf den Tisch zurücklegte. Er beugte sich dicht zu ihr.

»Du hast eine Menge gelernt«, sagte er leise, dass nur sie es hören konnte. Er war ihr so nah, dass sie die grauen Bartstoppeln unter seiner Haut erkennen konnte. Seinen Atem an ihrem Ohr spüren. »Aber es wird dir nichts nützen.«

Er lächelte, als er ausholte und ihr in den Unterleib schlug, wohlwissend, was er damit anrichtete. Valerie schrie auf. Sie bekam nicht mehr mit, wie er den Raum verließ.

* * *

Burroughs blickte zufrieden auf die Verhörprotokolle, die er soeben verschickt hatte. Alles ging seinen Gang, genau so, wie er es geplant hatte. Noch ein paar kleine Details und er konnte seine Aufgabe abschließen. John Miller fragte täglich an, wann er nach Hamburg zurückkehren würde, aber Burroughs verspürte wenig Lust, seinen Platz im Team wieder einzunehmen. Ein paar Tage Auszeit waren genau das, was er jetzt brauchte. Weit weg von der großen Politik, die ihn vom Wesentlichen abhielt. Die Männer und Frauen hier machten eine schmutzige, aber notwendige Arbeit, die die Basis der Agency darstellte: Informationsbeschaffung. Sie waren ein bunt zusammengewürfelter Haufen, eigenwillige Typen, die kaum in ein Raster passten. Wer sich freiwillig für einen solchen Job meldete, war ein Exot, der in der Agency eine Nische für seine Fähigkeiten gefunden hatte. Wie Don Martinez. Ein Mann, der sich nicht führen ließ, der überaus schwierig im Umgang war, aber einer der besten Verhörspezialisten, den die CIA hatte. Burroughs hatte nicht gewusst, dass er hier sein würde. Oder Marcia Moore. Als Ärztin hatte sie früher High-Society-Patienten betreut. Er wusste nicht, warum sie mit diesem Leben gebrochen hatte; sie unterstützte die Verhöre von medizinischer Seite.

Es waren nur noch wenige Tage bis Weihnachten. Ein paar von den Jungs waren draußen gewesen und hatten einen Baum organisiert und aufgestellt. Es würde eine nette Feier werden mit einem Truthahn von einem der Bauern aus der Umgebung. Marcia war es gelungen, über einen befreundeten Piloten ein paar Kisten Bud aus den Staaten zu bekommen. Es war doch etwas anderes als das bittere Bier, das sie in Europa brauten. Ein paar Flaschen hatten sie am Vorabend schon miteinander geleert. Wenn er nach den Feiertagen zurück nach Deutschland flog, war das immer noch früh genug.

Er schaltete seinen Laptop aus und reckte sich. Er würde das letzte Tageslicht für einen Spaziergang nutzen und Marcia fragen, ob sie ihn begleitete. Ihre Schicht war seit Mittag zu Ende. Er hatte es auf dem Plan nachgesehen. Es war nicht leicht, an sie heranzukommen, sie zeigte sich gern spröde, aber er brauchte ihre Hilfe.

Er fand sie in dem Aufenthaltsraum, den alle großspurig das »Casino« nannten, obwohl es hier nicht mehr gab als ein paar Sitzgruppen und eine Stereoanlage. Sie blätterte gelangweilt in einer Illustrierten.

»Lust auf einen kleinen Spaziergang?«, fragte er.

Sie ließ die Zeitschrift sinken. »Einen Spaziergang? Dazu hat mich hier noch niemand eingeladen.«

Burroughs zuckte die Schultern. »War nur eine Idee.«

Sie maß ihn von oben bis unten.

Er lächelte. »Wie sieht es aus?«

Ein Funkeln trat in ihre Augen. »Wenn Sie mir amüsante Unterhaltung versprechen ...«

»Nichts leichter als das«, erwiderte er und reichte ihr seine Hand.

Sie verließen das Gelände, das von dichtem Wald umgeben war, und folgten einem schmalen, vom Wild ausgetretenen Pfad. Der Schnee lag hoch und zwang sie, dicht nebeneinander zu gehen. Er nahm ihren Arm und bemerkte, wie sich ihr Körper bei der Berührung anspannte. Sie entzog sich ihm jedoch nicht.

»Was wollen Sie von mir?«, fragte sie nach einer Weile. Misstrauen lag in ihrer Stimme, und Burroughs erinnerte sich an ein Gespräch zweier Kollegen über sie, das er zufällig mit angehört hatte. Er blieb stehen. Sie hatten eine Lichtung erreicht. Die tief stehende Sonne warf lange Schatten über den Schnee und verlieh ihrem kurzen blonden Haar einen rötlichen Schimmer. »Ich war überrascht, jemanden wie Sie hier draußen zu treffen«, bekannte er. »Ich wollte meine Chance nutzen, bevor es ein anderer tut.«

Sie zog eine Braue hoch. »Was macht Sie so sicher, dass Sie eine Chance haben?«

»Ich habe Sie beobachtet«, erwiderte er.

Sie antwortete nichts.

»Wie lange sind Sie schon hier?«, fragte er.

»Seit vier Monaten«, antwortete sie nach kurzem Zögern. Vier Monate in dieser Abgeschiedenheit waren Zeit genug, um eine ernsthafte Psychose zu entwickeln. »Keine Sehnsucht zurück nach der Zivilisation? Dem Leben in New York?«

»Es gefällt mir ganz gut hier.«

»Und was sagt Ihre Familie dazu, wenn Sie Weihnachten nicht zu Hause sind?«

Sie blinzelte ins Licht. »Ich habe keine Familie.«

»Ich wittere erneut meine Chance.«

»Vergessen Sie es, Bob.«

Er machte einen letzten Versuch. »Früher habe ich die Feiertage in einer Hütte in den Bergen verbracht, in der Nähe von Denver. Großartige Gegend für jemanden, der die Einsamkeit liebt.« Er sah sie abwartend an. »Ich denke, nach dem Gipfel in Hamburg werde ich mir dort eine kleine Auszeit gönnen.«

»Ist das eine Einladung?«

»Und wenn es eine wäre?«

Sie erwiderte seinen Blick abschätzend, sagte aber nichts.

»Martinez wird es begrüßen, wenn Sie wieder fort sind«, sagte sie fast beiläufig, ohne ihn anzusehen, als die beleuchtete Anlage vor ihnen wieder zwischen den Bäumen auftauchte.

Burroughs war überrascht, aber er verstand die Bemerkung als das, was sie war: eine Warnung.

»Danke für den Tipp«, erwiderte er.

Sie schenkte ihm ein flüchtiges Lächeln. Das erste Mal, seit sie zusammen aufgebrochen waren. »Martinez hält nicht damit hinter dem Berg, wenn ihm etwas nicht passt. Vor allem nicht, wenn er getrunken hat. Er war ziemlich ungehalten, weil Sie sich die Deutsche für eine eigene Befragung geholt und zusammengeschlagen haben. Gehen Sie ihm lieber aus dem Weg. Er nimmt seinen Job sehr ernst. Er glaubt an das, was er tut.«

»Tun wir das nicht alle?«

»Nicht so. Es ist ein leidenschaftlicher Patriotismus, der ihn treibt.«

»Sie beschäftigen sich viel mit ihm«, bemerkte Burroughs.

»Ich arbeite schon eine ganze Weile mit ihm zusammen.«

»Das kann man?«

Martinez war ein Einzelgänger. Burroughs konnte sich nur schwer vorstellen, dass er freiwillig mit jemandem zusammenarbeitete. Aber Marcia war interessant. Anders. Vielleicht hatten sie etwas miteinander. Vielleicht gab sie sich deshalb so zugeknöpft. Sie war älter als Martinez. Deutlich älter. Aber es gab Frauen, da spielte das Alter keine Rolle.

»Man muss ihn zu nehmen wissen«, sagte sie und sah ihn nachdenklich von der Seite an.

Sie trennten sich im Flur vor dem Casino. Burroughs sah ihr mit gemischten Gefühlen nach. Dann ging er in das Casino und schenkte sich einen großen Whiskey ein. Später am Abend war er betrunken. Er schlief schlecht in dieser Nacht und träumte von Kathy. Sie saß nackt in einem der Verhörräume und weinte. Er wollte ihr helfen, wurde aber immer wieder aufgehalten. Als er endlich bei ihr war und mit bangem Gefühl ihre Hand nahm, spürte er, dass etwas nicht stimmte. Sie fühlte sich seltsam an. Sie hob ihren Kopf, und er blickte in Martinez' lachendes Gesicht.

»Sie ist genauso tot wie du, Burroughs«, sagte er nur. »Hast du es immer noch nicht begriffen?« Schweißgebadet fuhr Burroughs in seinem Bett hoch und starrte in die Dunkelheit. Sein Herz klopfte wild. Erst am frühen Morgen konnte er wieder einschlafen.

* * *

Marc blickte fassungslos in das gelangweilte Gesicht des Chefredakteurs. »Tut mir leid, Herr Weymann, aber ich fürchte, wir sind nicht interessiert an Ihrer Geschichte.« Der Mann stand auf. Eine eindeutige Geste, die Marc ignorierte. Er blieb sitzen. »Eine Frau wird mitten in Deutschland vom amerikanischen Geheimdienst entführt und verschleppt, und Sie sind *nicht interessiert?*«

Der Mann seufzte. »Ich hab es Ihnen doch bereits erklärt. Sie können nichts von dem beweisen, was Sie uns erzählt haben. Wir können uns nicht allein auf Ihre Aussage verlassen und eine Geschichte ins Blatt heben, von der wir ...«

»Verdammt noch mal, Sie wissen, wer ich bin«, fiel Marc ihm ins Wort. »Warum sollte ich meinen guten Namen aufs Spiel setzen und zu Ihnen kommen, wenn nicht ...«

»Herr Weymann, bitte!«

»Recherchieren Sie! Das machen Sie doch sonst auch. Sie haben doch die Möglichkeiten und Verbindungen.«

Der Chefredakteur hatte bereits die Türklinke heruntergedrückt, als Marc die Zornesfalte bemerkte, die sich zwischen seinen Brauen bildete. »Sie befinden sich hier in der Redaktion einer Tageszeitung«, sagte der Mann. »Es ist kurz vor Weihnachten. Wir haben keine Kapazitäten frei, um uns verschwundenen Ehefrauen zu widmen. Warum kommen Sie nicht im Januar wieder? Nach dem Gipfel? Dann sind wir dankbar für jede Idee ...«

Dann ist meine Frau vielleicht schon tot, wollte Marc ihm an den Kopf werfen. Aber er stand nur auf und verließ wortlos das Büro.

Warum kommen Sie nicht im Januar wieder? Nach dem Gipfel? Er hatte mit allem gerechnet, aber nicht mit Zynismus. Er hatte dem Redakteur nicht erzählt, dass seine Zeitung nach zwei Fernsehsendern bereits das dritte Blatt war, das ihn abgewiesen hatte. Es war, als renne er gegen eine Wand. Nein, es war nicht nur eine Wand. Überall, wohin er sich wandte, tauchten Wände auf. Niemand wollte ihm zuhören, ihm Glauben schenken. Alle nahmen an, er hätte den Verstand verloren. Nur einige wenige, wie Torsten Mertz oder Janine, glaubten ihm.

Glaubten sie ihm wirklich?

Oder hielten auch sie ihn insgeheim für einen armen Irren, der nicht wahrhaben wollte, dass ihm die Frau weggelaufen war, und der nun eine phantastische Geschichte um Agenten und Geheimdienste erfand?

Mit langen Schritten eilte er die Straße entlang, ohne zu sehen, wohin er ging. Eisiger Wind schlug ihm entgegen, suchte sich seinen Weg durch den dicken Stoff seines Mantels und kühlte sein erhitztes Gemüt allmählich wieder ab. Mit Wut im Bauch würde er überhaupt nichts erreichen. Er brauchte einen klaren Kopf und Beweise. Solange er nicht beweisen konnte, was mit Valerie geschehen war, würde er keine Unterstützung finden. Aber an wen konnte er sich wenden?

Meisenberg war nicht zu erreichen. Er hatte es bereits mehrmals versucht, und es war fraglich, ob der Anwalt ihm Informationen gab, wenn er befürchten musste, dass Marc damit an die Öffentlichkeit ging. Meisenberg hatte ihn ausdrücklich vor einem solchen Schritt gewarnt. Marc konnte nicht beurteilen, ob eigene Interessen des Anwalts dahintersteckten oder ob er geahnt hatte, dass sich die Presse aus politischem Kalkül weigern würde, sich mit der Thematik zu befassen. Denn dass mehr hinter der kollektiven Weigerung der Medien steckte als nur die knappe Personaldecke oder – wie es die Fernsehsender begründet hatten – der nicht vorhandene Programmplatz vor den Weihnachtstagen, war Marc sofort klar geworden. Er blieb stehen und atmete tief durch. Dabei fiel sein Blick auf das Plakat einer Menschenrechtsorganisation, das vor ihm auf einer Litfaßsäule klebte.

»Ich glaube Ihnen«, sagte die Frau in dem schmucklosen Büro. Sie hatte sich als Franka von Sandt vorgestellt. Hinter ihr reihten sich Ordnerrücken in einem Baumarktregal aneinander, und durch das einzige Fenster, auf dessen Sims eine Topfpflanze kümmerte, fiel der Blick auf die typische rote Backsteinarchitektur Hamburg-Barmbeks.

»Endlich!«, entfuhr es Marc. »Endlich glaubt mir jemand!« Nach den Erlebnissen der vergangenen Tage war er so überrascht über ihr Vertrauen und die selbstverständliche Ruhe, mit der sie ihm zuhörte, dass ihm die Worte fehlten. Sie nickte kurz und lächelte versichernd, und daran erkannte er, dass ihr solche Situationen nicht fremd waren. Menschen, die in diesem Büro strandeten, waren getrieben von Verzweiflung und Sorge um ihre Angehörigen oder Freunde.

Er hatte ihr die ganze Geschichte erzählt. Von Mahir Barakats Verhaftung und Noors Verschwinden. Von Valeries Unterstützung für ihre Freundin in den vergangenen Jahren und ihrer Affäre mit Abidi. Er hatte die Ereignisse der letzten Tage seit Valeries Verhaftung zusammengefasst, auch seine verzweifelten Versuche, sich Gehör zu verschaffen, nicht verschwiegen. Sie hatte ihn nicht unterbrochen, sich nur hin und wieder eine Strähne ihres graudurchzogenen Haares aus dem Gesicht gestrichen und Notizen gemacht. Dann hatte sie ihn angesehen und gesagt: »Ich glaube Ihnen.«

Das Gefühl von Erleichterung gepaart mit Dankbarkeit war so stark, dass es ihm beinahe die Tränen in die Augen trieb. Ausgerechnet ihm.

»Ich weiß nicht, ob meine Frau schuldig oder unschuldig ist, aber selbst wenn sie tatsächlich etwas getan haben sollte, hat sie Anspruch auf ein ordentliches Verfahren vor einem deutschen Gericht«, brach es aus ihm heraus. »Es kann nicht sein, dass ein ausländischer Geheimdienst sie einfach verschleppt.«

Franka von Sandt faltete ihre Hände vor sich auf der Tischplatte. »Es kann durchaus sein, dass die ›Entführung‹ ihrer Frau mit dem Wissen und der Billigung der deutschen Behörden geschehen ist.«

»Wie bitte?« Marc starrte sie ungläubig an.

»Im Bereich der Terrorismusbekämpfung gibt es bedenkliche Auswüchse, die unsere Rechtsstaatlichkeit untergraben. Auch in Deutschland werden dadurch die Menschenrechte immer häufiger in Frage gestellt«, erklärte sie ihm. »Der Leiter der betreffenden Abteilung der Bundesanwaltschaft hat jüngst öffentlich zugegeben, dass durch ausländische Nachrichtendienste zur Verfügung gestellte Informationen in diesem Rahmen inzwischen den Regelfall bilden und für die deutsche Justiz zunehmend an Bedeutung gewinnen.«

Er fragte sich, ob sie Anwältin war. Wenn Valerie sprach, klang es manchmal genauso. »Könnten Sie mir das genauer erläutern?«

»Natürlich«, erwiderte sie ernst. »In Deutschland haben wir ein sogenanntes Beweisverwertungsverbot. Es besagt, dass Foltergeständnisse nicht in deutsche Gerichtssäle eingebracht werden dürfen, und erklärt sich aus unserer Historie. Diese Geständnisse dürfen aber, und diese Einstellung wird sogar vom Bundesjustizministerium unterstützt, von den Ermittlungsbehörden verwendet werden, zum Beispiel zur Gefahrenabwehr – im konkreten Fall Ihrer Frau zur Verhinderung eines Anschlags.«

Marc lehnte sich vor. »Wollen Sie mir damit sagen, dass meine Frau in ein Drittland gebracht worden ist, um ihr Aussagen abzupressen, die sie hier freiwillig nicht machen würde?« Er brachte es nicht über die Lippen, im Zusammenhang mit Valerie von Folter zu sprechen, und merkte gleichzeitig, wie absurd seine vorsichtige Wortwahl war. Es änderte nichts an der Tatsache. Dass Valerie in der Hand des amerikanischen Geheimdienstes sein sollte, war an sich schon ein Alptraum, dass dieser Transfer von den Behörden seines eigenen Landes sanktioniert worden war, erschien ihm unfassbar.

Franka von Sandt erwiderte seinen Blick schweigend.

»Aber wohin haben sie Valerie gebracht? Die Geheimgefängnisse der CIA sind geschlossen …«

»Es gibt genügend Staaten, für die die Menschenrechte keine Bedeutung haben und die gegen die ein oder andere Leistung oder Gefälligkeit Gefangene aufnehmen. Die Geheimdienste besitzen ihre eigenen dunklen Kanäle und Absprachen.«

Franka von Sandts ausdrucksvolles, von vielen kleinen Fältchen durchzogenes Gesicht zeigte keine Emotionen, als sie sprach. Vermutlich war diese Sachlichkeit nötig, um mit solchen Inhalten auf Dauer umgehen zu können.

»Ist es möglich, Genaueres herauszufinden?«, fragte er.

»Es wird nicht einfach, fürchte ich. Aber wir werden alles versuchen.« Sie blickte auf ihre Notizen. »Ich werde das, was Sie mir erzählt haben, sofort an die zuständigen Mitarbeiter weiterleiten.«

»Kann ich etwas tun?«

»Sobald wir wissen, wo sich Ihre Frau befindet, werden wir uns mit Ihnen in Verbindung setzen. Solange müssen Sie Geduld haben. Wir brauchen Beweise, um öffentlichen oder politischen Druck ausüben zu können. Dann wird auch Ihr Engagement eine große Rolle spielen.«

Marc atmete tief durch. »Danke«, sagte er und reichte Franka von Sandt die Hand. »Ich bin Ihnen sehr zu Dank verpflichtet.«

»Noch haben wir nichts getan.«

»Doch«, widersprach er. »Sie haben mir zugehört und mich ernst genommen.«

Sie begleitete ihn zur Tür. »Noor al-Almawi ist übrigens keine Unbekannte für uns«, sagte sie. »Wussten Sie, dass im Iran gegen sie die Todesstrafe verhängt worden ist?«

Marc stockte, die Hand schon auf der Türklinke. »Gegen Noor? Ich wusste nur, dass es einige Länder in der Region gibt, die ihr inzwischen die Einreise verweigern, weil sie als Frauenrechtlerin angeblich den Islam verunglimpft, und dass sie deswegen auch schon inhaftiert wurde.«

»Wir werden uns auch der Frage annehmen müssen, inwieweit die Verstrickungen von Noor al-Almawi in diese aktuelle Affäre lanciert sein könnten.«

Genau diese Frage hatte Marc vor nicht allzu langer Zeit schon einmal gehört. Noors Mutter hatte einen entsprechenden Verdacht geäußert.

»Haben Sie …«, begann er, aber Franka von Sandt fiel ihm ins Wort. »Ich darf leider nicht mit Ihnen darüber sprechen.« Sie drückte kurz seinen Arm. »Sie hören von uns in den nächsten Tagen.«

Marc schöpfte neue Hoffnung, als er nach Hause fuhr. Gleichzeitig war ihm aber auch bewusst, dass jeder Tag, der verging, Valeries Tod bedeuten konnte. Als die Mädchen abends im Bett waren, schaltete er seinen Laptop ein und suchte im Internet nach Antworten auf all die Fragen, die er Franka von Sandt nicht hatte stellen können. Aus Angst. Und aus Scham über sein Unwissen. Was er fand, war so erschreckend, dass es ihn nicht nicht schlafen ließ.

* * *

Eric Mayer blickte auf die Fotos der beiden jungen Männer, die auf dem Besprechungstisch lagen. »Wann soll der Zugriff erfolgen?«

»Heute Nacht. Damit halten wir die Gefährdung für Außenstehende gering. Wir wollen nichts riskieren«, erwiderte Jochen Schavan. Der BKA-Beamte hatte die Leitung des Einsatzes übernommen. Die Information, die zu dem Einsatz führte, war von den Amerikanern gekommen. Da sich John Miller weigerte, die Quelle preiszugeben, konnte nur Burroughs dahinterstecken.

»Wir sind seit Tagen an den Männern dran und haben bislang keine Hinweise auf verdächtige Aktivitäten«, gab Mayer zu bedenken. »Wäre es nicht besser, noch zu warten?«

»Wir müssen davon ausgehen, dass sie ihre Planungen bereits abgeschlossen haben. Wir können es uns nicht leisten, dass etwas Unvorhergesehenes passiert«, sagte Schavan knapp.

Mayer ahnte, dass Schavan die Worte des Senators für Inneres noch in den Ohren klangen. Und natürlich hatte der Anschlag auf das Dammtor auch auf Bundesebene Wellen geschlagen, aber Politiker hatten keine Ahnung vom operativen Geschäft. Es war bedauerlich, dass sich der Mann vom BKA sich so beeinflussen ließ. »Es sind noch knapp zwei Wochen bis zum Gipfel«, sagte Mayer. »Wenn wir die Männer jetzt aus dem Verkehr ziehen, könnten sie noch ersetzt werden. Wenn wir sie erst kurz vorher hochgehen lassen, wird keine Zeit mehr dafür sein.«

»Glauben Sie mir, ich weiß das alles«, gab Schavan zurück. »Aber es gibt in dieser Angelegenheit einen klaren politischen Willen, dem ich folgen werde. Ich werde mich dem nicht widersetzen und hinterher dafür den Kopf hinhalten.«

Den würde es ihn so oder so kosten, wenn etwas schiefging, dachte Mayer, äußerte sich aber nicht.

»Es geht darum, Ergebnisse vorzuweisen«, fuhr Schavan fort. »Und das nicht erst in letzter Minute.«

»Vermutlich mit der Begründung, dass die ganze Welt auf uns blickt.«

»So in etwa.«

In einer unspektakulären Aktion wurden die beiden Männer aus der Harburger Wohnung geholt. Das Sondereinsatzkommando der Polizei war mit ihnen schon auf dem Weg ins Präsidium, bevor die Nachbarn überhaupt kapierten, was los war. Mayer war als Beobachter mitgefahren und folgte zusammen mit Schavan dem geschlossenen Van, in dem die Terrorverdächtigen in Handschellen und mit Gesichtsmasken saßen. Sie waren so überrumpelt gewesen, dass sie sich überhaupt nicht zur Wehr gesetzt hatten. Im Polizeipräsidium wurden sie sofort in getrennte Verhörzimmer gebracht, wo die Befragung die restliche Nacht andauerte. Mayer blieb wie die meisten anderen Mitglieder der Führungsriege der Anti-Terror-Einheit vor Ort. Im Morgengrauen ging er mit Jochen Schavan hinunter in die Kantine.

»Das war nicht so ergiebig, wie wir es uns gewünscht hätten«, sagte Schavan müde. Unter seinem grauen Drei-Tage-Bart war sein Gesicht blass.

»Wenn Sie mich fragen, sind wir mit den beiden auf einer völlig falschen Spur.« Mayer drückte auf den Knopf des Kaffeeautomaten und beobachtete, wie die dunkle Flüssigkeit in seinen Becher lief.

»Mit dieser Meinung stehen Sie ziemlich allein da«, bemerkte Schavan.

»Mag sein«, erwiderte Mayer, »aber was haben wir konkret gegen sie in der Hand? Wir haben lediglich ihre Wut über den Tod Abidis dokumentieren können. Es gibt kein einziges Gespräch über mögliche Aktionen, und ihre Wohnung war absolut sauber. Das hält keiner Haftprüfung stand. Soll der Haftgrund darauf basieren, dass Sie auf dem Küchentisch den Koran gefunden haben?«

»Nein, die Männer haben jedes Gespräch über ihr geplantes Attentat vermieden, da sie nach Abidis Entdeckung als Attentäter von Kopenhagen und Hamburg damit rechnen mussten, observiert zu werden«, sagte eine Stimme hinter ihnen. Sie wandten sich um. Einer der britischen Kollegen hatte sich zu ihnen gesellt. »Sie wussten genau, wie sie sich verhalten mussten, um ihr Ziel nicht zu gefährden. Sie haben sämtliche Spuren und Hinweise auf ihre Aktivitäten vernichtet. Es war allerhöchste Zeit für den Zugriff. Wir haben es mit hochintelligenten, kaltblütigen und sehr professionellen Typen zu tun.«

Wie einige andere aus ihrem Team vertraten die Briten die Theorie, dass die Sprengsätze aufgrund der Enttarnung Abidis seit Längerem platziert waren und nur auf ihre Zündung warteten. Die verhafteten Männer schweigen beharrlich zu diesen Vorwürfen, und dieses Schweigen ließ sich in die eine oder andere Richtung deuten. Die Wohnung und das Umfeld der beiden wurden weiterhin genauestens überwacht.

»Noch fehlen uns sowohl für die eine als auch die andere Vermutung die Beweise«, sagte Schavan. »Wir bräuchten mehr Zeit, um das Umfeld genauer zu untersuchen. Ich glaube nicht, dass die Täter bei einer so großen Sache völlig autark agieren.«

»Es gibt sicher Kontakte«, stimmte der Brite zu. »Ich habe meine Leute bereits darauf angesetzt, das Ganze von hinten aufzurollen. Wenn sie nicht sprechen wollen, müssen wir an anderer Stelle den Hebel ansetzen.«

Die Theorie, dass terroristische Anschläge zwingend einer internationalen Abstimmung folgten und eng in Kooperation mit al-Qaida ausgeführt wurden, vertrat Mayer längst nicht mehr. Aber es gab nicht viele, die seiner Meinung waren.

Natürlich hatten alle beteiligten Nachrichtendienste ihre Informanten in den verschiedensten Regionen der Welt, die sie mit den Hinweisen aus Hamburg fütterten, in der Hoffnung, so Beweise für die Verstrickungen der beiden Männer in ein mögliches Attentat zu erhalten. Alles war, wie Schavan es so richtig bemerkt hatte, eine Frage der Zeit. Nur die hatten sie nicht. Der Gipfel rückte unaufhaltsam näher.

Marion Archer kam auf sie zu und sah alles andere als taufrisch aus, lächelte aber dennoch freundlich in die Runde. »Meine Herren, wir werden oben im Besprechungsraum erwartet.«

Mayer wartete, bis auch sie sich einen Kaffee eingefüllt hatte, und ging mit ihr zum Fahrstuhl.

»Ich weiß noch nicht, wie ich es bewerten soll, dass unsere

Ermittlungen so plötzlich Fahrt aufnehmen«, sagte sie. »Hat Ihre Abteilung schon nähere Erkenntnisse zu den Informationsquellen?« Sie formulierte ihre Frage etwas zu beiläufig für Mayers Geschmack. Archer musste klar sein, dass die entscheidende Information, die zur Festnahme der Männer aus Harburg führte, nur von einer Person stammen konnte.

»Wir arbeiten noch dran«, erwiderte er ausweichend. Er war nicht bereit, sein Wissen über Valerie Weymann und ihren Verbleib zu teilen.

Das Treffen im Besprechungsraum erwies sich als ein kurzes Briefing. Als Mayer dreißig Minuten später in sein Büro zurückkam, wartete Florian Wetzel dort bereits auf ihn. Er wippte auf dem Stuhl, die Füße gegen den Schreibtisch gestemmt, einen Aktenordner auf dem Schoß und einen angebissenen Apfel in der Hand. Mayer war sich nicht sicher, ob er nach dieser Nacht für diesen genialen Chaoten noch in Stimmung war. Mit gerunzelter Stirn blieb er im Türrahmen stehen. Wetzel nahm die Füße vom Tisch und grinste ihn unter seinem wirren Haarschopf hervor an. »Hi, Chef, so wie Sie aussehen, muss der Kaffee richtig schlecht sein.«

Mayer starrte unwillkürlich auf den Becher in seiner Hand. Dann seufzte er. »Florian ...«

»Ich hab schon gehört, dass Sie der Einzige sind, der die Qualität des nächtlichen Fangs in Frage stellt«, fiel Wetzel ihm ungeniert ins Wort. »Und ich hab was gefunden, das Sie vielleicht wieder aufmuntert.« Er ließ den Aktenordner auf den Tisch fallen, sprang vom Schreibtischstuhl auf und machte eine einladende Geste.

»Worum geht es?«, wollte Mayer wissen.

Wetzel lächelte. »Lesen Sie selbst.«

Mayer überflog die aufgeschlagene Seite. Es war eine Aktennotiz aus dem Polizeirevier des Hamburger Flughafens. Ein gewisser Safwan Abidi war dort entdeckt worden bei einem Abgleich von Videobändern mit Fahndungsfotos.

»Die lassen das durch ihren Rechner laufen, und der hat ihnen das ausgespuckt«, erklärte Wetzel. »Das Foto ist auf der nächsten Seite.«

Mayer blätterte um und sah ein Schwarzweißfoto von Abidi, der vor dem Flughafengebäude in ein Taxi stieg.

»Und?«, fragte Mayer.

Diesmal war es Wetzel, der seufzte. »Das war wirklich eine lange Nacht, was? Sonst sind Sie besser.«

Mayer betrachtete das Foto genauer.

»Unten links«, bemerkte Wetzel.

Unten links stand das Datum und die Uhrzeit, zu der die Aufnahme gemacht worden war.

Alle Müdigkeit war vergessen, als Mayer begriff, was er in Händen hielt. »Das ist exakt die Zeit, zu der Abidi am Dammtorbahnhof war, um den Sprengsatz zu deponieren«, erklärte er erstaunt. »Woher haben Sie das?«

»Es war in einem falschen Ordner. Jemand hatte es verkehrt abgeheftet.«

Mayer ließ den Kopf in die Hände sinken und schwieg.

»Und wie sind *Sie* daran gekommen?«, fragte er, als er wieder aufsah.

»Seit ein paar Tagen blättere ich sämtliche Ordner durch, die wir angelegt haben, seit wir hier sind. Tonnenweise Papier, das keiner mehr braucht. Aber manchmal hat man Glück.«

Mayer starrte wieder auf das Foto. »Wie kann Abidi gleichzeitig am Flughafen und am Dammtorbahnhof gewesen sein? Da ist doch etwas faul.« Er legte den Ordner zurück auf den Tisch und stand auf. »Wir brauchen die Originalaufzeichnung aus dem Flughafen.«

»Die gibt es nicht mehr«, sagte Wetzel. »Ich hab schon dort angerufen. Die Bänder werden nach vierundzwanzig Stunden gelöscht. Irgend so ein Datenschutzkram.«

Mayer trat ans Fenster und blickte in den trüben Hamburger Morgen. »Wenn wir tatsächlich nachweisen können, dass Abidi mit dem Anschlag auf den Dammtorbahnhof nichts zu tun hat ...«

»Dann haben wir ein krasses Problem«, brachte Wetzel seinen Gedanken zu Ende. »Aber wir haben dann auch endlich etwas in der Hand, um Valerie Weymann zurückzuholen.«

Mayer drehte sich zu Wetzel zurück. »War das die Motivation für Ihre Suche?«

Wetzel grinste. »Haben Sie sich mal Valerie Weymanns Beine angeschaut, als Sie noch Gelegenheit dazu hatten? Nein, vermutlich haben Sie nicht einmal gesehen, dass sie welche hat. Frauen mit solchen Beinen sind selten geworden. Die kann man nicht einfach ...«

Mayer schüttelte resigniert den Kopf. Er wies auf das Foto. »Machen Sie Kopien und schließen Sie das Original sicher weg. Reden Sie vorerst mit niemandem darüber.«

»Und was machen Sie, Chef?«

»Ich werde diese neuesten Enthüllungen so verkaufen, dass niemand sein Gesicht verliert und wir freie Hand bekommen.«

»Das klingt nach großer Politik«, bemerkte Wetzel, der schon halb aus der Tür war.

Es war mehr als das. Die Stimme seines Vorgesetzten am

anderen Ende der Telefonleitung machte Mayer das unmissverständlich klar. »Das wäre eine ungeheuerliche Blamage. Diese Information darf unter keinen Umständen an die Öffentlichkeit gelangen. Wir können Abidi nicht posthum für unschuldig erklären, selbst wenn sich herausstellen sollte, dass er nichts mit dem Anschlag zu tun hat.«

»Aber wenn er nicht der Täter sein sollte ...«

»Dann müssen Sie den tatsächlichen Täter finden.«

»Das würde unsere gesamten aktuellen Ermittlungen in eine völlig neue Richtung lenken.«

Am anderen Ende war Stille. »Ja ... sicher«, erwiderte sein Vorgesetzter zögerlich. »Finden Sie heraus, ob Ihre Annahme Substanz hat. Ein einzelnes Foto reicht als Beweis nicht. Das wissen Sie selbst. Mit den heutigen Mitteln ...«

»Was ist mit Valerie Weymann?«

»Wissen Sie, wo die Frau festgehalten wird?«

»Ja, das weiß ich, und wenn Abidi unschuldig sein sollte, bricht damit auch jeglicher Vorwurf gegen sie weg.«

»Nun, nicht ganz. Da ist immer noch die Sache mit al-Almawi und der Stiftung, die durch ihre Kanzlei betreut wird.«

»Wenn wir nachweisen können, dass Abidi nicht für den Anschlag am Hamburger Dammtorbahnhof verantwortlich gemacht werden kann, dann zieht das Kreise. Dann zweifle ich auch seine Beteiligung an dem Anschlag in Kopenhagen an.«

»Ich weiß, worauf Sie hinauswollen«, erwiderte sein Vorgesetzter, und Mayer entging nicht der scharfe Unterton in seiner Stimme. »Sie halten dann auch al-Almawi für unschuldig.« Er räusperte sich. »Bringen Sie hieb- und stichfeste Beweise, vorher kann ich nichts tun. Ich muss die Angelegenheit dem Kanzleramt vortragen, und da kann ich nicht mit vagen Vermutungen aufwarten.«

Vage Vermutungen. Sie hatten mehr als das. »Die Amerikaner haben sich in ihren Außenposten in Osteuropa noch nie als besonders zimperlich erwiesen. Wenn die beiden Frauen unschuldig sein sollten ...«

»Die Amerikaner sind mit ihren Methoden, so fragwürdig sie auch sein mögen, äußerst erfolgreich. Natürlich kann es auch mal den Falschen treffen, aber damit müssen wir leben. Liefern Sie mir Beweise. Dann kann ich Ihr Ersuchen positiv unterstützen.«

* * *

»Erzähl mir von deinen Kindern«, sagte Martinez zu ihr. »Du hast zwei Töchter. Wie alt sind sie?«

Valerie zwang sich, die Augen offen zu halten.

»Sie sind neun«, sagte sie. »Neun Jahre.«

Wie oft hatte sie ihm diese Frage schon beantwortet? Vier-, fünf-, sechsmal?

»Wann ist der Geburtstag deiner Töchter?«

»Im Juni. 13. Juni.«

»Die beiden Männer, die den Anschlag in Hamburg geplant haben. Woher kennst du sie?« Immer wieder dieselben Fragen. Schnell und zusammenhanglos.

»Ich weiß es nicht mehr«, sagte sie benommen.

Martinez fixierte sie über den Tisch hinweg. »Woher kennst du sie?« Seine Stimme war eisig.

Sie versuchte, sich zu konzentrieren. Was hatte sie das letzte Mal auf diese Frage geantwortet? Sie war so müde.

»Noor ... ich habe sie bei Noor kennengelernt ...«

Martinez blickte auf die Protokolle, die vor ihm lagen. »Ich habe dir die Frage schon viermal gestellt, und jedes Mal hast du mir eine andere Antwort darauf gegeben. Und das war nicht nur bei dieser Frage so. Du weißt, was geschieht, wenn du mich anlügst.«

Sie hörte, wie einer der Männer, der noch im Raum war, einen Schalter umlegte, wie er die Kabel aufnahm.

»Nein«, flehte sie ihn an. »Bitte, nicht …« Strom hinterließ kaum Spuren. Nur unglaubliche Schmerzen. Martinez achtete sehr darauf, dass es keine Spuren gab.

Jetzt zog er die Brauen zusammen. »Warum lügst du mich an?«

Sie begann zu weinen. »Ich … ich will ja nicht lügen«, stammelte sie. »Ich … kann mich … nur nicht erinnern.«

Martinez stand auf. Unter seinem engen schwarzen Shirt spielten seine Muskeln. Er trat zu ihr, beugte sich herab und griff unter ihr Kinn, so dass sie ihn ansehen musste.

»Ich will, dass du dich erinnerst«, sagte er. »An jede kleine Einzelheit deiner Begegnung mit ihnen.«

Sie antwortete nicht. Sah ihn nur verzweifelt an.

»Du kannst es nicht, nicht wahr?«, sagte er. »Du kannst dich nicht erinnern, weil du ihnen nie begegnet bist.«

Ihre Tränen liefen über seine Finger.

Er ließ sie los. »Bringt sie weg«, befahl er und verließ den Raum. Die Tür fiel lautlos hinter ihm ins Schloss.

Einer der Männer löste ihre Fußfessel. Valerie zitterte am ganzen Körper vor Müdigkeit und vor Angst vor den Konsequenzen. Martinez würde nicht darüber hinwegsehen, dass sie ihm nicht die Wahrheit erzählt hatte, und er hörte sich niemals Entschuldigungen an. Aber was war die Wahrheit? Dass sie nichts wusste von alldem, wozu sie immer und immer wieder befragt wurde? Dass sie die

Menschen nicht kannte, deren Fotos sie ihr vorlegten? Sie hatten ihr nicht geglaubt. Und so hatte sie schließlich erzählt, was sie hören wollten. Weil sie die Schmerzen nicht mehr ertragen hatte. Weil sie vor Durst fast verrückt geworden war. Und weil sie nicht vergessen hatte, was in der ersten Nacht geschehen war.

Der Wachmann führte sie durch den Gang des Zellentraktes. Er wurde gesäumt von nackten, abweisenden Wänden wie in einem Keller, unterbrochen nur von den schweren, rostrot gestrichenen Zellentüren, von denen jede eine große weiße Nummer trug. Ihre Zelle war die Nummer zwei. Der Wachmann schob gerade den Riegel zurück, als sich auf der gegenüberliegenden Seite eine der Türen öffnete. Nummer fünf. Eine Frau trat heraus. Sie hatte kurzes blondes Haar und trug einen weißen Kittel. Sie hielt eine Tasche in der Hand. Eine Ärztin, schoss es Valerie durch den Kopf. Einer der Sicherheitsleute folgte ihr und zog eine Person hinter sich her in den Flur. Valerie blieb unwillkürlich stehen. Seit sie hier war, hatte sie noch keinen der anderen Gefangenen zu Gesicht bekommen. Manchmal hatte sie ihre Schreie gehört, aber sie waren wie unsichtbare Geister, von denen sie nicht wusste, ob sie vielleicht doch nur in ihrer Phantasie existierten. Die Gestalt, die aus der Zelle ins Licht geschleppt worden war, sah erbarmungswürdig aus. Das Haar kurz geschoren, der Körper ausgemergelt. Orientierungslos stolperte die Person hinter dem Wachmann her. Fetzen von Kleidung schlotterten um sie herum. Valerie erstarrte, als sie näher kam. Es war eine Frau.

Der Wachmann, der Valerie am Arm hielt, schob sie in ihre Zelle. »Move«, forderte er sie unfreundlich auf.

Valerie machte einen Schritt, ohne die Augen von der Frau zu nehmen, die in diesem Moment mit Daumen und

Zeigefinger ihrer linken Hand in einer flüchtigen Geste über ihre Augenbrauen fuhr, als ob sie sie glätten wollte. Valerie erkannte die Geste. Und es gab nur einen Menschen, der sie so unbewusst ausführte. In so einer völlig absurden Situation.

»Noor!«, entfuhr es Valerie.

Die Frau hob den Kopf und starrte sie an. Es war, als würde Valerie auf ein grotesk verzerrtes Bild ihrer Freundin blicken.

Noors Augen in einem fremden Gesicht. Ihr Mund, dieser schöne, sinnliche Mund, verbissen und schmal. Statt kunstvoll aufgestecktem Haar nur dunkle Stoppeln auf blasser Kopfhaut. Aber es war Noor. Sie lebte, atmete, stand ihr gegenüber, hier, an diesem von aller Hoffnung verlassenen Ort.

»Noor ...« Valerie gelang es, gegen den Widerstand des Aufsehers an ihrer Seite ihre Freundin zu berühren. Registrierte aus dem Augenwinkel, wie die Ärztin eine Geste machte, die die Wachleute zurücktreten ließ. Valerie machte einen Schritt auf Noor zu und legte ihre Hand auf den ausgemergelten Arm ihrer Freundin.

Noor zuckte zurück. Zog hastig ihren Arm an sich und strich sich über die Stelle, wo Valerie sie berührt hatte, als hätte sie sich verbrannt. Valerie kamen die Tränen. »Noor, ich bin es, Valerie.«

Große dunkle Augen flogen über ihr Gesicht, aber es lag kein Erkennen darin.

Valerie ließ die Hand sinken. »Noor, weißt du denn nicht, wer ich bin?«

Noor sah sie nur an.

Die Ärztin stellte sich dazwischen. »*That's enough*«, sagte sie, »*let her go.*«

Der Wachmann stieß Valerie fort. »Noor!«, schrie sie und wehrte sich mit Händen und Füßen. »Noor!«

Ihre Zellentür fiel zu. Schluchzend hieb Valerie gegen das kalte Metall. Sank dahinter zu Boden. Noor war die ganze Zeit über hier gewesen, nur wenige Meter von ihr entfernt. Aber was hatten sie ihr angetan? »Noor …«, flüsterte Valerie. »Meine Noor …« Und für den Moment vergaß sie ihr eigenes Leid und ihre eigene Verzweiflung angesichts der Erinnerung an Noors qualvollen Anblick.

* * *

»Sie hat innere Blutungen. Wer auch immer sie zuletzt verhört hat, hat zu kräftig zugeschlagen«, sagte Marcia Moore und zog die Tür zu dem Krankenzimmer hinter sich zu. »Ich weiß nicht, ob ich die Blutungen stoppen kann. Und selbst dann ist es nicht sicher, ob es sie rettet. Sie ist zu geschwächt.«

Burroughs zuckte die Schultern. »Ich brauche sie nicht mehr. Sie gehört Ihnen. Machen Sie mit ihr, was Sie wollen. Vielleicht wäre es besser, sie überlebt nicht.«

Marcia beobachtete mit gerunzelter Stirn die Geräte, an die al-Almawi angeschlossen war. Burroughs verstand nicht, warum Marcia sie nicht einfach sterben ließ. Noor al-Almawi hatte ihren Zweck erfüllt. Die Person, die hier vor ihm lag, hatte nur noch wenig mit der Frau zu tun, die er zusammen mit seinen Mitarbeitern vor vier Wochen in Berlin in ihrem Hotel abgefangen hatte. Er erinnerte sich noch genau. Sie war gerade aus Kopenhagen zurück und auf dem Weg zu einer Veranstaltung gewesen. Sie hatte einen fließenden weißen Hosenanzug getragen, und an ihrem rechten Ringfinger hatte ein großer Diamant gesteckt. Ihr langes Haar war eine schimmernde schwarze Wolke. Sie hatte es eilig gehabt und irritiert die Stirn gerunzelt, als er sie ansprach. Noor al-Almawi war keine Frau, die tat, was man von ihr erwartete. Davor hatten ihn alle gewarnt. Und sie hatte sich in der Tat als schwierig erwiesen. Es hatte einige Anstrengungen gekostet, sie zu brechen, ohne sie zu töten. Sie zumindest so lange am Leben zu halten, wie sie sie brauchten. Sie hatte stoisch die Schmerzen ertragen und ihnen ins Gesicht gespuckt.

Marcia zog eine Spritze auf. »Mein Job ist es, die Gefangenen während der Verhöre medizinisch zu betreuen und ihre Vernehmungsfähigkeit zu garantieren, nicht sie zu töten, wenn sie nicht mehr gebraucht werden.«

»Noor al-Almawi hat sich viele Feinde gemacht.« Burroughs wandte den Blick ab, als Marcia die Nadel ansetzte. »Und sie ist früher schon besonderen Verhörmethoden ausgesetzt gewesen. Sie war bereits kurzfristig im Iran und in Jordanien inhaftiert. Sie wird nicht lange überleben, wenn sie hier rauskommt und bekannt wird, dass wir sie hatten.«

»Das, Bob, liegt dann nicht mehr in meiner Hand«, bemerkte Marcia kurz angebunden.

Er verstand auch ohne einen weiteren Hinweis und verließ mit einem flüchtigen Gruß den Raum. Al-Almawi durfte die Anlage nicht lebend verlassen. Er war dafür bezahlt worden, und seine Auftraggeber würden äußerst unangenehm werden, wenn er sich nicht an die getroffenen Abmachungen hielt.

Sie wäre längst tot, hätte einer der Wachleute nicht die Nerven verloren. *Wer auch immer sie zuletzt verhört hat, hat zu kräftig zugeschlagen.* Marcia wusste, dass er derjenige gewesen war. Warum sagte sie es ihm nicht ins Gesicht? An der Reaktion des Wachmanns hatte er gemerkt, dass er zwar auf den ersten Blick schnell in das Team aufgenommen worden war, im Zweifelsfalle aber ein Außenseiter blieb. Bei Martinez wäre keiner dazwischengegangen. Aber Martinez hatte mit Noor al-Almawi nichts zu tun. Burroughs hatte sich bemüht, ihr Vertrauen zu gewinnen, indem er mit den Männern getrunken hatte bis zum Umfallen, sich mit ihnen verbrüdert hatte. Doch es hatte nicht genügt. Er musste weiterhin vorsichtig auftreten. Er machte sie ohne ihr Wissen zu Mittätern. Das spielte ihm in gewisser Weise zu, konnte andererseits jedoch seinen bislang tadellosen Ruf innerhalb der Agency nachhaltig gefährden, wenn es an falscher Stelle zur Sprache kam.

Hinter ihm schlug eine Tür zu.

»Bob?«

Er wandte sich um. Marcia hatte die Hände in den Taschen ihres weißen Kittels vergraben und kam langsam auf ihn zu. Auch sie war mit im Boot, ohne es zu wissen.

»Es tut mir leid, dass ich so grob war«, sagte sie. »Ich wollte nicht streiten …«

»Marcia«, fiel er ihr lächelnd ins Wort. »Es war eine Auseinandersetzung in der Sache. Ich kann das sehr wohl trennen.« Warum entschuldigte sie sich bei ihm? Was wollte sie? Er traute ihr nicht, aber er brauchte sie fast noch mehr als die anderen. Ihre Unterschrift legalisierte seinen Plan.

Marcia ahnte nichts von seinen Gedanken. Sie erwiderte sein Lächeln zurückhaltend, aber etwas lag in ihrem Blick, das ihn schon bald zwingen würde, mit ihr ins Bett zu steigen, um sein Spiel glaubwürdig zu halten. Sie war nicht mehr die Jüngste. Er schätzte sie auf knapp über fünfzig. Ungebundene Frauen in diesem Alter waren gefährliche Kletten. Er streckte Marcia eine Hand entgegen und zog sie in seinen Arm. »Das Letzte, was ich möchte, ist, mich mit Ihnen zu streiten«, flüsterte er in ihr Ohr und sagte dabei ausnahmsweise sogar einmal die Wahrheit.

Er sah ihr nach, als sie den Flur hinunterging. Sie war eine attraktive Frau. Es wäre keine Strafe, sie zu vögeln. Er verspürte sogar eine gewisse Lust, wenn er darüber nachdachte. Und wenn er sie so dazu bringen konnte, al-Almawi sterben zu lassen, hatte er eine saubere Lösung und Marcia in der Hand.

Dass sein Plan doch nicht ganz so einfach aufgehen würde, wurde ihm klar, als er Martinez auf sich zukommen sah. Bei seinem Anblick fragte sich Burroughs immer, wie viele Stunden der Mann täglich trainierte, um die Muskelmasse seines Körpers aufrechtzuerhalten. Er hatte ihn im Fitnessraum beobachtet, wo Martinez mit einer Verbissenheit und Ausdauer Liegestütze und Klimmzüge gemacht hatte, die Burroughs unwillkürlich an seine Zeit bei der Army erinnert hatten. Aber das belastete Burroughs nicht weiter. Sein Problem im Umgang mit Martinez lag darin, dass er mit dem Mann einfach nicht reden konnte. Martinez war völlig unempfänglich für subtile Konversation, ein Feld, auf dem sich Burroughs gern und sicher bewegte. Martinez war direkt. Zu direkt für Burroughs' Geschmack.

Jetzt baute er sich vor ihm auf, und das Testosteron, so schien es Burroughs, sprang ihm geradezu aus den Augen. »Du hast verdammte Scheiße gebaut, Burroughs«, sagte er kalt. Auch das war eine seiner unangenehmen Eigenschaften. Er sprach jeden mit seinem Nachnamen an. Selbst die Frauen.

Burroughs warf einen Blick auf seine Uhr. »Ich hab in wenigen Minuten eine Web-Konferenz ...«

»Dann werden deine Leute wohl auf dich verzichten müssen.«

Burroughs sah sich um. Sie waren allein. Nicht dass sich Martinez von Zeugen hätte irritieren lassen, dennoch ...

Burroughs wich einen Schritt zurück. »Ich kann dir nicht ganz folgen, Don.« Er bemühte sich um eine dezente Note der Überraschung in seiner Stimme. Aber seine Kunst war vergeblich bei einem Tier wie Martinez.

»Du weißt genau, worum es geht«, erwiderte dieser.

Burroughs presste die Lippen zusammen. »Was weiß ich?«, fragte er scharf und zog unauffällig die kleine Pistole aus dem Halfter, die er auch hier ständig bei sich trug.

Martinez musterte ihn abschätzend. »Weymann hat keine Ahnung. Sie hat mit den Anschlägen in Hamburg nichts zu tun.«

»Hast du vergessen, dass sie dem Attentäter zur Flucht verholfen hat und sich von ihm hat flachlegen lassen?«

»Sie weiß nichts«, beharrte Martinez. »Sie hat hier nichts zu suchen.« Er machte einen weiteren Schritt auf Burroughs zu und drückte ihn gegen die Wand. »Für wen arbeitest du?«

Burroughs schnappte nach Luft. »Spar dir deine Methoden für die Gefangenen auf«, stieß er gepresst hervor und drückte Martinez den Lauf seiner Pistole unter die Rippen.

Martinez ließ ihn abrupt los und trat einen Schritt zurück. Burroughs richtete sich seine Krawatte und strich sein Sakko glatt. Atmete einmal tief durch, während er den

Lauf der Pistole weiter auf Martinez gerichtet hielt. »Leg dich nicht mit mir an, Don. Mach deine Arbeit und halt die Klappe.«

Martinez' Gesichtsmuskeln spannten sich an, als er um seine Beherrschung kämpfte. Seine dunklen Augen funkelten. »Du hast einen Fehler gemacht, Burroughs«, sagte er, und die plötzliche Ruhe in seiner Stimme jagte Burroughs einen Schauer über den Rücken. »Mich fickst du nicht.«

Burroughs sah ihm nach. Er steckte die Pistole erst weg, als Martinez außer Sicht war und er hörte, wie eine Tür zuschlug.

Für wen arbeitest du?

Es würde nicht einfach werden, Martinez loszuwerden.

* * *

Marc Weymann schlug den Kragen seines Mantels hoch. Es schien in Berlin noch kälter zu sein als in Hamburg. Nur anderthalb Zugstunden trennten die Städte; ein Katzensprung. Tatsächlich lagen jedoch Welten zwischen ihnen. Hinter ihm fuhr der ICE mit leisem Rauschen weiter Richtung Leipzig. Menschen füllten den Bahnsteig und strebten den Rolltreppen zu. Marc ließ sich mittragen von der Masse hinauf in die Oberwelt des Bahnhofs, dessen gigantische Ausmaße ihn jedes Mal aufs Neue beeindruckten. »Das ist Science-Fiction«, hatte er zu Valerie bei ihrem letzten gemeinsamen Besuch der Hauptstadt gesagt, und sie hatte gelacht.

Der Taxifahrer, bei dem er einstieg, hörte Jazz. »Wenn die Musik nervt, mach ich sie aus«, sagte er in breitem Berlinerisch. »Wo soll's denn hingehen?«

»Bundeskanzleramt«, sagte Marc und warf einen Blick auf seine Uhr. »Wie lange brauchen wir?«

»Keine zwei Minuten.« Der Fahrer warf einen Blick in den Rückspiegel. »Keine Lust auf die Kanzlerbahn gehabt?«

»Auf dem Rückweg.«

Der Fahrer überquerte die Spree und hielt kurz darauf vor dem Eingang des modernen Gebäudes, dessen helle Stahl-Glas-Konstruktion auf Marc im kalten Dezemberlicht distanziert und abweisend wirkte. Offenheit, Transparenz und Demokratie sollte die Architektur des Gebäudes symbolisieren, das hatte er irgendwo einmal gelesen. Wenn er sich vor Augen hielt, warum er hier war und was er in den vergangenen Tagen erlebt hatte, empfand er diese Symbolik geradezu als zynisch. Mehr Offenheit und Transparenz hätte er sich gewünscht im Umgang mit den Behörden, und auch sein Verständnis vom Leben in einer Demokratie war ein anderes. Alles in Marc zog sich schmerzhaft zusammen, als ihm bewusst wurde, wie sehr er Valerie vermisste. Wie groß seine Angst war, sie für immer zu verlieren. Und selbst wenn es gelang, ihre Freilassung zu erwirken, wenn er heute tatsächlich Hilfe bekam, wie würde es sein, sie wiederzusehen, was würde sie erlebt haben? Die Menschenrechtlerin in Hamburg hatte ihn gewarnt, dass es kein nahtloses Anknüpfen an die Zeit vor Valeries Verhaftung geben würde. »Sie wird traumatisiert sein, selbst wenn sie nur kurze Zeit misshandelt worden ist. Je nach der Schwere der Taten wird es Wochen, vielleicht sogar Monate dauern, bis sie wieder die Frau sein wird, die Sie kennen, und es wird Bereiche geben, in denen sie sich vielleicht nie wieder öffnen wird. Darüber müssen Sie sich im Klaren sein.«

Trotz des Unbehagens, das die Worte in Marc ausgelöst hatten, war er dankbar gewesen für Franka von Sandts Offenheit. Sie hatte ihm ein Blatt mit Adressen in die Hand gedrückt, an die er sich wenden konnte, wenn Valerie wieder bei ihm war. Er hatte es erst nicht nehmen wollen. Es lag noch so viel vor ihnen. Noch so viel zwischen ihm und ihrer Rückkehr. Betrachten Sie es als ein Stück Hoffnung, hatte sie gesagt. Seither trug er es in seiner Brieftasche.

Seine Finger schlossen sich um die Aktentasche unter seinem Arm. Die Beweise, die er darin hatte. Franka von Sandts Organisation hatte herausgefunden, wo Valerie festgehalten wurde. Sobald Marc die Information erhalten hatte, hatte er versucht, Meisenberg zu erreichen. Dr. Kurt Meisenberg hat phantastische Beziehungen in die Politik, hatte Franka von Sandt ihm gesagt, und Marc hatte sich gefragt, woher sie das wusste.

Marc war mit dem Seniorpartner von Valeries Kanzlei im Foyer des Bundeskanzleramtes verabredet. Meisenberg wartete schon am Fuß der monumentalen Freitreppe und winkte Marc zu, als dieser das Gebäude betrat.

Wider Erwarten hatte Meisenberg Marcs Alleingang begrüßt. »Ein richtiger Schritt, wenn auch vielleicht etwas überstürzt.« Marc konnte seinen Ärger darüber nur mühsam unterdrücken, doch Meisenberg hatte auf seine behäbige Art den Kopf geschüttelt. »Sie haben geglaubt, ich hätte in der Zwischenzeit nichts unternommen. Aber wir bewegen uns auf politischem und diplomatischem Parkett. Das braucht Zeit und Fingerspitzengefühl.«

»Wir haben keine Zeit«, hatte Marc protestiert.

»Ich verstehe, dass Ihre Angst um Valerie Sie treibt, aber

wenn wir Erfolg haben wollen, müssen wir besonnen handeln. Gott sei Dank haben die Medien Sie abgewiesen.«

Auch Franka von Sandt hatte ihm davon abgeraten, sich an die Medien zu wenden. »Das ist ein Druckmittel, das wir zuallerletzt einsetzen. Wir wollen die Fronten nicht unnötig verhärten.« Marc hatte von ihr erfahren, dass es immer wieder Fälle von Entführungen und Verhaftungen gab, die unbemerkt von der Öffentlichkeit hinter verschlossenen Türen besprochen und gelöst wurden. Dem gegenüber standen die wenigen spektakulären Fälle, die in der Presse breitgetreten wurden.

»Möchten Sie noch einen Kaffee, bevor wir raufgehen?«, fragte Meisenberg.

Marc schüttelte den Kopf. Er war nervös bis in die Zehenspitzen. Mit Betreten des Gebäudes hatte es ihn überfallen. War ihm beim Anblick von Bundesadler und deutscher Flagge sehr deutlich geworden, auf welcher Ebene sie sich hier bewegten. Was würde passieren, wenn sie scheiterten? Es gab keine höhere Instanz, an die er sich wenden und um Hilfe für seine Frau ersuchen konnte.

»Entspannen Sie sich«, beruhigte Meisenberg ihn. »Wir haben noch eine halbe Stunde Zeit.« Er wies auf Marcs Aktentasche. »Sie haben alle Unterlagen im Original dabei?«

»Ja, natürlich«, erwiderte Marc. Meisenberg hatte alles in Kopie erhalten. Er war bereits seit Tagen in Berlin, weshalb Marc ihn in Hamburg auch nicht hatte erreichen können. »Meinen Sie, das, was wir haben, wird ausreichen?«, fragte Marc.

Franka von Sandts Kollegen hatten bereits seit einiger Zeit ein altes Militärgelände im Herzen Rumäniens im Blick gehabt, von dem sie annahmen, dass die CIA trotz

Schließung der *black sites* weiterhin Gefangene dorthin brachte. In akribischer Recherchearbeit hatten sie herausgefunden, dass Valerie zusammen mit einem amerikanischen Agenten namens Robert F. Burroughs vom Hamburger Flughafen aus mit einem Learjet nach Rumänien geflogen war. Der offizielle Zielflughafen Bukarest war wegen angeblicher Probleme mit der Treibstoffversorgung nicht angeflogen worden. Stattdessen war die Maschine im Herzen des Landes auf einem Provinzflughafen gelandet, in dessen Nähe das Militärgelände lag. Es gab eine Luftaufnahme von dem Gebäudekomplex und Aussagen von der rumänischen Bevölkerung in der Umgebung über »die Amerikaner«. Ein Mann, auf den Burroughs' Beschreibung passte, war in den letzten Tagen dort gesehen worden. Allerdings gab es keinen endgültigen Beweis dafür, dass Valerie dort festgehalten wurde. Niemand hatte sie gesehen. Aber die Wahrscheinlichkeit, dass es so war, war sehr groß.

»Wir sind gut aufgestellt«, beruhigte Meisenberg ihn erneut.

Endlich war es so weit. Nach eingehenden Ausweis- und Personenkontrollen, die Meisenberg mit dem ihm eigenen Humor kommentierte, wurden sie von einem BKA-Beamten in den sechsten Stock begleitet, wo ein enger Mitarbeiter des Kanzleramtschefs sie bereits erwartete. Wäre Marc nicht so aufgeregt gewesen, hätte ihn das Bewusstsein, sich nur eine Etage unter dem Kanzlerbüro zu befinden, sicher amüsiert. So fehlte ihm jeder Blick für die Menschen um ihn herum. Er folgte Meisenberg aus der Skylobby mit ihren großen Fensterfronten und den wie in einem Amphitheater anmutenden Stufen. Das Büro des Staatssekretärs war schlicht und funktionell, ausgestattet mit Aktenschränken, Schreibtisch und Computer.

Marc überließ Meisenberg das Reden, der mit dem ebenfalls leicht korpulenten Mann auf vertrautem Fuß zu stehen schien. Nur wenn Marc direkt angesprochen wurde, sollte er sich äußern. Er hatte sich mit dem Rechtsanwalt auf diese Taktik verständigt. Der Staatssekretär ging die Unterlagen mit ernstem Gesicht durch, wobei sich Marc des Gefühls nicht erwehren konnte, dass diesem der Fall bereits bekannt war. Schließlich lehnte sich der Mann zurück, stützte die Ellbogen auf den Lehnen seines Bürostuhls auf und legte nachdenklich die Fingerkuppen aneinander.

»Das ist eine heikle Angelegenheit«, sagte er. »Das Problem, meine Herren, liegt darin, dass wir nicht beweisen können, dass Frau Weymann zu Unrecht festgehalten wird. Bislang stellt es sich so dar, als ob sie durchaus an den Verschwörungen, die zu den Attentaten geführt haben und zu möglichen weiteren führen könnten, beteiligt ist. Zudem hat sie einem Terrorverdächtigen zur Flucht verholfen.«

»Das ist absurd«, erwiderte Meisenberg. »Ich bürge für die Frau.«

Der Staatssekretär zog eine seiner buschigen Augenbrauen hoch. »Sie haben selbst Beziehungen in den Nahen Osten, Dr. Meisenberg, die nicht ganz zweifelsfrei sind«, sagte er zu Marcs Erstaunen.

»Ich bitte Sie, darüber haben wir bereits gesprochen«, wiegelte Meisenberg ab. »Daraus können Sie mir keinen Strick drehen. Und meiner Kanzleipartnerin schon gar nicht. Sie wusste nichts von den Transaktionen, und ich habe sie in Absprache mit dem Wirtschaftsministerium durchgeführt. Das haben Sie doch sicher überprüfen lassen.«

Der Staatssekretär lächelte. »Das war nicht leicht. Es handelt sich tatsächlich um eine Verschlusssache.« Er räusperte sich und fügte mit einem Seitenblick auf Marc hinzu: »Aber Sie haben recht. Es gibt Absprachen dazu. Wenn ich auch …« Er unterbrach sich. »Aber das gehört nicht hierher.«

Marc verfolgte den Austausch mit wachsendem Unbehagen.

»Es gibt einen Konsens, dass wir das derzeit sehr gute Verhältnis zu den Amerikanern nicht trüben wollen«, fuhr der Beamte fort. »Im Hinblick auf den Klimagipfel, auf den wir uns in gut zwei Wochen in Hamburg vorbereiten, können wir es uns nicht leisten, wegen einer Lappalie etwas zu gefährden …«

»Moment«, fiel Marc dem Staatssekretär ins Wort. Die Abmachung, die er mit Meisenberg getroffen hatte, war vergessen. »Bezeichnen Sie etwa die Sicherheit und das Leben meiner Frau als Lappalie?«

Der Mann ihm gegenüber reagierte überraschenderweise nicht ungehalten, sondern strich sich nur ernst über seinen getrimmten Schnurrbart. »Ich verstehe Ihre Erregung, Herr Weymann. Wir sind um das Leben und die Unversehrtheit Ihrer Frau äußerst besorgt. Doch angesichts der großen politischen Bewegungen, die stattfinden, müssen wir sehr genau überlegen, wie wir mit der Situation umgehen.«

Worthülsen. Mehr war es nicht, was der Politiker absonderte. Marc unterdrückte den Impuls, aufzuspringen und den Raum zu verlassen. Er bezweifelte, dass sie hier Hilfe bekamen. Diese Menschen würden Valerie mit einer fadenscheinigen Begründung ihrem Schicksal überlassen, wenn es ihren politischen Zielen dienlich war.

»Sie haben zusammen mit der Menschenrechtsorganisation sehr gute Arbeit geleistet, Herr Weymann, und ich kann Ihnen versichern, dass wir sehr dankbar sind, dass Sie sich mit Ihrem Problem direkt an uns gewandt und nicht den Weg über die Medien gesucht haben.«

Marc fragte sich, ob er einen Anflug von Sarkasmus in der Stimme des Staatssekretärs hörte. Eine Antwort lag ihm auf der Zunge, aber Meisenbergs Hand legte sich wie zufällig auf seinen Arm. Marc verstand die Geste und erwiderte nichts. Der Anwalt beugte sich jetzt vor und übernahm das Wort. »Können wir mit der Unterstützung des Kanzleramtes rechnen, wenn Beweise für Valerie Weymanns Unschuld vorliegen?«, fragte er, und sein Tonfall erinnerte Marc an Valerie, wenn sie ein Ultimatum stellte.

Der Staatssekretär blickte nachdenklich zwischen ihnen hindurch, bevor er antwortete. »Wenn wir stichhaltige Beweise haben, die belegen, dass Frau Weymann nicht an einer wie auch immer gearteten Verschwörung beteiligt ist oder Terrorverdächtigen Unterstützung gewährt hat, werden wir alles tun, was in unserer Macht steht, um sie nach Deutschland zurückzuholen.« Er stand auf. Als Marc ihn im Gegenlicht vor dem Fenster betrachtete, erinnerte er sich, ihn vor nicht allzu langer Zeit im Fernsehen gesehen zu haben.

Meisenberg und der Staatssekretär tauschten beim Abschied noch einige Belanglosigkeiten aus. Marc war in seiner eigenen Gedankenwelt versunken. Sie hatten nichts erreicht, so schien es ihm. Nichts war geschehen außer ein wenig Geplänkel. Nichts würde geschehen. Sie würden keine Maßnahmen in die Wege leiten, um seine Frau zu retten, sondern die Angelegenheit zu einer Frage der Schuld hochstilisieren und tatenlos zusehen. Er fragte sich, ob deutsche Behörden tatsächlich tatenlos zusehen durften, wenn ihre Bürger im Ausland gefoltert wurden, ob sie sich darauf zurückziehen durften, dass erst die Unschuld des Betroffenen bewiesen sein musste, bevor sie handelten.

»Ich habe Sie gewarnt, Marc«, sagte Meisenberg, als sie zusammen im Taxi saßen. »Politik und Diplomatie lassen sich nicht übers Knie brechen. Aber wir haben viel erreicht.«

»Bitte? Was denn?«

»Die Zusage, dass sich das Kanzleramt für Valerie einsetzen wird. Unser Gesprächspartner wird die Informationen, die er von uns erhalten hat, mit dem nötigen Nachdruck weiterleiten.«

»Auf mich hat er eher den Eindruck gemacht, als fasse er dieses heiße Eisen nicht gern an.«

»Valeries Entführung durch die CIA schlägt hohe Wellen in diesem Haus. Sie wird als ein klarer Affront bewertet.«

»Sie wissen hier also schon Bescheid?«

»Selbstverständlich.«

Marcs Geduldsfaden riss endgültig. »Können Sie mir dann bitte erklären, warum wir diesen Affenzirkus veranstalten?«, fragte er mit vor Wut bebender Stimme.

»Wir haben deutlich gemacht, dass wir über ebenso viel Informationen verfügen wie das Ministerium. Informationen, die wir jederzeit der Öffentlichkeit zugänglich machen können.« Er sah Marc über den Rand seiner Lesebrille an, die er gerade aufgesetzt hatte. »Das nennt man Diplomatie.«

Marc ersparte sich einen Kommentar. »Was ist mit den Beweisen, die er verlangt? Wer soll die erbringen?«, fragte er stattdessen.

»Marc, ich bitte Sie«, stöhnte Meisenberg auf. »Glauben Sie denn wirklich immer noch, dass der Staatssekretär so ahnungslos ist, wie er sich gibt? Das Bundeskanzleramt ist über die Vorfälle in Hamburg informiert, schließlich ist der Leiter des Kanzleramtes auch der Koordinator der Nachrichtendienste, und Valeries Beteiligung und selbst die von Noor al-Almawi ist längst in Frage gestellt worden. Unser Besuch wird die bereits laufenden Ermittlungen hoffentlich beschleunigen. Ich denke, wir sind kurz vor dem Durchbruch.« Er wischte die Scheibe frei und sah hinaus auf einen großen geschmückten Weihnachtsbaum, der vor einem Geschäft platziert war. »Wir müssen es nur schaffen, bevor alle im Weihnachtsurlaub verschwinden.«

»Wie meinen Sie das?«

»Zwischen Weihnachten und Neujahr wird man keine Schritte unternehmen.«

Marc presste die Lippen zusammen. Valerie wurde in einem Gefängnis gefangen gehalten. Ihr Leben war bedroht, und Politiker und Staatsbeamte fuhren nach Hause zu ihren Familien und aßen Gänsebraten. Bis Weihnachten waren es noch drei Tage. Noch nie in seinem Leben hatte er dem Fest mit solchem Entsetzen entgegengesehen.

* * *

Mayers Zweifel an der Verhaftung der beiden Männer hatten sich bewahrheitet. Sie hatten die Anschuldigungen gegen die beiden Terrorverdächtigen wegen mangelnder Beweise nicht aufrechterhalten können. Die Männer blieben aber aus Sicherheitsgründen bis nach dem Gipfel in Haft. Ihr Umfeld wurde streng überwacht, aber wie zu erwarten ergab diese Überwachung keine neuen Erkenntnisse. Stattdessen waren die Medien aufmerksam geworden. Vor allem in der Boulevard-Presse kamen alle zu Wort, vom Nachbarn bis zu den Kommilitonen der Verdächtigen. Sie machten viel Wind um nichts, von dem sich vor allem die zuständigen Politiker unter Druck setzen ließen, die diesen Druck wiederum weiter nach unten leiteten. Jochen Schavan hatte ein paar sehr schlechte Tage, bevor sich die Wogen wieder glätteten. John Miller, dessen Büro die Informationen für die Aktion geliefert hatte, tauchte mehr oder weniger ab, nachdem er sich mit dem Vorschlag, die mutmaßlichen Täter ins Ausland bringen zu lassen, nicht hatte durchsetzen können. Es waren unkoordinierte Tage, während derer sie nicht einen Schritt mit ihren Ermittlungen weiterkamen.

»Wenn es nicht so absurd wäre, würde ich fast sagen, das hat jemand inszeniert, um uns aus der Spur zu werfen«, bemerkte Archer bei einem gemeinsamen Abendessen.

»Wir sind wieder genauso weit wie vor dem Dammtoranschlag«, fügte Mayer hinzu. »Nur haben wir noch weniger Hinweise auf mögliche Täterkreise.«

Sie saßen in einem indischen Restaurant im Grindelviertel nahe der Universität. Es war eine willkommene Abwechslung zum Kantinenessen im Polizeipräsidium.

»Hat die Spur in diese muslimische Gemeinde noch etwas ergeben?«, wollte Archer wissen.

Mayer seufzte. »Sie ist so kalt wie alles andere. Die Kontakte, die Meisenberg nach Pakistan hat, laufen in Abstimmung mit unserem Wirtschaftsministerium, Näheres ließ sich noch nicht in Erfahrung bringen. Die Verantwortlichen halten sich alle sehr bedeckt. Vermutlich geht es um Waffen.« In ihrer Verzweiflung hatten sie sogar noch einmal den Kontakt zu den dänischen Kollegen gesucht und das Umfeld der beiden Nordafrikaner durchkämmt, die für den Anschlag im Tivoli verantwortlich waren.

»Der amerikanische Präsident überlegt, ob er dem Gipfel fernbleibt, solange die Sicherheitslage ungeklärt ist«, sagte Archer.

Es war eine Information, die Mayer auch schon erhalten hatte. Er fragte sich, ob er Archer von Wetzels Fund erzählen sollte, Abidis Foto vom Hamburger Flughafen. In Absprache mit seinem direkten Vorgesetzten hatten sie das Beweisstück den anderen Mitgliedern der Anti-Terror-Einheit bislang vorenthalten. Zumindest wollten sie so lange darüber Stillschweigen bewahren, bis sie geklärt hatten, was dahintersteckte. Jochen Schavan war informiert und arbeitete mit seinem Team daran. Mayer entschied sich, Marion Archer nicht einzuweihen. Er mochte sie, doch er vertraute ihr letztlich nicht mehr als den anderen. »Mehrere Sondereinheiten der Polizei haben mit Spezialgeräten die gesamte Innenstadt um das Rathaus herum durchkämmt«, sagte er auf ihre Bemerkung hin. »Ebenso die Route, die der Präsident vom Hotel aus nehmen wird. Die Vermutungen, dass bereits Sprengsätze platziert sind, haben sich nicht bestätigt. Es ist alles sauber.«

Archer nickte. »Wenn man die Medien verfolgt, hat die anfängliche Begeisterung der Bevölkerung über den Besuch und den Gipfel in dieser Stadt angesichts der verschärften Sicherheitsmaßnahmen stark nachgelassen.«

»Wundert Sie das?«, fragte Mayer.

»Nein, es ist überall das Gleiche. Wir erleben das immer wieder, egal, wohin wir kommen. Seit dem Mord an Kennedy vor bald einem halben Jahrhundert gibt es keine echte Volksnähe der großen Politiker mehr. Die ursprüngliche Leichtigkeit ist Geschichte.«

»Trotzdem werden die Fernsehstationen Bilder von winkenden, Fähnchen schwenkenden Menschen in die Welt senden.«

Archer lächelte. »Höre ich da einen zynischen Unterton in Ihrer Stimme, Eric?«

»Eher eine gewisse Müdigkeit.«

»Wie nennt man es bei Ihnen? Politikverdrossenheit?«

»Vielleicht auch das«, gab Mayer zu. Es war mehr. Es waren die Opfer, die der reibungslose Auftritt forderte, und das, was hinter den Kulissen geschah, aber von der Öffentlichkeit nie bemerkt wurde – Schicksale wie von Safwan Abidi oder Valerie Weymann. Es gab sie immer wieder, überall. Kollateralschäden. Marion Archer nahm sie fraglos in Kauf, wenn es dem großen Ganzen dienlich war, und unterschied sich in diesem Punkt nicht von ihren amerikanischen Kollegen.

»Noch einen Kaffee?«, fragte er und blickte auf seine Uhr.

»Gern«, antwortete sie, nicht ahnend, was ihm durch den Kopf ging.

»Immerhin scheinen sich die Proteste gegen das Treffen in Grenzen zu halten«, sagte er, nachdem die Bedienung den Kaffee gebracht hatte. »Wir werden uns wie immer mit ein paar Autonomen auseinandersetzen müssen, aber wir erwarten nur wenige Gegendemonstrationen.«

»Abrüstung zugunsten des Klimaschutzes trifft den Nerv der Bevölkerung«, erklärte Archer und nahm sofort die Chance wahr, ihr Lieblingsthema in den Fokus zu rücken.

»Wenn auch nicht den der Industrie.« Bei Mayer klingelte es bei diesen Worten, doch er konnte nicht greifen, was.

Wenig später verließen die beiden Agenten das Restaurant. Es hatte wieder zu schneien begonnen, und die Flocken wirbelten ihnen entgegen, als sie aus der Tür traten. Archer warf einen Blick auf die langsam dahinrollenden Fahrzeuge auf der Straße. »In zwei Tagen ist Weihnachten, und wir haben nichts Besseres zu tun, als diese Stadt in eine Festung zu verwandeln.« Sie seufzte. »Was werden Sie an Heiligabend machen?«

»Ich habe mir darüber noch keine Gedanken gemacht«, sagte Mayer überrascht. »Vermutlich werde ich arbeiten. Und Sie?«

Sie zog sich die pelzbesetzte Kapuze ihres Mantels über das blonde Haar. »Mein Mann kommt morgen für drei Tage«, erwiderte sie. »Wir werden nicht viel Zeit füreinander haben, aber den Gedanken, über die Feiertage abends allein in meinem Hotelzimmer zu sitzen, fand ich einfach zu deprimierend.«

Ein paar der Mitarbeiter des Teams verließen Hamburg, um wenigstens für ein oder zwei Tage bei ihren Familien zu sein. Die meisten blieben jedoch. Sie würden sich in der ein oder anderen Hotelbar zusammenfinden, und mit steigendem Alkoholpegel würde auch die Lautstärke der Weihnachtslieder wachsen, bis die Ersten dann von Rührung und Heimweh überwältigt auf ihre Zimmer verschwanden. Es wäre nicht das erste Mal, dass er das erlebte. Und es würde vermutlich auch nicht das letzte Mal sein.

Am nächsten Morgen war Mayer einer der Ersten im Polizeipräsidium. Die Etage, in der ihre Büros lagen, war noch weitgehend still und dunkel. Keine Telefone klingelten in den Büros, keine Mitarbeiter huschten mit hektischem Gesichtsausdruck durch die Flure.

Mayer hatte sich aus der Kantine einen Kaffee mitgebracht, den er auf die Ecke seines Schreibtisches stellte. Er hängte seinen Mantel hinter die Tür und sah einen Moment aus dem Fenster, bevor er sich setzte und den Aktenordner zur Seite schob, den er am Vorabend auf seinem Platz hatte liegenlassen. Seitenweise Papier, das keiner braucht, hatte Florian Wetzel gesagt, und er hatte recht damit. In all dem Papierwust, der zu jedem Fall angelegt wurde, konnte man sich leicht verlieren. Oder Entscheidendes übersehen. Wie die Fotografie Abidis vom Flughafen. Mayer stellte seinen Laptop auf den Tisch und klappte ihn auf. Er öffnete die Fotodatei und betrachtete die Aufnahme nachdenklich. Dann stellte er das Bild daneben, das die Überwachungskamera auf dem Gleis des Dammtorbahnhofs von Abidi gemacht hatte – die Reflexion seines Gesichts in der Glasscheibe der Anzeigentafel. Die An- und Abfahrtszeiten schnitten durch die Gesichtszüge des Libanesen. Aber die Aufnahme war scharf genug, um ihn zweifelsfrei zu identifizieren.

Am Flughafen war er in ein Taxi gestiegen. Sie hatten den Fahrer ausfindig gemacht, und er hatte sich an Safwan Abidi erinnert. »Er hatte kein Bargeld dabeigehabt, zumindest keine Euro, und mit Kreditkarte bezahlt«, hatte er bei seiner Vernehmung zu Protokoll gegeben. Auch das konnten sie nachprüfen. Eine Zahlung von siebzehn Euro an die Taxigesellschaft mit passendem Datum belastete Safwan Abidis Kreditkartenkonto. Er hatte sich zu einer Adresse in Poppenbüttel fahren lassen, einem Stadtteil in den Randbezirken der Hansestadt, im Berufsverkehr eine gute halbe Stunde vom Dammtorbahnhof entfernt. Sie hatten die Adresse überprüft. Es war eine kleine Pension. Die Wirtin hatte Abidis Ankunft bestätigt. Auch das machte Sinn. Abi-

di war aus Kopenhagen verschwunden, um unterzutau-
chen. Er würde weder in einem großen Hotel absteigen
noch bei jemandem, den er kannte, wie zum Beispiel den
al-Almawis, die in der Hochallee in ihrer geräumigen Villa
Gästen auch längerfristig Quartier bieten konnten.

Mayer zoomte das Bild der Überwachungskamera vom
Dammtor heran, bis es dieselbe Größe hatte wie die Fotografie vom Flughafen. Es war Abidi. Es gab keinen Zweifel, nicht den geringsten Unterschied, nur der Winkel der
Aufnahme war ein anderer. Mayer nahm einen Schluck
Kaffee. Das Foto vom Dammtor zeigte Abidi frontal. Auf
der Aufnahme vom Flughafen dagegen war er leicht von
oben zu sehen. Mayer begann, die Bilder Zentimeter für
Zentimeter miteinander zu vergleichen. Und dann fand er
es und fragte sich, wie er es die ganze Zeit hatte übersehen
können. Abidi hatte weder einen Zwillingsbruder noch
einen Doppelgänger. Aber er hatte einen kleinen, unscheinbaren Leberfleck unter dem rechten Auge, verborgen fast im Augenwinkel. Mayer starrte lange darauf.
Trank seinen Kaffee und spürte dem Gefühl nach, das sich
in ihm ausbreitete. Niemand hatte es bemerkt. Sie waren
zu aufgeregt gewesen, zu sicher, dass Abidi, der ja schon
für Kopenhagen verantwortlich gewesen sein sollte, der
Täter war. Sie hatten es an der nötigen Sorgfalt fehlen lassen, und das hatte den Palästinenser das Leben gekostet.
Mayer griff zum Telefon.

Jochen Schavan runzelte die Stirn, als er auf das Gesicht
Abidis starrte, das Mayer im Besprechungsraum mit einem Beamer an die Wand geworfen hatte, und es mit der
Aufnahme vom Flughafen verglich. »Sie haben recht«,
sagte er zu Mayer. »Wenn es sich um eine Reflexion von

Abidis Gesicht handeln würde, müsste dieser Leberfleck am Auge auf der anderen Seite sein.«

Wenn es nicht so absurd wäre, würde ich fast sagen, das hat jemand inszeniert, um uns aus der Spur zu werfen. Archers Worte. Sie hatte sie bezüglich der beiden Terrorverdächtigen aus Harburg geäußert, aber waren sie auf diese beiden jungen Männer nicht aufgrund ihrer losen Verbindungen zu Safwan Abidi gestoßen?

Schavan hatte bereits das Handy am Ohr. »Findet heraus, ob der Glaskasten auf dem S-Bahn-Gleis am Dammtorbahnhof noch steht. Ja, genau der, vor dem die Aufnahme von Abidi gemacht wurde.«

Wetzel kam in den Raum mit einem Tablett voller Kaffeetassen. Er grinste breit. »Wann wollen Sie unsere Ausländer informieren?«, wollte er wissen und zog mit Nachdruck die Tür hinter sich ins Schloss.

»Wenn wir alle Informationen zusammenhaben«, erwiderte Mayer.

»Das wird einen Tumult geben – und Weihnachten den Rest. Die werden ihre Flüge stornieren müssen.«

»Vermutlich«, bemerkte Mayer abwesend. Vielleicht hatten sie ausnahmsweise Glück, und der Kasten hatte die Explosion unbeschadet überstanden. Es hing so viel davon ab.

»Was passiert eigentlich …«, begann Wetzel, doch das Klingeln von Schavans Handy ließ ihn mitten im Satz verstummen.

»Gut«, sagte Schavan nach einem Moment des Schweigens. »Sperrt das Ding ab und schickt ein Team der Spurensicherung raus.«

Wetzel zappelte aufgeregt neben Schavan, als dieser auflegte. »Er steht noch, ja?«

Schavan nickte. »Er war weit genug von der eigentlichen Explosion entfernt und besteht zudem aus einem besonderen, erschütterungssicheren Glas.«

Mayer merkte plötzlich, dass er vor Anspannung den Atem angehalten hatte. Erleichtert sank er auf einen Stuhl.

Es dauerte knapp anderthalb Stunden, bis sie die Ergebnisse der Spurensicherung vorliegen hatten. Mayer informierte die Leiter der Anti-Terror-Einheit der einzelnen Staaten. Eine halbe Stunde später waren sie alle im Besprechungsraum versammelt.

Mayer blickte in die Gesichter der Männer und Frauen vor ihm. »Wir haben soeben den Beweis dafür erhalten, dass Safwan Abidi entgegen unserer bisherigen Annahmen nicht den Anschlag auf den Dammtorbahnhof ausgeführt hat.«

Erstaunte Ausrufe der meisten Anwesenden waren die erste Reaktion auf die überraschende Mitteilung. Mayer begegnete Marion Archers Blick über die Köpfe der anderen hinweg und registrierte ihre Enttäuschung.

Er informierte über die Fotografie vom Flughafen, deren Fund dazu geführt hatte, weitere Nachforschungen anzustellen, und projizierte erneut die Aufnahmen an die Wand.

Dann verteilte er die Kopien des ersten Berichts der Spurensicherung.

»Die Täter haben mit einer transparenten Folie gearbeitet, auf die eine Fotografie von Abidi aufgedruckt war«, erklärte er. »Sie war von innen in dem Kasten gegen das Glas geklebt. Wie Sie aus dem Bericht ersehen können, hat die Spurensicherung nicht nur Reste des Klebstoffes, sondern auch Reste der Folie sicherstellen können.«

Papier raschelte im Raum, als seine Kollegen die Kopien überflogen. Wetzel stand an der Tür und hielt in siegessicherer Geste unauffällig den Daumen hoch.

»Wir haben also einen Täter, der nicht Abidi war, sondern ein anderer«, schlussfolgerte der Franzose mit zusammengezogenen Brauen. »Er hat uns die ganze Zeit über sein Gesicht nicht gezeigt und sich so vor dem Kasten platziert, dass die Überwachungskamera die Folie mit Abidis Foto als die Reflexion seines Gesichts aufgenommen hat.« Er sprach englisch mit starkem französischem Akzent.

»Wir nehmen an, dass es sich so verhalten hat«, stimmte Mayer zu.

Der Brite beugte sich etwas nach vorn. »Wie haben Sie das herausgefunden?«

Mayer wandte sich den Fotos hinter ihm an der Wand zu. »Die Täter haben einen Fehler gemacht«, sagte er und wies auf den Leberfleck unter Abidis rechtem Auge, der auf beiden Aufnahmen an derselben Stelle saß. »Sie haben die Fotografie auf der Folie nicht seitenverkehrt angebracht, so wie sie sein müsste, wenn es sich um eine Spiegelung handelt. Für uns als Betrachter müsste dieser Fleck auf der linken statt der rechten Seite liegen, wenn es sich wirklich um eine Reflexion gehandelt hätte.«

Der Brite nickte anerkennend und sagte etwas zu seinem Nachbarn, das Mayer nicht verstehen konnte.

Marion Archer meldete sich zu Wort. »Ich hoffe, Sie sind sich alle im Klaren darüber, was diese neuen Erkenntnisse für uns bedeuten.« Ihr Tonfall war scharf.

Die Mienen der Anwesenden zeigten, dass sie sich dessen durchaus bewusst waren.

»Wir müssen jetzt auch die Beteiligung Abidis in Kopenhagen in Frage stellen«, warf der Franzose ein. Mayer war dankbar, dass diese Einlassung von einem anderen kam und er die Thematik nicht selbst ins Spiel bringen musste.

»Aus Kopenhagen haben wir sehr eindeutige Beweise«, widersprach John Miller mehr aus Pflichtgefühl als aus Überzeugung.

»Die Beweise für den Anschlag am Dammtor waren auch eindeutig«, bemerkte der Franzose trocken. »Dass uns jemand bewusst in die Irre geleitet hat mit einem solchen Aufwand ...«

Er sprach den Satz nicht zu Ende, aber alle wussten, was gemeint war.

Es implizierte eine fast schon unheimliche Bedrohung. Was hatten die Täter noch alles geplant? Und vor allem: Was war ihr Ziel?

Mayer erhob sich von seinem Stuhl. »Ich denke, wir haben jetzt alle eine Menge zu tun«, sagte er abschließend. »Und ich nehme an, Sie sind meiner Meinung, wenn ich vorschlage, dass wir die gesamte Angelegenheit mit einer Nachrichtensperre versehen und die Informationen als streng geheim behandeln. Die Gegenseite darf unter keinen Umständen erfahren, dass wir über ihre Täuschung im Bilde sind.« Ein allgemeines zustimmendes Gemurmel ging durch die Menge.

Mayer verließ den Raum, um mit seinem Vorgesetzten, den er bislang nur mit einer kurzen SMS über die Entwicklung informiert hatte, zu telefonieren. Auf dem Flur fing ihn jedoch Archer ab. »Seit wann sind Sie an der Sache dran?«, wollte sie wissen.

»Seit zwei Tagen«, erwiderte Mayer.

»Ich habe gedacht, wir hätten ein besseres Verhältnis«, bemerkte sie kühl und wandte sich ohne ein weiteres Wort ab.

»Fühlt sich da jemand schlecht behandelt?« Mayer wandte sich zu Wetzel um, der den Wortwechsel gehört hatte und sich einen Kommentar nicht verkneifen konnte.

»Finden Sie raus, wo Mahir Barakat festgehalten wird«, wies Mayer ihn an. »Und suchen Sie noch einmal alles zusammen, was wir über Kopenhagen haben.«

Wetzel rieb sich die Nase. »So was Ähnliches wollte John Miller auch gerade von einem seiner Mitarbeiter. – Hab ich ganz zufällig mitgekriegt«, fügte er mit unschuldigem Gesicht hinzu, als Mayer fragend eine Braue hochzog. Wetzel trat einen Schritt näher zu Mayer und fragte leise: »Hat die CIA vielleicht irgendwo ihre Finger drin?«

Mayer sah nachdenklich den Flur hinunter. »Welchen Vorteil hätten sie davon?«

»Ich könnte versuchen, dazu etwas herauszufinden«, schlug Wetzel vor.

»Behutsam, Florian«, mahnte Mayer. »Ganz behutsam.«

»Sie kennen mich doch, Chef.« Wetzel grinste.

»Eben drum«, erwiderte Mayer und lächelte, als er seinem jüngeren Kollegen nachblickte, der, die Hände tief in den Taschen seiner viel zu weiten Jeans vergraben, Richtung Fahrstuhl ging. Als er kurz darauf wieder allein in seinem Büro war, war das Gefühl der Leichtigkeit bereits wieder verflogen. Er hatte einen Etappensieg erreicht. Die Bergetappe lag noch vor ihm.

* * *

Valerie konnte Noors Anblick nicht vergessen. Den kahlen Kopf und die großen dunklen Augen, aus denen ihre Freundin sie angesehen hatte, ohne sie zu erkennen. Sie hatte versucht, sich einzureden, dass die Frau, der sie im

Zellengang begegnet war, nicht mehr die Noor war, die sie kannte. Es war ihr nicht gelungen.

Noor war immer stolz gewesen auf ihr langes Haar. »Einhundert Bürstenstriche jeden Tag«, hatte sie einmal lachend gesagt, als Valerie sie gefragt hatte, worin das Geheimnis von Glanz und Seide lag. Schon im Mittelalter hatte langes Haar bei Frauen als Zeichen von Freiheit und Stand gegolten, und die Inquisitoren hatten sich nie gescheut, ihren weiblichen Opfern als Erstes die Schädel zu scheren, um sie zu erniedrigen, bevor sie sie zu Tode quälten. Valerie ließ den Kopf gegen die Wand sinken und fragte sich, wann sie ihr die Haare abrasieren würden. Wann sie sie töten würden.

Sie hatte keine Vorstellung davon, wie lange sie schon in diesem Gefängnis war. Tage, Wochen. Es gab Menschen, die Monate, Jahre in solchen Lagern festgehalten wurden. Wie überlebten sie, ohne verrückt zu werden?

Jedes Mal, wenn sie dich an den Rand des Todes bringen, stirbt ein Stück von dir. Noor hatten sie einmal zu viel an jenen Rand gebracht. Und wer überlebte, tatsächlich die Mauern durchbrechen konnte, ließ doch einen Teil seines Lebens dahinter zurück. Hoffnungen und Ängste klebten an ihnen wie grober Putz, und manchmal, wenn sie zu schwer wurden, blätterten sie ab, kleine Häufchen menschlicher Erinnerung, die sich verloren und dennoch ein Vergessen unmöglich machten.

Das Schlimmste war das Warten auf jenen Lichtstreif, der das Dunkel der Zelle durchbrach, das metallische Schaben des Riegels, das Wasser, Nahrung, aber auch Fragen und Schmerz bedeuten konnte. Sie wusste nie, was kam, noch wann. Auch diesmal nicht, als die Schritte auf dem Zellengang vor ihrer Tür innehielten. Sie kroch in die hinterste Ecke, kauerte sich zusammen, die Erinnerung an jene erste Nacht war noch immer in ihr wach.

Es war Martinez, dessen Umriss im Licht auftauchte. Überall hätte sie ihn wiedererkannt. »Steh auf«, sagte er.

Sie schob sich an der Wand entlang nach oben, spürte den rauhen Beton unter ihren Handflächen und an ihrem Rücken.

Er machte einen Schritt auf sie zu. Er hielt etwas in der Hand, das er ihr vor die Füße warf. Weicher Stoff berührte ihre nackte Haut. Sie starrte darauf und erkannte im Halbdunkel Kleidung. Sie wagte nicht, sich zu bewegen.

»Zieh dich an.« Martinez' Stimme war kalt wie immer.

Ihre Finger schlossen sich um die rauhe Wolle eines Pullovers, die glatte Oberfläche des Baumwollstoffes einer Armeehose. Hastig streifte sie die Sachen über. Sie auf ihrer Haut zu fühlen trieb ihr die Tränen in die Augen. Mit zitternden Fingern schloss sie die Knöpfe der Hose. Als sie fertig war, griff Martinez nach ihrem Arm. Sie zuckte zurück. Er packte sie und zog sie dicht zu sich heran, seine Finger bohrten sich schmerzhaft in ihren Oberarmmuskel.

»Lass mich nicht bereuen, was ich hier tue«, zischte er zwischen zusammengepressten Zähnen.

Valeries Atem ging schneller. Was hatte er vor?

Der Zellengang war verlassen. Ihr Blick flog unwillkürlich zu der geschlossenen Tür auf der anderen Seite, auf der eine große weiße Fünf prangte. Kauerte Noor dahinter in der Dunkelheit? Hörte sie ihre Schritte? Sie war versucht, sich loszureißen, hinzulaufen und ...

Martinez' Griff um ihren Arm wurde fester. »Nein«, sagte er nur. »Denk nicht einmal daran.«

Eine Flucht von Stufen tauchte vor ihnen auf, die im Halbdunkel verschwand. Valerie erinnerte sich vage an eine

Treppe, die sie hinuntergestolpert war, immer in der Angst, zu fallen. Alle Erinnerungen an ihre Ankunft waren verschwommen, verloren sich wie in einem Nebel. Alle, bis auf eine.

Sie blickte die Stufen empor. Der Fußboden war kalt unter ihren nackten Füßen. *Lass mich nicht bereuen, was ich hier tue.*

Valerie nahm all ihren Mut zusammen. »Wo... wohin gehen wir?«

Martinez' dunkle Augen richteten sich auf sie, und sie bereute sofort, dass sie es gewagt hatte zu sprechen. Sie fragte nicht. Sie antwortete. Martinez fragte. Und wenn er nicht fragte, schwieg auch sie. Ihr Herz klopfte heftig, als er den Blick schließlich wieder abwandte.

Schweigend stiegen sie die Treppe hinauf. Valerie spürte, wie sich die Luft veränderte, wie die klamme Kälte des Zellentrakts zurückblieb, der Geruch nach Beton und Leid. Am Ende der Treppe lag eine Tür. Sie öffnete sich erst, als Martinez seine Hand auf eine Platte auflegte, die in die nackte Wand eingelassen war. Ein biometrischer Scan, schoss es Valerie durch den Kopf. Und es wurde nicht nur ein Fingerabdruck abgefragt.

Helles Licht strömte ihnen entgegen. Tageslicht. Valerie blinzelte. Sie befanden sich in einem etwa drei mal drei Meter großen Raum, in den Ausmaßen ähnlich wie ihre Zelle. Das Licht kam durch ein Fenster, das in die Decke eingelassen war. Die Wände waren roh verputzt und ungestrichen. Mehrere Haken waren darin eingelassen, an zweien von ihnen hingen dicke Daunenjacken im Armeestil. Unter der einen standen robuste Winterstiefel. Martinez nickte wortlos in die Richtung und ließ ihren Arm los. Valerie zog sich hastig an.

Das Tattoo auf Martinez' Arm tanzte im Licht, als auch er einen Pullover und die andere der beiden Jacken überstreifte. Als er fertig war, zog er Valerie die an den Rändern mit Fell besetzte Kapuze ihrer Jacke über den Kopf und zurrte sie so fest, dass ihr Gesicht kaum noch zu sehen war.

Dann öffnete er die Tür. Sie wich zurück, aber er zog sie mit festem Griff mit sich. Valeries Knie zitterten. Es war zu hell. Zu weit. Sie spürte, wie ihr Herz viel zu schnell klopfte, ihr die Luft wegblieb, und das nicht allein wegen der Kälte, die wie ein Hammerschlag auf sie niederbrach.

»Sieh zu Boden«, befahl Martinez.

Sie konzentrierte sich auf den Schnee zu ihren Füßen, auf die Fußspuren darin. Es wurde besser. Am Rande ihres Gesichtsfeldes nahm sie flache Gebäude wahr. Vor einem parkte ein Fahrzeug. Ein Jeep mit verdunkelten Scheiben. Martinez hielt darauf zu.

Sie musste hinten einsteigen und sich in den Fußraum kauern. Handschellen schnappten um ihre Handgelenke, eine Kette fixierte sie auf ihrem Platz. Martinez legte eine Decke über sie, bevor er die Tür schloss. Augenblicke später startete er den Motor, der schwerfällig dröhnte. Valerie grub vor Aufregung ihre Finger in den Stoff ihrer Armeehose.

Sie passierten das Tor ohne Probleme. Nur ein einzelner Sicherheitsbeamter stand dort, den sie durch einen Spalt in den Falten der Decke sehen konnte. Er winkte, als er Martinez erkannte. Dann schloss sich der Wald um sie. Hohe, schneebedeckte Bäume.

Martinez sprach nicht mit ihr. Wortlos lenkte er den Wagen durch die menschenleere Landschaft. Und sie wagte nicht zu fragen. Sie fuhren bergab. Der Wald lichtete sich, und schließlich blieben die Bäume zurück. Valerie spürte die plötzliche Weite mehr, als dass sie sie sah. Martinez lenkte den Wagen von der Straße auf einen Feldweg. Der Geländewagen kämpfte sich durch den Schnee, und Valerie befürchtete, dass er jeden Moment stecken bleiben würde. Aber Martinez hatte das Fahrzeug unter Kontrolle. An einer Weggabelung hielt er an und machte den Motor aus. Er stieg aus, öffnete die Tür, zog die Decke von Valerie und schloss die Handschellen und die Kette auf. »Steig aus.«

Eine weite, sanft abfallende Ebene erstreckte sich vor ihnen. Unberührte Schneefelder, so weit das Auge reichte. Bei dem Anblick brach ihr der Schweiß aus, und ihr Herz klopfte erneut heftig. Hastig senkte sie den Blick. Ein kalter Wind wehte, und der Schnee knirschte unter ihren Stiefeln. Sie lehnte sich gegen den Wagen und versuchte, die Weite um sie herum zu ignorieren. Den Wunsch, zurück in den Wagen zu kriechen und sich die schützende Decke über den Kopf zu ziehen. Warum hatte Martinez sie hierhergebracht?

Er trat neben sie und führte sie vom Wagen weg über die Gabelung auf den linken der beiden Wege. »Dort unten liegt ein Dorf.«

Valerie hob vorsichtig den Blick, entdeckte in der Ferne verschneite Dächer und rauchende Schornsteine. Den Turm einer Kirche. Schwindel erfasste sie. Hastig sah sie wieder zu Boden.

»Eine Stunde Fußmarsch«, sagte Martinez. »Es gibt ein paar Deutsche in dem Ort. Von früher. Sie werden dir helfen.« Er zog ein Bündel Geldscheine aus der Tasche und drückte es ihr in die Hand. »Wenn Burroughs dich findet, bist du tot.«

Sie starrte ihn ungläubig an.

Ohne ein weiteres Wort ging er zurück zum Wagen.

Valerie begann am ganzen Körper zu zittern. Allein in dieser Weite. Sie konnte das nicht. »Martinez!«, schrie sie. Es war das erste Mal, dass sie ihn beim Namen nannte.

Langsam, ganz langsam wandte er sich um. Sah sie an. Sein Blick war so kalt wie der Wind, der durch sie hindurchfuhr, als stünde sie nackt hier oben im Schnee. In seiner Hand schimmerte ein schwarzer Revolver im Sonnenlicht. »Geh!«, sagte er nur und zielte auf sie.

Valerie wich einen Schritt zurück, schüttelte den Kopf. »Ich ... ich kann nicht.« Selbst auf die Entfernung sah sie, wie sich sein Finger am Abzug bewegte. »Geh!«, sagte er noch einmal.

Sie stolperte ein paar Schritte von ihm fort. Er zielte noch immer auf sie.

Wieder zögerte sie. Martinez' dunkle Augen verengten sich. Hastig drehte sie sich um und stolperte den Weg weiter bergab auf das Dorf zu. Eine Stunde Fußmarsch. Sie sah sich nicht mehr um. Wenn sie noch einmal innehielt, würde er schießen. Ihr schwindelte erneut, und sie starrte auf ihre Füße. Sie hörte, wie der Motor des Geländewagens ansprang. Augenblicke später war das einzige Geräusch um sie herum der Wind, der über den Schnee pfiff.

Es gibt ein paar Deutsche in dem Ort. Von früher.

Wo war sie? Sie blickte auf die Geldscheine in ihrer Hand. Es waren US-amerikanische Dollarnoten. Plötzlich fürchtete sie, dass ihre Flucht nur ein weiterer Trick war, um ihr den Verstand zu rauben. Hinter der nächsten Biegung würde Martinez auf sie warten. Oder Burroughs.

Wenn Burroughs dich findet, bist du tot.

Sie rutschte aus und fiel. Weicher kalter Schnee schloss sich um sie. Der Wunsch, sich zu verstecken, wurde übermächtig. Sie konnte nicht länger wie eine Zielscheibe durch dieses Land laufen. Burroughs würde sie suchen. Und sie zurückbringen, und alles würde noch schlimmer werden als zuvor. Sie rappelte sich wieder auf. Sie musste das Dorf erreichen. Irgendwie. Hier draußen würde sie erfrieren.

Für einen kurzen Moment beobachtete sie sich selbst, spürte, wie sie wieder das Kommando übernahm, um zu überleben.

Ihre Füße waren taub vor Kälte, als sie die ersten Häuser erreichte. Alte, graue Häuser, die von Armut und Entbehrung sprachen und gegen die sich windschiefe Ställe lehnten. Der Geruch von Holzfeuer zog sich durch die Straße, die wie ausgestorben dalag. Valerie sank erschöpft gegen einen Bretterzaun. Ihr Atem kam stoßweise und kondensierte in der eiskalten Luft zu kleinen weißen Wolken. Die Umgebung verschwamm vor ihren Augen. Ihre Lunge brannte. Stechender Schmerz pulste durch ihren Unterleib.

Es gibt ein paar Deutsche in dem Ort. Von früher.

Wie sollte sie die Deutschen finden? Und woher wusste sie, dass die Menschen in diesem Ort sie nicht sofort an die Amerikaner auslieferten? Das Lager konnte nicht weit fort sein. Sie wandte sich um und sah zu den Bergen, aus denen sie gekommen war. Hinter der sanft ansteigenden Ebene erhoben sich bewaldete Hügel, die zu schroffen Gipfeln aufstiegen. Dort irgendwo …

Sie wandte den Blick ab. Die Übelkeit, die sie bei dem Anblick verspürte, war nicht allein der Angst vor der Weite zuzuschreiben, die sie seit Verlassen ihrer Zelle quälte. Aber hätte Martinez sie hierhin geschickt, wenn er damit rechnen musste, dass die Dorfbewohner mit den Amerikanern kollaborierten? Sie richtete sich mühsam auf. Was wusste sie schon, was Martinez trieb. Was wusste sie schon, warum er sie freigelassen hatte. Sie dachte an seinen Blick, den er ihr über den Lauf seiner Waffe zugeworfen hatte. Die Kälte seiner dunklen Augen. Nie zuvor war sie einem solchen Mann begegnet. So kompromisslos. Sie machte einen Schritt zurück auf die Straße. Zwang sich, einen Fuß vor den anderen zu setzen. Erneut erfasste sie Schwindel.

Irgendwo bellte ein Hund. Das erste Zeichen von Leben in diesem Ort. Valerie wurde seltsam leicht im Kopf. Sie schloss die Augen, um wieder zu sich zu kommen. Aber es half nichts. Sie taumelte zurück zum Zaun. Verharrte einen Moment, bis sich die Benommenheit legte. Sie durfte nicht mitten auf der Straße in Ohnmacht fallen, sichtbar für jedermann. Sie musste sich verstecken, bis es ihr besser ging. Mit kalten Fingern klammerte sie sich an die Bretter. Der Klang von Kirchenglocken hallte zu ihr herüber. Sie erinnerte sich an den Turm, den sie vom Hang aus gesehen hatte, und zog sich an dem Zaun entlang, bis sie ein Tor erreichte. Es ließ sich leicht aufdrücken. Das Haus dahinter war nicht groß und versehen mit einem einfachen Spitzdach und grauem Putz. Daneben lag ein Stall. Valerie taumelte darauf zu und rüttelte an der Tür. Sie war nicht abgeschlossen. Der Geruch von Tieren strömte ihr entgegen, als sie sie aufzog. Ein Rascheln. Es war dunkel und wärmer als draußen. Sie zog die Tür zu und lehnte sich erschöpft dagegen, bis sich ihre Augen nach der gleißenden Helligkeit des Schnees und des Sonnenlichts an das Halbdunkel gewöhnt hatten. Zwei Ziegen sahen sie neugierig an, und auf einem halb hohen

Balken hockte eine Gruppe Hühner, die mit leisem Glucken zurückwichen, als sie näher kam. Arbeitsgeräte standen in einer Ecke. Valerie sank ins Stroh. Sie war in Sicherheit.

Irgendwann wachte sie auf und wusste nicht, wo sie war. Zuckte erschrocken zurück, als sich die Tiere neben ihr bewegten. Ihr Kopf dröhnte, und sie zitterte am ganzen Körper vor Kälte. Sie fuhr sich mit der Zunge über die trockenen Lippen.

Sie hatte Durst. Entsetzlichen Durst.

Draußen war es stockdunkel. Niemand würde sie sehen, wenn sie den Stall verließ. Im Schutz der Dunkelheit konnte sie Schnee essen und dann nach Hilfe suchen. Sie lauschte in die Stille. Da war nichts außer dem friedlichen Kauen der Ziegen und dem Rascheln der Federn, wenn sich eins der Hühner bewegte. Valerie wollte sich aus dem Stroh hochdrücken, aber ihr fehlte die Kraft. Mit heftig klopfendem Herzen wartete sie darauf, dass ihr Atem sich beruhigte und die Benommenheit wich, die sofort wieder von ihr Besitz ergriffen hatte. Sie versuchte es noch einmal. Es war hoffnungslos. Das harte Stroh stach durch die Hose hindurch, als sie erneut zurücksank.

Licht fiel in ihr Gesicht. Sie wandte den Kopf ab und wich zurück. Kamen sie, um sie zu Martinez zu bringen? Dann spürte sie die Kleidung auf ihrem Körper, das Stroh unter ihren Händen und erinnerte sich.

Sie erkannte einen Umriss in dem Licht. Es war eine alte Frau, die bei Valeries Anblick erschrocken zusammenzuckte und sich bekreuzigte.

»Bitte«, flüsterte Valerie heiser, »ich habe solchen Durst.«

Eine rauhe Hand legte sich auf ihre Stirn, und Valerie sah die Sorge in den kleinen dunklen Augen der Frau. Dann sprach sie auf Valerie ein, aber Valerie konnte sie nicht verstehen.

»Bitte«, flüsterte sie nur, bevor sie erneut das Bewusstsein verlor.

* * *

Robert F. Burroughs atmete schwer, als er sich völlig ausgepumpt und zufrieden von Marcia Moore löste. Der Morgen graute bereits, und sie hatten eben ihre dritte Runde beendet. Nach dem Weihnachtsessen waren sie auf ihr Zimmer gegangen und hatten den Tag mit Songs von Chris Rea ausklingen lassen. Bei *Driving Home for Christmas* war es dann so weit gewesen. Eng umschlungen hatten sie zwischen ihrem Bett und dem Sofa getanzt, beide schon ziemlich angetrunken. Er war erstaunt gewesen, dass es trotzdem so oft geklappt hatte. Normalerweise ging nichts mehr bei ihm, wenn er Alkohol in solchen Mengen im Blut hatte. Aber Marcia war heiß gewesen, so heiß, dass …

Bei der Erinnerung lächelte er und ließ seine Finger über ihren Oberschenkel gleiten. Sie rührte sich nicht, und er stellte fest, dass sie eingeschlafen war. Behutsam schlug er die Decke zurück und stand auf. Reckte sich, suchte seine Kleider zusammen und zog sich leise an. Nicht nötig, dass jemand sie überraschte und falsche Schlüsse zog. Bevor er ging, schaltete er das Licht kurz ein. Marcia, die auf dem Rücken lag und die Decke malerisch unter ihren Körper gefaltet hatte, rührte sich nicht. Burroughs zog sein Handy aus der Tasche, schaltete die Kamera ein und suchte sich einen günstigen Winkel, um auch die kleinen, kompromittierenden Details mit aufs Bild zu bekommen.

Augenblicke später schloss er die Tür zu seinem Zimmer auf. Er war auf dem Flur niemandem begegnet. Marcia und er waren nicht die Einzigen, die bis spät in die Nacht gefeiert hatten. Wer nicht für den Dienst eingetragen war, würde den 26. Dezember mit einem mächtigen Kater erleben, wenn überhaupt. Er zog sich wieder aus und hängte seinen Anzug über einen Bügel. Er hatte sich Bratensoße über die Hose gekippt, und es gab hier keine Reinigung. Er würde es mit Kathys altem Rezept versuchen. Er hielt inne. Kathy. In den vergangenen Stunden hatte er nicht an sie gedacht. Ihr Sexleben war befriedigend gewesen, aber im Vergleich doch eher zahm. Was er heute Nacht erlebt hatte, hatte eine andere Klasse gehabt. Marcia hatte sich nicht von ihm dominieren lassen, und in ihrer Leidenschaft hatte sie eine Rücksichtslosigkeit gezeigt …

Burroughs atmete tief durch. Allein der Gedanke daran, ließ ihn schon wieder hart werden. Er stieg unter die Dusche und ließ sich das heiße Wasser über den Kopf laufen. Er wusch sich gründlich, putzte die Zähne und trocknete sich schließlich ab. Mit dem Handtuch um die Hüften beobachtete er, wie über dem Lager die Sonne aufging, dann erst zog er die Vorhänge zu und stieg ins Bett, nachdem er sich noch einmal vergewissert hatte, dass seine Zimmertür auch wirklich verriegelt war. Nichts störte seinen Schlaf. Als er aufwachte, ging die Sonne gerade wieder unter.

Er fand einen Teil der Mannschaft im Casino, wo schon wieder eine Flasche Whisky auf dem Tisch stand und die Lautstärke der Unterhaltung zunahm. Marcia war nicht da. Burroughs verspürte Hunger und ging in die Küche. Er bekam Spiegeleier und Kaffee, was er beides mit ins Casino nahm. Als er sich zu den anderen an den Tisch setzen wollte, bemerkte er Martinez in der Ecke des Raums auf der Sitzgruppe am Fenster. Er hatte die Füße auf dem Tisch und eine Flasche im Arm. Kurz entschlossen nahm Burroughs seinen Teller und Becher und ging rüber zu ihm.

»Frohe Weihnachten, Don«, begrüßte er ihn, als er sich ihm gegenüber hinsetzte. Martinez war bei ihrem offiziellen Truthahnessen nicht dabei gewesen, was Burroughs nicht weiter verwundert hatte. Er hielt Martinez für soziophob. Solche Veranstaltungen waren sicher nicht seine Welt.

Martinez sah auf. Sein Blick war glasig. Burroughs warf einen Blick auf die Flasche und stellte fest, dass sie nahezu leer war. Es war ein teurer russischer Wodka gewesen, völlig vergeudet an einen Mann wie Martinez.

»Verpiss dich, Burroughs«, erwiderte er lediglich.

Burroughs lächelte. »Warum gehst du nicht? Ich habe es immer so verstanden, dass dieser Raum der Allgemeinheit zugänglich ist. Falls du also lieber allein sein möchtest …«

»Ich möchte bloß dein unangenehmes Gesicht nicht sehen«, fiel ihm Martinez mit erstaunlich klarer Stimme ins Wort. »Iss deine Eier woanders, oder ich brate dir noch zwei.«

Burroughs wollte eben etwas erwidern, als sich eine Hand auf seine Schulter legte. »Lass Don in Ruhe, Bob. Es ist Weihnachten.«

Burroughs legte seine Hand auf Marcias. »Gerade deswegen dachte ich …«, sagte er lächelnd und sah zu ihr auf.

»Aber gut, der Wunsch einer schönen Frau ist mir Befehl.«

Sie erwiderte sein Lächeln, und er wusste, dass seine Taktik erfolgreich gewesen war. Er hatte sie. Langsam stand er auf und ging mit ihr zurück zum Tisch. Doch er wandte sich noch einmal zu Martinez um. »Wo warst du gestern, Don? Wir haben dich vermisst.«

Martinez nahm einen Schluck aus seiner Flasche, dann antwortete er. »Ich hab den anderen Kindern das Spielzeug geklaut«, sagte er.

Erst am nächsten Tag sollte Burroughs begreifen, was Martinez mit dieser Bemerkung tatsächlich gemeint hatte.

Er fand Martinez im Fitnessraum.

»Wo ist sie?«, fragte er.

Martinez unterbrach seine Klimmzüge nicht. »Wer?«, fragte er, und Burroughs war gezwungen, das Spiel seiner Muskeln zu beobachten, als er seinen Körper langsam nach oben zog. Er verspürte den unbändigen Drang, auf Martinez einzuschlagen und das kaum merkbare Lächeln, das trotz der Anstrengung in dessen Mundwinkeln lag, aus ihm herauszuprügeln. Burroughs wusste, dass er in einer direkten Konfrontation unweigerlich den Kürzeren ziehen würde. »Du weißt genau, wen ich meine«, sagte er gepresst.

Martinez löste sich mit katzenhafter Geschmeidigkeit von seinem Trainingsgerät und griff nach seinem Handtuch. »Weiß ich das?«

Er fuhr sich mit dem Frottee durchs Gesicht und machte einen Schritt auf Burroughs zu. »*Du* weißt genau«, begann er, und seine Stimme bekam einen gefährlichen Unterton, »dass sie hier nichts zu suchen hatte.«

»Das kannst *du* überhaupt nicht beurteilen.« Burroughs'

Selbstbeherrschung brach. Er stieß Martinez gegen die Brust. »Mach hier deine verdammte dreckige Arbeit und halte dich aus Sachen raus, die dich nichts angehen!«

»Erzähl du mir nichts von dreckiger Arbeit. Für wen räumst du denn die Scheiße aus dem Weg?«, erwiderte Martinez kalt. Bevor sich's Burroughs versah, schlug er zu. Ein stechender Schmerz zog durch Burroughs' Eingeweide. Er ging in die Knie. Martinez packte ihn am Kragen und zog ihn wieder hoch. »Na, los, spuck's aus.«

Burroughs rang um Luft. »Ich bring dich um, Martinez«, stieß er hervor.

Martinez ließ ihn so abrupt los, dass Burroughs zurücktaumelte. »Das haben schon viele versucht«, sagte er und wandte sich ab. Burroughs tastete nach seiner Waffe. Sie war nicht da. Schweiß brach ihm aus. Martinez war inzwischen bei der Tür angelangt, das Handtuch über der rechten Schulter, in seiner linken Hand entdeckte Burroughs seinen Revolver. Martinez ließ ihn von seinem Finger baumeln, als er sich noch einmal umwandte. »Ich krieg raus, für wen du arbeitest. Verlass dich drauf.«

Burroughs unterdrückte einen Fluch. Er musste Valerie Weymann finden, bevor es ein anderer tat. Martinez wusste vermutlich, wo sie war. Und er musste eine Lösung für Martinez finden.

Als ob all das noch nicht genug war, erhielt er kurz darauf einen Anruf von einem seiner Vertrauten aus dem Headquarter. »Wir haben eine Anfrage von der deutschen Botschaft in Bukarest bekommen. Es geht um Valerie Weymann. Sie wollen einen Mitarbeiter schicken, um zu klären, warum sie in unserem Lager ist.«

»Sie ist nicht mehr hier«, klärte Burroughs ihn auf.

»Wie meinst du das? Wo ist sie?«

»Ich weiß es nicht«, erwiderte Burroughs ungehalten. »Jemand hat sie gehen lassen, fortgebracht ... Ich habe keine Ahnung.« Er sagte kein Wort über Martinez. Das war eine Angelegenheit, die er selbst in die Hand nehmen würde.

Sein Gegenüber am Telefon räusperte sich. »Die Situation ist unangenehm«, sagte er. »Wir bewegen uns mit dem Lager, wenn wir es genau nehmen, auf illegalem Gebiet, selbst wenn wir den guten Willen der rumänischen Regierung besitzen. Kleine Zwischenfälle wie dieser können unangenehme Folgen haben.«

Nachdem Burroughs aufgelegt hatte, blickte er nachdenklich aus dem Fenster auf den tief verschneiten Wald um das Gelände. Wenn die deutsche Botschaft intervenierte, konnte nur Mayer dahinterstecken. Was war in Hamburg los?

»Die deutschen Ermittlungen haben ergeben, dass Abidi nicht verantwortlich ist für den Dammtor-Anschlag, und du hältst es nicht für nötig, mich zu informieren?«, bellte er durchs Telefon, als er von Miller hörte, was geschehen war.

»Du hältst es ja auch nicht für nötig, nach Hamburg zurückzukehren, obwohl ich dich mehrfach darum gebeten habe«, erwiderte Miller gereizt.

Burroughs knallte den Hörer auf. Als er sich umwandte, sah er Marcia in der Tür stehen.

»Gibt es Ärger?«, fragte sie. Ihr Blick verriet ihm, dass sie alles mit angehört hatte.

»Wie geht es al-Almawi?«, erwiderte er nur.

»Sie ist tot. Das ist es doch, was du wolltest.«

Seine Anspannung entlud sich in einem Seufzer, und er zwang sich zu einem Lächeln. »Gut, sehr gut.«

Sie zog eine Braue hoch. »Könnte es sein, dass du etwas missverstehst?«, fragte sie. »Glaubst du tatsächlich, ich hätte sie sterben lassen, weil du mich darum gebeten hast?« Als sie sein überraschtes Gesicht sah, lachte sie auf. Es war kein schönes Lachen. »Du denkst zu viel mit deinem Schwanz, Bob.«

* * *

Die Nachricht, dass der deutsche Botschafter in Rumänien beauftragt worden war, sich des Falls Valerie Weymann anzunehmen, erreichte Marc beim Packen am Morgen des 23. Dezember. Seine Hände zitterten so sehr, dass er kaum den Reißverschluss der Reisetasche zuziehen konnte. Sie hatten Erfolg gehabt. Die Fahrt nach Berlin war nicht umsonst gewesen. Am liebsten wäre er selbst nach Rumänien gereist. Das untätige Warten zehrte an seinen Nerven.

Er hatte beschlossen, über Weihnachten den Schulterschluss mit der Familie zu suchen und mit den Mädchen zu seiner Schwester zu fahren, die mit Mann und Kindern einen alten Bauernhof in der Nordheide bewohnte, etwa fünfzig Kilometer südlich von Hamburg. Catrins Kinder waren im Alter der Zwillinge, und Marc hoffte, dass allein schon der Ortswechsel und das Zusammensein mit anderen Leonie und Sophie über die Abwesenheit ihrer Mutter hinweghalf. Sie reisten bereits einen Tag vor dem Fest ab; Marc auf Abruf und nicht ohne Laptop und Mobiltelefon, um jederzeit für mögliche Nachrichten erreichbar zu sein.

Der Hof lag am Ortsrand. Draußen auf dem Land war der Schnee weiß und sauber. Anders als in der Stadt, wo Ruß und Schmutz ihn mit einer unansehnlichen grauen

Schicht bedeckten. Catrin und ihr Mann Tomas, ein Ungar, der bei den Hamburger Philharmonikern Cellist war, begrüßten sie mit einer Herzlichkeit und Wärme, die Marc und seinen Töchtern nach den Erlebnissen der beiden vergangenen Wochen die Seele streichelte. In der Diele des Hauses wartete bereits ein großer Tannenbaum auf die Kinder, der von ihnen geschmückt werden wollte, und Leonie und Sophie waren die ersten anderthalb Tage vollauf mit den Vorbereitungen für das Fest beschäftigt und damit, all die Tiere im Haushalt zu begrüßen. Sie schleppten die Katzen durch die Gegend, spielten mit den Hunden, und Catrin nahm sie mit in den Stall, wo sie die Ponys für einen Ausritt durch den Schnee sattelten. Es war eine unwirkliche Idylle, in der die Mädchen für eine Weile ihre Trauer um die Abwesenheit ihrer Mutter vergaßen. Spät an Heiligabend kamen dann aber doch die Tränen. »Mama ist jetzt ganz allein«, sagte Sophie plötzlich, die zwischen Spielzeug und zerrissenem Geschenkpapier auf dem Boden saß. Kerzenlicht tanzte über ihren Blondschopf, als sie den Kopf senkte und zu weinen begann. Es war Leonie, die als Erste bei ihrer Schwester war und den Arm um sie legte.

Marc gelang es nicht, die Welt außerhalb des Hofes auszublenden und sich so zu vergessen wie seine Töchter. In Gedanken durchlebte er all die Feste, die er mit Valerie zusammen verbracht hatte. Weihnachten war eine gefährliche Zeit, überladen von Emotionen, die nur schwer zu kontrollieren waren. Kleinste Begebenheiten riefen Bilder und Erinnerungen hervor, die ob ihrer Intimität besonders schmerzten. Seine Nerven waren zum Zerreißen gespannt, während er auf den erlösenden Anruf wartete. Wenn die Kinder im Bett waren, saß er mit Catrin und Tomas zusammen, und natürlich sprachen sie über Valerie und ihre Situation, über die Möglichkeiten, die es gab. Marc fühlte sich nicht wohl dabei. Die wohl gemeinte Sorge seiner Schwester und ihres Mannes machte ihn beinahe aggressiv. Ihre Fragen und Vorschläge. Er war es müde zu erklären. Er war es müde, immer wieder dieselben Gedankenschleifen zu durchleben. Er hatte in den vergangenen zwei Wochen nicht einmal mit einer Handvoll Menschen über Valerie gesprochen und das, was ihn bewegte. Das meiste hatte er mit sich selbst ausgemacht. Er musste sich zusammenreißen, damit seine Gereiztheit den anderen nicht die Stimmung verdarb.

Dann, am zweiten Weihnachtstag – sie saßen gerade beim Essen –, erreichte ihn der ersehnte Anruf Meisenbergs. Die Nummer des Anwalts auf dem Display ließ sein Herz höher schlagen. Er ging in die Küche, um ungestört zu sprechen.

»Ihre Frau ist nicht mehr in dem amerikanischen Lager«, sagte Meisenberg. Seine Stimme klang ungewohnt müde. »Ich habe eben eine SMS des Staatssekretärs erhalten und ihn sofort angerufen, um Näheres zu erfahren.«

»Das verstehe ich nicht.« Marcs Verstand blockierte. »Wenn sie nicht mehr dort ist, wo ist sie dann?«

»Das weiß angeblich niemand.«

Marcs Hände zitterten plötzlich. Die dunkelsten Bilder der letzten Wochen tauchten wieder auf. Wurden lebendig. »Das ... bedeutet nichts Gutes, nehme ich an.«

»Nein«, erwiderte Meisenberg nur.

Marc schluckte gegen den Kloß in seinem Hals an. »Meinen Sie, sie ist ...« Er konnte nicht weitersprechen, es nicht aussprechen.

»Wir müssen es in Betracht ziehen.«

Marc schloss die Augen. »Ich glaube es nicht. Ich will es nicht glauben«, sagte er mehr zu sich selbst als zu Meisenberg.

Dieser räusperte sich am anderen Ende der Leitung. »Es ist wichtig, dass Sie die Hoffnung nicht aufgeben. Aber seien Sie bitte auf das Schlimmste vorbereitet.«

Das Handy wog schwer wie ein Stein in seiner Hand. Er starrte auf den Stapel schmutzigen Geschirrs in der Spüle und durch das Fenster auf die verschneite Landschaft der Heide, ohne all das wirklich zu bemerken. Langsam ließ er das Telefon zurück in seine Tasche gleiten, stützte sich auf den Rand des Spülsteins und atmete gegen den Schmerz an. *Seien Sie bitte auf das Schlimmste vorbereitet.*

Das Schlimmste.

Er weigerte sich, überhaupt darüber nachzudenken. Das waren nur Mutmaßungen. Er wusste nichts. Überhaupt nichts. Und solange er nichts wusste, würde er weitermachen wie bisher. Aber er konnte nicht zu den anderen zurückgehen. Leonie und Sophie würden spüren, dass etwas geschehen war. Und er sah Catrins und Tomas' fragende Gesichter vor sich. Wie sollte er ihnen begegnen? Er würde ihr Mitgefühl nicht ertragen können. Genau jetzt nicht. Er konnte jetzt niemanden ertragen. Er hörte sie im Wohnzimmer miteinander sprechen. Die hohen Stimmen der Kinder hallten durch die Diele bis in die Küche. Sie lachten. Alles in Marc zog sich zusammen. Er eilte in den Flur und griff nach seiner Jacke. Gleich darauf umfing ihn die frühe Dämmerung des Wintertages. Die eisklare Luft schmerzte in seinen Lungen, und Schnee suchte sich den Weg in seine Schuhe. Er ignorierte alles. Zwei Stunden lang wanderte er allein über die einsamen Pfade, versuchte er, mit sich ins Reine zu kommen und gleichzeitig einen Weg zu finden, den anderen zu begegnen. Über seine Ängste zu sprechen. Seine Verzweiflung. Es konnte, es durfte nicht sein, dass Valerie nicht zu ihm zurückkehrte. Es war undenkbar und deswegen auch nicht wahr. Sonst würde es sich anders anfühlen. Doch bereits am nächsten Tag konkretisierte sich der Verdacht, dass sie tot war. In der Nähe des amerikanischen Lagers war eine Leiche gefunden worden. Die Leiche einer Frau.

$$* \quad * \quad *$$

Eric Mayer betrachtete den Leichnam auf dem Tisch des Rechtsmedizinischen Instituts. Das Gesicht war nicht mehr als ein undefinierbarer Klumpen aus Knochen und Fleisch, angetrocknetem Blut und ersten Spuren von Verwesung. Es sah aus, als habe jemand mit dem Hammer darauf eingeschlagen, bis es nur noch eine breiige Masse war. Er spürte den Blick des Pathologen auf sich. »Kein schöner Anblick«, sagte der Mediziner. »Aber die Frau war zumindest schon tot, als das passiert ist.« Er räusperte sich. »Ich habe Röntgenaufnahmen gemacht, von denen ich Ihnen gern einige zeigen würde.«

Mayer nickte und folgte ihm. Der tote Körper blieb allein zurück, beinahe verloren auf dem kalten Metalltisch. Ein trauriger Überrest menschlichen Lebens.

»Ich habe mich zu den Aufnahmen entschlossen, weil ihr Körper an verschiedenen Stellen Hämatome aufweist«, erklärte der Pathologe. »Ich konnte bei der Obduktion auch feststellen, dass sie eine innere Blutung hatte aufgrund eines Nierenrisses, ausgelöst vermutlich durch einen gezielten Schlag oder Tritt.«

»Ist sie daran gestorben?«

»Nein, das hätte sie vermutlich überlebt, wenn sie behandelt worden wäre. Sie ist an einer Überdosis eines Anästhetikums gestorben, das ihr intravenös gespritzt wurde. Es hat zum Herzstillstand geführt. Wir konnten Reste davon im Blut nachweisen.«

Der Pathologe schaltete die Lampenschirme für die Röntgenbilder ein und hängte mehrere Aufnahmen daran. »Sie sehen hier nicht behandelte Frakturen der Finger- und Mittelhandknochen, die darauf schließen lassen, dass sie vor ihrem Tod schwer misshandelt wurde.« Er sah Mayer ernst durch die Gläser seiner dicken Brille an. »Es gibt in Hamburg einen Radiologen, der seit dreißig Jahren Röntgenaufnahmen von Folteropfern zusammenträgt und katalogisiert. Ich würde ihm diese Aufnahmen gern zeigen und sie von ihm beurteilen lassen.«

»Wir müssen erst die Identität der Frau klären«, erwiderte Mayer. Die sachliche Ruhe, die er nach außen demonstrierte, war nichts als professionelle Fassade. In seinem Inneren brodelte es beim Anblick der Bilder.

Der Pathologe schaltete das Licht der Schirme aus. »Sie haben uns zwei Proben gegeben, mit denen die DNA der Frau verglichen werden sollte, ist das richtig?«

»Das ist richtig. Wann kann ich mit dem Ergebnis rechnen?«

»Nicht vor morgen Vormittag.«

Mayer runzelte die Stirn. »Schneller geht es nicht?«

Der Pathologe schüttelte den Kopf. »Wir verwenden schon die schnellsten Verfahren, die entwickelt wurden.«

Mayer reichte dem Mediziner seine Karte. »Bitte informieren Sie mich umgehend. Sie können mich jederzeit auf dem Handy erreichen.«

»Denken Sie über meine Bitte nach«, hakte der Pathologe nach. »Was wir hier vorliegen haben, ist ein sehr ungewöhnlicher Fund.« Er blinzelte Mayer durch seine Brillengläser an. »Aber das wissen Sie vermutlich selbst.«

Das wusste Mayer in der Tat. Von den Amerikanern gab es keine medizinischen Nachweise über Folteropfer. Sie hatten ihre Techniken auf diesem Gebiet so fortentwickelt, dass sie keine nachweisbaren Spuren mehr hinterließen. Vielleicht hatten sie endlich etwas in der Hand, das weit höhere Wellen schlagen würde, als es jedem von ihnen lieb sein würde.

Der Fund des Leichnams war reiner Zufall gewesen. Er hatte in einer Felsspalte im Wald weit oberhalb der geheimen Einrichtung der Amerikaner gelegen und somit außerhalb des Sperrgebietes, das um die Anlage errichtet war. Vermutlich wäre er niemals gefunden worden, hätte nicht eine Gruppe rumänischer Naturschützer und Biologen dort die Spur eines Wolfsrudels verfolgt, das angeblich in einem der Dörfer Haustiere gerissen hatte. Die Wölfe waren noch nicht lange wieder in der Region heimisch, und das Misstrauen in der Bevölkerung ihnen gegenüber entsprach in etwa dem, das sie auch den Amerikanern entgegenbrachten.

Es war nicht ganz unproblematisch gewesen, die Zustimmung der rumänischen Behörden für die Ausfuhr des Leichnams nach Deutschland zu bekommen, aber letztlich war es ihnen mit Hilfe eines hochrangigen Mitglieds der Regierung, eines Mannes, den Mayer schon länger und sehr gut kannte, gelungen, die Genehmigungen zu erhalten. Mayer war sich sicher, dass Burroughs am anderen Ende des Stricks gezogen hatte, um genau das zu verhindern.

Als er am nächsten Morgen aufwachte, hatte er eine SMS von Marion Archer erhalten: »*Wir müssen reden. Kaffee, Winterhuder Marktplatz, acht Uhr?*«

Der Winterhuder Marktplatz lag nicht weit vom Polizeipräsidium entfernt. Vor einiger Zeit hatte er dort mit Archer zusammen einen Bäcker ausfindig gemacht, der bereits in aller Frühe Frühstück anbot und einen Kaffee, der weitaus besser war als der in der Kantine des Präsidiums. Außerdem gab es dort niemanden, der ihre Gespräche zufällig mithören konnte.

Archer war wie immer wie aus dem Ei gepellt und auf die Minute pünktlich. Sie stieß die Glastür auf und warf einen suchenden Blick durch den Raum.

Als sie Mayer entdeckte, lächelte sie, winkte ihm ausholend zu und bestellte sich am Tresen Kaffee und ein Croissant, bevor sie sich zu ihm setzte. »Sie sollten keine voreiligen Entscheidungen treffen wegen dieser Leiche, die sie aus Rumänien geholt haben«, sagte sie und tunkte ihr Croissant in ihre Tasse. »Ich war gestern mit John Miller essen. Er ist völlig außer sich deswegen.«

»Ist das der Grund, warum Sie mich treffen wollten? Hat er Sie vorgeschickt, um Verhandlungen mit mir aufzunehmen?«, fragte Mayer ungehalten.

Sie legte ihre Hand auf die seine. »Nicht direkt, Eric. Aber er wäre sicher erleichtert, wenn er von diesem Gespräch wüsste.«

»Vielleicht sollten Sie in das Rechtsmedizinische Institut fahren und sich die Frau ansehen«, schlug Mayer vor. »Das ist nichts, worüber wir einfach wegsehen können, vor allem dann nicht, wenn es sich um die sterblichen Überreste von Valerie Weymann oder Noor al-Almawi handeln sollte.«

»Das wollte ich damit auch nicht sagen«, beruhigte Archer ihn. »Ich wollte Sie nur bitten, dass Sie die Auseinandersetzung mit den Amerikanern auf nach dem Gipfel verschieben. Machen Sie innerhalb der Einheit nicht öffentlich, was Sie herausgefunden haben.«

»Nach den neuesten Ermittlungsergebnissen denken die Verantwortlichen in meiner Regierung bereits darüber nach, die ganze Veranstaltung abzusagen.«

Archer stöhnte. »Das wäre ein Desaster. Dazu darf es nicht kommen.«

Mayer warf ihr einen Seitenblick zu. »Der Klimagipfel bedeutet Ihnen sehr viel.«

»Sie wissen gar nicht, wie viel Arbeit da drinsteckt. Die Vorbereitungen laufen seit mehr als einem Jahr.«

»Sie sind erstaunlich gut informiert.«

Sie lächelte verlegen. »Mein Mann ist im Umweltausschuss der kanadischen Regierung.«

»Ihr Mann«, fragte Mayer. »Ist er noch in der Stadt?«

»Nein, er ist gestern Abend zurückgeflogen.« Sie zwinkerte ihm zu. »Sie haben mich wieder ganz für sich.«

Mayer grinste, doch bevor er antworten konnte, sah er einen Mann in die Bäckerei kommen, den er just in diesem Augenblick nicht unbedingt treffen wollte. Marc Weymann bemerkte Mayer und Archer nicht, als er an den Verkaufstresen trat, um Brötchen zu kaufen. Mayer war überrascht, ihn hier zu sehen, erinnerte sich jedoch, dass die Villa der Weymanns in der Nähe lag. Archer bemerkte Mayers plötzliches Schweigen und folgte seinem Blick. Marc Weymann wechselte gerade ein paar Worte mit der Verkäuferin. Anscheinend kaufte er hier regelmäßig. Dann wandte er sich dem Ausgang zu, dabei fiel sein Blick auf den Tisch, an dem Mayer und Archer saßen. Er erstarrte, als er den BND-Agenten bemerkte, ging jedoch wortlos zum Ausgang, so dass Mayer schon glaubte, er habe ihn tatsächlich nicht wiedererkannt, doch im letzten Moment wandte Marc Weymann sich um. Mit wenigen Schritten war er an ihrem Tisch. Er nickte Marion Archer kurz zu und fragte Mayer: »Was ist mit Valerie?« Keine Begrüßung, nichts. Er war extrem angespannt, und jetzt, wo er ihnen direkt gegenüberstand, erkannte Mayer, wie müde und angegriffen Weymann aussah. Die vergangenen Wochen waren an ihm nicht spurlos vorübergegangen.

Mayer dachte an den verstümmelten Körper im Rechtsmedizinischen Institut und an die Röntgenbilder. »Ich kann Ihnen noch nichts sagen, Herr Weymann«, sagte er ruhig. »Wollen Sie sich nicht setzen?«

Weymann schüttelte den Kopf. »Haben Sie die Frauenleiche schon identifiziert?«

Mayer verbarg seine Überraschung. Woher wusste Weymann davon? »Wir sind dabei«, sagte er zurückhaltend. »Ich werde Sie informieren, wenn ich Genaueres weiß.«

Marc Weymann zog eine Karte aus der Innentasche seiner Jacke. »Da ist auch meine Handynummer drauf«, sagte er.

Mayer sah ihm nach, wie er durch die Tür verschwand und die Straße hinuntereilte.

»Das war also Valerie Weymanns Ehemann«, bemerkte Archer. »Sehr attraktiv.«

»Er steht nicht besonders auf Geheimdienstmitarbeiter, auch nicht, wenn sie weiblich sind.«

Archer lächelte, aber dieses Lächeln besaß eine gewisse Kälte. »Er hat Informationen, die er nicht haben sollte.«

»Wir werden herausfinden, wie er daran gekommen ist.«

»Das sollten Sie dringend tun.«

Mayer enthielt sich eines Kommentars. An diesem Morgen konnte er gut auf ein Frühstück mit Archer verzichten.

Sie plauderte munter drauflos, seine Missstimmung nicht bemerkend oder bewusst ignorierend. Es waren lediglich Kleinigkeiten, die sie noch anbrachte, Dinge, die sie auch auf dem Flur des Präsidiums hätten besprechen können, und für Mayer bestätigte sich damit der Verdacht, dass sie sich tatsächlich auf Bitten von Miller mit ihm getroffen hatte. Er konnte sich vorstellen, wie das Gespräch am Vorabend abgelaufen war. Millers nervös huschender Blick, während er Archer den Vorschlag machte. »Du hast doch einen guten Draht zu Mayer, willst du nicht mit ihm reden?«

Und Archer, immer für ein Kompliment empfänglich, hatte vermutlich gelächelt, etwas von den eigenen und sturen Deutschen gemurmelt, die man nur zu packen wissen musste, und Mayer, sobald sie auf ihrem Hotelzimmer war, eine SMS geschrieben.

Er warf einen Blick auf seine Uhr. »Marion, ich hab gleich eine Besprechung. Wollen Sie mit mir fahren?«

»Danke, aber ich bin selbst mit dem Wagen da. Heute Morgen stand mir nicht der Sinn nach öffentlichem Nahverkehr.«

Er stand auf. »Dann bis später.«

Gegen halb zehn klingelte sein Handy, und am anderen Ende der Leitung erklang die Stimme des Pathologen. »Herr Mayer? Wir haben die Ergebnisse der Analyse bekommen.«

In seinem Büro waren neben Florian Wetzel noch ein paar weitere Mitarbeiter und unterhielten sich, und Mayer hob die Hand, um sie zum Schweigen zu bringen. Wohlwissend, auf welchen Anruf Mayer wartete, sahen sie ihn alle gespannt an.

»Bei der Toten handelt es sich um Noor al-Almawi, wie Sie bereits vermutet hatten.«

Mayer schloss vor Erleichterung die Augen.

»Es ist al-Almawi«, sagte er, als er aufgelegt hatte.

Ein Raunen ging durch die Runde.

»Und wo ist Valerie Weymann?«, fragte Wetzel.

»Das wüssten noch ein paar mehr Leute gern.«

»Wir haben mit dem Leichnam von Noor al-Almawi ein Beweisstück in der Hand, das die Amis ziemlich nervös machen dürfte«, bemerkte einer der Kollegen vom BKA. »Wenn ich an ihrer Stelle wäre, würde ich versuchen, es zu vernichten.«

»Der Pathologe hat alles bis ins Detail dokumentiert«, widersprach Mayer. »Ich denke, wir sollten den Körper freigeben, so dass die Familie ihn beisetzen kann.«

Dann sah er ernst in die Runde und berichtete kurz von seinem Treffen mit Marc Weymann. »Ich wüsste gern, wie er von dem Leichenfund erfahren hat.«

Es war Wetzel, der vorpreschte. »Das übernehme ich.«

Mayer zog Marc Weymanns Karte aus seiner Brusttasche. »Dann informieren Sie ihn bitte auch, dass es sich bei dem Leichnam nicht um seine Frau handelt.«

Was war mit Valerie Weymann geschehen? Wo war sie? Es fiel Mayer schwer, sich an diesem Tag auf seine Arbeit zu konzentrieren. Immer wieder schweiften seine Gedanken ab. Er fühlte sich für ihr Schicksal verantwortlich, so absurd es sein mochte. Die spontane Erleichterung, die er verspürt hatte, nachdem er erfahren hatte, dass es sich bei der verstümmelten Frauenleiche nicht um sie gehandelt hatte, hatte ihn im Nachhinein beschämt, gefolgt von dem Bewusstsein, dass Valerie Weymann weiterhin in Lebensgefahr schwebte. Er musste sie finden.

Er kontaktierte seinen Vorgesetzten, um mit ihm die neuen Entwicklungen zu besprechen, und ließ seinen Wunsch anklingen, selbst in Rumänien Nachforschungen anzustellen. Er biss auf Granit. »Sie können sich in dieser Phase nicht einfach auf ein Abenteuer in die Karpaten zurückziehen. Der Gipfel findet in weniger als zwei Wochen in Hamburg statt und nicht in einem Bergdorf in Siebenbürgen.«

»Bislang haben sich all meine Vermutungen als richtig bestätigt«, erwiderte Mayer. »Weymann ist der Schlüssel. Ich brauche ihre Aussagen.«

»Und Sie glauben, dass sie reden wird.«

»Ich glaube es nicht nur, ich weiß es. Ich muss sie nur finden.« Er lehnte sich weit aus dem Fenster, aber ahnte, dass er auf dem richtigen Weg war. »Denken Sie darüber nach«, schlug er seinem Vorgesetzten vor, der bei seinen Worten hörbar nach Luft schnappte. »Ich rufe Sie morgen wieder an.«

Er brauchte nicht bis zum nächsten Tag zu warten. Bereits am Abend bekam er eine SMS. »Sie haben zwei Tage.«

Mayer blickte lange darauf. Dann rief er Wetzel an. »Ich brauche innerhalb der nächsten zwei Stunden Folgendes ...«

»Haben Sie schon einen Flug?«, fragte Wetzel nur.

»Darum kümmere ich mich selbst. Wir treffen uns am Flughafen.«

»Wie haben Sie das so schnell durchgesetzt?«, fragte Wetzel, als sie sich zur verabredeten Zeit vor dem Abflugterminal trafen.

»Erfolg ersetzt alle Argumente«, erwiderte Mayer mit einem Augenzwinkern.

Wetzel betrachtete ihn amüsiert. »Sie wirken unternehmungslustig, Chef. Kann es sein, dass Sie froh sind, das Büro hinter sich zu lassen?«

»Sagen wir mal so, ich werde die Arbeit hier in Hamburg nicht unbedingt vermissen«, bemerkte Mayer. »Sind Sie mit Marc Weymann weitergekommen?«

Wetzel räusperte sich. »Der ist ganz schön sauer und zugeknöpft, aber ich hab trotzdem was rausgekriegt: Sein Anwalt, der Meisenberg, der auch der Sozius von der Weymann ist, hat einen Draht ins Bundeskanzleramt.«

»Danke. Dann weiß ich Bescheid.« Mayer nahm seine Tasche und sah seinen jüngeren Kollegen scharf an. »Florian, niemand weiß, wo ich bin und warum.«

Wetzel hob in abwehrender Geste die Hand. »Keine Sorge, Chef. Von mir wird niemand etwas erfahren.« Er räusperte sich und sah plötzlich verlegen drein. »Passen Sie auf sich auf.«

Mayer grinste. »Alles wird gut.«

*   *   *

Valerie wachte auf. Etwas Nasses drückte auf ihre Stirn. Wasser lief über ihre Schläfen und tropfte in ihre Ohren. Intuitiv schlug sie um sich. Ihre Hand traf, und sie hörte den entsetzten Aufschrei eines Kindes. Valerie öffnete die Augen. Ein kleines Mädchen stand vor ihr und knetete erschrocken ein Tuch in seiner Hand, aus dem Wasser auf den Boden tropfte, und erwiderte ihren Blick mit großen ängstlichen Augen. Sie war jünger als Leonie und Sophie, nicht älter als fünf, vielleicht sechs Jahre. Schwarzes

Haar tanzte in eigenwilligen Locken um ihr schmales Gesicht.

Nur ein kleines Mädchen, und ich habe es geschlagen, dachte Valerie und verspürte Scham. »Es tut mir leid«, flüsterte sie. »Ich wollte dir nicht wehtun.«

Das Mädchen wich bei Valeries Worten zurück. Langsam erst, doch als der Abstand zwischen ihr und Valerie groß genug war, wandte sie sich um und rannte aus dem Zimmer.

Langsam registrierte Valerie ihre Umgebung. Sie lag auf einem Bett in einem Zimmer, durch dessen einziges Fenster die Sonne schien und einen Lichtfleck an die Wand warf, genau dort, wo ein vergilbtes Marienporträt auf einer ebenso vergilbten gemusterten Tapete hing. Neben dem Bett stand eine alte Emailleschüssel, gefüllt mit Wasser, über ihrem Rand hing das Tuch, das das Kind dort hatte fallen lassen, bevor es hinausgelaufen war, und mit dem es Augenblicke zuvor noch ihre Stirn gekühlt hatte. Valeries Finger strichen über die rauhen Wolldecken, unter denen sie lag, und sie erinnerte sich plötzlich vage an eine alte Frau im Umriss einer Tür. Eine Hand, die sich auf ihre Stirn gelegt hatte. Die Bilder waren verschwommen und zusammenhanglos wie nach einem Traum. Nicht mehr als Fragmente. Valerie zuckte zusammen, als eine Gestalt in der geöffneten Tür erschien. Ihr Atem ging plötzlich schneller und beruhigte sich erst, als sie sah, dass es eine Frau war, der das kleine Mädchen zögerlich folgte. Die Frau war klein und zierlich, und in ihrem Gesicht spiegelten sich die Züge des Mädchens. »Es tut mir leid, dass Livia dich geweckt hat«, sagte sie in einem von schwerem Akzent gefärbten Deutsch.

Valerie versuchte, sich aufzurichten.

Die Frau war mit einem Schritt bei ihr und drückte sie zurück in das Kissen. »Du musst liegen bleiben.« Sie nahm den Lappen aus der Schüssel, drückte das Wasser heraus und legte ihn Valerie auf die Stirn. »Livia wollte Krankenschwester spielen bei dir. Sie wollte das Fieber wegmachen.«

Valerie spürte, wie sich ein zögerndes Lächeln in ihrem Gesicht ausbreitete. »Ich habe auch zwei Töchter«, sagte sie leise. Dann wurde ihr bewusst, was die Frau gesagt hatte. Das Fieber wegmachen. »Was ist passiert? Wie … wie lange bin ich schon hier?«

Die Frau nahm das Tuch von Valeries Stirn und tauchte es wieder in die Schüssel. »Zwei Tage«, sagte sie. »Ich habe zwei Tage um dich gekämpft. Du hast geblutet, als meine Tante dich gefunden hat.«

Valeries Hand fuhr zu ihrem Unterleib bei diesen Worten.

»Hast du noch Schmerzen?«, fragte die Frau, der diese Bewegung nicht entging.

Valerie schüttelte den Kopf.

»Ich habe dir Antibiotika gegeben und Cortison«, fuhr die Frau fort. »Du hast eine Entzündung der Gebärmutter.« Mehr sagte sie nicht, aber ihr Blick zeigte Valerie, dass sie wusste, ahnte, was passiert war. Valerie schlug die Augen nieder, und die Frau legte schweigend das Tuch auf ihre Stirn.

»Bist du Ärztin?«, fragte Valerie, ohne aufzusehen.

»Ich bin Krankenschwester. Ich habe im Kosovo-Krieg gearbeitet für Medica Kosovo. Ich heiße Vesna.«

Medica Kosovo. Valerie erinnerte sich, einmal etwas über die medizinische Organisation gelesen zu haben, die sich um im Krieg vergewaltigte Frauen und ihre Kinder kümmerte. Vesna hatte die Symptome gesehen und auf die Ursache geschlossen. Valerie presste die Lippen zusammen und spürte, wie sich eine Hand behutsam auf die ihre legte. Sie schloss die Augen, damit Vesna ihre Tränen nicht sah.

»Wenn es dir besser geht, müssen wir dich fortbringen«, sagte Vesna.

Valeries Herz schlug ihr plötzlich bis zum Hals. »Sie waren hier und haben nach mir gefragt?«

»Einer war hier. Ein Großer, Hagerer im Anzug mit kurz rasiertem Haar.«

Burroughs.

Wenn Burroughs dich findet, bist du tot.

»Er wird wiederkommen«, sagte Valerie leise, während die Angst in dem Raum Gestalt annahm. Sie hockte sich neben das kleine Mädchen und sah sie aus hässlichen kleinen Augen an. Ich bin hier, sagten diese Augen. Ich habe dich wiedergefunden. Valeries Hände begannen zu zittern. Vesna sagte nichts, drückte nur ihre Finger.

»Er wird wiederkommen«, wiederholte Valerie tonlos. »Schon bald.«

»Vorher bringen wir dich fort«, sagte Vesna. Sie legte das Tuch zurück auf Valeries Stirn. Diesmal blieb ihre Hand daneben liegen, strich sanft über die feuchte Haut und dann über Valeries Wange.

»Sie haben ein Lager in den Bergen«, flüsterte Valerie, während ihr die Tränen über die Wangen liefen. »Sie halten dort Menschen gefangen und foltern sie.«

»Ich weiß«, sagte Vesna.

Valerie verbrachte den restlichen Tag allein. Vesna kam nur, um ihr etwas zu essen zu bringen, was Valerie jedoch nicht anrührte. Ihr wurde schlecht beim bloßen Gedanken daran. Bei jedem Geräusch zuckte sie zusammen, ihre Nerven waren zum Zerreißen gespannt. Sie wünschte sich, sie hätte eine Waffe. Sie würde Burroughs erschießen, sobald er den Raum betrat. Sie wusste nun, dass er sie nach Rumänien gebracht hatte, in das Herz dieses korrupten und von einer gierigen Mafia regierten Landes. Sie befanden sich im alten Siebenbürgen, mitten in der Bergregion der Karpaten.

Es dämmerte bereits, als Vesna zurückkam. Sie brachte einen Schwall kalter Luft mit in den Raum, und ihre Wangen waren gerötet. »Wir müssen fort. Sofort.« Sie half Valerie aufzustehen, sich anzuziehen.
Ich muss nach Bukarest in die deutsche Botschaft, dachte Valerie panisch. Und ich brauche ein Telefon. Sie musste Marc anrufen. Meisenberg.
Sie folgte Vesna langsam in eine Küche, in der das einzig moderne Gerät ein Kühlschrank war, der in dem Moment, in dem sie durch die Tür traten, zu summen begann. Vesna nahm eine Tasche von einem Haken an der Wand und packte hastig einige Lebensmittel ein.
»Hast du ein Telefon?«, fragte Valerie. »Ich muss …«
»Tut mir leid«, fiel Vesna ihr ins Wort. »Es gibt nur zwei Haushalte in diesem Dorf, in denen es ein Mobiltelefon gibt.« Vesnas Blick und ihr Tonfall ließen Valerie aufhorchen. Etwas war passiert. Ihre Finger krampften sich um die Jacke, die sie in der Hand hielt. Sie erinnerte sich an das Geld, das Martinez ihr gegeben hatte. Wo war es geblieben? Dann hörte sie ein Geräusch aus dem Nebenzimmer. Schritte. Valerie starrte Vesna an. »Es tut mir leid«, flüsterte diese.
Der Mann, der in der Tür auftauchte, grinste selbstgefällig,

als er Valerie sah, und sie kämpfte gegen die Tränen. Sie hätte es wissen müssen. *Ich habe dir Antibiotika gegeben und Cortison.* Es war so selbstverständlich gewesen. Valerie hatte nicht darüber nachgedacht, dass es in dieser Region schwierig sein könnte, an solche Medikamente heranzukommen. Ebenso schwierig wie an ein Telefon. Sie wich zurück, als der Unbekannte auf sie zukam. Der Schweiß brach ihr aus. »Bitte«, flüsterte sie. »Bitte, tun Sie mir nichts.«

Der Mann blieb stehen. »Ich werde meinem Goldvögelchen doch nichts tun«, sagte er einschmeichelnd, doch seine Augen betrogen den Ton seiner Stimme. »Noch nicht.«

* * *

Sie war hier. In diesem verfluchten kleinen Nest. Sie hielten sie in einem ihrer armseligen Häuser versteckt. Er konnte sie förmlich riechen, ihre Gegenwart spüren. Er blickte die trostlose Straße hinunter. Ein Schwarm Krähen zog über ihm in die hereinbrechende Dämmerung, und der Schneefall, der vor etwa einer Stunde eingesetzt hatte, wurde dichter. In einiger Entfernung sah er einen alten Mann und ein Kind aus einem Tor treten. Unter seiner Jacke spürte Burroughs die harten Umrisse seiner Waffe. Er hatte große Lust, sie zu erschießen. Ihnen zu sagen, dass er sie alle töten würde, einen nach dem anderen, wenn sie ihm Valerie Weymann nicht herausgaben.

Er hatte Martinez' Spuren akribisch verfolgt. Während alle gemeinsam am Weihnachtstag beim Truthahnessen gesessen hatten, hatte Martinez Valerie Weymann am helllichten Tag fortgebracht. Er war mit ihr an dem Posten vorbeigefahren, und niemand hatte ihn aufgehalten. Er hatte eine Weile gedauert, bis Burroughs das Dorf gefunden hatte, das Martinez ausgewählt hatte. Es gab zahlreiche dieser kleinen, nichtssagenden Flecken in der Region, wo die Zeit nach dem Zweiten Weltkrieg stehen geblieben war. Viele Alte lebten hier, Relikte jener Zeit, ausgelaugt nach Jahrzehnten des Sozialismus. Sie hatten zu schweigen gelernt. Gelernt, sich anzupassen.

Burroughs trat zur Seite, als er hinter sich das Geräusch eines herannahenden Fahrzeugs hörte. Es war ein großer teurer Geländewagen. Er hielt neben ihm, und ein Mann stieg aus, der Kragen seines Mantels pelzverbrämt. Die wenigen, die es aus der Armut geschafft hatten, zeigten es. Der Mann war Burroughs auf Anhieb unsympathisch. Er besaß etwas brutal Verschlagenes, einen Zug um den schmalen Mund und einen Blick in den Augen, der ihm nicht gefiel. Er würde ihm nicht einmal so weit trauen können, wie er ihn sah, und Burroughs fragte sich, womit dieser Mann sein Geld verdiente. Kinderhandel, Prostitution, Drogen? Die Verflechtungen der organisierten Kriminalität reichten in diesem Land bis in die Regierung. Selbst in den entlegensten Orten hatten sie ihre Ableger, und besonders dort hatten sie Macht. Diese Männer konnten sich Zugang zu den Häusern verschaffen und Türen öffnen, die für Burroughs verschlossen blieben. Sie würden die Kinder der Menschen hier nicht nur töten, wenn sie ihrer habhaft wurden. Sie würden sie verschleppen, verstümmeln und in den reichen Städten des Westens zum Betteln zwingen. Sie waren ohne jeden Skrupel. In gewisser Weise sprechen wir sogar eine Sprache, dachte Burroughs und lächelte den Mann gewinnend an. »Wie steht es mit unserem Geschäft?«

Der Mann erwiderte sein Lächeln selbstgefällig. »Ich habe das Vögelchen, das dir entflogen ist.«

Er hatte sie bereits. Alles fügte sich doch noch. Wie immer.

»Komm«, sagte der Mann, »wir wollen nicht auf der Straße verhandeln.« Er öffnete die Beifahrertür seines Wagens für Burroughs. Es waren nur knapp hundert Meter bis zu einer Kneipe, die aus nicht mehr als einem kleinen, heruntergekommenen Schankraum mit zwei Tischen bestand. Burroughs rümpfte die Nase, als er eintrat.

»Setz dich«, sagte der Mann und wandte sich an den Gastwirt, der an einem der Tische saß und eine alte Zeitung las. »Bring uns was zu trinken, und dann lass uns allein.«

Der Wirt stellte zwei kleine Gläser mit einer klaren Flüssigkeit vor ihnen ab und verließ schlurfend den Raum. Burroughs' Geschäftspartner hob sein Glas und prostete ihm zu. Burroughs tat es ihm gleich, nippte aber nur daran. Der selbst gebrannte Schnaps würde seinem Magen nicht guttun. Nach den Aufregungen der vergangenen Tage verspürte er immer häufiger einen Schmerz in der Magengegend, der ihn ahnen ließ, dass er auf dem besten Weg war, wieder ein Geschwür zu bekommen. Es war nach dem Tod von Kathy und den Kindern nie wirklich ausgeheilt.

Der Fund von al-Almawis Leiche hatte in Hamburg zu einem Aufruhr geführt. Die Nachfragen der deutschen Botschaft im hiesigen Lager zu Irritationen, die er nur teilweise hatte ausräumen können, und seine Auftraggeber waren mehr als nervös: »Sie sitzen in Rumänien, Burroughs, aber das Spiel läuft in Hamburg. Wir fragen uns, ob Sie die Situation noch im Griff haben.« Er hatte befürchtet, alles zu verlieren, doch dann hatte er auf sein Glück vertraut, das ihm nun gegenübersaß in der Gestalt dieses selbstgefälligen kleinen Provinzfürsten, für den Burroughs nichts anderes war als eine weitere Kuh, die sich vortrefflich melken ließ.

»Hast du das Geld dabei?«, wollte er jetzt wissen.

»Natürlich«, antwortete Burroughs lächelnd. »Die Hälfte jetzt und die andere Hälfte, wenn ich sie habe, aber zuerst möchte ich einen Beweis, dass sie es auch wirklich ist.«

Der Mann zog ein Handy aus seiner Tasche, drückte einige Tasten und reichte es Burroughs. Das kleine Display zeigte ein gestochen scharfes Foto von Valerie Weymann. Als er es betrachtete, erinnerte sich Burroughs daran, wie er sie auf dem Hamburger Flughafen das erste Mal gesehen hatte. An die Wut in ihren Augen. Den Hochmut. Nichts davon lag mehr in ihrem Gesicht. Da war nur noch nackte Angst. Burroughs nickte langsam, ohne das Gesicht zu verziehen, als er das Handy zurückgab. Er hatte überlegt, Valerie Weymann ihrem Schicksal zu überlassen, aber er hinterließ keine Spuren, wenn er einen Auftrag abschloss. Nur so hatte er die vergangenen Jahre in der Agency überleben können. Es war mehr als ärgerlich, dass al-Almawis Leichnam entdeckt worden war. Diesen Fehler würden sie ihm nicht so einfach verzeihen. Vor allem nicht, wenn er einen weiteren Fehler machte. Valerie Weymann war ein Sicherheitsrisiko, und Sicherheitsrisiken wurden ausgeschaltet. Sie war nützlich gewesen, viel mehr, als sie vermutlich selbst ahnte. Ihr Trotz und ihre Weigerung zu kooperieren hatten ihm zugespielt, auch wenn das Komplott gegen Abidi letztlich aufgeflogen war. Niemand ahnte, was wirklich dahinterstand. Die Anti-Terror-Einheit war heillos verwirrt, und genau das hatte er bezweckt. Auch die Deutschen hatten ihn nicht enttäuscht. Er hatte auf ihren Ehrgeiz gesetzt und recht behalten. Sie sagten den Gipfel nicht einfach ab. Jetzt konnte er in die Endphase einsteigen und die Schläfer wecken. Er lächelte insgeheim, als er sich daran erinnerte, wie er Eric Mayer vor ein paar Wochen vor jenen Männern und Frauen gewarnt hatte, die nur auf ihr Signal warteten, um loszuschlagen. Aber dort, wo sie saßen, vermutete sie niemand. Burroughs war lange genug im Geschäft, um die Psychologie der Ermittlungen zu kennen. Was nicht sein kann, darf nicht sein. Sie würden blind in die Falle tappen. Alle.

Er zog einen Umschlag aus der Tasche und legte ihn auf den Tisch. Der Rumäne griff danach. Er war ein bulliger Typ, vermutlich einer von denen, die aus den Sportkadern der Partei in obskure Sicherheitsfirmen gewechselt hatten, deren Mitglieder im gesamten ehemaligen Ostblock heute die Führungselite der Mafia stellten und die Regierungen unterwanderten.

Der Mann öffnete den Umschlag und blätterte die Scheine darin flüchtig durch. Dann legte er ihn mit einer bedauernden Geste zurück auf den Tisch. »Zu wenig«, sagte er.

Burroughs widerstand dem Wunsch, ihm das Lächeln aus dem Gesicht zu prügeln. »Es ist genau die Summe, die wir abgesprochen haben«, sagte er gepresst.

»Die Preise sind gestiegen. Ich habe gehört, dass sich die deutsche Botschaft in Bukarest für das Vögelchen interessiert. Die Deutschen zahlen gut. Und ich habe Auslagen. Sie ist krank. Sie braucht Medikamente. Sie muss essen. Ich will fünfundzwanzig Prozent mehr.«

»Wir haben eine Abmachung«, erinnerte Burroughs den Mann.

»Du bist Amerikaner«, erwiderte der Mann, und in seine Augen trat ein gefährliches Leuchten. »Du weißt, was Abmachungen wert sind. Es sind Worte. Nichts als Worte.«

Er stand auf. »Sag dem Wirt Bescheid, wenn du das Geld hast.« Ohne ein weiteres Wort verließ der den Schankraum.

Burroughs nahm das Glas, das vor ihm stand, und trank es in einem Zug leer. Der hochprozentige Schnaps ließ seine Magenwände erzittern, und Burroughs schnappte vor Schmerz nach Luft. Er nahm den Umschlag, steckte ihn zurück in die Innentasche seiner Jacke und verließ das Lokal. Draußen war es bereits dunkel. In wildem Tanz stob der Schnee um ihn herum, als er langsam die verlassene Straße hinunterging. Selbst die Krähen waren verschwunden. Nur das entfernte Kläffen eines Hundes wetteiferte mit dem Heulen des Windes. Burroughs tastete nach seiner Waffe. Der Wunsch zu töten war übermächtig in ihm.

* * *

Hamburg veränderte sich. Es lag eine Gereiztheit in der Luft, die mehr war als nur die Müdigkeit nach den Feiertagen. In den Geschäften war es nahezu ebenso voll wie vor Weihnachten, und an zahlreichen Straßenkreuzungen in der Innenstadt standen bereits Absperrgitter und Barrieren. Schilder wiesen schon jetzt auf weiträumige Umleitungen hin. Der Gipfel war *das* Thema, egal, ob im Supermarkt, im Fitnessstudio, bei Freunden oder am Arbeitsplatz, und die Hamburger wurden sich der Einschränkungen in ihrem Alltag, die das angebliche Jahrhunderttreffen mit sich brachte, immer deutlicher bewusst. Auch Marc war bereits mehrmals kontrolliert worden, als er in die Innenstadt gefahren war.

Wie um die Bevölkerung bei Laune zu halten, wurde das Ereignis medien- und marketingmäßig hochstilisiert, was er als noch schlimmer empfand als die tatsächlichen Unannehmlichkeiten, mit denen er tagtäglich zu kämpfen hatte. Er wollte nichts mehr hören über die Hotels, die geräumt, und die Menüs, die gekocht werden sollten, und auch nicht über die Aufregung im Rathaus, weil der Ratssaal für die Treffen der Runde der Staatschefs bereits eine Woche vor Beginn abgeriegelt wurde. Es gab Gipfelpartys allen Ortes, und bei McDonald's und Burger King wurde eine internationale Woche ausgerufen. Die Berichte über mögliche Rüstungseinsparungen und Klimaprojekte dominierten die Nachrichten, und die sonst so geschätzte weltweite Katastrophenberichterstattung fand, wenn überhaupt, nur noch am Rande statt. Marc wurde von dem Gedanken verfolgt, dass der Gipfel schuld daran war, dass seine Frau fort war. Unschuldig verschleppt in einem Wahn der Sicherheit. »Wenn Staatschefs sich auf diese Weise von ihrem Volk abriegeln müssen, dann läuft doch etwas schief«, hatte Janine ihm gegenüber am Vortag wütend bemerkt.

Der Besuch von Florian Wetzel hatte ihm klargemacht, dass er nun an einem Punkt angelangt war, wo er nichts mehr für Valerie tun konnte, außer zu warten. Beinahe gegen seinen Willen war ihm Mayers Mitarbeiter auf Anhieb sympathisch gewesen. Wetzel hatte sich sofort mit den Zwillingen verstanden, die Fremden gegenüber normalerweise sehr zugeknöpft waren, und er hatte schamlos mit Janine geflirtet.

»Ich darf Ihnen nichts erzählen«, hatte Wetzel zu Marc gesagt, »aber glauben Sie mir einfach, wenn ich Ihnen versichere, dass der Fall Weymann in unserer Behörde höchste Priorität genießt. Mein Chef setzt sich persönlich für Ihre Frau ein.« Diese Worte aus dem Mund eines Mannes, der so liebenswürdig chaotisch wirkte, waren Marc seltsamerweise glaubwürdiger erschienen, als wenn er sie von Mayer gehört hätte, dessen aalglatte Fassade nie einen Rückschluss auf seine Gefühle zuließ. Und so hatte er beschlossen, die Tage bis zum Jahreswechsel zu arbeiten und den Jahresabschluss der Firma vorzubereiten. So war er zumindest ein paar Stunden am Tag beschäftigt und dachte nicht ständig über Valerie nach.

»Das Bundeskanzleramt und der BND lassen nichts unversucht«, hatte ihm auch Meisenberg versichert. Franka von Sandt hatte sich ähnlich geäußert. Sie standen in ständigem Kontakt miteinander. Eine der Zeitungen, bei denen er vorstellig geworden war, hatte doch noch einmal bei ihm nachgefragt, aber angesichts der Entwicklung, die der Fall genommen hatte, hatte er darauf verzichtet, sich mit einem Mitarbeiter zu einem Gespräch zu treffen. Dennoch blieb ein großer Rest Unbehagen. Und viele, viele offene Fragen, die ihn vor allem nachts quälten, wenn er sich schlaflos in seinem Bett hin und her wälzte. Wie hatte Valerie aus dem Gefängnis verschwinden können und vor allem, warum? Wo war sie jetzt, wie ging es ihr? Lebte sie noch?

Er stellte sich vor, was er alles mit ihr und für sie machen wollte, wenn sie nur wieder da wäre. Es gab einiges, das bei ihnen in der letzten Zeit zu kurz gekommen war, und er wusste insbesondere um ein paar Wünsche, die sie sich seit Längerem sehnlichst erfüllen wollte. Ein Opernbesuch gehörte dazu, ein Kurztrip nach Madrid und ein Urlaub mit den Mädchen am Meer. Sie hatten seit zwei Jahren keinen gemeinsamen Urlaub mehr gemacht, weil sie beide beruflich zu eingespannt gewesen waren. Weil immer etwas anderes Priorität gehabt hatte. Er hatte sich dabei ertappt, dass er im Internet das Programm der Hamburgischen Staatsoper durchforstet und nach Luxushotels in Florida gesucht hatte, und er war sich kindisch vorgekommen, als er begriffen hatte, was er tat. Aber letztlich war es im Grunde nichts anderes als das, was auch die Mädchen machten. Sie malten Bilder für Valerie, jeden Tag eins, und sammelten sie in einer Mappe, die sie ihr schenken wollten, wenn sie wieder bei ihnen war. »Damit Mama weiß, was in der Zwischenzeit alles zu Hause passiert ist«, hatte ihm Leonie ernst erklärt. Es ging nicht mehr darum, ob Valerie nach Hause kam, nur noch wann. Den Gedanken, dass sie sie vielleicht niemals wiedersehen würden, ließ keiner von ihnen zu.

* * *

Eric Mayer schritt über das Rollfeld von Cluj-Napoca und dachte an seinen letzten Auslandsauftrag. Er hatte die Koordination der deutschen nachrichtendienstlichen Aktivitäten in Afghanistan übernommen und agierte von der Botschaft in Kabul aus, als drei deutsche Ingenieure, die für eine deutsche Firma bei einem Straßenbauprojekt tätig waren, im Norden des Landes entführt worden waren. Er war drei Tage im Gebirge in der Grenzregion zu Pakistan unterwegs gewesen, um sich mit dem verantwortlichen Stammesfürsten zu treffen, für den die Entführung neben dem finanziellen Aspekt vor allem die Chance bot, international Gehör zu finden und Aufmerksamkeit zu erhalten für die Probleme in der Region, die unter der korrupten Führung Kabuls, dem Bombardement der Amerikaner und der Knechtschaft der Taliban zerbrach. Der Treffpunkt war von Seiten des Afghanen immer wieder verlegt worden, und Mayer war durch unzählige Bergdörfer gekommen, in denen Menschen unter schwierigsten Bedingungen lebten und immer wieder aufbauten, was zerstört worden war. Es waren langwierige und zähe Verhandlungen gewesen, unzählige Telefonate über das Satellitentelefon mit dem Auswärtigen Amt, der deutschen Botschaft und Vertretern der deutschen Firma. Die Männer waren völlig überfordert gewesen und in Gedanken nur bei ihren Familien, getrieben von der Angst, sie nie wiederzusehen. Mayer hatte sich damals ernsthaft gefragt, ob irgendjemand diese Männer vor ihrem Einsatz außer mit exorbitanten Gehältern und Vorschusszahlungen auf die real existierenden Gefahren vorbereitet hatte, denen sie sich unter Umständen stellen mussten. Er hatte wenig Mitleid mit ihnen gehabt.

Der Fall Weymann stellte sich für ihn in einem völlig anderen Licht dar. Das erste Mal in seiner Laufbahn erlebte er eine emotionale Beteiligung. Allein schon aus diesem Grund – darüber war er sich durchaus im Klaren – hätte er den Fall nicht übernehmen dürfen. Es entsprach weder seiner Art noch seinem Arbeitsstil, sich von Emotionen leiten zu lassen, und er führte sie darauf zurück, dass er sich persönlich für das Schicksal von Valerie Weymann verantwortlich fühlte. Irgendwo in einem versteckten Winkel seines Bewusstseins war ihm klar, dass es weitaus komplizierter war. Doch jetzt schob er diesen Gedanken von sich und konzentrierte sich auf das, was vor ihm lag. Der Wind trieb den Schnee in feinen Flocken über das Rollfeld und wehte ihn die Zäune hinauf. Mayer schlug den Kragen seiner Jacke hoch und zog seine Mütze tiefer in die Stirn. Die Gebäude lagen im Dunkeln, aber wenn alles nach Plan lief, würde ein Wagen auf dem Parkplatz für ihn bereitstehen, und tatsächlich wartete dort ein

Fahrzeug mit laufendem Motor. Der Fahrer stieg aus, als er Mayer erkannte, und kam auf ihn zu, die Schultern gegen die durchdringende Kälte hochgezogen. »Wollen Sie gleich weiter, oder übernachten Sie in der Stadt?«, fragte er in gebrochenem Englisch.

»Ich fahre gleich weiter«, erwiderte Mayer und öffnete eine der hinteren Türen, um sein Gepäck in den Wagen zu legen. Es war kurz vor Mitternacht, er hatte im Flugzeug zwei Stunden geschlafen und wollte keine Zeit verlieren.

Der Mann reichte ihm den Schlüssel. »Der Wagen hat ein Navigationsgerät und Allradantrieb, so dass Sie auf der Fahrt durch die Berge keine Probleme haben sollten. Im Kofferraum sind für alle Fälle Schneeketten.«

Mayer betrachtete den Mann, der in dem trüben Licht wie ein Zigeuner wirkte. »Kann ich Sie irgendwo absetzen?«

»Danke, ich werde gleich abgeholt.«

Wie zur Bestätigung sah Mayer in der Ferne Scheinwerfer, die sich langsam näherten. Er stieg in den Wagen, gab seinen Bestimmungsort in das Navigationsgerät ein und wartete auf die Routenberechnung. Zweihundert Kilometer, für die das Gerät eine Fahrzeit von vier Stunden ansetzte. Mayer konnte sich lebhaft vorstellen, wie die Strecke beschaffen sein würde.

In seinem Gepäck befand sich die Adresse eines Mannes, der ihm von Mitarbeitern des rumänischen Nachrichtendienstes als Kontaktperson genannt worden war. Ein Mann, der mit den Gegebenheiten vor Ort bestens vertraut sein sollte und ihnen auch die Informationen über das amerikanische Lager und die Anwesenheit von Burroughs geliefert hatte.

Als Mayer den Jeep durch die letzten Kurven vor dem Dorf lenkte, war es noch immer finsterste Nacht. Die Uhr auf dem Armaturenbrett zeigte drei Uhr fünfundvierzig. Das Haus seines Kontaktmannes lag in einer kleinen Nebenstraße nahe dem Ortskern und dem Bau einer alten romanischen Kirchenburg, die schemenhaft aus Schnee und Dunkelheit auftauchte, als Mayer daran vorbeifuhr. Das Haus lag im Dunkeln, auf sein Klopfen hin ging jedoch sofort Licht an. Ein älterer Mann öffnete die Tür. Trotz der nächtlichen Stunde machte er nicht den Eindruck, als wäre er gerade aus dem Bett gestiegen. Er sah an Mayer vorbei den kurzen Weg hinunter bis zur Straße. »Sie sind allein gekommen?«, fragte er.

»Haben Sie mehrere erwartet?«, erwiderte Mayer.

Der Alte zuckte die Schultern. »Kommen Sie rein.«

Wie Mayer erfuhr, war Pawel Rominescu ein ehemaliger Mitarbeiter des Nachrichtendienstes, der sich mit kleinen Jobs seine nicht gerade üppige Pension aufbesserte. »Bukarest ist kein gutes Pflaster, wenn Sie alt werden«, erzählte er Mayer. »Die Walachei ist schön, aber teuer, und hier in den Bergen bin ich aufgewachsen. In all den Jahren hat sich nicht viel verändert, hier hat das Leben noch ein gemäßigtes Tempo. Das ist gut in einer Zeit, in der alles immer schneller wird.«

Er führte Mayer in die Küche, beugte sich hinunter zu dem Kohleofen, der in der Ecke stand, und warf zwei Briketts hinein. »Ich würde Sie natürlich auch ins Wohnzimmer einladen«, bemerkte er augenzwinkernd, »aber in der Küche ist es wärmer.«

Mayer stellte seine Tasche neben dem Tisch ab und setzte sich.

»Kaffee?«, fragte der Alte.

Mayer nickte. »Was gibt es Neues?«, wollte er dann wissen.

Pawel stellte einen Topf mit Wasser auf den Gasherd und zündete eine Flamme an. »Es hat viel Aufregung gegeben in den vergangenen Tagen«, sagte er, als er sich wieder zu Mayer wandte. »Eine Menge Gerüchte über eine Deutsche, die plötzlich aus dem Nichts aufgetaucht ist. Im Nachbardorf haben die Dorfbewohner sie gefunden, in einem Stall. Mehr tot als lebendig.«

»Und?«, wollte Mayer wissen.

»Sie haben eine Krankenschwester drüben, die hat sich ihrer angenommen«, sagte Pawel zögerlich.

»Wo ist der Haken?«, fragte Mayer.

»Die Medikamente«, antwortete Pawel. »Sie brauchte Medizin, die es hier nicht gibt. Antibiotika, Cortison. Luca hat sie besorgt.«

Luca. Niemand wusste, ob der Mann wirklich so hieß oder ob er sich diesen Namen nur zugelegt hatte, als er die Führung der kriminellen Geschäfte in der Region übernommen hatte. Mayer hatte über ihn in den Berichten, die Wetzel ihm zusammengestellt hatte, gelesen. Er spürte Pawels Blick auf sich.

»Wenn Luca nicht geholfen hätte, wäre sie vielleicht schon tot«, sagte der alte Mann. »Jetzt versucht er, sie meistbietend zu verkaufen. Er war sich mit dem Amerikaner schon handelseinig, aber dann hat er erfahren, dass sich die deutsche Botschaft ebenfalls für die Frau interessiert.« Ein zufriedenes Lächeln huschte über Pawels verwitterte Züge. »Das hat dem Geschäft einen kleinen Aufschub gegeben.«

Mayer verstand, dass Pawel vermutlich hinter diesen unauffällig gestreuten Informationen steckte. »Haben wir Chancen, sie rauszukaufen?«, fragte er.

»Das Risiko ist zu groß. Luca hat nicht die Nerven für Geschäfte mit Regierungen. Das ist nicht seine Kragenweite.«

»Wissen Sie, wo sie ist?«

»Ja, natürlich«, erwiderte der Alte. »Aber ohne Hilfe werden Sie nicht an sie rankommen.«

»Ich habe wenig Zeit«, bemerkte Mayer knapp. »Ich muss in vierzig Stunden meinen Rückflug antreten, und ich werde nicht ohne diese Frau fliegen.«

Pawel strich sich nachdenklich durch seinen grauen Bart. »Sie sind ambitioniert«, stellte er fest. »Sehr ambitioniert.«

Luca hatte Valerie in die Berge gebracht in eine Hütte, die nur schwer zu erreichen war und von der selbst die Einheimischen nichts wussten. »Wie haben Sie davon erfahren?«, fragte Mayer den alten Mann.

Pawel sah ihn einen Moment schweigend an. »Es war ein Leben lang mein Job, solche Dinge zu wissen. *Old habits die hard,* sagen die Engländer wohl dazu.«

Mayer unterdrückte ein Lächeln.

»Ein Hubschrauber wäre gut gewesen«, fuhr Pawel fort. »Ein Überfallkommando.«

»Wir haben in den seltensten Fällen die Hilfsmittel, die wir brauchen«, sagte Mayer.

»Luca sitzt da oben nicht allein«, wandte der alte Mann ein. »Er ist ein gerissener Hund. Er weiß, dass der Amerikaner hinter ihm her ist, und hat ein paar von seinen härtesten Männern bei sich. Sie riskieren Ihr Leben *und* das der Frau, wenn Sie allein hochgehen.«

»Wenn Robert F. Burroughs sie vor mir kriegt, ist sie auf jeden Fall tot.«

Pawel zuckte mit den Schultern, wie schon bei seiner Ankunft, als er erfahren hatte, dass Mayer allein gekommen war. Eine Geste, mit der er jede Verantwortung von sich zu schieben schien. »Wie Sie meinen«, sagte er und holte eine detaillierte Landkarte, die er auf dem Küchentisch ausbreitete.

»Es gibt vielleicht eine Möglichkeit, wie Sie bei den Ganoven da oben den Anschein erwecken können, dass Sie mit einer kleinen Armee gekommen sind«, erklärte er, als er die Karte studierte. »Ich kenne die Hütte, ich bin vor zwei Jahren dort gewesen, und es wird sich nicht viel verändert haben. Sie haben allerdings nur eine Chance.«

Der Plan war gewagt, aber durchführbar. Und letztlich blieb Mayer keine Wahl. Es gab keine Unterstützung, und er hatte keine Zeit für längere Vorbereitungen.

»Sie sollten ein paar Stunden schlafen, bevor Sie aufbrechen«, riet Pawel ihm, nachdem sie alles besprochen hatten. »Ich wecke Sie, sobald es hell wird.«

Mayer schlief wie ein Stein in dem kleinen Zimmer, in dem der Alte ein Bett für ihn vorbereitet hatte, und als er ihn an der Schulter berührte, um ihn aufzuwecken, war ihm, als hätte er sich gerade erst hingelegt.

»Es wird Schnee geben heute«, sagte ihm Pawel beim Frühstück.

»Wenn ich mich in den nächsten zwölf Stunden nicht bei Ihnen melde, rufen Sie bitte diese Nummer an«, bat Mayer seinen Gastgeber und gab ihm einen Zettel mit Wetzels Telefonnummer. »Mein Kollege weiß, was dann zu tun ist.« Er ließ seine Tasche bei dem alten Mann im Haus zurück und nahm nur das Nötigste in seinem Rucksack mit. Pawels Blick fiel auf den Revolver, den Mayer in das Halfter unter die Jacke seines Kampfanzugs steckte. Wortlos wandte er sich ab und ging in den Nebenraum. Als er wiederkam, hielt er ein Scharfschützengewehr in der

Hand, das mattschwarz im Licht schimmerte. Mayer fragte sich, wo der Alte es herhatte.

»Können Sie damit umgehen?«, fragte Pawel.

Mayer nickte, und der Alte reichte es ihm zusammen mit einem Päckchen Munition.

»Sie werden es brauchen«, sagte er, und seine Finger glitten liebevoll über den Lauf. Dann sah er zu Mayer. »Bringen Sie mir mein Baby unversehrt wieder.«

Eric Mayer fuhr in eine schneegraue Dämmerung. Die Berggipfel waren von Wolken verhangen, der Weg schlängelte sich in Serpentinen den Hang hinauf. Das Navigationssystem zeigte längst *Offroad* an, und Mayer verließ sich ganz auf die Karte, die er auf dem Beifahrersitz ausgebreitet hatte. Schließlich erreichte er den Punkt, an dem er den Wagen zurücklassen und seinen Weg zu Fuß fortsetzen musste. Er parkte das Fahrzeug im Schutz eines Dickichts und stellte zufrieden fest, dass es nur aus der Nähe zu sehen war. Seine Stiefel sanken tief in den Schnee ein, und er war froh über die Sturmhaube, die nur einen Schlitz für die Augen frei ließ und den eisigen Wind abhielt, der ihm entgegenwehte.

Nach einer guten Stunde Fußmarsch erreichte er die Hütte, die geschützt in einer kleinen Senke lag. Sie war komplett aus Holz gebaut, schlicht, spartanisch. Nackter Fels ragte an ihrer Rückwand empor, und es gab nur einen Zugang, der mit Sicherheit bewacht wurde. Genauso wie Pawel es ihm beschrieben hatte. Aus dem Schornstein stieg Rauch in den verhangenen Himmel. Mayer schob sich im Schutz der Bäume näher heran. Lange würde er es hier draußen nicht aushalten, wenn er sich nicht bewegte, dafür war es trotz seiner Thermokleidung zu kalt.

Vier Männer waren hier oben. Ehemalige Soldaten und Bodyguards. Er nahm seinen Rucksack ab, zog einen Gegenstand heraus, der an eine Handgranate erinnerte, und steckte ihn zusammen mit einer zu einem kleinen Päckchen gefalteten Isolierdecke in seine Jackentasche, bevor er den Rucksack unter ein Gewirr aus Zweigen schob. Er nahm Pawels Gewehr und überprüfte die Munition. Dann schnallte er es sich auf den Rücken und bewegte sich lautlos und immer in Deckung der Bäume weiter auf die Hütte zu. Das Dach war flach, und an den Seiten war Holz gestapelt, beinahe wie eine Treppe. Der Schnee, der in einer dicken Schicht darauf lag, würde die Geräusche dämpfen.

Nichts rührte sich, aber als er näher kam, hörte er leise Männerstimmen und Gelächter. Sie hatten die Gardinen zugezogen, damit kein Licht herausdringen konnte. Mayer blieb stehen und warf einen letzten Blick über die kleine Lichtung und auf die Hütte.

Sie haben nur eine Chance.

Er setzte seinen Fuß auf den Holzstapel. In diesem Moment wurde die Vordertür geöffnet. Mayer ließ sich hinter das Holz in den Schnee fallen und sah einen bulligen Typen, der sich erleichterte. Mayer rührte sich erst wieder, nachdem der Mann wieder in der Hütte verschwunden und die Tür ins Schloss gefallen war.

Behutsam setzte er einen Fuß vor den anderen, als er auf das Dach kletterte. Unter dem Neuschnee war eine verharschte Decke, die ihm sicheren Halt bot. Immer wieder hielt er inne, um zu lauschen. Nichts ließ darauf schließen, dass sein Kommen bemerkt worden war. Als er den Schornstein erreichte, entfaltete er die Isolierdecke, zog die Rauchbombe aus seiner Tasche, entsicherte sie und warf sie in den Schlund. Hastig schlug er die Decke über die Öffnung des Schornstein, fixierte sie und brachte sich dahinter in Position. Er brauchte nicht lange zu warten. Überraschte, dann entsetzte Rufe drangen heraus. Es polterte, als würden Stühle umgeworfen, und im nächsten Augenblick flog die Tür der Hütte auf. Drei Männer stürzten heraus, hustend und keuchend, gefolgt von einer beißenden Rauchwolke. Mayer justierte ein letztes Mal das Visier seines Gewehrs.

Die Schüsse hallten von den Felswänden wider, vervielfältigten sich, und es klang, als ob sich eine ganze Armee auf dem Dach des Hauses positioniert hatte. Die Männer flohen zwischen die Bäume. Zwei von ihnen brachen auf dem Weg getroffen zusammen, den dritten erwischte Mayer am Bein, bevor er zwischen den Stämmen verschwand. Wo war der vierte? Wo war Valerie? Mayer ließ sich vom Dach herabgleiten und schlug mit dem Knauf seines Gewehrs das nächstgelegene Fenster ein. Rauch quoll heraus. Durch die Schwaden hindurch erkannte er eine Tür. Sie waren in dem anderen Raum. Mayer hastete weiter. Das nächste Fenster. Noch war die Überraschung auf seiner Seite. Das Glas klirrte unter der Wucht, mit der der Kolben es traf, die Splitter flogen in den Raum, und er sah, wie sich ein vierschrötiger Mann in die hinterste Ecke drückte. Luca. Er hielt eine Waffe in der Hand und drückte ab. Mayer zuckte zur Seite, und der Schuss zischte an seinem Kopf vorbei. Er ließ das Gewehr fallen, zog den Revolver, zielte und schoss, aber er traf nicht. Dann entdeckte er Valerie. Sie kauerte am Boden und starrte ihn aus angstgeweiteten Augen an. Luca packte sie, bevor Mayer erneut abdrücken konnte, und zog sie wie einen Schild vor sich. Hielt ihr seine Waffe an die Schläfe. »Ich bring sie um, wenn du schießt!«, schrie er auf Englisch. Seine Stimme war eine Nuance zu hoch, verriet seine Panik.

Mayer duckte sich schnell und eilte gebückt um das Haus herum. Luca würde versuchen, durch das Fenster zu entkommen, er ging davon aus, dass die Hütte in Flammen stand. Er war zu panisch, um zu bemerken, dass es sich lediglich um eine ungefährliche Rauchbombe handelte. Mayer feuerte wahllos in Richtung der Bäume und bog um die Hausecke. Es kam keine Antwort. Die beiden Männer, die er getroffen hatte, lagen noch vor dem Haus. Der eine ausgestreckt und reglos, der andere zusammengekrümmt. Mayer bemerkte selbst im Vorbeihasten seinen schnellen Atem, das Zittern seiner Gliedmaßen.

Er atmete einmal tief ein, bevor er ins Haus stürzte, durch das Zimmer hastete und die Tür am anderen Ende eintrat. Luca fuhr herum, sprang ihn an, doch Mayer war darauf vorbereitet und schlug ihn mit dem Gewehrkolben nieder.

Valerie schrie auf und hob schützend die Hände vor ihr Gesicht, als er näher kam. »Nein«, flehte sie. »Bitte nicht.« Sie war blass, ausgezehrt, ihre grauen Augen viel zu groß in dem schmalen Gesicht. Kein Stolz, keine Wut lagen mehr darin. Nur noch nackte, verzweifelte Angst. Sie drückte sich gegen die Wand, als wollte sie damit verschmelzen, und ihr Körper verkrampfte sich. Gleich würde sie sich erbrechen. Hastig zog Mayer die Sturmhaube vom Gesicht.

* * *

Tränen der Erleichterung sprangen Valerie in die Augen, als sie ihn erkannte. Gleichzeitig starrte sie ihn ungläubig an, als er, von Rauchschwaden umwogt, vor ihr in die

Hocke ging und mit beruhigender Stimme auf sie einsprach. Das Blut rauschte in ihren Ohren, und sie verstand kaum, was er sagte. Sie konnte kaum glauben, was sie sah. Es war tatsächlich Mayer, Eric Mayer. *Woher kam er?* Er trug einen schwarzen Kampfanzug und Springerstiefel. Er war unrasiert und außer Atem …

»Valerie, hören Sie mir zu!«

Sie zuckte zurück, als er ihren Arm nahm und sie berührte.

»Wir müssen hier raus. Jetzt!«

Bevor sie antworten oder überhaupt reagieren konnte, knallte draußen ein Schuss. Mayer erstarrte in der Bewegung. Luca lag noch immer neben ihnen am Boden und rührte sich nicht. Sie hatte gesehen, mit welcher Wucht Mayers Gewehrkolben ihn getroffen hatte. Aber wo waren die anderen Männer? War Mayer allein gekommen, oder …

»Bleiben Sie hier sitzen und rühren Sie sich nicht von der Stelle. Ich komme gleich wieder«, befahl er ihr, zog ein Paar Handschellen aus einer seiner Taschen und band dem Rumänen die Hände auf den Rücken. Er drückte ihr Lucas Revolver in die Hand. »Er ist entsichert. Wenn hier jemand anders reinkommt als ich, zielen Sie auf seinen Bauch und drücken Sie ab – und achten Sie auch auf das Fenster.«

»Aber das Feuer …«, begann sie.

»Es gibt kein Feuer. Das war nur eine Rauchbombe.«

Dann war Mayer verschwunden.

Valerie umschloss die Waffe mit beiden Händen. Unterdrückte das Zittern, das durch sie hindurchfuhr, als ihr bewusst wurde, dass sie allein war. Allein mit Luca und mit allem, was durch die Tür oder das Fenster kommen würde. Sie atmete tief durch, um sich zu beruhigen.

Du hast eine Waffe.

Du darfst jetzt nicht die Nerven verlieren.

Ein Schatten tauchte am Fenster auf. Valerie brach der Schweiß aus. Sie kroch in die Ecke des Raumes, dort, wo es am dunkelsten war, in der Hoffnung, dass, wer auch immer dort draußen sein mochte, sie nicht bemerken würde. Sie atmete nicht. Und der Schatten verschwand. Die Schwaden beißenden Qualms, die über den Boden waberten, verzogen sich allmählich. Von draußen hörte Valerie Stimmen. Jemand rief. Sie kannte diese Stimme, diesen zynischen Tonfall.

»Eric, spiel nicht den Helden. Gib mir die Frau, und ich vergesse das Ganze hier.«

Valeries Finger krampften sich um den Griff der Waffe. Wieso war Burroughs hier? War er Mayer gefolgt, oder wie hatte er Lucas Versteck gefunden? Der Rumäne hatte vor ihr damit geprahlt, wie er den Amerikaner hatte auflaufen lassen, wie er mehr Geld verlangt hatte.

»Verschwinde, Bob«, hörte sie Mayers Stimme. »Ich bin nicht allein. Du bist geliefert, wenn wir dich kriegen.«

Valerie bekam vor Aufregung kaum Luft. Mayer bluffte. Es war niemand hier außer ihm, auch wenn es erst den Anschein hatte, als fiele eine ganze Horde über die Hütte her.

Sie warf einen flüchtigen Blick auf Lucas reglose Gestalt. Dann auf die Waffe in ihrer Hand. Er hatte sie gefragt, was es war, das sie so wertvoll für Burroughs machte. Als sie nicht geantwortet hatte, weil sie es nicht wusste, hatte Luca sie geschlagen und ihr gedroht, dass er noch ganz andere Sachen mit ihr machen würde, wenn sie sich ihm oder seinen Männern widersetzte. Und Vesna hatte danebengestanden und nichts gesagt. Hatte Luca nur die Medikamente in die Hand gedrückt und erklärt, dass Valerie in Kürze keinen Cent mehr wert sein würde, wenn er sie ihr nicht regelmäßig gab. Dann war sie gegangen.

Valerie richtete den Lauf des Revolvers auf Lucas Hinterkopf. Auf die kurzen gegelten Haare, die wie fettige Stacheln von seinem Kopf abstanden. Sie kniff die Augen zusammen.

»Du kommst hier nicht raus, Eric«, hörte sie wieder Burroughs' Stimme. »Du sitzt mit der kleinen Schlampe in der Falle.« Ein spöttisches Lachen folgte seinen Worten. »Sie hat den Jungs viel Freude bereitet, Eric.«

Valeries Hände begannen zu zittern. Lucas Hinterkopf verwandelte sich in Burroughs' hageres Gesicht. Sie sah seinen springenden Kehlkopf, seine dünnen Lippen und seine Zunge, die langsam darüberfuhr, wenn er beobachte, wie Martinez sie quälte.

Sie hat den Jungs viel Freude bereitet.

Es war nicht Luca, der sterben musste.

Wie in Trance stand sie auf. Das Fenster öffnete sich lautlos, nur ein paar Splitter fielen aus dem geteilten Rahmen, die auf dem Holz zu ihren Füßen leise knirschten. Im nächsten Augenblick spürte sie, wie der Schnee sich um ihre Schuhe schloss.

»Halt die Klappe, Bob, und verschwinde«, hörte sie Mayers Stimme. »Das ist deine letzte Chance. «

Valerie schlich sich um die Ecke der Hütte. Burroughs hatte sich hinter einem Dickicht verschanzt, das einen aus dem Boden ragenden Felsen umwucherte. Er bemerkte sie nicht. Sein Blick war auf Mayer gerichtet, der in der Hütte neben der Eingangstür Position bezogen hatte.

Valeries Atem kam stoßweise, und sie befürchtete schon, die beiden Männer könnten ihr Keuchen hören, aber sie rechneten nicht mit ihr. Sie sah Burroughs' Revolver in seiner Hand, die Anspannung in seinem Gesicht, und plötzlich erfasste sie eine Welle der Angst. Er würde sie töten, in der Sekunde, in der er sie entdeckte. Sie wich einen Schritt zurück hinter die Hütte. Ließ die Waffe sinken und lehnte sich gegen das dunkle Holz.

»Eric, du weißt, dass wir hier ein Lager haben, nur wenige Kilometer entfernt. Gut ausgebildete Männer, nicht solche Versager wie Luca. In weniger als einer Stunde werden sie hier sein.«

Valerie schloss einen Atemzug lang die Augen. Er wird dich zurückbringen. Noor tauchte vor ihr auf. So, wie sie sie zuletzt gesehen hatte in dem Zellengang. Ein seelenloser Blick unter kahl rasiertem Schädel. Auch wenn sie es nicht wahrhaben wollte, wusste sie tief in ihrem Herzen, dass Noor tot war und dass sie überleben musste, um der Welt zu erzählen, wie sie gestorben war. Und warum.

Valerie wischte sich die Tränen aus den Augen und schlich sich erneut um die Ecke der Hütte. Sie hob die Waffe und zielte, während sie mit drei großen Schritten aus ihrer Deckung heraus auf Burroughs zulief und feuerte. Es war ein höllischer Krach und der Rückstoß riss ihr die Arme nach oben, aber sie gab nicht auf.

Burroughs fuhr herum, Überraschung in seinen Augen, Unglauben, als er sie sah. Er richtete die Waffe auf sie, doch bevor er abdrücken konnte, hallte ein weiterer Schuss über die Lichtung. Burroughs schrie auf. Seine Hand fuhr zu seiner Schulter. Valerie ließ sich zu Boden fallen und feuerte so lange in seine Richtung, bis das Magazin leer war.

Die Schüsse verhallten zwischen den Bäumen, und eine tiefe Stille folgte. Valerie wagte nicht, sich zu bewegen.

Zutiefst erschöpft lag sie im Schnee. Sie merkte kaum, dass Mayer mit einem Mal bei ihr war und sie aus dem Schnee und hinter sich her in die Hütte zog. Erst das Zuschlagen der Tür brachte sie wieder zu sich. Sie lag auf dem Boden. Mayer hockte schwer atmend neben ihr.

»Wo ... wo ist er?«, fragte sie leise.

»Er hat sich zurückgezogen. Ich habe ihn getroffen – dank Ihrer Hilfe.«

»Ich hatte gehofft, er wäre tot«, flüsterte sie enttäuscht.

Mayer lachte plötzlich auf. Es war das erste Mal, dass sie ihn lachen hörte. Nicht einmal ein Lächeln kannte sie bisher von ihm. Es nahm seinem kantigen Gesicht die Härte und brachte ein Funkeln in seine dunklen Augen. »Schön, dass Sie Ihren Kampfgeist nicht verloren haben«, bemerkte er trocken.

Sie spürte, wie sich auch in ihr ein Lächeln ausbreitete. Es war ein ehrliches Lächeln ohne Zweifel und für diesen kurzen kostbaren Moment ohne Angst, und es fühlte sich schon allein deswegen gut an, weil sie in den vergangenen Wochen befürchtet hatte, genau diese Leichtigkeit nie mehr empfinden zu können. Und nun war sie da. Völlig unerwartet, nachdem sie beide knapp dem Tod entkommen waren. »Ich freue mich auch, Sie zu sehen«, erwiderte sie.

Er stand auf und reichte ihr seine Hand, um sie vom Boden hochzuziehen.

»Sie sind meinetwegen hier«, stellte sie fest. »Sie sind gekommen, um mich hier rauszuholen.« Sie spürte den festen Druck seiner Finger um ihre Hand. Er hatte sein Leben riskiert für sie. »Warum haben Sie das gemacht?«

»Das ist mein Job«, sagte er lediglich. Er ließ ihre Hand los und trat einen Schritt zurück. Seine Gesichtsmuskeln spannten sich an. Sie hatte diese Anspannung schon einmal bei ihm gesehen. In der Nacht nach dem Anschlag auf den Dammtorbahnhof.

Er nahm sein Gewehr vom Boden auf. »Wir müssen so schnell wie möglich fort. Einer von Lucas Männern ist entkommen, und wir wissen nicht, was Burroughs als Nächstes plant.«

Valerie hielt ihn zurück. »Was ist mit Noor?«

Sein Blick ließ Vermutung Gewissheit werden.

»Sie ist tot«, flüsterte Valerie.

»Ihr Körper wurde in den Bergen in der Nähe des Lagers gefunden«, bestätigte Mayer betont sachlich. »Wir haben den Leichnam bereits überführt und identifiziert. Es tut mir leid.«

Eine Flut von Bildern überwältigte sie. Ihr war, als höre sie Noors leises Lachen, als spüre sie den fragenden Blick ihrer Freundin, atmete den Duft ihres Parfüms.

»Valerie …«, Mayer berührte ihren Arm. »Wir müssen gehen.« Der Unterton in seiner Stimme verdrängte die Erinnerung. Sie schwebten noch immer in Gefahr und hatten keine Zeit zu verlieren.

»Wie gut sind Sie zu Fuß?«, wollte er wissen.

»Ich werde es schon schaffen.«

Er verlor kein Wort über ihre Aufmachung. Die Armeehose und Stiefel, die Daunenjacke, alles unverkennbar amerikanischer Machart. Er fragte nichts, schob sie nur zur Tür. »Kommen Sie.«

»Was ist mit Luca?«

»Wir haben keine Zeit, uns um ihn zu kümmern. Sobald wir im Tal sind, schicken wir jemanden her.«

Vor dem Haus lagen die beiden Männer, die Mayer erschossen hatte. Er blieb kurz bei ihnen stehen und hielt ihnen die Finger an die Halsschlagader. Der eine war tot, selbst Valerie konnte es erkennen an dem unglücklichen Winkel seines Kopfes. Der zweite lebte noch. Mayer nahm ihn hoch und schleppte ihn in die Hütte. Dann eilte er auf den Waldrand zu und zog einen Rucksack aus dem Gebüsch. Winkte Valerie, ihm zu folgen. Er bewegte sich schnell, sicher, ohne zu zögern.

Valerie stolperte hinter ihm her zwischen den Bäumen hindurch den Berg hinunter. Immer wieder blieb er stehen, um auf sie zu warten. An manchen Stellen nahm er ihre Hand, um ihr zu helfen, und einmal hob er sie sogar über eine Felsspalte, als wäre sie ein Kind.

Sie hatten über die Hälfte des Weges zurückgelegt, als die Schmerzen zurückkamen. Mayer blieb stehen, als er merkte, dass sie langsamer wurde. »Sie sind ganz blass. Sie haben Schmerzen.«

»Geht schon«, murmelte sie. Sie wollte nur fort. Weg aus diesen Bergen, dem Schnee, diesem Land und seinen Geheimnissen. Sie wollte alles zurücklassen, was hier passiert war. Vergessen. So schnell wie möglich.

»Was ist es?«, wollte er wissen. »Sie haben Medikamente bekommen.«

Sie starrte ihn an. Wie konnten drei schlichte Worte eine solche Flut von Emotionen auslösen? Tränen sprangen ihr plötzlich in die Augen, liefen ihr über die Wangen. Ungelenk wischte sie sie fort, versuchte, sich zu beherrschen, aber das machte es nur umso schlimmer. Zitternd stand sie da und schämte sich ihrer Hilflosigkeit, ihrer Erinnerungen, ihrer Angst, die nie fortgewesen war, sich nur verborgen hatte, ein Begleiter, der sie vielleicht nie mehr verlassen würde.

Es lag kein Entsetzen in Mayers Augen, nur eine Traurigkeit, die sie nicht erwartet hatte. Er machte einen Schritt auf sie zu, streckte ihr seine Hand entgegen. »Kommen Sie.« Behutsam legte er einen Arm um sie und führte sie den Berg hinunter. Er sprach nicht. Aber er war da. Dicht bei ihr. Und diese Nähe war beruhigend.

Als sie die Stelle erreichten, wo Mayer den Wagen versteckt hatte, war sie so erschöpft, dass sie sich kaum noch auf den Beinen halten konnte. Während ihres Abstiegs hatten sie weder eine Spur von Burroughs noch von Lucas verletztem Gehilfen gefunden. Als Valerie Mayer darauf ansprach, beruhigte er sie. »Die Wälder hier sind groß. Sie können einen anderen Weg eingeschlagen haben, und der Schneefall hat meine Spuren vom Aufstieg bereits verwischt.«

Die Fahrt hinunter ins Tal erlebte sie nur bruchstückhaft. Sie schreckte hoch, als Mayer schließlich ihren Arm berührte. »Valerie, wir sind da. Wachen Sie auf.«

Sie sah Häuser, und eine ungute Vorahnung stieg in ihr auf. »Was machen wir hier?«

»Ich muss etwas zurückbringen und meine Sachen holen. Sie können im Wagen warten, wenn Ihnen das lieber ist.«

Valerie schüttelte den Kopf, atmete tief durch. »Ich möchte nicht allein sein.«

Mayer verstand, was es sie kostete, diesen Satz auszusprechen. Ihre Angst einzugestehen. Er lächelte versichernd und nahm das Gewehr von der Rückbank. Bevor er ausstieg, sah er sich prüfend um. Weit und breit war niemand zu sehen.

Niemand öffnete auf ihr Klopfen. Mayer griff tastend unter einen losen Stein auf dem Fensterbrett neben der Tür und zog einen Schlüssel heraus. Valerie folgte ihm zögerlich.

Es war still im Haus. Totenstill. Und dann roch sie es. Sie griff nach Mayers Arm, schüttelte hektisch den Kopf und wies zurück zum Ausgang. Aber es war zu spät. Ein lautes Krachen durchbrach die Stille, als die Küchentür aufflog. Ein Mann tauchte im Türrahmen auf und richtete die Mündung eines Revolvers auf sie. Mit einer einzigen Bewegung schob Mayer Valerie hinter sich. Der Mann schoss, und Mayer brach in sich zusammen.

»Nein!, schrie Valerie. »Eric, nein!«

Eine Hand griff nach ihr und zog sie über den reglosen Körper hinweg in die Küche. Ein weiterer Mann saß dort am Tisch, nach hinten gelehnt auf einem Stuhl. Er starrte sie aus weit geöffneten Augen an. Sein grauer Bart war blutverschmiert, und in seiner Stirn prangte ein kleines rundes Loch, dunkel verkrustet an den Rändern. Die Wand hinter ihm war voll mit roten Blutspritzern.

Valerie wehrte sich mit Händen und Füßen, doch sie war machtlos.

»Du machst es mir nicht leicht, *dammed bitch*«, stieß Burroughs zwischen zusammengepressten Lippen hervor und zwang sie auf einen Stuhl – dem Toten gegenüber. Burroughs' Gesicht war unnatürlich blass, und unter seiner Kleidung zeichnete sich auf Schulterhöhe ein dunkler Fleck ab. Sein linker Arm hing schlaff herunter, aber in seiner rechten Hand lag der Revolver, der genau auf sie zielte. Sein Atem ging stoßweise, als er sich zu ihr herabbeugte und ihr die Waffe unter das Kinn drückte, so dass sie ihm in die Augen sehen musste, ob sie wollte oder nicht. »*End of the show, bitch.*«

Er war dicht, zu dicht. Sie roch seinen Atem, sein Rasierwasser, und die Lehne des Stuhls drückte in ihren Rücken. Es ist vorbei, war das Einzige, was sie denken konnte. Vorbei. Doch der Schuss kam nicht. Stattdessen hörte sie einen dumpfen Schlag, und Burroughs' eiskalte Augen wurden plötzlich glasig, sein Griff schlaff. Er ließ sie los und fiel. Valerie schnappte nach Luft.

»Eric!«, stieß sie hervor, als sie Mayer erblickte. Er war entsetzlich blass und schwankte bedenklich.

»Alles in Ordnung?«, fragte er.

Sie nickte hastig. »Sind Sie verletzt?«

Der Schuss hatte ihn getroffen, gefällt wie einen Baum …

Er schluckte, rang nach Atem. »Alles in Ordnung«, versicherte er und stützte sich schwer auf dem Tisch ab. Schließlich richtete er sich wieder auf und öffnete seine Jacke. Darunter kam eine kugelsichere Weste zum Vorschein. »Können Sie mir beim Ausziehen helfen?«

Die Kugel steckte auf Herzhöhe in dem schwarzen Material. Valerie berührte seine Schulter, strich mit den Fingern über seine Wange »Ich … ich bin so froh, dass Ihnen nichts passiert ist.«

Er lächelte matt. »Ich auch.«

Burroughs lag zwischen ihnen und der Tür. Valerie sah, wie sich sein Brustkorb hob und senkte. Er war nicht tot, und ihr Blick fiel auf seinen Revolver auf dem Tisch. Mayer beugte sich mit schmerzverzerrtem Gesicht zu Burroughs herab und fühlte seinen Puls. »Er wird bald wieder zu sich kommen.«

»Nein«, sagte Valerie. Mit beiden Händen hielt sie die Waffe umschlossen und zielte auf den Mann am Boden.

»Valerie, tun Sie das nicht.« Mayer streckte ihr seine Hand entgegen. »Bitte, geben Sie mir die Waffe.«

»Er wird erst aufhören, wenn wir tot sind«, sagte sie. »Er war es, der mich hierhergebracht hat.« Der zugesehen hatte, sich daran erregt hatte.

»Überschreiten Sie diese Schwelle nicht.« Mayers Stimme klang beschwörend.

Ihre Hände begannen zu zittern.

Mayer machte einen Schritt auf sie zu.

»Kommen Sie nicht näher«, warnte sie ihn. Sie musste Burroughs töten. Es war die einzige Möglichkeit, in Zukunft ohne Angst zu leben.

»Valerie, bitte vertrauen Sie mir.«

»Ich habe es mir so oft vorgestellt, wie es wäre, ihn zu töten«, flüsterte sie. »Ich muss es tun.«

»Das stimmt nicht, Sie reden sich das nur ein. Mit jedem Menschen, den Sie töten, töten Sie auch ein Stück von sich selbst. Tun Sie es nicht.«

»Sie haben oben in den Bergen die Männer, ohne zu zögern, niedergeschossen.« Ihr Finger krümmte sich am Abzug.

»Ich hatte keine Wahl.«

Ihr Blick flog zu ihm.

»Ich habe auch keine Wahl«, sagte sie leise.

»Doch, Valerie, das haben Sie.«

Plötzlich war er bei ihr, ein Schuss löste sich aus der Waffe und traf die Wand. Holz splitterte. Dann hatte Mayer ihr den Revolver abgenommen. Sie schlug nach ihm, trat ihn, spürte, wie er vor Schmerz zusammenzuckte, als sie die Stelle traf, wo die Kugel ihn getroffen hatte, und doch hielt er sie fest, bis sie schließlich kraftlos gegen ihn sank und weinte; all ihre Wut war mit einem Mal verpufft. »Es tut mir leid.«

»Schon gut«, flüsterte er und strich ihr behutsam das Haar aus dem Gesicht. »Schon gut.«

Ihr Atem wurde ruhiger, und sie wischte sich die Tränen aus den Augen. Dann fiel ihr Blick auf Burroughs. »Was machen wir mit ihm?«, fragte sie.

»Nichts. Wir lassen ihn hier liegen. Sollen sich die örtlichen Behörden mit der Situation auseinandersetzen. Woher wussten Sie, dass er hier ist?«

»Ich habe sein Rasierwasser gerochen.«

Er warf ihr einen anerkennenden Blick zu, dann sah er auf seine Uhr. »Auf uns wartet ein Flugzeug. Wir haben keine Zeit mehr zu verlieren.«

Bevor sie das Haus verließen, trat Mayer zu dem Toten am Tisch, schloss ihm die Augen und verharrte schweigend vor ihm. Der Anblick berührte Valerie, und sie fragte sich, wie gut sich die beiden Männer gekannt hatten.

Sie fuhren in die hereinbrechende Dämmerung. Der Schnee schimmerte blau in dem sich allmählich verlierenden Licht, und mit jedem Kilometer, den sie zurücklegten, atmete Valerie ein wenig freier, ließ der klamme Griff der Angst ein wenig nach.

»Morgen früh sind Sie wieder in Hamburg«, sagte Mayer, als hätte er ihre Gedanken gelesen. Er reichte ihr ein Mobiltelefon. »Wenn Sie möchten, können Sie Ihren Mann anrufen.«

Marc. Er schien ihr Welten entfernt zu sein. Valerie blickte auf das Telefon in ihrer Hand. Dann sah sie zu Mayer und reichte es ihm zurück. »Ich kann jetzt nicht mit ihm sprechen.«

Mayer gab eine Kurzwahlnummer ein. Es dauerte eine Weile, bis die Verbindung zustande kam. »Florian? – Ich bin es, ja. Bitte rufen Sie Marc Weymann an und teilen Sie ihm mit, dass seine Frau in Sicherheit ist. – Nein, mehr erst einmal nicht. – Wir sind unterwegs und erreichen in etwa drei Stunden den Flughafen. – Ich melde mich.«

»Danke«, sagte Valerie, nachdem die Verbindung beendet war, und sah, wie er flüchtig lächelte. »Wie kommt es, dass Sie hier in dieser gottverlassenen Gegend ein Netz haben?«, fragte sie erstaunt.

»Es ist ein Satellitentelefon.«

Sie gab sich einen Ruck. »Sie waren nicht immer beim BND, oder?«

Er antwortete nicht sofort. »Ich war vorher beim KSK«, erwiderte er zögerlich, unwillig beinahe.

»Tut mir leid, ich wollte nicht neugierig sein«, sagte sie schnell und spürte doch gleichzeitig, dass ihr nach dieser Antwort ein Dutzend weiterer Fragen auf der Seele brannten. Das KSK, das Kommando Spezialkräfte der Bundeswehr, eine umstrittene, aber zweifelsohne eine Einheit, die ihresgleichen suchte.

Er räusperte sich. »Es gibt auch etwas, das ich gern von Ihnen wüsste.«

»Fragen Sie.«

»Wie konnten Sie aus dem amerikanischen Lager entkommen?«

Valerie sah aus dem Beifahrerfenster. Mayer würde nicht der Einzige sein, der ihr diese Frage stellen würde. Aber sie wusste plötzlich, dass er der Einzige war, dem sie die Wahrheit erzählen konnte. Der schweigen würde, wenn sie ihn darum bat.

*　*　*

Burroughs kam langsam wieder zu sich. Sein Arm fühlte sich wie ein Fremdkörper an, der an ihm hing, ohne wirklich zu ihm zu gehören. Er wusste, was das bedeutete. Die Kugel steckte noch immer in seiner Schulter, und er brauchte dringend einen Arzt, oder er riskierte, seinen Arm zu verlieren. Sein Kopf schmerzte. Als er die Augen öffnete, sah er als Erstes die Füße des alten Mannes und eine Lache unter dem Stuhl, auf dem er noch immer saß. Es roch nach Urin und Fäkalien.

Burroughs rollte sich auf den Rücken und starrte an die Decke. Er fühlte sich plötzlich leer und müde und verspürte den dringenden Wunsch, sich sinnlos zu betrinken. Er hatte nie damit gerechnet, dass Mayer hier auftauchen würde. Was trieb den Mann? Es musste mehr sein als nur der Dienst an seinem Land. Und dann diese verdammte Weymann-Schlampe. Sie war schuld, dass Mayer ihn getroffen hatte. Wenn er ihretwegen seinen Arm verlor …

Mühsam stemmte er sich hoch. Er musste ins Lager zurück. Marcia musste ihn zusammenflicken. Und wie immer, wenn er getötet hatte, verspürte er Lust auf Sex. Kathy hatte nie gewusst, dass ihre heißesten Begegnungen nach seinen schwersten Einsätzen stattgefunden hatten. Er hatte mit ihr nicht über diese Dinge reden können. Marcia würde es verstehen. Es machte sie ebenso an wie ihn. Er bedauerte es, dass sich ihre Wege so schnell wieder trennen würden.

Er musste zurück nach Hamburg. Wenn auch nur kurz. Er musste sicherstellen, dass alles nach Plan verlief, bevor er sich ganz absetzte.

Umso ärgerlicher war es, dass er Mayer und Weymann hier nicht erwischt hatte. Es machte seine Aufgabe zwar nicht unmöglich, aber es verkomplizierte sie unnötig, und dass Weymann lebte, war mehr als nur ein Verstoß gegen seine Prinzipien. Es bedeutete Ärger. Es würde sich eine Lösung finden.

Jetzt musste er erst einmal raus aus diesem Haus, bevor jemand kam und Fragen stellte. Schlagartig wurde er müde. So müde wie seit Ewigkeiten nicht mehr. Er würde noch einen Moment liegen bleiben. Nur einen kurzen Moment. Dann würde er sich auf den Weg machen.

TEIL III

Artikel 12
der Charta der Menschenrechte
der Vereinten Nationen

*Niemand darf willkürlichen Eingriffen
in sein Privatleben, seine Familie, seine Wohnung
und seinen Schriftverkehr oder Beeinträchtigungen
seiner Ehre und seines Rufes ausgesetzt werden.
Jeder hat Anspruch auf rechtlichen Schutz gegen
solche Eingriffe oder Beeinträchtigungen.*

Marc legte den Telefonhörer auf und starrte gegen die weiße Bürowand. »Ihre Frau ist in Sicherheit.« Florian Wetzels Stimme klang ihm noch in den Ohren, und die Worte hallten in ihm nach, fühlten sich unwirklich an. Ihre Frau ist in Sicherheit.

Die Erleichterung war zu groß, um sie sofort zu spüren.

»In Sicherheit …Was heißt das? Wo ist sie?« Die Fragen waren aus ihm herausgesprudelt, hatten sich überschlagen.

»Ich kann Ihnen momentan nicht mehr sagen«, hatte Wetzel nur geantwortet. »Aber es geht ihr gut.«

Marc ließ sich auf einen Stuhl fallen und schloss für einen Moment die Augen. All ihre Anstrengungen, all ihr Hoffen war nicht vergebens gewesen. Er sehnte sich plötzlich entsetzlich danach, Valeries Stimme zu hören, ihre Nähe zu spüren. Er warf einen Blick auf den Kalender neben dem Telefon. Es war der 30. Dezember. »Wird Mama Silvester wieder bei uns sein?«, hatten die Mädchen noch vor zwei Tagen gefragt.

* * *

Mayer beobachtete durch das Fenster, wie das Flugzeug zum Landeanflug ansetzte, wie es eintauchte in das Lichtermeer unter ihnen. Valerie hatte die Augen geschlossen. Sie schwieg nach wie vor über ihre Erlebnisse in dem amerikanischen Lager. Nur über ihre Freilassung hatte sie auf seine Frage hin stockend und wortkarg erzählt. Aber die Angst in ihrem Blick, wenn sie aus kurzem Schlaf hochschreckte, sprach eine deutliche Sprache. Ebenso die Art, wie sie zurückzuckte, wenn er sie versehentlich berührte, oder wie sie den Atem anhielt, wenn sein Ton ungeduldig zu werden drohte. Er wusste um die Praktiken in den Foltergefängnissen, wusste, was sie mit Frauen machten, um sie zu brechen. Sie hatte keine offensichtlichen Verletzungen, keine Wundmale, soweit er das bislang beurteilen konnte, aber er ahnte, wo ihre Schmerzen herrührten. Sie würde darüber reden müssen. Irgendwann. Er fragte sich, wo er dann sein würde.

Das Flugzeug kam mit einem Ruck auf der Landebahn auf. Valerie schlug die Augen auf und sah ihn an.

»Wir sind da«, sagte er.

Sie nickte nur. Anspannung lag in ihrem Gesicht.

Es war frühmorgens, der Flughafen hatte gerade erst geöffnet, und nur wenige Reisende waren unterwegs, dennoch mied Mayer die öffentlichen Wege und den Gang durch die Terminals. Ihre Silhouetten spiegelten sich in den Fensterscheiben und zeigten ihm zwei Menschen, die aussahen wie einer paramilitärischen Brigade angehörig, frisch vom Einsatz in die Zivilisation zurückgeworfen. Es war besser, wenn niemand sie so sah.

Wetzel wartete mit dem Wagen auf sie. Valerie betrachtete ihn misstrauisch, und er schwieg ganz entgegen seiner Gewohnheit, nickte ihr nur kurz zu, bevor er ihr die Tür öffnete. Doch gleich darauf boxte er Mayer unauffällig in die Seite und raunte ihm mit einem Augenzwinkern ein »Großartig, Chef« zu.

»Haben Sie das mit dem Hotel geregelt?«, wollte Mayer wissen, als er sein Gepäck in den Kofferraum legte.

»Alles klar«, bestätigte Wetzel.

Mayer setzte sich zu Valerie auf die Rückbank des Geländewagens. Es war dasselbe Fahrzeug, mit dem er sie vor drei Wochen zusammen mit Burroughs vom Flughafen zum Präsidium gebracht hatte. Es schien ihm eine Ewigkeit her zu sein.

Die Stadt zog an ihnen vorbei. Die Straßen waren zu dieser frühen Zeit noch leer. Valerie starrte schweigend in die Dunkelheit, und er bemerkte, wie sie nervös ihre Hände in ihrem Schoß knetete. »Wie fühlen Sie sich?«, fragte er.

»Ich weiß es nicht«, erwiderte sie und sah zu ihm. »Ich bin ... unsicher, aufgeregt, hungrig, schmutzig ... und müde. Alles gleichzeitig.« Sie lächelte zaghaft.

»Sind Sie sich nach wie vor sicher, dass wir Ihre Familie nicht informieren sollen?«

Sie nickte. »Ich muss erst einmal ankommen. Geben Sie mir ein oder zwei Tage.«

Sie fuhren in die Tiefgarage des Interconti. Von dort brachte Mayer Valerie direkt nach oben in die Suite, in die Wetzel schon ihre Sachen gebracht hatte.

»Den Job des Kindermädchens würde ich auch gern übernehmen«, hatte dieser bemerkt, als Mayer ihn davon in Kenntnis gesetzt hatte, dass Valerie Weymann für ein bis zwei Tage mit ins Hotel zog und er zwei Zimmer mit einer Verbindungstür brauchte.

»Sagen Sie mir, wenn ich zu viel verlange«, hatte sie ihn im Flugzeug gebeten, »aber ich weiß nicht einmal, ob ich in der Lage bin, mit dem Zimmerservice zu sprechen. Es wäre schön, Sie in der Nähe zu wissen.« Das Vertrauen, das sie ihm entgegenbrachte, berührte ihn.

Die Zimmer waren geräumig und mit Blick auf die Alster. Ein Lächeln huschte über Valeries Gesicht, als sie die Blumen auf dem Couchtisch unter der Fensterfront sah, und Mayer dankte Wetzel im Stillen für seine Umsicht.

»Ich lasse Sie jetzt allein«, sagte er. »Wenn etwas ist, ich bin nebenan. Die Zwischentür ist auf, Sie können jederzeit rüberkommen. Es ist unwahrscheinlich, dass ich heute fort muss, aber falls doch, gebe ich Ihnen Bescheid, dann erreichen Sie mich über mein Handy.« Er reichte ihr einen Zettel. »Das ist die Nummer. Ihr Handy finden Sie bei Ihren Sachen.« Er sah sie noch einmal prüfend an. »Geht es Ihnen so weit gut? Brauchen Sie noch etwas gegen die Schmerzen?«

»Ich bin versorgt, danke«, sagte sie und zog die Packung mit den Medikamenten aus der Tasche, die Wetzel ihr bereits im Auto in die Hand gedrückt hatte. »Ich werde gleich etwas davon nehmen.« Sie legte die Tabletten auf dem Tisch ab. Dann räusperte sie sich. »Wir haben heute Silvester, nicht wahr?«

Er nickte.

»Bitte lassen Sie sich von mir nicht abhalten, wenn Sie …«

Er erwiderte lachend: »Valerie, können Sie sich vorstellen, dass ich nach den vergangenen Tagen Lust auf eine wilde Party habe? Ich sehne mich nur noch nach einer Dusche und einem Bett.«

Doch das alles musste warten. Wetzel erwartete ihn schon in seinem Zimmer. »Was haben Sie über Burroughs herausgefunden?«, fragte Mayer, ließ sich auf einen der Sessel fallen und streckte müde die Beine aus. Seine Rippen schmerzten, dort, wo ihn die Kugel des Amerikaners getroffen hatte.

»Wussten Sie, dass er seine Familie bei 9/11 verloren hat?«
Mayer nickte.

»Er hat sich in den folgenden Jahren als Terrorspezialist etabliert, und er war bislang hervorragend in seinem Job. Hat sich weltweit einen Namen gemacht.«

Das war alles nichts Neues, aber Wetzels Stimme klang, als hätte er seinen Trumpf noch im Ärmel. »Raus damit, Florian. Ich bin müde.«

Wetzel grinste. »Er ist sauber, oder zumindest weiß er, wie er diesen Anschein wahren kann. Aber seine Geschäftspartner sind nicht ganz so gründlich.«

Mayer richtete sich in seinem Sessel auf.

»Es gibt einen Kontakt zu einem großen Rüstungskonzern in den Vereinigten Staaten«, fuhr Wetzel fort. »Es ist uns gelungen, uns in das E-Mail-System der Firma zu hacken – über den Zugang eines der verantwortlichen Manager, der ganz gern auch mal von seinem privaten Rechner aus arbeitet und dabei einige Sicherheitsvorkehrungen außer Acht gelassen hat.« Er schlug die Mappe auf, die er dabeihatte, und reichte Mayer eine Handvoll Computerausdrucke.

»Burroughs steht auf ihrer Gehaltsliste«, sagte Mayer, nachdem er sie überflogen hatte. Er sah zu Wetzel. »Aber wofür?«

Burroughs war wie besessen gewesen in Rumänien, völlig außer Kontrolle. Hatte er sie alle mit der Verhaftung von Noor al-Almawi und Valerie Weymann bewusst in die Irre geführt, oder war er tatsächlich von ihrer Schuld überzeugt gewesen? Und was war mit Abidi und mit den Studenten aus Harburg? Alle Spuren, alle Ergebnisse, die Burroughs ihnen geliefert hatte, hatten ins Nichts geführt. Konnte das ein Zufall sein? »Was ist mit dem Anschlag in Kopenhagen. Gibt es darüber etwas Neues?«, fragte Mayer.

»Noch nicht. Aber es dürfte Sie interessieren, dass es einen Einbruch bei der zuständigen Behörde gegeben hat. Genau die Unterlagen, die Abidi entlastet hätten, sind verschwunden.«

Mayer seufzte. »Wir können Burroughs nichts nachweisen. Aber ich bin mir sicher, dass er dahintersteckt«, bemerkte er. »Wie verhält sich John Miller in der ganzen Angelegenheit?«

»Er wirkt ahnungslos und überfordert, wenn man Jochen Schavans Urteilsvermögen Glauben schenken kann.«

Mayer schüttelte nachdenklich den Kopf. Der BKA-Mann hatte ein gutes Gespür für diese Dinge. »Wir haben nur einen Anhaltspunkt, an dem wir effektiv ansetzen können«, sagte er. »Das ist Burroughs' Kontakt zu dem Rüstungskonzern. Inwieweit haben Sie die anderen darüber informiert?«

»Schavan weiß Bescheid.«

Mayer warf einen Blick auf seine Uhr. Es war inzwischen kurz vor sechs. »Ich muss ein paar Stunden schlafen. Können Sie für den späten Nachmittag, sagen wir sechzehn Uhr, ein Treffen organisieren?«

Wetzel verabschiedete sich. Bevor Mayer unter die Dusche stieg, telefonierte er kurz mit seinem Vorgesetzten und berichtete die neuesten Entwicklungen.

»Wenn Sie an Burroughs' Integrität kratzen, treffen Sie die Amerikaner mitten ins Herz, das wissen Sie. Sie werden alles tun, um seinen Ruf nicht zu gefährden«, antwortete dieser, »und das Mindeste, was Sie brauchen, um Ihre Vermutungen zu untermauern, ist eine Aussage von Valerie Weymann.«

»Ich weiß.«

Mayer schlief bis in den frühen Nachmittag, dann bestellte er sich etwas zu essen, setzte sich an seinen Laptop und sah seine Mails durch. Draußen auf den Straßen knallten bereits die ersten Böller. Er döste wieder ein und schreckte hoch, als sein Handy klingelte. Es war Marion Archer.

»Eric, wir haben Sie schon überall gesucht. Wir haben einen Tisch reserviert im Überseeclub, ich sage Ihnen, das war gar nicht so einfach und nur der Intervention des amerikanischen Konsuls zu verdanken, dass es geklappt hat. Danach wollen wir uns das Feuerwerk an der Alster ...«

»Tut mir leid«, unterbrach Mayer ihren Redefluss. Er fragte sich, wie viel sie bereits getrunken hatte. »Ich bin schon verabredet.«

»Schade«, sagte Archer und klang mit einem Mal ziemlich nüchtern, »aber warum bringen Sie Valerie Weymann nicht einfach mit? Sie könnte uns ein paar interessante Fragen beantworten.«

Jetzt war Mayer sprachlos, aber er fasste sich schnell wieder. »Netter Versuch, Marion.«

Sie lachte, aber es klang nicht echt. »Leugnen ist zwecklos, Eric. Ich hatte heute einen Anruf von Burroughs.«

Burroughs. Sollte er es doch noch bereuen, dass er Valerie davon abgehalten hatte, ihn zu erschießen? »Wo ist er, Marion?«

»Heute Nachmittag in Hamburg angekommen. Und er ist schon kräftig dabei, Gerüchte zu streuen. Über Sie und die Frau, für die Sie sich so heldenhaft eingesetzt haben. Überall zeigt er die Kugel herum, die Sie in seiner Schulter versenkt haben. Was steckt dahinter, Eric?«

Was Sie brauchen, um Ihre Vermutungen zu untermauern, ist eine Aussage von Valerie Weymann.

»Ich werde Ihnen bei Gelegenheit meine Version der Geschichte erzählen.«

»Warten Sie nicht zu lange damit, Eric«, warnte sie ihn.

* * *

Waren es die Böller, die in immer kürzeren Abständen knallten, oder die Stimmen im Nebenzimmer, die sie geweckt hatten? Sie starrte in die Dunkelheit, desorientiert, einen Kloß der Angst in der Kehle, doch dann spürte sie die weiche Bettwäsche unter ihren Fingern. Der Geruch ihres frisch gewaschenen Haars stieg ihr in die Nase, und mit ihm kam die Erinnerung zurück. Sie tastete nach dem Schalter neben ihrem Bett. Licht erhellte den Raum und vertrieb die Schatten. Durch das Fenster konnte sie über der Alster die ersten Raketen leuchten sehen, die jetzt nach Einbruch der Dunkelheit aufstiegen. Sie ließ sich zurück in die Kissen fallen, schloss wieder die Augen. Sie war in Hamburg. Zwischen ihr und dem Erlebten der vergangenen Wochen lagen mehrere tausend Kilometer. Alles war vorbei. Sie lebte, atmete, und in wenigen Stunden brach ein neues Jahr an. Sie konnte es noch immer nicht richtig fassen.

Nachdem Mayer sie allein gelassen hatte, hatte sie sich ausgezogen und war unter die Dusche gestiegen, hatte sich das Wasser über Kopf und Körper laufen lassen und sich gewaschen, bis ihre Haut rot und ihre Finger schrumpelig wurden. Danach hatte sie sich, von Müdigkeit überwältigt, in den Bademantel des Hotels gewickelt ins Bett gelegt und war in einen tiefen, traumlosen Schlaf gefallen.

Jetzt hörte sie aus dem Stimmengewirr im Nachbarraum

Mayers ruhige Stimme heraus. Die anderen schwiegen, als er sprach. Sie konnte nicht verstehen, was er sagte, aber allein ihn zu hören, ihn in der Nähe zu wissen, ließ ihr Herz ruhiger schlagen, und sie sah ihn wieder vor sich, in der Hütte in den Bergen, unrasiert und außer Atem, während sich in seinen Augen dieselbe Erleichterung spiegelte, die auch sie bei seinem Anblick empfunden hatte. Bilder ihrer gemeinsamen Flucht spulten sich vor ihrem inneren Auge ab, flüchtige Momente, Berührungen, Gesten ...

Sie schlug die Decke zurück, stand auf und ging zum Fenster. Wenn sie über die Alster nach Nordost blickte, meinte sie fast, ihre Wohnung sehen zu können. Natürlich war es unmöglich, aber sie war so nah. So greifbar plötzlich. Wie viele Kilometer waren es? Zwei, drei? Seltsam, dass sie es nicht wusste. Ob Marc und die Mädchen zu Hause waren? Marc liebte es, Silvester mit Freunden zu feiern, mit allen Ritualen, die dazugehörten, vom Bleigießen bis zum Raketenabschießen. Vielleicht war eine der Raketen, die dort über Winterhude grün, rot und golden in den Nachthimmel stiegen, von ihm? Vielleicht war er gerade jetzt mit den Mädchen rausgegangen, die sich vor Aufregung kreischend in den Hauseingang drückten, wenn er die Zündschnur anzündete und es zu zischen begann. Sie sah ihr Handy auf dem Tisch liegen, neben der Tasche mit ihren Kleidern, die Marc ihr vor Wochen ins Präsidium gebracht hatte. Auch ihre Papiere lagen dort. Ihr Ausweis, ihr Führerschein. Alles, was sie ihr abgenommen hatten. Sie brauchte es nur zusammenzupacken und konnte gehen. Sie musste niemanden um Erlaubnis bitten, niemandem Bescheid geben. Sie war frei. Sie musste nur den Pincode in ihr Handy eingeben, Marcs Nummer wählen, und er würde alles stehen und liegen lassen und sie abholen. Sie zog den Bademantel enger um ihren Körper und machte einen Schritt vom Fenster weg auf den Tisch zu. Betrachtete die Kleidungsstücke in der Tasche und nahm sie schließlich eins nach dem anderen heraus. Warum nur fühlten sie sich so fremd an, als wären es gar nicht die ihren? Sie ließ den Bademantel auf den Boden fallen und zog wahllos etwas an. Unterwäsche, Pullover, Jeans. Die Hose war zu weit und schlotterte um ihre Hüften. Der Pullover kratzte auf der Haut. Sie zog ihn wieder aus und streifte stattdessen ein Kapuzenshirt über. Dabei fiel ihr Blick auf ihre schmutzige Kleidung auf dem Boden, die sie einfach dort hatte liegen lassen, so wie sie sie ausgezogen hatte, und bei ihrem Anblick dachte sie plötzlich an Martinez, hörte seine Stimme.

Geh! Sah seine sich verengenden Augen und den Revolver, der im Sonnenlicht blitzte …

Die plötzliche Stille im Nachbarzimmer brachte sie in die Gegenwart zurück. Die Uhr neben dem Bett zeigte kurz vor neun. Sie starrte auf die Tür, die die Zimmer miteinander verband, ging langsam darauf zu und ließ ihre Finger über das glatte Holz gleiten. Als sie klopfte, kam keine Reaktion.

Wenn ich fort muss, sage ich Ihnen Bescheid.

Sie klopfte noch einmal, dann drehte sie den Knauf. Die Tür sprang auf. Mayer stand am Fenster und blickte über die Alster, die Hände in den Taschen seiner Hose vergraben.

»Eric?«

Mit einem Ruck wandte er sich um, sein Blick war finster.

»Ich … ich habe zweimal geklopft …« Valerie war bereits wieder auf dem Rückzug, doch dann sah sie, wie seine Züge sich bei ihrem Anblick aufhellten.

»Ich habe Sie nicht gehört«, sagte er, während er auf sie zukam. »Ich war in Gedanken, entschuldigen Sie.«

»Ich kann wieder gehen.«

»Nein, bitte, bleiben Sie.« Er betrachtete sie eingehend. »Sie sehen besser aus. Konnten Sie schlafen?«

»Ja, danke.«

»Das freut mich.« Er war wieder der Alte, rasiert und tadellos gekleidet. Sie bedauerte es fast.

»Haben Sie schon etwas gegessen?«, wollte er wissen.

Sie schüttelte den Kopf.

»Haben Sie Hunger?«

»Ich glaube schon.«

Schweigend sahen sie sich einen Moment an, und sie begriff, dass sich der Mann, den sie in den vergangenen zwei Tagen kennengelernt hatte, nur verborgen hatte hinter der geglätteten Fassade. Er war noch da, und sie war vielleicht einer der wenigen Menschen, denen er einen Blick darauf erlaubt hatte. Er griff zum Telefonhörer und bestellte das Silvestermenü. »Die Mitarbeiter der Hotelküche werden Sie dafür hassen«, bemerkte Valerie, als er aufgelegt hatte.

»Es ist ihr Job.«

»So wie es Ihrer war, mich aus Rumänien rauszuholen.«

»Ich habe Sie dafür nicht gehasst«, sagte er mit jener ihm eigenen Ruhe.

»Ich weiß.« Sie machte einen Schritt auf ihn zu, nahm seine Hand und spürte, wie sich seine Finger um die ihren schlossen. »Was ist passiert?«

Wieder trafen sich ihre Blicke. Hielten sich. Es lag etwas in der Luft. Sie fühlte es. »Ich brauche Ihre Hilfe«, sagte er.

»Sie hätten mich nicht davon abhalten sollen, Burroughs zu erschießen«, sagte sie und legte ihre Serviette beiseite. Das Essen war in der Zwischenzeit gekommen. Sie hatten ihm nicht die Aufmerksamkeit zuteilwerden lassen, die es vielleicht verdient hätte, hatten es nebenbei heruntergeschlungen, ausgehungert und unkonzentriert.

»Sie hätten es wirklich getan«, stellte er fest.

Er hatte ihr von den Gerüchten erzählt, die Burroughs gestreut hatte.

»Ja, ich hätte es getan, und ich hätte es nicht bereut.« Sie hörte selbst die Verbitterung in ihrer Stimme. »Und ich würde es nach wie vor tun, wenn ich die Gelegenheit dazu bekommen würde.« Einen Atemzug lang war sie wieder in jenem Haus und hielt Burroughs' Waffe in der Hand, spürte, wie der Hahn sich bewegte, als sie auf seinen Hinterkopf zielte in diesem Moment absoluter Macht über ein anderes Leben. Ja, sie hätte es tun sollen, egal, was Mayer gesagt hatte. »Es ist so erniedrigend«, fuhr sie fort. »Burroughs weiß genau, dass nichts zwischen uns war, er kennt mit Sicherheit alle Verhörprotokolle, die Martinez ...« Sie brach ab, biss sich auf die Lippe.

Mayer starrte sie an. »Haben Sie gerade *Martinez* gesagt?«, fragte er.

Sie antwortete nicht, aber ihr Herz begann zu rasen.

»Don Martinez ist einer der besten Verhörspezialisten der CIA«, sagte Mayer, ohne sie aus den Augen zu lassen.

Valerie schluckte. »Sie ... kennen ihn.«

Mayer bestätigte das. »Wir haben eine Zeit lang eng zusammengearbeitet, als ich noch beim KSK war.« Er sah sie scharf an. »War er es, der sie hat gehen lassen?«

Valerie presste die Lippen zusammen. Die Welt war klein. Zu klein. »Was ... was haben Sie beim KSK gemacht?«

»Spezialaufklärung.« Er warf es dahin, mit den Gedanken längst weiter. »Valerie, welche Rolle hat Martinez gespielt? Wenn es sich so verhält, wie ich denke ...«

Valerie schluckte. Mayer hoffte auf Martinez' Unterstützung gegen Burroughs. Und sie steckte mittendrin. Ich kann das nicht, wollte sie sagen. Sie wollte fort, raus. Und sie wollte vor allem eins: vergessen. Sie spürte Mayers abwartenden Blick auf sich. Er hatte ihr das Leben gerettet. Hatte *sein* Leben für sie aufs Spiel gesetzt. *Ich brauche Ihre Hilfe.*

»Martinez ... hat mich ...verhört«, brachte sie stockend hervor. Sie zwang sich, seinem Blick standzuhalten. Schluckte nervös. Vier Worte. Ahnte er, was sie bedeuteten?

Seine Miene verriet nichts.

Wir haben eine Zeit lang eng zusammengearbeitet.

Sie atmete gegen ihr viel zu schnell klopfendes Herz an.

»War Martinez derjenige, der Sie hat gehen lassen, Valerie?«, wiederholte er seine Frage und betonte dabei jedes Wort.

Sie nickte.

»Warum haben Sie mir nicht bereits in Rumänien davon erzählt? Auf der Autofahrt. Ich dachte ...«

»Ich konnte es nicht«, fiel sie ihm ins Wort, den Tränen nahe. »Ich konnte nicht über ihn sprechen.«

Mayers Gesichtsmuskeln spannten sich an. »Er muss herausgefunden haben, dass Burroughs auf eigene Rechnung arbeitet. Er ...« Seine Stimme verlor sich.

»Bringt sie weg«, hörte sie Martinez und sah, wie das Tattoo auf seinem Arm zum Leben erwachte, als er aufstand und das Licht über ihn fiel. Helles Licht. Kälte. Das metallische Schaben des Riegels. Rauher Beton unter ihren Fingern. Und dann nur noch Dunkelheit. Langsam verebbende Schmerzen. Sie zitterte am ganzen Körper.

Mayer berührte sie sanft an der Schulter. Sie schreckte auf und begegnete seinem Blick. »Ich … ich weiß nicht, ob ich das kann«, flüsterte sie.

»Ich weiß, dass Sie es können«, erwiderte er und reichte ihr seine Hand. »Kommen Sie.«

Sie folgte ihm zu der großen Fensterfront. Er zog den Vorhang zurück. Raketen verwandelten den Nachthimmel über der Stadt in einen bunten Funkenregen.

Ein neues Jahr.

Die Lichter spiegelten sich in Mayers Gesicht, seinen Augen, als er sie ansah. »Das Gute am Leben ist«, sagte er ruhig, »dass es unbeeindruckt von all den Schrecknissen um uns herum weiterfließt und uns zwingt, ihm zu folgen. Und allein dieses Vorwärtsgehen heilt die Wunden.« Seine Fingerspitzen berührten ihre Wange, und er lächelte versichernd. »Sie sind nicht allein.«

* * *

Robert F. Burroughs hatte sich der Gruppe um Archer angeschlossen, die im exklusiven Überseeclub das Jahr ausklingen ließ. Er war müde, übellaunig, und seine Schulter schmerzte, aber er wusste, wie wichtig es war, heute Präsenz zu zeigen. Die ersten Eindrücke waren immer die, die blieben, alles Weitere musste sich gegen sie durchsetzen, sich an ihnen messen. Er stellte recht schnell fest, dass die Schmerztabletten, die Marcia ihm mitgegeben hatte, nicht kompatibel mit den Cocktails waren, die der Barkeeper mit viel Hingabe zauberte, aber es gelang ihm dennoch, selbst Archer an diesem Abend ein Stückchen weiter auf seine Seite zu ziehen. Natürlich war sie eifersüchtig. Eric Mayer war ihr Schoßhündchen, zumindest hatte sie das gedacht. Und da machte er sich heimlich aus dem Staub und spielte den Helden für eine andere. Burroughs gönnte ihr diese Niederlage. Archer war arrogant geworden in den letzten Jahren, seit ihr Mann in die kanadische Regierung aufgestiegen war und sie einen Abend lang am Tisch des amerikanischen Präsidenten gesessen hatte. Sie vergaß gern, woher sie kam und wer sie gefördert hatte.

Burroughs lehnte sich auf seinem Stuhl zurück und beobachtete, wie sich seine südländischen Kollegen an zwei sehr junge, sehr attraktive Frauen heranmachten, bei denen sich Burroughs ernsthaft fragte, wie sie den Eintritt für diese Abendveranstaltung finanziert hatten. Und er bemerkte, dass Archer die beiden ebenfalls beobachtete. Schwerfällig stand er auf und ging zu ihr rüber. Sie sah wie immer phantastisch aus, wie sie da am Bartresen lehnte und in ihrem Drink rührte. Sie trug ein eng anliegendes kleines Schwarzes, das zumindest auf die Entfernung vergessen ließ, dass sie keine zwanzig mehr war.

»Marion, lass mich der Mann sein, der dich an diesem Abend ins neue Jahr führt«, flüsterte er ihr ins Ohr.

Sie lachte, und er meinte, dass sie trotz ihrer Haltung schon ziemlich betrunken war.

Irgendwann machte sie dieser Job alle zu verdammten Säufern und Kettenrauchern. Obwohl das Rauchen schwierig geworden war. Nirgendwo war es mehr erlaubt. Aus dem Grund hatte er es sich schließlich abgewöhnt. Nichts war deprimierender, als im Regen vor einem guten Restaurant hastig an einer Zigarette zu ziehen.

»Wie spät ist es?«, fragte er sie, und sie zog ihr Handy aus der Tasche und warf einen Blick darauf. »Gleich halb zwölf. Wir sollten die Jungs zusammentrommeln, wenn wir ans Alsterufer wollen.«

»Ich glaube, die beiden würden lieber hierbleiben«, bemerkte Burroughs mit einem spöttischen Blick auf die Südländer. Der Italiener hatte seinen Arm locker um die Hüften eines der Mädchen gelegt und sah nicht so aus, als würde er sich jetzt für ein Feuerwerk in der Kälte interessieren. Seine Finger tanzten aufgeregt über ihr glitzerndes Kleid.

»Lass Tonio seinen Spaß«, sagte Archer. »Seine Frau hat ihn gerade verlassen. Er braucht ein wenig Aufmunterung.«

Genau das war es, was Burroughs an Archer faszinierte. Sie wusste alles über jeden. Sie war die Mutter Courage der Anti-Terror-Einheit. Immer wach, immer da, immer bestens informiert.

»Was gibt es Neues von unserem gefallenen Engel?«, fragte er, als er ihr in ihren eleganten schwarzen Pelzmantel half. Ihr Blick zeigte ihm, dass sie sofort wusste, auf wen er anspielte. Sie hatte es noch nicht verwunden. Im Gegenteil. »Sehen wir hier heute Abend auch nur einen unserer deutschen Gastgeber?«, beantwortete sie seine Frage mit einer Gegenfrage.

Burroughs blickte sich demonstrativ um. »Ich sehe keinen, aber ich habe sie, ehrlich gesagt, auch nicht vermisst.«

»Du magst die Deutschen nicht, Bob, das ist dein Problem.«

Er hielt ihr die Tür auf. »Ich habe es nie als ein Problem empfunden«, erwiderte er mit einem Lächeln.

An der Alster drängten sich die Menschen.

»Man könnte meinen, ganz Hamburg ist hier«, bemerkte Burroughs säuerlich. Die Kälte kroch in seine Schulter, und er fragte sich ernsthaft, wie er an ein Taxi kommen sollte, wenn der ganze Trubel vorbei war. Vermutlich wollten dann alle hier Anwesenden gleichzeitig eines. Neben ihm knallte ein Korken. Gläser klirrten. Eine Frau kicherte.

»Zumindest ist der Champagner bei diesen Temperaturen gut gekühlt« bemerkte Burroughs und zog seinerseits ein Glas aus der Manteltasche. Auch Archer hielt jetzt eins in der Hand und ließ sich von John Miller etwas einschenken. Miller, die graue Maus, wagte ihm kaum in die Augen zu sehen, den ganzen Abend über schon nicht. Burroughs hatte getan, als bemerke er es nicht. Aber sobald er morgen seinen Rausch ausgeschlafen hatte, würde er sich mit John unterhalten. Lange – und allein. Und es würde John nicht gefallen. Als Miller Burroughs' Glas füllte, spritzte Champagner über Burroughs' Finger. Burroughs unterdrückte eine gehässige Bemerkung, lächelte stattdessen und prostete Archer schon einmal zu.

Und dann begannen die Menschen neben ihnen zu zählen. Bevor sie bei null ankamen und sich kreischend in die Arme fielen, krachten bereits die ersten Raketen über der Alster. Fontänen von Licht ergossen sich über sie.

»Ein frohes neues Jahr«, rief Burroughs und prostete seinen Kollegen zu. Keiner von ihnen bemerkte, dass er nichts trank, sondern den Champagner unauffällig in den Schnee zu seinen Füßen rieseln ließ.

Er ließ es sich in dieser ersten Nacht des Jahres nicht nehmen, Archer persönlich in ihr Hotel zu bringen. In dem Taxi, das er einem empörten dicken Deutschen vor der Nase weggeschnappt hatte, schlief sie an seiner Schulter ein. Er bat den Fahrer zu warten und brachte sie auf ihr Zimmer. Wenn die Erinnerung an den Sex mit Marcia nicht noch so frisch gewesen wäre, hätte er die Situation sicher ausgenutzt. So gab er den Gentleman, auch wenn Archer das am nächsten Tag sicher nicht mehr zu würdigen wusste.

Am nächsten Morgen rief er als Erstes John Miller an. »Wir müssen reden.«
Miller wehrte sich mit Händen und Füßen, heulte ihm etwas vor von zu viel Alkohol und zu wenig Schlaf.
»Sei kein Feigling, John«, schnitt Burroughs ihm das Wort ab. »Wir sehen uns in einer Stunde.« Er wusste, warum Miller einem Treffen unter vier Augen aus dem Weg gehen wollte.

* * *

Marc bog um den letzten Absatz der Treppe, in Gedanken noch immer bei der Arbeit, es war der erste Tag im neuen Jahr gewesen. Es hatte sich bereits im gerade abgelaufenen Quartal abgezeichnet, dass die Ergebnisse für das Geschäftsjahr nicht unbedingt rosig sein würden, und der Abschluss hatte diese Anzeichen bestätigt. Es war immer noch etwas anderes, die Zahlen endgültig schwarz auf weiß vor sich zu sehen, und er hatte sie lange mit Torsten hin- und hergewälzt, ohne zu einem befriedigenden Ergebnis zu kommen. Sie würden ein paar Dinge umstrukturieren müssen, so weh es tat.
Er schloss die Haustür auf. Es war gleich sechs. Eigentlich hatte er früher zu Hause sein wollen. Noch einmal durchatmen, bevor die Mädchen kamen. Janine musste jeden Augenblick mit ihnen da sein.
»Hallo, Marc.«

Er erstarrte in seiner Bewegung. Die Hand noch am Garderobenhaken, wandte er sich langsam um. Sie stand in der Küchentür.

»Valerie!«

Sie lächelte zögerlich. Unsicher.

»Valerie, ich …« Er schluckte. Zu erleichtert, zu überwältigt für Worte, sah er sie einfach nur an. Sie war blass, hohlwangig. Tiefe Schatten lagen unter ihren Augen, aus denen eine Müdigkeit sprach, die er so nicht von ihr kannte. Was haben sie mit dir gemacht?, wollte er fragen. Was haben sie dir angetan? Aber er tat es nicht. Still ging er auf sie zu und zog sie in seinen Arm. Vergrub sein Gesicht in ihrem Haar und spürte, wie sie schließlich seine Umarmung erwiderte.

»Wie bist du hergekommen?«, fragte er. »Du hast nicht angerufen … Ich hätte dich abgeholt …«

»Eric Mayer hat mich hergefahren«, antwortete sie. »Ich … ich wollte erst einmal allein sein.«

Er trat einen Schritt zurück, seine Hände auf ihren Schultern. Sah sie erneut an. Ihre Augen waren zu groß in ihrem Gesicht, fast wie bei einem Kind.

»Ich musste erst einmal sehen, wie es sich anfühlt«, fügte sie leise hinzu.

Natürlich. Das war Valerie. Kein großer Bahnhof. Keine Gefühlsausbrüche. Ein vorsichtiges Herantasten.

»Ich bin so froh, dass du zurück bist.« Er konnte den Blick nicht von ihr lösen. Da war noch so viel, was er ihr sagen wollte: Ich habe dich vermisst, mir Sorgen gemacht, ich bin fast verrückt geworden vor Angst … aber er brachte es nicht über die Lippen. Sie war so fragil und angespannt, nervös wie ein Reh auf einem Feld, stets bereit für die rettende Flucht.

Franka von Sandts Worte klangen ihm plötzlich in den Ohren: »Sie müssen Ihrer Frau Zeit geben, dürfen Sie nicht bedrängen ... Sie hat viel durchgemacht.«

Du kannst mir vertrauen, wollte er sagen. Aber was hieß das schon.

Schritte waren draußen vor dem Haus zu hören. Helle Kinderstimmen. Leonie und Sophie.

Valerie warf ihm einen nervösen Blick zu. »Marc, ich ...«

Es tat ihm in der Seele weh, sie so zu sehen. »Du schaffst das«, sagte er und legte versichernd seinen Arm um sie. »Die Mädchen werden außer sich vor Freude sein, dich zu sehen.«

Und so war es auch. Kreischend stürzten sie sich auf ihre Mutter und ließen sie nicht wieder los. Janine blieb in der Tür stehen und beobachtete das Wiedersehen schweigend. »Ich bin froh, dass Sie wieder da sind, Frau Weymann«, sagte sie, als sich die Aufregung etwas gelegt hatte.

Valerie sah auf, und ein flüchtiges Lächeln huschte über ihre Züge. »Janine ...«

Marc überließ Valerie den Mädchen, die wie Kletten an ihrer Mutter hingen und ihr abwechselnd von all den Dingen erzählten, die sie in der Zwischenzeit erlebt hatten. Er sah, wie sich Valerie entspannte, wie die Farbe in ihr Gesicht zurückkehrte. Wie sie lächelte und für den Augenblick wieder die Frau war, die er kannte. Gekannt hatte.

Sie brachte die Mädchen ins Bett und blieb bei ihnen, bis sie eingeschlafen waren. Danach saß sie noch lange auf Sophies Bettkante. Marc betrachtete ihre schmale Silhouette, die sich scharf gegen das Licht der Straßenlaterne abzeichnete, das durchs Fenster fiel. Er wollte sich zu ihr setzen, doch dann sah er, dass sie weinte. Er war versucht, zu ihr zu gehen, sie in seine Arme zu ziehen und zu halten, ihre Tränen zu trocknen, aber etwas hielt ihn zurück. Er wusste nicht, was es war. Unschlüssig verharrte er in der Tür und zog sich schließlich leise zurück.

Als sie später ins Wohnzimmer kam, schien sie noch blasser zu sein als bei seiner Ankunft. Sie zog ein Päckchen Tabletten aus der Tasche ihrer Jeans. Marc schenkte ihr wortlos ein Glas Mineralwasser ein und reichte es ihr.

»Danke«, sagte sie leise und setzte sich zu ihm. Sie wirkte verloren auf dem großen Sofa und sah sich im Raum um, als wäre sie zu Gast, eine Fremde. Sie sagte nichts, hielt nur ihr Glas umklammert. Was dachte, was empfand sie in diesem Augenblick? Er wollte das Schweigen zwischen ihnen ausfüllen, die Leere vertreiben, die es in ihm auslöste, doch alles, was er hätte sagen können, schien ihm zu profan, zu alltäglich.

Schließlich war sie es, die die Stille brach. »Erzähl mir«, bat sie ihn, »die Mädchen haben gesagt, ihr seid über Weihnachten bei deiner Schwester gewesen.«

Er suchte nach Worten. »Ja, es war ...« Er räusperte sich. Es war schön, hatte er sagen wollen, aber wie konnte er das? »Es war besser, als mit den Mädchen hier allein zu sitzen«, sagte er schließlich. Er nahm ihre Hand in die seine. »Wir haben dich so vermisst, Valerie. Leonie wollte erst gar nicht feiern ohne dich.«

Ihre Finger waren kalt, und sie schloss sie zögerlich um die seinen.

Ein langer, tiefer Seufzer entwich ihr, und etwas von der Spannung, die zwischen ihnen lag, verflüchtigte sich. Ihre Stimme zitterte, als sie sprach. »Es ... es hat so gutgetan, die beiden im Arm zu halten. Manchmal habe ich geglaubt, ich würde sie nie mehr wiedersehen.« Ihre Augen füllten sich mit Tränen. »Nie mehr ihre kleinen Hände halten, ihr Lachen hören …«

»Wir haben die ganze Zeit über gewusst, dass du zurückkommst«, sagte er leise. »Es war immer nur die Frage, wann.«

Sie lächelte flüchtig unter ihren Tränen. »Ihr habt mich nicht aufgegeben?«

»Ich habe Angst um dich gehabt. Entsetzliche Angst. Aber ich wollte mir einfach nicht vorstellen, dass du …« Er konnte es nicht aussprechen.

»Dass ich tot bin«, sagte sie. »So wie Noor.«

Marc schluckte. »Du weißt es schon.«

Valerie nickte. »Ich habe sie gesehen, in Rumänien. Danach wusste ich, dass sie sterben würde.« Ihre Stimme war mit einem Mal tonlos, bar jeglicher Emotion. Sie stand auf, trat ans Bücherregal, nahm das Foto von Noor, das dort stand, und ließ ihre Finger darüber gleiten. Es war ein fröhliches Bild. Noor lachte aus vollem Herzen. Marc erinnerte sich an die Situation, in der es entstanden war. Sie waren zusammen im Tierpark gewesen, und Noor hatte mit Leonie und Sophie die Affen gefüttert. »So möchte ich sie in Erinnerung behalten«, sagte Valerie und stellte das Bild zurück. »Aber es ist so schwer …« Sie wandte sich wieder zu Marc. »Kurz bevor sie verhaftet wurde, haben sie und Mahir in Kopenhagen geheiratet.«

»Mahir ist auch verhaftet worden«, sagte Marc.

»Ja, aber er hat … überlebt.« Sie schlug die Arme um den Körper, als ob ihr kalt wäre, und plötzlich wich die Farbe aus ihrem Gesicht, und sie schnappte nach Luft.

Marc war mit einem Satz bei ihr. »Was waren das für Tabletten, die du genommen hast?«

»Antibiotika«, sagte sie und atmete tief durch.

»Was hast du?«

Sie schwieg, presste nur ihre Hände auf ihren Unterleib.

»Valerie, bitte.«

»Ich habe morgen einen Arzttermin.«

»Soll ich dich begleiten?«, fragte er.

Sie schüttelte den Kopf. »Nein, ich …« Sie atmete noch einmal tief durch. »Ich könnte es nicht ertragen, wenn du dabei bist.«

Es waren Worte, die seine schlimmsten Befürchtungen bestätigten, und es kostete ihn trotz all seiner Vorsätze eine enorme Selbstbeherrschung, sie schweigend hinzunehmen. Wieder dachte er an Franka von Sandts Warnungen. Ihre Frau braucht Zeit. Sie wird nicht dieselbe sein. Sie hat Schreckliches durchgemacht. Sie tasteten sich aneinander heran wie Fremde.

* * *

»Burroughs«, sagte Don Martinez, »arbeitet auf eigene Rechnung. Er hat uns alle gelinkt, und deswegen bin ich hier.« Er ließ seine Tasche auf einen Sessel im Foyer des Interconti in Hamburg fallen. »Du hättest ihn besser erledigt. Ein angeschossener Stier ist gefährlich. Er fühlt sich kastriert«, fügte er etwas leiser hinzu, und Eric Mayer musste sich eingestehen, dass er Martinez' eigenwillige Art in den vergangenen zwei Jahren vermisst hatte. Es war nicht leicht gewesen, an den CIA-Mann heranzukommen. Eine alte codierte Netzadresse hatte letztlich zum Erfolg geführt.

»Wir haben herausgefunden, dass Burroughs auf der Gehaltsliste eines amerikanischen Rüstungskonzerns steht«, hatte er Martinez bei ihrem ersten Gespräch mitgeteilt, und der hatte sofort seine Schlüsse gezogen: »Dann wollen sie den Präsidenten.«

Mayer hatte sich nicht gleich darauf einlassen können, aber Martinez hatte nicht lockergelassen. »Denk nach, Mayer«, hatte er scharf gesagt. »Es gibt zwei verdammte, beschissene Gründe, warum wir die Muslime an die Wand gedrängt haben. Und jetzt schlagen sie auf eine Weise zurück, mit der wir nicht gerechnet haben.«

Natürlich wusste Mayer, worum es ging: Erdöl und Geld. Das war nichts Neues. Die Kriege der USA im Nahen Osten waren keine Frage der ideologischen Ausrichtung, sie dienten der Sicherung der Energiereserven und dem Überleben der Rüstungsindustrie.

»Mit dem alten Präsidenten hatten die Konzerne keine Probleme«, fuhr Martinez fort. »Der war ihr Tanzbär. Aber dann kommt ein neuer. Fast fünfzig Jahre hat es nach Kennedy gedauert, bis sich wieder einer getraut hat, gegen sie aufzustehen, und jetzt gehen ihnen ihre feisten Ärsche auf Grundeis. Sie wollen ihn loswerden, egal wie.«

»Er hat den Friedensnobelpreis erhalten«, widersprach Mayer. »Er gilt nach wie vor vielen als Hoffnungsträger.«

»Vielleicht euch Europäern. Wir tun uns schwer mit Veränderungen. Du weißt nicht, wie sie in meinem Laden gearbeitet haben, um ihn ins Glied zurückzubringen. Er hat seine Schwächen. Unter anderem seine Familie. Oder was glaubst du, weshalb er sich mit der Schließung von Guantanamo plötzlich so schwer getan und schließlich doch der Veröffentlichung der Akten und der Anklage der CIA-Mitarbeiter widersprochen hat? Selbst in Kopenhagen beim letzten Klimagipfel hat er den Schwanz eingezogen.«

»Und was hat ihn bewogen, seine Meinung zu ändern?«, wollte Mayer wissen.

Martinez antwortete nicht gleich. »Dazu kann ich nichts sagen«, sagte er schließlich. Seine Stimme klang, als habe er dem nichts hinzuzufügen.

»Wie stehst du zu ihm?«

»Was er macht, hat Hand und Fuß. Ich werde nicht zulassen, dass sie ihn umbringen. Weder ihn noch seine Familie.«

Mayer dachte an Archers Worte. Klimaschutz statt Rüstungswettstreit. Der Klimagipfel als letzte Chance für die Menschheit. Es war längst nicht mehr nur fünf vor zwölf. Die Auswirkungen der Klimaveränderungen waren inzwischen weltweit zu spüren. Noch betraf es hauptsächlich die Armenhäuser der Welt, aber es zeichnete sich deutlich ab, dass das nur der Anfang war. Seit über einem Jahr wurde laut Archer hinter den Kulissen an einer gemeinsamen Resolution gearbeitet. Mayer erkannte durchaus die Bedeutung dieser Arbeit, denn aufstrebende Nationen wie China und Indien, die ihren Kohlendioxidausstoß in den vergangenen zwanzig Jahren um fast zweihundert Prozent gesteigert hatten, würden auf breiter Linie nur mitziehen, wenn die Amerikaner sich als Vorreiter einer neuen Politik generierten.

Aber das war nur die eine Seite der Medaille.

Eine Einigung der Regierungen der Industriestaaten auf die Linie des amerikanischen Präsidenten würde nicht nur die Rüstungsindustrie der Vereinigten Staaten ins Wanken bringen. Weltweit würden die Konzerne ums Überleben kämpfen müssen. Der gewaltsame Tod des US-Präsidenten wäre Zeichen und Warnung für alle. Im Grunde war es ganz einfach.

Angesichts der Brisanz der Situation war es klar gewesen, dass Martinez nicht in Rumänien bleiben und aus der Ferne verfolgen würde, was geschah, und in Anbetracht der Gesamtsituation war es vermutlich eine vorausschauende Entscheidung gewesen. Wenn alles nach Plan lief, würde es im Nachhinein unzählige Fragen und Untersuchungen geben. Und wenn Burroughs aufflog, würden auch die Geschehnisse in Rumänien und das Schicksal von Noor al-Almawi und Valerie Weymann zur Sprache kommen.

»Wenn wir hier fertig sind, solltest du nicht nach Rumänien zurückgehen«, sagte Mayer deshalb, als er Martinez jetzt in der Hamburger Hotellobby gegenübersaß.

Martinez zog eine Braue hoch.

»Valerie Weymann wird dich nicht namentlich nennen«, fuhr Mayer fort, »aber es ist vermutlich besser, wenn du nicht mehr da bist.«

»Du hast sie also dazu gekriegt, auszusagen?«

Mayer nickte.

»Wie geht es ihr?«

»Das wird sich mit der Zeit zeigen. Ihr wart gründlich.«

»Das ist mein Job.«

»Ich weiß, Don.«

Sie tauschten einen schweigenden Blick, doch bevor einer von ihnen noch etwas dazu sagen konnte, traten Wetzel und Schavan durch die große Glastür. Sie waren nach wie vor die beiden Einzigen, die eingeweiht waren. Mayer sah, wie Martinez sie taxierte und kurz zur Begrüßung nickte, als Mayer sie einander vorstellte. Ihm entging auch nicht Wetzels Blick, der am Arm des Amerikaners hängen blieb, als dieser seinen Pullover hochschob und die aufwendige Tätowierung zum Vorschein kam.

»Es ist wohl besser, wenn wir uns einen anderen Platz als das Foyer suchen«, bemerkte Schavan mit einem nervösen Blick.

Martinez lächelte sardonisch, sagte aber nichts.

»Burroughs hat uns alle an der Nase herumgeführt«, bemerkte Schavan, nachdem sie sich in Mayers Hotelzimmer zurückgezogen hatten. »Und er hat es verdammt geschickt eingefädelt.«

»Burroughs ist einer der Besten«, erwiderte Martinez, »aber 9/11 hat ihn aus dem Ruder geworfen. Das wissen alle in der Agency.« Er sah sie der Reihe nach an. »Wo ist er jetzt?«

»Im Polizeipräsidium. Er leitet dort eine Arbeitsgruppe. Danach hat er eine Besprechung im Amerikanischen Konsulat.«

»Wir müssen behutsam auftreten.«

»Wie gehen wir vor?«, wollte Wetzel wissen.

»Wir nehmen uns als Erstes sein Helferlein vor«, erwiderte Martinez.

»Er arbeitet nicht allein?«, fragte Schavan überrascht.

»John Miller steckt mit drin«, klärte Mayer den Mann vom BKA auf.

»John Miller?« Schavans Gesicht spiegelte Mayers eigenes Erstaunen wider, als er davon erfahren hatte. Wetzel dagegen saß da, als bestätigte sich für ihn gerade eine stille Vermutung.

»Scheiße, was?«, sagte Martinez und grinste. »Burroughs hat ihn in der Hand, aber selbst ich hätte nicht gedacht, dass er es einmal auf diese Weise ausnutzen würde.«

»Worum geht es?«, wollte Schavan wissen.

»Miller hatte wohl mal was mit einer kleinen Nutte, einer von den vierzehnjährigen Mexikanerinnen, die sie überall in den Staaten auf den Strich schicken. Und Burroughs hat Fotos oder ein Video.«

Miller mit einer Minderjährigen. Dieser kleine dicke, ständig schwitzende Mann. Mayer sah, wie sich Schavans Augen verengten. »Millers Schwiegervater sitzt für die Republikaner im Kongress«, fuhr Martinez ungerührt fort, »und seine Frau tritt für einen Gouverneursposten irgendwo im Mittleren Westen an.« Er lehnte sich etwas vor und warf einen langen Blick in die Runde. »Der Unterschied zwischen Burroughs und Miller ist der, dass Burroughs nichts mehr zu verlieren hat, Miller schon, deshalb dürfen wir ihn nicht unterschätzen.«

»Er hasst es, im Mittelpunkt zu stehen«, sagte Mayer. »Das müssen wir ausnutzen. Wir brauchen in erster Linie Informationen, und wir müssen ihm klarmachen, dass es keinen anderen Weg für ihn gibt, als mit uns zu kooperieren.«

»Das ist ganz einfach«, warf Martinez ein. »Wir müssen ihm mehr Angst machen als Burroughs.« Sein Unterton ließ keinen Zweifel zu, wie er es meinte.

John Miller sah nervös auf, als Mayer wenig später in sein Büro im Polizeipräsidium trat. Sie hatten sich darauf geeinigt, keine weiteren Kollegen der Anti-Terror-Einheit ins Vertrauen zu ziehen, da sie noch nicht abschätzen konnten, wie viele Konzerne an dem Komplott beteiligt waren, und nicht ausschließen konnten, dass weitere Mitarbeiter ein doppeltes Gehalt bezogen und womöglich die Postion der enttarnten Agenten einnahmen.

»Es steht für beide Seiten zu viel auf dem Spiel«, hatte Schavan Mayer bestätigt. »Sie haben recht, dass wir nichts riskieren sollten.« Wohl fühlte sich der BKA-Mann allerdings nicht mit dieser Entscheidung. Mayer ahnte, dass er zumindest gern seinen Vorgesetzten informiert hätte. Die Vorhaltungen und der Druck nach der missglückten Aktion gegen die vermeintlichen terrorverdächtigen Studenten in Harburg saßen ihm noch in den Knochen.

Auf Millers Schreibtisch waren Unterlagen ausgebreitet, und der Drucker arbeitete geräuschvoll. »Hallo, John«, begrüßte Mayer den Amerikaner. »Hast du fünf Minuten für mich?«

Miller fuhr sich nervös mit der Hand über die wenigen Haare auf seinem Kopf. »Ich hab gleich eine Besprechung und muss noch ein paar Unterlagen zusammenstellen«, sagte er und fiel dabei mitten im Satz vom Deutschen ins Amerikanische.

»Fünf Minuten«, bat Mayer und schenkte dem Mann ein gewinnendes Lächeln. »Es gibt etwas, das ich dir zeigen möchte.«

Miller griff nach seinem Sakko, das er über die Lehne seines Stuhls gehängt hatte. »Okay, aber schnell, bitte.«

Er blickte sich gehetzt um, als sie sein Büro verließen und in den Flur traten. Mayer fragte sich, wie lange er bei seinem Übergewicht noch durchhalten würde, ohne einem Infarkt zu erliegen. Er brachte den Amerikaner ins nächste Stockwerk, wo die Befragungsräume lagen. »Was machen wir hier?«, wollte Miller wissen. Eine dünne Schweißschicht hatte sich auf seiner Oberlippe gebildet. Er zog ein Taschentuch aus der Hose und wischte nervös den Schweißfilm weg.

Mayer antwortete nicht. Öffnete nur die Tür.

»Hallo, Miller«, begrüßte Martinez ihn. Er hatte seinen Pullover ausgezogen, und das Tattoo auf seinem Arm tanzte, als er die Muskeln anspannte und einen Schritt auf John Miller zuging.

»Nein«, stöhnte Miller. »Bitte.«

Mayer verschloss die Tür von innen.

* * *

»Die Verletzungen in Ihrem Unterleib und die noch immer nicht ausgeheilte Entzündung der Gebärmutter können dazu führen, dass Sie keine Kinder mehr bekommen können«, sagte die Ärztin, eine Spezialistin für weibliche Folteropfer.

Valeries Hände zitterten, als sie den Ultraschallausdruck entgegennahm und auf die weißen Linien in dem Grau starrte.

»Wenn nicht bald eine Besserung eintritt, werden Sie sich einer Operation unterziehen müssen.«

Valerie wusste, was das bedeutete. »Ich habe zwei Kinder«, erwiderte sie und war überrascht, wie fest ihre Stimme bei diesen Worten klang. »Mehr habe ich nie gewollt.« Sie straffte ihre Schultern. »Wird Ihr Bericht meine Aussage stützen?«

Die Ärztin erwiderte ihren Blick ruhig. »Der Befund ist eindeutig. Es handelt sich um die typischen Traumata eines gewaltsam erzwungenen Verkehrs. Ich werde mein Gutachten umgehend fertigstellen.«

Valerie griff nach ihrer Tasche und stand auf. »Vielen Dank.«

Mit weichen Knien verließ sie den Raum.

Eric Mayer wartete im Nebenraum auf sie. Er stand auf, als sie eintrat. »Alles in Ordnung?«

Sie brachte keinen Ton heraus. Scham überwältigte sie bei

dem Gedanken, dass er schon bald den Bericht der Ärztin in Händen halten würde. Sie wollte nicht, dass jemand, ein Fremder, ein Mann, im Detail erfuhr, was sie mit ihr gemacht hatten. Sie konnte nicht einmal mit Marc darüber reden. Aber es war ihre einzige Chance, Burroughs zu Fall zu bringen. Mayer brauchte ihre Aussage und stichhaltige Beweise.

»Ich würde Sie dem nicht aussetzen, wenn es nicht unbedingt nötig wäre«, hatte Mayer ihr auf dem Weg versichert. »Ich weiß, wie schwer das alles für Sie ist.«

Wusste er das wirklich? Ahnte er in diesem Augenblick, wie nackt und verletzlich sie sich fühlte? Wie einsam?

Sie hatte versucht, eine rationale Distanz aufzubauen, sich selbst in der dritten Person zu sehen, aber sie erkannte schnell, dass sie mit Erinnerungen kämpfte, die sich nicht beherrschen ließen. Sie besaßen ein dunkles, verzehrendes Eigenleben, dem sie sich nicht entziehen konnte. Und die direkte Konfrontation, die sie jetzt erlebte, hatte nichts Heilsames, nichts Befreiendes, sie war wie das schmerzhafte Bohren in einer entzündeten Wunde. Und es war noch lange nicht vorbei.

Sie fuhren weiter ins Polizeipräsidium, wo sie ihre Aussage zu Protokoll geben würde. Unterwegs sprach Mayer nicht viel mit ihr. Sein Handy klingelte nahezu ständig, und sie spürte die Anspannung, unter der er stand, wenn er mit zum Autofenster hinausgewandtem Blick knappe Antworten gab.

Und dann waren sie da. Der Anblick des Polizeipräsidiums, der Weg aus der Tiefgarage in das Gebäude, der Geruch, der ihr aus den einförmigen Fluren entgegenströmte, löste eine kaum zu ertragende Beklemmung in ihr aus.

Mayer bemerkte ihr Zögern. »Wir können die Aussage auch an einem anderen Ort aufnehmen.«

Sie schüttelte den Kopf. Sie würde das durchstehen. Wie alles andere auch.

Als sie den Vernehmungsraum betrat, fragte sie sich, ob es derselbe war, in dem sie Stunden um Stunden mit Mayer zugebracht hatte. Sie blickte auf das Aufnahmegerät. Die Kamera auf dem Fensterbrett. Mayer hatte alles vorbereiten lassen. Jetzt zog er sein Handy aus der Brusttasche seines Jacketts und schaltete es ab. »Sind Sie bereit?«

Er war um Sachlichkeit bemüht. Distanz. Er ließ sie erzählen, hakte nur hier und da mit vereinzelten Fragen nach, und nicht einmal seine Augen verrieten, was er empfand. Die Worte füllten den Raum, und die Erinnerung wurde lebendig, überwältigte sie, als hätte sie eben erst das Gefängnis in Rumänien hinter sich gelassen. Sie konnte wieder den Schnee unter ihren Schuhen spüren, sah das Winken des Postens, sein junges Gesicht, durchlebte erneut Martinez' drohendes Schweigen und das Gefühl des Schwindels, das sie in der Weite der in Kälte erstarrten Landschaft überwältigt hatte. Und dann war sie zurück in ihrer Zelle. Zurück in jener Dunkelheit voller Schmerzen und Angst …

Ein kaltes mechanisches Klicken brachte sie zurück in die Gegenwart. Mayer hatte das Aufnahmegerät ausgeschaltet. Er stand auf und kam um den Tisch herum zu ihr. Reichte ihr ein Papiertaschentuch. Langsam löste sie ihre verkrampften Fäuste. Ihre Fingernägel hatten rote Abdrücke in ihre Handfläche gegraben. Mayer nahm ihre Hände und strich behutsam über die Stellen, als wolle er sie glätten. »Wir können jederzeit aufhören, wenn es zu viel ist.«

Sie schüttelte den Kopf. Sie wollte nicht aufhören, nicht nach Hause gehen mit dem Gefühl, am nächsten Tag wiederkommen zu müssen. Sie wollte, dass es vorbei war. »Wir machen weiter«, sagte sie leise.

Mayer wusste, was für eine Kraft es sie kostete. »Sie sind die couragierteste Frau, die ich kenne«, bemerkte er mit jenem Lächeln, das nur so selten über seine Züge huschte.

Alpträume quälten sie in den folgenden Nächten, und wenn sie schließlich aufwachte, konnte sie nicht wieder einschlafen. In der Dunkelheit lauschte sie Marcs gleichmäßigen Atemzügen und empfand seine Gegenwart abwechselnd als beruhigend oder bedrohlich. Wenn sie es nicht mehr aushielt, stand sie auf, ging ins Wohnzimmer und schaltete den Fernseher ein. Ließ sich berieseln von nichtssagenden Serien und bunten Bildern, bis sie vor dem flimmernden Schirm auf der Couch wieder einschlief. Marc schaltete am Morgen wortlos den Fernseher aus und zog ihr die Decke über die Schultern. Er legte ihr die Adressen einiger Psychologen auf den Schreibtisch. Spezialisten für traumatisierte Menschen. »Wenn ich dir einen Termin machen soll, sag es. Ich liebe dich«, stand darunter. Sie blickte lange darauf, bevor sie den Zettel unter einige andere schob. Fort aus ihrem Blickfeld. Sie war traumatisiert. Ja, das war sie. Sie würde sich darum kümmern müssen.

Sie wollte niemanden sehen und mit niemandem sprechen. Ihr Kontakt in die Welt bestand vor allem aus dem Fernseher und dem Internetzugang ihres Computers. Einer der wenigen, mit dem sie sprach, war Meisenberg. Er hatte ihr einen großen Strauß gefüllter Tulpen geschickt.

»Kommen Sie erst einmal wieder auf die Beine«, sagte er am Telefon. »Wenn Sie das Gefühl haben, dass Sie arbeiten wollen oder müssen, dann kommen Sie ins Büro. Ihr Schreibtisch wartet auf Sie. Und wenn Sie jemanden zum Reden brauchen, haben Sie meine Nummer.«

Sie lauschte seiner Stimme und wunderte sich, wie fremd und gleichzeitig vertraut sie ihr erschien. Und dann begriff sie, dass es nicht Meisenberg war, der sich verändert hatte.

*   *   *

Burroughs betrachtete nachdenklich sein Handy. John Millers nervöse Stimme klang ihm noch im Ohr. »Wir müssen uns treffen, Bob. Ich bin in einer halben Stunde im Hotel.« Miller war ihm seit seiner Rückkehr aus Rumänien und ihrem Gespräch am Neujahrstag aus dem Weg gegangen. Hatte peinlichst darauf geachtet, dass er nicht allein mit Burroughs zusammentraf. Und jetzt wollte er ihn treffen? Burroughs sah aus dem Fenster seines Hotels auf das Wasser des Kanals und die Fassaden der gegenüberliegenden Gebäude. Die Amerikaner und Kanadier waren alle im Steigenberger in der Neustadt untergebracht, nur einen Steinwurf vom Hafen entfernt. Auch der Präsident würde hier absteigen, weshalb für das Viertel bereits seit Wochen verschärfte Sicherheitsvorkehrungen galten. Burroughs' Blick wanderte hinauf zu den Dächern. Er wusste genau, wo die Scharfschützen platziert sein würden. Er kannte jeden Zentimeter, jeden Schritt, den der Präsident machen würde. Alles war bis ins kleinste Detail geplant. Nichts war dem Zufall überlassen. Seine Aufgabe bestand jetzt nur noch darin, die Parameter anders zu justieren, und schon wurde aus der sicheren Festung eine tödliche Falle.

Es war die heikelste Phase des Unternehmens. Wenn jetzt etwas schieflief, jemand absprang, war die Zeit zu knapp, um die Pläne noch anzupassen. Aber Burroughs wusste, dass er sich auf seine Leute verlassen konnte. Er hatte sie mit Bedacht ausgewählt, und sie waren alle Spezialisten. Alle, bis auf Miller.

Burroughs warf einen Blick auf seine Armbanduhr. Dann griff er kurz entschlossen nach seinem Jackett und verließ sein Hotelzimmer. Er nahm nicht den Fahrstuhl, sondern die Treppe.

Florian Wetzel und Jochen Schavan betraten gerade die Lobby, als Burroughs das Erdgeschoss erreichte und die Feuerschutztür einen Spaltbreit öffnete. Und sie waren nicht allein. Burroughs sah die Waffen der Männer des Einsatzkommandos im fahlen Winterlicht schimmern. Das Hotel war umstellt. Burroughs überlegte nicht lang. Eine junge Hotelangestellte kreuzte die Lobby, ein Tablett mit zwei Tassen in der Hand. Die Tassen zersprangen auf dem teuren Granitfußboden, und der Kaffee spritzte gegen seine Hosenbeine und über die makellose Livree der jungen Angestellten, als Burroughs die Tür aufstieß, die junge Frau an sich riss und wie einen Schild vor seinen Körper presste. Der Lauf seines Revolvers bohrte sich unter das Kinn.

Wetzel und Schavan erstarrten in der Bewegung, und Schavan hielt die uniformierten Polizisten mit einer einzigen Handbewegung zurück.

»Aus dem Weg«, sagte Burroughs ruhig. »Sonst ist sie tot.«

Die Deutschen wichen zurück. Aus dem Augenwinkel bemerkte Burroughs den Mann hinter der Rezeption, der reglos und mit offenem Mund verfolgte, was geschah. Dann war er auch schon auf der Straße und schleifte die Geisel mit sich über die Brücke, die vor dem Hotel über den Kanal führte.

»Bitte, tun Sie mir nichts«, stieß sie hervor. »Bitte …«

Er roch ihre Angst.

»*Shut up and move!*«

Sein Wagen stand in der Tiefgarage des Hotels. Unmöglich zu erreichen. Hinter sich hörte er Stimmen, lautes Rufen. Es blieb nicht viel Zeit. Sie bogen in eine Nebenstraße ab. Über ihnen rumpelte die U-Bahn, und vor ihnen kam ein Mann aus einem Bürogebäude, steuerte zielstrebig auf einen silbergrauen Wagen am Straßenrand zu. Burroughs hörte das Klacken der Fernbedienung für die Zentralverriegelung. Er umklammerte die junge Frau mit der einen und richtete mit der anderen Hand den Revolver auf den Mann. »Die Schlüssel«, befahl er.

Der Mann starrte ihn an. Bewegte sich nicht.

»Die Schlüssel«, schrie Burroughs und schoss ihm vor die Füße. Steinsplitter spritzten auf. Der Mann ließ die Schlüssel auf den Boden fallen und floh die Straße hinunter.

Burroughs riss die Tür auf und drückte die Frau auf den Beifahrersitz. Augenblicke später raste er mit quietschenden Reifen davon. Sie klammerte sich neben ihm an den Sitz. Tränen liefen über ihr Gesicht. Verdammt, er musste sie schleunigst loswerden. Er folgte der Beschilderung zur Autobahn nach Süden. Noch folgten ihm keine Wagen.

»Bitte, lassen Sie mich gehen …«, stammelte sie erneut unter Tränen.

Burroughs schlug mit dem Knauf des Revolvers zu, und sie sackte bewusstlos in sich zusammen. Wenig später tauchte vor ihm die erste Autobahnauffahrt auf. Er bremste ab, fuhr rechts ran und öffnete die Beifahrertür. Mit einem dumpfen Geräusch schlug der Körper der jungen Frau auf dem Asphalt auf und rollte ins Gras. Gleich darauf lenkte Burroughs den Wagen auf die gegenüberliegende Auffahrt Richtung Süden.

Er tastete nach seinem Handy, warf es in hohem Bogen zum Fenster hinaus und beobachtete im Rückspiegel, wie es hinter ihm auf der Fahrbahn zerschellte, dann trat er das Gaspedal durch, und der Wagen schnellte nach vorn. Sie würden ihn nicht kriegen. Diesmal nicht.

* * *

Marc spürte die kleinen Hände seiner Töchter in den seinen. Ein kalter Wind strich zwischen den alten Bäumen des Ohlsdorfer Friedhofs hindurch, zerrte an den Blumen auf dem verhüllten Leichnam und strich über das Foto von Noor, das dazwischen lag. Neben ihm starrte Valerie reglos darauf, die Lippen nicht mehr als ein schmaler Strich in ihrem Gesicht. Sie schluckte schwer, als der Körper in das Grab hinabgelassen wurde und Noors Mutter in einer verzweifelten Geste eine Hand danach ausstreckte, laut aufschluchzte und das Gesicht schließlich an der Schulter ihres Mannes verbarg. Omar al-Almawi legte einen Arm um seine Frau und drückte sie an sich, seine Züge wie versteinert. Neben ihnen stand Mahir Barakat, hochgewachsen und schlank und ebenso reglos wie sein Schwiegervater. Er hielt eine einzelne weiße Rose in der behandschuhten Hand. Keiner von ihnen hatte Gelegenheit gehabt, von Noor Abschied zu nehmen. Sie noch ein letztes Mal zu sehen, denn wie Marc von Valerie erfahren hatte, war der Leichnam ihrer besten Freundin bis zur Unkenntlichkeit verstümmelt und nur über eine DNA-Probe zu identifizieren gewesen.

Er blickte in die Gesichter der Trauergäste. Verwandte, Freunde, Mitglieder der islamischen Gemeinde, der die Familie der al-Almawis angehörte. Viele der Frauen weinten hemmungslos. Marc spürte, wie sich die Finger der Zwillinge in seinen verkrampften, und er fragte sich, ob es richtig gewesen war, sie mitzubringen. Aber Valerie hatte darauf bestanden. »Wir werden Noor auf diesem letzten Weg gemeinsam begleiten«, hatte sie in einem Ton gesagt, der keinen Widerspruch duldete, und es hatte eine Kälte in ihrer Stimme gelegen, die ihn erschreckt hatte.

»Mama ist anders«, hatten sich auch schon die Mädchen bei ihm beschwert. »Sie spricht so wenig und ist so streng. Ist es, weil sie Noor vermisst?«

Alles wird wieder gut, hatte er ihnen sagen wollen, aber er hatte die Worte nicht aussprechen können. Alles war noch weit davon entfernt, wieder gut zu werden.

*　*　*

Miller packte aus. Er sagte alles, und es erschien Mayer, als erlebe er es geradezu als Befreiung. Es war, wie Martinez angenommen hatte. Burroughs hatte Miller mit dem Wissen um sein Sexabenteuer erpresst, und Miller hatte sich erpressen lassen. Der nervöse Amerikaner bestätigte ihre bisherigen Ermittlungsergebnisse und lieferte ihnen zudem Informationen, die zu einer Serie von Festnahmen in den Reihen der Anti-Terror-Einheit führten. Die Verschwörung, die sie aufdeckten, hatte internationales Ausmaß. Neben zwei amerikanischen Scharfschützen waren ein Brite, zwei Italiener und eine Niederländerin beteiligt. Burroughs hatte seine Leute geschickt ausgewählt und platziert, und Mayer konnte trotz allem nicht umhin, ihm für diese strategische Leistung eine gewisse Bewunderung zu zollen. Sie hatten es ausschließlich mit Profis zu tun, und nur ihre exakte Zeitplanung und das absolute Stillschweigen garantierte ihren Erfolg.

Der Zugriff war gut vorbereitet und verlief unspektakulär in drei verschiedenen Stadtteilen gleichzeitig. Er erfolgte in den letzten Stunden der Nacht. Keiner der Männer und Frauen hatte Gelegenheit, die anderen zu warnen. Nur einer versuchte zu fliehen. Mayer selbst folgte ihm zusammen mit Martinez über Hinterhöfe und U-Bahn-Gleise. Sie stellten ihn, kurz bevor das MEK der Hamburger Polizei eintraf.

Mayer drückte den Mann schwer atmend an die Wand eines Altbaus und drehte ihm einen Arm auf den Rücken. Martinez zückte ein paar Handschellen. »Wie in alten Zeiten, Mayer«, bemerkte er grinsend, während er die Fesseln um die Handgelenke des Italieners schnappen ließ, der jede Gegenwehr aufgegeben hatte. »Aber früher warst du schneller. Du wirst alt.«

Mayer lächelte gequält. Seine Rippen in der Herzgegend schmerzten noch immer.

»Halt dein Maul, Don«, stieß er keuchend hervor.

Martinez' Grinsen wurde noch etwas breiter. »Ah, kriegst du endlich wieder Luft?«

Die Vernehmungen schleppten sich dahin, bis endlich zwei der Festgenommenen einbrachen und die Details des geplanten Attentats preisgaben, dessen Ziel der amerikanische Präsident gewesen war. Keiner im Team der Anti-

Terror-Einheit machte sich Illusionen darüber, was das bedeutet hätte.

»Sie hätten die Tat den islamistischen Fundamentalisten in die Schuhe geschoben«, bemerkte Mayer, als sie in einem der Besprechungsräume im Polizeipräsidium zusammensaßen, »und die Diskussion um Klimaschutz und Rüstungsstopp hätte sich damit von selbst erledigt.«

Martinez zerdrückte einen Pappbecher in seiner Hand und versenkte ihn mit einem gezielten Wurf in den Mülleimer neben der Tür. »Diese verdammten Bastarde hätten, ohne mit der Wimper zu zucken, einen Krieg in Kauf genommen.«

Marion Archer taxierte Martinez schweigend. Sie nahm sich vor ihm in Acht. Natürlich war sie wütend gewesen, dass sie nicht zum *Inner circle* gehört hatte und erst eingeweiht worden war, als alles vorbei war. Aber Archer war nicht der Typ, der sich lange mit solchen Dingen aufhielt, sie schaute nach vorn – zumal ihr aus den Staaten nach dem Ausfall von Burroughs und Miller die Leitung des amerikanisch-kanadischen Teams angetragen worden war. Martinez gehörte diesem Team an, aber wer auch immer Archer gebrieft hatte, musste sie vor ihm gewarnt haben.

»Ich hätte nicht geglaubt, dass Bob zu einem Verrat von solchem Ausmaß fähig ist«, sagte sie jetzt. »Ich kann es immer noch nicht glauben.«

»Burroughs ist ein verdammtes Schwein«, bemerkte Martinez. »Kein Verlust für uns. Schade nur, dass er nicht tot ist.« Er bedachte Schavan bei diesen letzten Worten mit einem kurzen Blick.

Schavan rang sichtlich um Fassung. Mayer legte unauffällig eine Hand auf den Arm des BKA-Mannes. Martinez hatte einiges dazu zu sagen gehabt, dass Schavan und

Wetzel Burroughs hatten entkommen lassen. Worte, die Schavan die Zornesröte ins Gesicht getrieben und die Halsschlagadern hatte schwellen lassen, und Mayer hatte alle Hände voll zu tun gehabt, die Wogen wieder zu glätten. Sie konnten sich keine Streitereien innerhalb des Teams leisten. Ebenso wenig wie Medienrummel. Mit Hilfe der Hamburger Polizei war es gelungen, den Zwischenfall vor dem Steigenberger und die Entführung der Hotelangestellten herunterzuspielen. Die Geisel war glücklicherweise unversehrt geblieben, und so tauchte die Geschichte letztlich nur in einigen Zeitungen als kleine Randnotiz im Rahmen der Drogenkriminalität auf.

»Burroughs hatte keine Gelegenheit mehr, seine Auftraggeber in den Staaten zu warnen«, sagte Archer. »Ich habe soeben die Mitteilung erhalten, dass zwei Vorstandsmitglieder des maßgeblich beteiligten Rüstungskonzerns verhaftet worden sind.« Sie räusperte sich. »Ich denke, es wird in Kürze noch weitere Festnahmen geben.«

»Wir werden sie nicht alle am Sack kriegen«, warnte Martinez. »Nur die, die sie unbedingt opfern müssen.«

»Was ist mit John Miller?«, wollte Schavan wissen.

»Auf dem Weg zum Schafott«, sagte Martinez beiläufig.

Schavan zog eine Braue hoch.

»Millers Familie hätte eine Menge zu verlieren, wenn seine Verstrickungen in diese Affäre bekannt würden«, fügte Martinez hinzu.

»Aber ...«, setzte Schavan an.

Martinez lächelte. »Zu spät.«

Die Öffentlichkeit erfuhr nie, was im Vorfeld des Gipfels passierte und dass Hamburg nur knapp dem Schicksal entgangen war, zu einem Synonym für globales Entsetzen zu werden. Nicht einmal der Senator für Inneres oder der Erste Bürgermeister erfuhren von der Tragweite dessen, was geschehen war. Geschweige denn von den Drahtziehern, die dahintersteckten. Die Gruppe derer, die darum wusste, war klein und exklusiv und sollte es auch bleiben.

* * *

Am Tag nach Noors Beerdigung telefonierte Valerie mit Mahir Barakat und verabredete sich mit ihm. Sie hatten auf der Trauerfeier keine Gelegenheit gehabt, miteinander zu sprechen, da Valerie nach der Beisetzung auf dem Friedhof mit ihrer Familie unverzüglich nach Hause gefahren war.

Mahir holte sie ab. Ihn zu sehen ohne Noor machte die Lücke, die der Tod ihrer Freundin in ihrem Leben hinterließ, doppelt greifbar. Er stand vor ihr, auf den ersten Blick selbstbewusst und souverän, wie sie ihn kannte, ein Mann von Welt, dessen Konterfei so perfekt auf die Wirtschaftsseiten der Zeitungen passte. Doch dann sah sie in seine Augen. »Sie fehlt mir so sehr«, bemerkte er. »Und ich hatte keine Möglichkeit, etwas für sie zu tun.« Der Ring an seinem Finger schimmerte im Licht.

»Ich habe Safwan getroffen«, sagte sie.

»Ich habe davon gehört.« Mahir räusperte sich. »Es gibt widersprüchliche Aussagen zu seinem Tod.«

»Burroughs hat ihn erschossen. Hingerichtet. Auf diesem syrischen Tanker.«

»Du warst dabei?«

Valerie nickte.

Sie fuhren zum nahe gelegenen Stadtpark. Mahir stellte den Wagen ab, und sie spazierten über die große, vom Schnee bedeckte Wiese vor dem Planetarium und durch die Rosengärten. Jetzt, mitten im Winter, lockte der Park nur wenige Menschen. Sie begegneten ein paar Joggern, Müttern mit Kinderwagen und einem alten Mann, der am zugefrorenen Teich die Enten mit Brot fütterte. Noor hatte den Park zu jeder Jahreszeit geliebt, besonders aber im Frühling, wenn die meterhohen Rhododendronbüsche unter den alten Bäumen in voller Blüte standen.

»Burroughs steckt dahinter«, sagte Valerie. »Er hat alle auf die falsche Spur gelockt. Ich verstehe nur nicht, warum.«

Mahir schlug den Kragen seines Mantels hoch. »In den vier Wochen im Gefängnis habe ich viel Zeit zum Nachdenken gehabt. Es kann kein Zufall sein, dass ausgerechnet ich als Drahtzieher hinter dem Attentat von Kopenhagen stehen sollte. Meine Anwälte arbeiten daran.«

Es war dem Einfluss Mahirs syrischer Familie zu verdanken, dass er während seiner Haft nicht an die Amerikaner ausgeliefert worden war und dass die Griechen ihn nach seiner Festnahme in sein Heimatland abgeschoben hatten. Waren die Geschäfte seiner Familie, die wirtschaftlichen Verstrickungen Mahirs, der Grund, warum ausgerechnet Noor und Safwan hatten sterben müssen? Nach allem, was passiert war, hielt Valerie inzwischen auch das für möglich.

»In Rumänien hätte ich Burroughs töten können«, sagte sie.

Mahir blieb stehen und sah sie an. »Es hätte nichts geändert, Valerie. Ein anderer hätte seinen Platz eingenommen.«

Sie lehnten sich an das Geländer des großen Teichs und sahen dem Alten zu, wie er das Brot unter die Vögel verteilte. »Ich habe meine Frau verloren und meinen besten

Freund«, sagte Mahir. »Mein Leben fühlt sich so leer und kalt an wie dieser Wintermonat. Aber ich werde nicht aufgeben. Ich werde herausfinden, wer dahintersteckt.«

Mahirs Worte trafen Valerie. Erinnerten sie seltsamerweise ausgerechnet an ihre Empfindungen bei ihrer Festnahme am Flughafen, an jenem 10. Dezember, als sie auf dem Weg nach London war. An den Blick des Mitarbeiters der Fluggesellschaft, der ihren Ausweis in der Hand hielt und zum Telefonhörer griff. An die Menschen, die vor ihr zurückwichen, als die Beamten der Bundespolizei ihren Namen nannten und sie mitnahmen. Es schienen Ereignisse aus einem anderen Leben zu sein. *Dem Leben einer anderen.* Wo war die kalte Wut geblieben, die sie damals verspürt hatte? Wo ihr Wille, zu kämpfen gegen die Willkür, der sie sich ausgesetzt gefühlt hatte? Und wer war diese Frau, die jetzt Mahir gegenüberstand, ängstlich darauf bedacht, mit dem Schnee zu verschmelzen. Nicht aufzufallen. War sie aus der Asche jener anderen Valerie gekrochen, die in Rumänien verbrannt war, war es das, was von ihr übrig geblieben war? Ein Häufchen graue Angst?

Ich werde nicht aufgeben, hatte Mahir gesagt.

Konnte sie das auch von sich behaupten?

* * *

Burroughs atmete gegen die Wut an, die in ihm kochte. Die Chartermaschine ruckelte wie ein Viehtransporter. Das Flugzeug war bis auf den letzten Platz besetzt mit lauten, unangemessen fröhlichen Menschen, die vermutlich schon den kompletten Alkoholvorrat an Bord vernichtet hatten. Neben ihm schilderte ein oberlehrerhafter Deutscher mit penetranter Stimme seit mehr als zwei Stunden seiner Sitznachbarin auf der anderen Seite mit unerträglicher Detailverliebtheit alle Sehenswürdigkeiten, die sie in den kommenden zehn Tagen in der Türkei und in Istanbul erwarteten. Er schwieg nur, wenn er aß oder wie in diesem Moment krampfhaft seine Füße gegen den Boden stemmte, als könne er so die Luftlöcher, durch die das Flugzeug fiel, beseitigen. In seinem Zorn hatte Burroughs eine Reihe von möglichen, sehr unangenehmen Todesarten für ihn ersonnen, aber befriedigt hatte ihn dieses Gedankenspiel nicht. Stattdessen war ihm lediglich bewusst geworden, dass er nicht einmal eine Waffe besaß. Er hatte sie in Hannover am Flughafen in einem Schließfach deponiert. Sein Gepäck hatte er in Hamburg zurücklassen müssen. Die größte Sorge machte ihm in diesem Zusammenhang sein Laptop. Alle relevanten Inhalte waren verschlüsselt, und die wichtigsten Daten hatte er auf einem Server gespeichert, dessen Zugangscodes nur in seinem Kopf zu finden waren. Dennoch blieb ein Restrisiko.

Er war auf einen solchen Fall vorbereitet gewesen. Alle, die in diesem Job arbeiteten, waren es, und wenn nicht, waren sie Idioten. Es konnte einen immer treffen, irgendwo, unverhofft. Und dann war es komfortabel bis lebensnotwendig, einen Plan B zu haben.

Burroughs' Plan B bestand aus dem Verlassen der Stadt und der Anfahrt des nächsten Flughafens im Umkreis von zweihundert Kilometern, wo er mit falschen Papieren den erstbesten Flug ins Ausland nahm. So war er nach Hannover gekommen und dort in die Maschine nach Istanbul gestiegen. Ausgerechnet in die Türkei.

Er lehnte sich zurück und schloss die Augen. Nach seiner Ankunft würde er die großen Hotels meiden müssen und sich auf einem der Märkte mit Plagiaten von Markenkleidung eindecken, die dort zuhauf angeboten wurden. Er kam sich jetzt schon lächerlich vor bei dem Gedanken, in Jeans, Pullover und Turnschuhen herumzulaufen und zur Krönung noch eins dieser entsetzlichen Baseballcaps aufzusetzen. Aber niemand würde ihn in seiner solchen Aufmachung so schnell wiedererkennen.

Er durfte nicht länger bleiben als nötig. Er musste weiter. In eine Stadt, in deren Dunst er ein, zwei Jahre abtauchen konnte, bis sich die Wogen geglättet hatten. Istanbul war zu nah. Vielleicht war Asien eine Option. Die Philippinen. Niemand wunderte sich in Manila über einen in die Jahre gekommenen Weißen. Es gab einige, die dort gestrandet waren, mehr oder weniger heruntergekommen, in Kneipen hockend, den Arm um die Taille kleiner Mädchen gelegt. Die Vorstellung ekelte ihn plötzlich an. Es gab andere Städte, andere Möglichkeiten, Geld auszugeben, das nicht das seine war, und gleichzeitig seiner neuen Identität die Chance zu geben, sich zu etablieren. Das Flugzeug wackelte erneut. Die Anschnallzeichen leuchteten auf, und Burroughs' Sitznachbar krallte seine Finger in die Armlehnen. Burroughs blickte durch das kleine Fenster auf die sich unter ihnen auftürmenden Wolkenberge, die Schatten, die sie auf sich selbst warfen, und fragte sich, was Marcia Moore wohl gerade machte.

* * *

Marc Weymann starrte ungläubig auf die Einladung auf seinem Schreibtisch. Sollte das die Entschädigung sein für alles, was geschehen war? Eine Einladung zu einem Gala-Dinner im Vorfeld des Gipfels mit der gesamten Politprominenz der Nation? Glaubten sie, damit alles gutmachen zu können? Er griff zum Telefonhörer.

»Meisenberg, stecken Sie dahinter?«, fragte er ungehalten.

Der Anwalt äußerte sich nicht dazu. »Sie sollten die Einladung annehmen«, erwiderte er stattdessen. »Der Wirtschaftsminister wird auch da sein. Es wird Gelegenheit bestehen, über ein paar interessante Aufträge zu sprechen ...«

»Die Reederei hat genug zu tun«, fiel Marc dem Anwalt ins Wort.

Meisenberg räusperte sich am anderen Ende der Leitung. »Regierungsaufträge sind gut bezahlt«, sagte er schließlich.

Marc ballte die Fäuste. Er konnte die Einladung nicht ausschlagen, ohne seine Vorstandskollegen und den Aufsichtsrat der Reederei zu brüskieren. Sie hatten in den vergangenen Wochen die Situation schweigend mitgetragen, und Marc wusste, dass nicht alle aus Überzeugung gehandelt hatten. Er konnte sich keine weiteren Eskapaden leisten. Meisenberg wusste das auch. Die Reederei war besser aufgestellt als die Konkurrenz, und die Krise hatte sie nicht so verheerend getroffen wie den Rest der Branche, doch in allen Häfen der Welt lagen Schiffe wie Millionengräber ohne Hoffnung auf Ladung. Es war nur eine Frage der Zeit, wann auch Marcs Firma das mit voller Härte spüren würde.

»Kommen Sie nicht ohne Valerie«, fügte Meisenberg hinzu. »Ihr Fortbleiben würde als Affront aufgefasst werden.«

Marc starrte auf die Fotografie seiner Frau und seiner Töchter vor sich auf seinem Schreibtisch, auf Valeries unbeschwert fröhliches Gesicht. Das Bild war vor etwas mehr als sechs Monaten entstanden. Im Frühsommer im Garten ihres Hauses. Er hatte es selbst geschossen und erinnerte sich noch genau an die Situation, als wäre es gestern gewesen. Es war einer der ersten warmen Tage des Jahres gewesen, und sie hatten auf der Terrasse gefrühstückt. Er konnte die Wärme förmlich spüren, die Leichtigkeit, die sie an diesem Tag getragen hatte, hörte wieder Valeries Lachen und das Kichern der Mädchen, als sie gemeinsam versucht hatten, Erdbeeren auf ihren Nasen zu balancieren. Sie waren so ausgelassen gewesen. Es schienen ihm Erinnerungen aus einem anderen Leben zu sein. An eine andere Frau als die, neben der er jetzt morgens aufwachte. Die bisweilen mit abwesendem Blick durch das Haus streifte wie ein Geist.

»Ihre Frau besitzt eine starke Persönlichkeit. Das wird ihr helfen, mit dem Erlebten fertig zu werden«, hatte ihm die Therapeutin versichert, in deren Behandlung sich Valerie auf sein Drängen hin schließlich begeben hatte. »Aber sie braucht Zeit. Ein posttraumatisches Stress-Syndrom lässt sich nicht von einem Tag auf den anderen überwinden.« Er wandte den Blick von dem Bild ab.

»Valerie ist krank«, sagte er zu Meisenberg. »Sie kann unmöglich an einer solchen Veranstaltung teilnehmen.«

»Sie muss«, erwiderte der Anwalt. »Es sind nur ein paar Stunden.«

Sie muss.

Zwei Worte, die in ihm kreisten, während er in seinem Wagen durch die Stadt fuhr. Wie stellte sich Meisenberg das vor? Es graute ihm davor, mit Valerie zu sprechen. Und sie reagierte, als plane er einen Verrat, als er das Thema später am Abend anschnitt. »Das kann ich nicht«, sagte sie mit abweisender Stimme. »Das kannst du nicht von mir verlangen.«

»Valerie, bitte, hör mir erst einmal zu ...«

»Ich kann diesen Menschen nicht lächelnd gegenübertreten und ihnen die Hände schütteln«, brach es aus ihr heraus. »Sie alle wissen, was geschehen ist!« Das erste Mal, seit sie zurück war, erhob sie ihre Stimme, schrie sie ihn an. »Sie alle haben es schweigend gebilligt! Verdammt, verstehst du das denn nicht?« Tränen sprangen ihr in die Augen, liefen über ihre Wangen.

Natürlich verstand er. Glaubte sie etwa, es fiel ihm leicht, sie zu fragen?

Bevor er jedoch antworten konnte, öffnete sich die Wohnzimmertür, und Leonie kam im Nachthemd herein, das Haar vom Schlaf noch feucht an den Kopf gepresst, ein Stofftier im Arm, suchte sie unsicher blinzelnd Valeries Blick. »Mama ...?«

Das Spiel der Muskeln in Valeries Gesicht zeigte, wie sie mit aller Macht um Beherrschung rang. *Ihre Frau besitzt eine starke Persönlichkeit.* Mit einer schnellen Handbewegung wischte sie sich die Tränen aus dem Gesicht. Leonie machte einen Schritt auf ihre Mutter zu. »Alles in Ordnung, Kleines«, sagte Valerie leise, schloss ihre Tochter in die Arme und vergrub das Gesicht in Leonies weichem Haar. Sosehr Valerie sich einst gegen den Gedanken, Kinder zu haben, gesträubt hatte, so sehr liebte sie sie jetzt.

»Es geht auch um sie, Valerie«, bemerkte Marc, einer spontanen Eingebung folgend. »Es steht viel auf dem Spiel.«

Valerie hob langsam den Kopf und sah ihn über ihre Tochter hinweg an, und Marc wünschte, er hätte nicht so unbesonnen gesprochen. Sie sagte nichts, aber das war auch nicht nötig. Sie würde ihn begleiten, das versprach ihr Blick. Ihr fehlte einfach die Kraft zu kämpfen.

* * *

Die Anspannung in den Reihen der internationalen Anti-Terror-Einheit nahm trotz der Verhaftung der abtrünnigen Agenten noch einmal zu, als die ersten Staatschefs mit ihrer Entourage in Hamburg eintrafen. Hatten sie wirklich alles bedacht? War alles abgesichert? Eric Mayer fing beim Briefing der leitenden Mitarbeiter an diesem Morgen Marion Archers nervösen Blick auf. Sie hatten alle kaum geschlafen, und allmählich zeigten sich auch im Gesicht der immer perfekt gestylten Kanadierin die ersten Spuren. Selbst Martinez wirkte nicht mehr so gelassen wie sonst. Unruhig ließ er während der Besprechung einen Kugelschreiber durch seine Finger wandern, ein Anblick, den Schavan mit gerunzelter Stirn verfolgte. Der BKA-Beamte konnte Martinez nicht einordnen, die wenigen, die wussten, wer er war, schwiegen, aber Schavan hatte Gerüchte gehört, und seine Abneigung gegen den Amerikaner vertiefte sich von Tag zu Tag.

Auf dem Weg hinaus passte Schavan Mayer ab. »Ich war gestern Abend verantwortlich für die Sicherheit beim Galadiner, das die Regierungsvertreter gegeben haben«, sagte Schavan. »Raten Sie mal, wer auch geladen war.«

»Valerie Weymann mit ihrem Mann.«

Schavan nickte. »Natürlich – Sie kennen die Gästeliste.«

»In der Tat«, bestätigte Mayer.

»Ich war überrascht, sie dort zu sehen.«

»Politisches Kalkül«, erwiderte Mayer kurz.

»Sie meinen …?«

»Sie schanzen ihrem Mann ein paar Aufträge zu, damit sie schweigt.«

Schavan sah ihn mit hochgezogenen Augenbrauen an, und wieder einmal wurde Mayer klar, dass Schavan zu rechtschaffen für seinen Job war.

Sie hatten in der Zwischenzeit Mayers Büro erreicht. »Sie sah nicht gut aus«, bemerkte Schavan, bevor sich Mayer verabschieden konnte. »Ich hatte den ganzen Abend über Angst, sie würde umkippen.«

Mayer verharrte, die Hand schon am Türgriff. »Sie hat einiges durchgemacht, das wissen Sie.« Er hätte noch mehr dazu sagen können, aber er schwieg. Sein Vorgesetzter hatte ihn angerufen und um eine Einschätzung von Valerie Weymann gebeten. »Sie haben die Frau besser kennengelernt als jeder andere. Wird sie sich auf einen Handel einlassen?«

»Für sich selbst sicher nicht«, hatte er geantwortet.

»Dann werden wir uns über die Firma ihres Mannes an die Familie herantasten. Wir können uns keinen Skandal leisten, und es gibt klare Vorgaben aus dem Kanzleramt.«

»Sie wird das Wohlergehen ihrer Familie nicht gefährden«, konnte Mayer ihm versichern. Und so war es auch. Er war nicht überrascht gewesen, als er die Liste der Zusagen auf den Schreibtisch bekommen hatte. Die Frage war nur, was langfristig passieren würde, wenn Valerie Weymann ihre Agonie einmal überwunden hatte. Er wusste, dass Schavan ähnliche Gedanken durch den Kopf gingen.

In den folgenden drei Tagen blieb keine Zeit, sich mit diesem Problem weiter zu beschäftigen. Die Welt blickte atemlos auf Hamburg, und die altehrwürdige Stadt an der

Elbe erinnerte sich ihrer Tradition als Handels- und Kulturzentrum und präsentierte sich in neuem Glanz im Licht dieser Aufmerksamkeit. Es war eine Zeit, in der die Mitarbeiter der Anti-Terror-Einheit kaum zum Atemholen kamen. Ein Ereignis jagte das nächste, es gab geheime und öffentliche Treffen, kleine und große Dinnerpartys, Blitzlichtgewitter aller Orten, Interviews und kurze Gespräche am Rand des Geschehens. Und überall lauerten Sicherheitsrisiken. Überall war Wachsamkeit das oberste Gebot. Als die Armada der Staatschefs am dritten Tag zum Rathaus fuhr, um in ihrer letzten Sitzung der Öffentlichkeit zu präsentieren, was Heere von Staatsbeamten und Juristen bereits seit Monaten vorbereitet und ausgehandelt hatten, schien die Sonne von einem makellos blauen Winterhimmel, und die Hamburger, seit Wochen von Einschränkungen und Kontrollen gebeutelt, standen fähnchenschwenkend am Straßenrand. Die Tribünen auf dem Rathausmarkt schimmerten im Sonnenlicht, und der Blumenschmuck hielt trotzig den frostigen Temperaturen stand. Mayer ließ seinen Blick über die Menge gleiten, die sich erwartungsvoll an die Absperrgitter drängte, als die Limousinen vor dem Rathaus zum Stehen kamen. Der französische Ministerpräsident war einer der Ersten, der ausstieg. Er lächelte huldvoll und blieb auf Distanz. Die deutsche Kanzlerin gesellte sich zu ihm, und gemeinsam winkten sie der Menge zu. Der britische Premier und zwei der skandinavischen Regierungschefs zeigten sich, das russische Staatsoberhaupt und dann der amerikanische Präsident. Über dem Publikum wehten plötzlich Stars and Stripes in dem leichten Wind, der von der Alster her über den Rathausmarkt strich. Archer war persönlich an der Seite des Amerikaners und winkte unauffällig weitere

Mitarbeiter heran, als er auf die Menschenmenge hinter dem Zaun zustrebte.

»Mr. President!«, rief ein kleines, ganz in Rosa gekleidetes Mädchen, das in der ersten Reihe auf den Schultern ihres Vaters saß. »Mr. President!« Es schwenkte eine kleine amerikanische Flagge.

Die übrigen Staatschefs beobachteten den Auftritt des Amerikaners aus dem Hintergrund. Schließlich flüsterte Archer dem Präsidenten etwas zu, worauf dieser noch einmal winkend die Arme hob und sich dann zurückzog. Mayer war nicht der Einzige, der erleichtert aufatmete, als sich die Rathaustür hinter dem letzten der Staatsgäste schloss.

Im Foyer warteten bereits die akkreditierten Journalisten auf ihren Einlass. Müde lehnte sich Mayer zurück, nachdem alle ihre Plätze eingenommen hatten. Lauschte auf die Stimmen, die sein Headset übertrug. Alles war ruhig. Es gab wider Erwarten nicht einmal Proteste aus der autonomen Szene.

Die Sitzung dauerte den ganzen Tag, unterbrochen nur von einem einfachen Mittagessen, für das die Teilnehmer den Ratssaal nicht verließen. Lediglich der ein oder andere Raucher zog sich kurzfristig zurück. Auf dem Rathausmarkt harrten viele der Schaulustigen trotz der eisigen Temperaturen aus. Verkäufer mit Heißgetränken schoben sich durch die Menge, an einigen Stellen fanden sich spontan Straßenmusiker ein. Die Hamburger feierten ihr eigenes Fest, während innerhalb der Mauern des Rathauses über die Zukunft des Weltklimas entschieden wurde, doch trotz der unbeschwerten Stimmung schien sich jeder auf dem Platz der historischen Bedeutung dieses Tages bewusst zu sein. Eine unterschwellige Spannung lag über der Menge und färbte den Ton der Gespräche. Als schließlich die Bundeskanzlerin als erste Rednerin an das Pult auf der blumengeschmückten Tribüne trat und die Eckpunkte der erfolgreich verlaufenen Verhandlungen grob skizzierte, löste sich die Spannung in spontanem Jubel. Mayer und seine Mitarbeiter waren aufmerksamer denn je. Gerade jetzt, wenn alle glaubten, die Gefahr sei vorbei, war sie am größten. Doch nichts geschah. Die Regierungschefs posierten für das obligatorische Abschlussfoto. Dann löste sich der Pulk auf. Zusammen mit ihren Staatssekretären und Beratern eilten sie zurück in ihre Hotels oder auf den Weg zum Flughafen. Die nächsten Termine, die nächsten Sitzungen warteten bereits auf sie.

Die Menschenansammlung auf dem Rathausmarkt verlor sich in U-Bahn-Schächten und Seitenstraßen. Mayer blickte über den sich allmählich leerenden Platz, über den der Wind bunte Papierflaggen und leere Pappbecher vor sich her trieb. An einem Brückengeländer flatterte ein zurückgelassenes Transparent mit dem bunten Schriftzug »Abrüstung für das Klima« in der allmählich heraufziehenden Dämmerung. Er zog eine der erstarrten Rosen aus den Blumenbouquets an der Tribüne und drehte sie zwischen seinen Fingern. Die Ränder der Blütenblätter begannen sich bereits braun einzufärben. Die Party war vorbei. Was blieb, war die tiefe, müde Stille der Erschöpfung und Ernüchterung.

Langsam machte er sich zu Fuß auf den Weg zu seinem Hotel auf der anderen Seite der Alster. Verschmolz mit den Menschen, die ihre letzten Einkäufe vor Ladenschluss tätigten, ließ die Autos an sich vorbeiziehen und fühlte der Leere nach, die sich in ihm ausbreitete. Als er eine halbe Stunde später die Tür seines Hotelzimmers hinter sich schloss, schwankte er vor Müdigkeit. Zwölf Stunden schlief er nahezu ununterbrochen, dann wurde er von einem lauten Hämmern an seiner Zimmertür geweckt.

Martinez holte ihn aus dem Bett, zog ihn unter die Dusche und reichte ihm zum Frühstück eine angebrochene Flasche Whisky. »*Let's go party!*«, sagte er, und sein glasiger Blick ließ keinen Zweifel darüber, wo die andere Hälfte des Flascheninhalts geblieben war.

Irgendjemand hatte in der Hotelbar eine wilde Abschlussparty organisiert. Sie war bereits in vollem Gang, als Mayer und Martinez dazukamen. Laute Musik dröhnte ihnen entgegen, und sie wurden mit lautem Hallo begrüßt. Marion Archer schwebte auf sie zu, auch sie war schon nicht mehr ganz nüchtern. Nach dem von ihr so ersehnten Erfolg des Gipfels ließ sie es sich nicht nehmen, jedem für seine Mithilfe und Unterstützung überschwänglich zu danken.

Martinez lehnte sich an den Tresen, winkte die Kellnerin heran und wies auf die Flasche in Mayers Hand. »*Give us one more, honey.*«

Mayer lachte auf.

Archer wandte sich mit hochgezogenen Brauen zu ihnen um, und Martinez prostete ihr zu, bevor er die Flasche ansetzte und einen großen Schluck nahm. »Auf dein Wohl, Archer!«

Dann wandte er sich zu Mayer um. »Lass uns über alte Zeiten reden«, sagte er, nun ebenfalls lachend.

Es wurde ein großartiges Besäufnis.

* * *

Valerie verfolgte die Bilder im Fernsehen. Sie saß allein in ihrem Wohnzimmer, während Marc bei der Arbeit und die Mädchen in der Schule waren, und klickte sich durch die Sondersendungen der verschiedenen Kanäle. Einmal erkannte sie Eric Mayer, der hochkonzentriert im dunklen Anzug und mit Knopf im Ohr in der Nähe des Pulks der Politiker stand. Ihr Blick blieb an ihm hängen, bis die Regie eine andere Einstellung zeigte, und sie begriff, dass sie ihn vermisste. Er war da gewesen für sie auch in den Tagen nach ihrer Rückkehr. Er war der Einzige, der wusste, was geschehen war, was sie erlebt hatte. Es schaffte eine gefährliche Nähe ...

* * *

Robert F. Burroughs blickte über den Bosporus hinüber auf die andere Seite Istanbuls. Die Sonne schien ihm ins Gesicht. Nicht warm, aber wärmer als in Hamburg. Ihr Licht spiegelte sich in den tanzenden kleinen Wellen vor ihm und wisperte von der Leichtigkeit des Sommers, der auch hier noch weit entfernt war. Burroughs fragte sich, wo er ihn verbringen würde. Seine Schulter schmerzte. Wärme würde ihr guttun.
Schiffe kreuzten vor ihm auf dem Wasser. Kleine Fischerboote, Fähren und ein großes Containerschiff. Möwen kreischten. Nicht weit entfernt saßen zwei Jungen und angelten. Hinter ihm auf der Straße brauste der Verkehr vorbei. Er bemerkte nicht, wie ein Wagen aus dem Verkehrsfluss ausscherte und langsamer wurde, bis er knapp hinter ihm zum Stehen kam. Zwei Männer stiegen aus. Sie waren gut gekleidet und bewegten sich mit geschmeidiger Sicherheit auf Burroughs zu wie Raubkatzen, die

ihr Opfer einkreisten. Sie hatten ihm das Betäubungs-
mittel injiziert, bevor er überhaupt merkte, dass sie da
waren.

Als Burroughs wieder zu sich kam, waren seine Hände
hinter seinem Rücken gefesselt. Er saß nackt auf einem
Stuhl, auch seine Füße waren fixiert. Sein Kopf dröhnte,
und er hatte einen pelzigen Geschmack im Mund. Vor seinen Augen verschwamm alles, doch allmählich klärte
sich sein Blick. Vor ihm stand ein Fernsehschirm, über
den immer wieder dieselben Bilder liefen. Er brauchte
eine Weile, bis er begriff, dass es Aufnahmen des Gipfels
in Hamburg waren, die sich dort in einer Endlosschleife
vor ihm abspulten. Der amerikanische Präsident, der einer
jubelnden Menge zuwinkte. Die deutsche Bundeskanzlerin am Rednerpult. Lachende, zufriedene Gesichter. Flatternde Flaggen.
»Der Präsident hat heute Morgen eine Pressekonferenz im
Weißen Haus gegeben«, hörte er eine Stimme hinter sich,
von der er gehofft hatte, sie nie wieder hören zu müssen. »Zwei der wichtigsten Männer aus der Rüstungs-
branche, Stützen der amerikanischen Wirtschaft, sind bei
einem noch ungeklärten Hubschrauberabsturz ums Leben
gekommen. Ihr Kollege John Miller war auch mit an
Bord.«
Burroughs konzentrierte sich auf das Gesicht der deutschen Staatschefin vor ihm. Etwas Kaltes drückte sich in
seinen Nacken.
»Wir haben uns auf Sie verlassen, Burroughs, und Sie haben uns enttäuscht.«
Lachende Gesichter. Flatternde Fahnen.
Die Kälte umschloss ihn, und Burroughs atmete gegen den

Schmerz an, der durch seinen Körper zuckte. Er spürte, wie seine Füße taub wurden.

»Es gibt ein paar Leute, die sehr unzufrieden mit der neuen Situation sind«, fuhr die Stimme hinter ihm fort.

Der Bildschirm vor ihm wurde schwarz, dann blickte er auf die brennenden Trümmer eines Helikopters in einer Waldlichtung. Ohne genauer hinzusehen, wusste er, dass es sich um ein altes, ausrangiertes Modell handelte. Niemand würde in diesen Zeiten eine der neuen teuren Maschinen opfern. Blaulicht zuckte über die Lichtung, Feuerwehrleute und Sanitäter hasteten durchs Bild, die Kameraführung war unsicher wie bei einem Amateurvideo. Es war gerade genug und gleichzeitig viel zu wenig zu erkennen. Eine perfekte Inszenierung.

Wieder wurde der Bildschirm schwarz.

Die Taubheit breitete sich von seinen Füßen in seine Waden hinauf aus. Er versuchte zu ignorieren, was passierte, während auf dem Bildschirm sein unrasiertes Gesicht auftauchte. Das Schlimme war, dass er wusste, was sie vorhatten. Und sie wussten, dass er es wusste. Er blickte in seine eigenen halbgeschlossenen, blutunterlaufenen Augen.

Die Kamera machte einen Schwenk, und sein Körper spannte sich ungewollt in seinen Fesseln, als er sah, wie sich seine Vermutung bestätigte. Aber er würde nicht um sein Leben betteln. »Mach's kurz, Arschloch«, sagte er heiser.

* * *

Marc löste den Blick vom Bildschirm seines Computers, als sein Telefon klingelte. Er griff nach dem Hörer. Es war seine Sekretärin: »Ein Herr Mayer ist hier für Sie.«

»Schicken Sie ihn herein«, sagte er. »Wir haben einen Termin.« Er fragte sich, was Eric Mayer von ihm wollte. Vor einer guten Stunde hatte er ihn angerufen und um ein kurzfristiges Treffen gebeten.

»Guten Tag, Herr Weymann«, sagte Mayer, als er Augenblicke später eintrat. Er hatte einen Aktenkoffer in der Hand.

»Ich hätte nicht gedacht, Sie wiederzusehen«, bemerkte Marc kühl. »Ich verstehe, ehrlich gesagt, nicht, wie Sie nach allem, was gewesen ist, überhaupt um ein Treffen ersuchen können.«

Mayer legte seinen Mantel ab. Wie bei ihrer letzten Begegnung, als Valerie in der syrischen Botschaft gewesen war und Mayer ihm hier in diesem Büro von ihrem Verhältnis mit Abidi erzählt hatte, war er tadellos gekleidet. Er setzte sich und klappte seinen Aktenkoffer auf. »Ich habe wenig Zeit, ich würde gern gleich zur Sache kommen«, sagte er, ohne auf Marcs anklagende Worte einzugehen, aber Marc ließ sich nicht so leicht einschüchtern.

»Anscheinend hatte niemand in Ihrer Behörde und Regierung in den vergangenen Wochen Zeit«, entfuhr es ihm. »Oder wie darf ich es verstehen, dass nicht ein Wort der Entschuldigung ausgesprochen worden ist nach allem, was meiner Frau und unserer Familie angetan wurde? Ich habe bislang immer geglaubt, wir leben in einer Demokratie, einem Rechtsstaat, in dem Menschen nicht einfach verhaftet und verschleppt werden können wie in einer Bananenrepublik.«

»Es ist sehr bedauerlich, was passiert ist«, bemerkte Mayer ruhig. »Ich kann es nicht ungeschehen machen. Aber ich habe hier etwas, das ich Ihnen geben möchte.« Er zog einen Stapel zusammengehefteter Papiere aus seinem Koffer. »Ich bitte Sie, diese Unterlagen vertraulich zu behandeln. Sie beinhalten die komplette Aussage Ihrer Frau zu den Ereignissen in Rumänien. Einige Passagen sind aus Sicherheitsgründen geschwärzt.« Er reichte die Papiere über den Tisch an Marc.

Marc starrte ungläubig darauf. Dann fragte er Mayer: »Was soll ich damit? Warum …«

»Lesen Sie es, dann werden Sie es verstehen«, fiel Mayer ihm ins Wort. »Wir sind Ihrer Frau sehr dankbar, dass sie diese Aussage gemacht hat. Ohne sie hätten wir unsere Ermittlungen nicht weiterführen können.«

»Ja, aber …« Marc war völlig perplex. Mayers kühle Sachlichkeit überrollte ihn geradezu und ließ keinen Raum für seinen Zorn.

»So wie ich Ihre Frau während der Befragung erlebt habe, wird sie vorerst nicht in der Lage sein, erneut darüber zu sprechen«, fuhr Mayer fort. »Ich denke aber, dass Sie wissen sollten, was passiert ist, um mit der Situation umgehen zu können.«

Marc räusperte sich. »Ich nehme an, dass das nicht die übliche Vorgehensweise Ihrer Behörde ist.«

»Ich vertraue auf Ihre Integrität«, sagte Mayer und stand auf. Marcs Vorwürfe und Angriffe schienen ihn nicht im Mindesten aus der Fassung gebracht zu haben.

»Warum tun Sie das?«, wollte Marc wissen, während der BND-Mann seinen Mantel überstreifte.

»Verstehen Sie mich nicht falsch, Herr Weymann«, antwortete Eric Mayer und nahm seinen Aktenkoffer. »Aber ich möchte, dass Ihre Frau jede Unterstützung bekommt, die sie jetzt braucht. Insbesondere die Ihre.« Seine Hand lag bei seinen letzten Worten bereits auf der Klinke. »Ich wünsche Ihnen alles Gute.«

»Ich nehme an, wir sehen uns nicht wieder«, sagte Marc.

»Vermutlich nicht.«

Und dann war Mayer fort. So schnell und überraschend, wie er gekommen war.

Marc ging zurück zu seinem Schreibtisch und blickte auf die Seiten, die Valeries Aussage enthielten. Er setzte sich und ließ seine Finger darüber gleiten, blätterte sie flüchtig durch. Dann schlug er die erste Seite auf und begann zu lesen. Es war später Nachmittag, und die meisten Angestellten der Reederei hatten bereits Feierabend. Bedrückende Stille lag über dem Büro, und die Dunkelheit war längst hereingebrochen, als Marc schließlich die letzte Seite zuschlug. Niemand sah, wie er den Kopf darauf sinken ließ und weinte.

*   *   *

Eric Mayer stieg aus dem Flugzeug. Wind fegte ihm Sand ins Gesicht, und Braun in den verschiedensten Schattierungen war die beherrschende Farbe der Landschaft um ihn herum. Eine Bergkette erhob sich am Horizont in den weiten blauen Himmel. Er nahm seine Sonnenbrille aus der Brusttasche seines Sakkos und setzte sie auf. Am Ende der Gangway wartete eine dunkle Limousine auf ihn. Der Fahrer sprang beflissen heraus, als er ihn bemerkte, und Mayer stieg die wenigen Stufen hinab und in den Wagen. Die Fahrt dauerte nicht lange. Der Flughafen lag am Stadtrand, das Regierungsviertel, in dem auch die diplomatischen Vertretungen untergebracht waren, nur wenige Kilometer entfernt.

Der Botschafter erwartete ihn bereits. »Schön, Sie wieder einmal bei uns zu haben, Eric«, begrüßte er ihn. »Wie ich höre, haben Sie sich freiwillig für den Job gemeldet.«

Mayer lächelte und nahm den Begrüßungsdrink entgegen, in dem die Eiswürfel leise gegeneinander schlugen, als er das Glas an die Lippen setzte.

»Der Gipfel in Hamburg scheint ja problemlos über die Bühne gegangen zu sein«, fuhr der Botschafter im Plauderton fort. »Wir hatten uns schon Sorgen gemacht, nachdem im Vorfeld durch die Anschläge in Kopenhagen und Hamburg doch große Aufregung herrschte.«

Mayer betrachtete sein Gegenüber. Der Mann war seit Jahren hier vor Ort, und das Klima und die nie endenden Spannungen in der Region hatten ihre Spuren hinterlassen. Sein ehemals dunkles Haar war inzwischen grau, obwohl er die fünfzig gerade erst überschritten hatte, und seine Haut war von einem Braunton, der wie eingegerbt schien.

»Es war kalt in Hamburg«, war Mayers einziger Kommentar auf die Bemerkung des Botschafters.

»Eine großartige Stadt«, sagte dieser mit einem Seufzen. »Dieser Blick über die Innenalster mit den Hauptkirchen und Kaufmannshäusern ...«

Mayers Gedanken schweiften ab, und für den Moment vergaß er seine Umgebung und war zurück in der Stadt, die er am Morgen im Schneetreiben hinter sich gelassen hatte. Es war ein Abschied, der ihm nicht leichtgefallen war. Umso wichtiger war es gewesen, ihn konsequent und schnell zu vollziehen. Die meisten Mitarbeiter der Einheit waren bereits abgereist. Waren wie die Marketender dem Tross ihrer Regierungen gefolgt. Man würde sich wiedersehen. Im nächsten Jahr in Italien, vielleicht in zwei Jahren in Südamerika. Archer hatte ihn nach Kanada eingeladen. »Warum immer Naher Osten, Eric? Lieben Sie die Gefahr so sehr?« Ihr Blick war vielsagend gewesen. Er hatte wohl gewusst, worauf sie anspielte, aber er ignorierte ihre Spitze völlig. »Ich mag das Klima«, hatte er geantwortet und noch nicht einmal gelogen. Ottawa lag entschieden zu weit im Norden. Archer war die Einzige, die seinen Entschluss kommentiert hatte. Martinez hatte nur gelächelt und *»See you, dude«* gesagt, und Mayer ahnte, dass dieses Wiedersehen in nicht allzu weiter Ferne lag.

Sein Vorgesetzter in Pullach hatte tatsächlich gefragt, ob er nicht erst einmal Urlaub machen wollte, aber Mayer hatte dankend abgelehnt. »Ich würde gern nach Damaskus gehen«, hatte er stattdessen gesagt.

»Haben Sie schon einmal überlegt, in Deutschland zu bleiben? Zu Hause?«, hatte ihn sein Chef darauf gefragt. »Sind Sie wirklich so rastlos?«

»Ich habe meine Wohnung bereits vor dem Einsatz in Hamburg gekündigt. Sie steht doch die meiste Zeit leer«, hatte Mayer erwidert und sich gleichzeitig gefragt, wie viel Vorsehung dabei gewesen war. Nicht, dass er auch nur im Entferntesten an so etwas wie Vorsehung glaubte, aber bisweilen war es gut, einfach ohne Weiteres in ein Flugzeug steigen zu können und alles hinter sich zu lassen. Zwischen Hamburg und Damaskus lagen genug Kilometer, um Abstand zu gewinnen und zu vergessen.

Er seufzte tief, als er sich in seinem Sessel zurücklehnte und auf die Geräuschkulisse hörte, die durch das Fenster zu ihnen hereindrang, auf den Motorenlärm und das beständige Hupen, das den Straßenverkehr des Orients begleitete. Es gab viel zu tun hier. Zu viel, als dass Zeit zum Grübeln blieb. Für Valerie Weymann hatte er alles getan. Mehr war nicht möglich, ohne die Grenzen zu überschreiten, die er sich selbst gesetzt hatte.

»Wir haben eine Wohnung in der Ville Nouvelle für Sie

angemietet«, sagte der Botschafter. »Ein Fahrzeug aus dem Fuhrpark steht für Sie bereit.«

Mayer spürte, wie die nächsten Monate vor seinem inneren Auge Gestalt annahmen. »Wie ist die Lage?«

»Brisant. Der syrische Außenminister ist ein viel beschäftigter Mann, seit die Europäer ihre Isolationspolitik gegenüber Syrien aufgegeben haben. Es laufen zahlreiche Projekte an – nicht nur auf wirtschaftlicher und politischer Ebene, sondern auch in Sicherheitsfragen.«

Mayer nickte langsam. Deswegen war er hier. Der europäischen Wiederannäherung sollte, so hofften alle, eine Zusammenarbeit mit den USA folgen, um Syrien in ein Schlüsselland zu verwandeln und das Assad-Regime als Vermittler nicht zuletzt zum Iran und zur Hamas und Hisbollah zu etablieren. Eine gemeinsame Linie gegen den islamischen Extremismus sollte gefunden werden. Die Syrer differenzierten sehr fein zwischen dem legitimen Widerstand gegen eine Besatzungsmacht wie im Irak und der Gewalt gegen Zivilisten, den auch sie als Akt des Terrors verstanden, und im Kampf gegen Islamisten brachten sie eine jahrzehntelange Erfahrung mit. Große Veränderungen lagen in der Luft, die lang ersehnte Chancen boten. Als Mayer durch die belebten Straßen zu seiner Wohnung fuhr, breitete sich eine gewisse Zufriedenheit in ihm aus bei dem Gedanken, an diesem Aufbau teilzuhaben.

Seine Wohnung war wie die meisten Residenzen für die ausländischen Mitarbeiter von Botschaften in der arabischen Welt großzügig und luxuriös. Er öffnete alle Schränke und blickte in alle Nischen, bevor er duschte und sich umzog, um in der Altstadt noch etwas zu essen. Es hatte sich nicht viel verändert seit seinem letzten Aufenthalt.

Vielleicht gab es mehr Touristen, und die Sanierungsarbeiten hatten Fortschritte gemacht. Damaskus besaß einen eigenwilligen Charme, einen besonderen Geist, es war die Mutter aller Städte, schillernd, lebendig und geheimnisvoll. In ihr ballte sich die Vielfalt der arabischen Welt, stießen Kulturen und Weltgeschichte aufeinander, und Mayer spürte, wie sich der Puls dieser jahrtausendealten Metropole auf ihn übertrug und sich das Gefühl von Heimkehr in ihm ausbreitete.

* * *

Valerie trat aus dem Haus und blickte auf die Autoschlüssel in ihrer Hand. Leonie und Sophie liefen ihr voraus zum Wagen, der in der Garage geparkt war, und drehten sich mit glänzenden Augen zu ihr um. »Fährst du uns jetzt jeden Morgen wieder zur Schule?«, wollte Sophie wissen.

»Ich glaube, ihr seid alt genug, um künftig mit dem Bus oder dem Fahrrad zu fahren«, erwiderte Valerie.

»Aber doch nicht jetzt, wo es noch so kalt ist«, widersprach Leonie.

Valerie lächelte. »Nein, vielleicht jetzt noch nicht. Aber spätestens nach den Frühjahrsferien.«

»Dann muss Papa aber endlich mal mein Rad reparieren ...«

Das Geplauder der Mädchen verlor sich, als sie einstiegen. Valerie warf einen Blick in den Rückspiegel und in ihre Gesichter. Sie waren immer aufgeregt, wenn es nach den Ferien zurück in die Schule ging.

Der Weg war nicht weit, der Verkehr wie immer dicht um diese Uhrzeit, und vor der Schule stauten sich die Wagen der Eltern, die ihre Kinder brachten. Valerie drehte sich zu ihren Töchtern um. »Bis später«, sagte sie. Die beiden schenkten ihr ein strahlendes Lächeln. »Bis nachher, Mami.« Dann waren sie auch schon fort.

Valerie erlebte ein Déjà-vu, als sie ihnen nachblickte und hinter ihr eine Autohupe ertönte. Sie atmete tief durch, legte den Gang ein und fuhr los. Auch heute war sie auf dem Weg zum Flughafen, aber sie würde nicht fliegen. Dennoch war sie nervös.

Marc hatte es bemerkt. »Du schaffst das schon«, hatte er gesagt und sie liebevoll umarmt. »Du hast schon ganz andere Dinge geschafft.«

Etwas in seiner Stimme hatte sie aufhorchen lassen, aber es war nicht der richtige Zeitpunkt gewesen, nachzufragen. Auch nicht, um zu zaudern. Mahir wartete bereits auf sie. Sie hatte eben eine SMS von ihm bekommen. Als sie in die Hochallee einbog, sah sie ihn schon von Weitem draußen vor dem Haus stehen, seinen Koffer neben sich, die Schultern hochgezogen gegen den kalten Wind, der durch die Straße fegte. In Damaskus würde es wenigstens etwas wärmer sein. Von Noor wusste sie, dass sich Mahir dort selbst im Sommer noch wohl fühlte.

Sie waren schnell am Flughafen.

Es war ein seltsames Gefühl, die weite hohe Halle des Abflugterminals zu betreten. Als ob sich ein Kreis schloss. Sie begleitete Mahir zum Check-in und wartete, bis er sein Gepäck aufgegeben hatte.

»Hast du noch Zeit auf einen Kaffee?«, fragte er mit einem Blick auf seine Uhr.

»Gern.«

»Wie viele Stunden fliegst du?«, wollte sie wissen, als Mahir wenig später in seinem Espresso rührte. Es war der einzige Kaffee, den er im Westen trank, vermutlich kam er dem Mokka seiner Heimat am nächsten.

Er seufzte. »Siebeneinhalb Stunden. Es gibt keinen Direktflug. Diesmal fliege ich über Paris.« Dann sah er sie an. »Hast du schon über mein Angebot nachgedacht?«

Valerie schürzte die Lippen. »Marc meint, es wäre das Richtige für mich.«

»Und was meinst du?« Für einen Mann aus der Führungsriege der Wirtschaft hatte Mahir erstaunlich sanfte Augen. Es war etwas, wofür Noor ihn besonders geliebt hatte.

Valerie senkte den Blick. »Ich würde dein Angebot gern annehmen«, sagte sie und machte eine kleine Pause. Sie dachte an Meisenberg und stellte sich sein Entsetzen vor, wenn sie kündigte, um in die Rechtsabteilung eines syrischen Großunternehmens zu wechseln, wo sie die Handelsbeziehungen nach Deutschland und in die Europäische Union ausbauen sollte. Aber letztlich gab es genug junge, ambitionierte Anwälte in Hamburg, die nur auf eine Chance warteten, einen Platz in einer renommierten Kanzlei zu bekommen. Meisenberg würde schnell Ersatz für sie finden. Doch das war es nicht, was sie zögern ließ.

Mahir sah sie abwartend an, und sie erinnerte sich an Eric Mayers Worte in der Silvesternacht. *Das Gute am Leben ist, dass es unbeeindruckt von all den Schrecknissen um uns herum weiterfließt und uns zwingt, ihm zu folgen. Und allein dieses Vorwärtsgehen heilt die Wunden.* Wo mochte Mayer jetzt sein? Sie spürte diesen Sog, von dem er gesprochen hatte, und wusste, dass sie sich ihm nicht entziehen konnte. Aber sie musste ihr eigenes Tempo finden. »Ich bin noch nicht so weit, Mahir«, sagte sie.

Sie begleitete Mahir Barakat bis an die Passkontrolle. Winkte ein letztes Mal und sah ihm nach, bis er aus ihrem Blickfeld verschwunden war. Dann wandte sie sich ab, um zum Parkplatz zurückzugehen und nach Hause zu fahren. Sie setzte gerade den ersten Fuß auf die Treppe, als sie die Stimme eines Mannes hörte.

»Nein«, sagte er. »Ich fliege nicht nach Bagdad. Ich habe umgebucht.« Valerie erstarrte mitten in der Bewegung, und das Herz schlug ihr bis zum Hals. Überall hätte sie diese Stimme wiedererkannt. Alles andere um sie herum verstummte. Sie hörte nicht mehr die Ansagen aus den Lautsprechern, nicht mehr die Gespräche der Menschen um sie herum, und von einem Augenblick auf den anderen verlor sich das Geklapper der Koffer und das Rappeln der Rolltreppen. Langsam wandte sie sich um. Er stand an einem Schalter ganz in der Nähe, einen alten Armeerucksack über der Schulter und eine Sonnenbrille in der Hand. Valerie tastete Halt suchend nach dem Treppengeländer.

Was machte er hier?

Wie paralysiert verfolgte sie, wie er nach seinem Bordpass griff und sich vom Schalter entfernte. Er kam genau auf sie zu. Ihr Atem stockte. Dunkle Augen trafen die ihren und verengten sich zu Schlitzen. Sein Schritt verlangsamte sich, und die Sonnenbrille in seiner Hand hörte auf zu wippen. Valerie schluckte. Doch er blieb nicht stehen. Er ging weiter, an ihr vorbei auf die Sicherheitskontrolle zu. Ohne Eile legte Martinez seinen Rucksack auf das Band. Er drehte sich nicht noch einmal um.

*»… this is exactly what the CIA does
when it operates abroad. We break the laws
of their countries. It's how we collect information.
It's why we're in business.«*

DUANE CLARRIDGE, CIA

Anmerkung und Danksagung

Für einen Roman wie »Machtlos« ist eine intensive Recherche notwendig. Zahlreiche Quellen, von denen ich viele aus naheliegenden Gründen nicht nennen kann und darf, haben meine Arbeit unterstützt. Ihnen gilt mein besonderer Dank.

Darüber hinaus waren Tim Weiners »Legacy of Ashes, The History of the CIA« (Anchor Books) und Alexander Bahars »Auf dem Weg in ein neues Mittelalter? Folter im 21. Jahrhundert« (dtv premium) eine wichtige Lektüre während meiner Arbeit.

Bedanken möchte ich mich zudem ganz herzlich bei meinem Agenten Michael Meller und meiner Lektorin Alexandra Löhr für die großartige Zusammenarbeit.

Alex Berg
Februar 2010

Spannender Politkrimi und packendes Psychodrama:
der zweite Fall für Kommissar Paul Selig

MARKUS STROMIEDEL

FEUER TAUFE

POLITTHRILLER

In Kreuzberg wird ein Anschlag auf ein vierstöckiges Mietshaus verübt, nur ein neunjähriger Junge überlebt. Kommissar Paul Selig soll die Wogen in der Öffentlichkeit glätten. Bei seinen Ermittlungen stößt er auf verschwörerische Machenschaften im Innenministerium. Doch die Drahtzieher schlagen zurück: Durch Datenmanipulation im System der Terrorabwehr wird Selig vom Jäger zum Gejagten. Ein fast aussichtsloser Kampf beginnt …

KNAUR TASCHENBUCH VERLAG

SEBASTIAN FITZEK

SPLITTER

PSYCHOTHRILLER

Was wäre, wenn wir die schlimmsten Erlebnisse unseres Lebens für immer aus unserem Gedächtnis löschen könnten? Und was, wenn etwas dabei schiefgeht?

Viel stärker als der Splitter, der sich in seinen Kopf gebohrt hat, schmerzt Marc Lucas die seelische Wunde seines selbstverschuldeten Autounfalls – denn seine Frau hat nicht überlebt. Als Marc von einem psychiatrischen Experiment hört, das ihn von dieser quälenden Erinnerung befreien könnte, schöpft er Hoffnung. Doch nach den ersten Tests beginnt das Grauen: Marcs Wohnungsschlüssel passt nicht mehr. Ein fremder Name steht am Klingelschild. Dann öffnet sich die Tür – und Marc schaut einem Alptraum ins Gesicht ...

»Sebastian Fitzek ist ein Meister des Wahns.«   *Brigitte*

DROEMER